Chaddanta

Die Scheinheiligkeit der Clowns

Der vorliegende Roman ist eine Dystopie und somit seinem Wesen nach fiktiv. Ähnlichkeiten mit lebenden oder verstorbenen Personen sind rein zufällig. Handlungen und Örtlichkeiten sind frei erfunden.

Verlag und Druck: tredition GmbH, Halenreie 40-44,
22359 Hamburg, Deutschland

ISBN 978-3-347-20168-2 (Paperback)
ISBN 978-3-347-20169-9 (Hardcover)
ISBN 978-3-347-20170-5 (e-Book)

Für Beke

Hactenus quasi de principe,
reliqua ut de monstro narranda sunt.

Sueton

Kapitel 1

Seit einigen Wochen gehört der Besuch im *Red Saloon* zum festen Bestandteil meines täglichen Nachtlebens. Die Bar liegt in einem berüchtigten Bezirk. Tagsüber ist alles geschlossen, allenfalls begegnet man hier zu dieser Zeit ein paar Müllmännern, die die Seitenstraße reinigen. Zwischen acht und neun Uhr abends erwacht der Bereich dann für rund sechs Stunden zum prallen Leben.

Ich habe in einem Restaurant um die Ecke etwas gegessen. Jetzt sitze ich im schummrigen Licht des *Red Saloon* und trinke Bier. Hin und wieder kommt eine der Frauen zu mir und begrüßt mich. Es ist eine sehr ehrliche Lokalität. Man macht sich gegenseitig nichts vor. Neben mir spielen zwei Männer Pool, ein Paar schaut ihnen dabei zu. Er hat seinen Arm um ihre Schultern gelegt. Mit einer geschickten Bewegung lässt sie einen der Träger ihres Kleides herabgleiten. Ihr Gefährte streichelt fast beiläufig ihre nackte Brust, die beiden Männer am Billardtisch nehmen keine Notiz davon. Es ist hier nichts Ungewöhnliches und solange es im wechselseitigen Einverständnis geschieht, stößt sich niemand daran.

Auf der Bühne spielen im Stundentakt verschiedene Bands. Es sind Amateure und für eine Runde Bier können sich die Gäste einen Song wünschen. Wenn die jeweiligen Titel schon etwas älter sind, kann es etwas unvorbereitet klingen, aber das gehört dazu. Nichts hier ist makellos.

Ab und an trinke ich mit einer oder zwei der Frauen einen Tequila. Das Ritual mit Salz und Limette läuft anders ab, als ich es von Haus aus kenne, und jede Runde wird bar bezahlt. So ist es üblich. Schon manchem ist bei so was das Geld ausgegangen – auch als Stammgast kann man nicht anschreiben lassen.

Dann setzt sich Larissa zu mir. Ich habe sie einige Tagen nicht mehr gesehen. Sie ist eine Frau, die nicht als solche geboren wurde.

»Paul, wie geht es dir?«

»Ausgezeichnet«, antworte ich. Das ist nicht übertrieben. Ich mag diesen Ort und seine Menschen. Hier blühe ich auf und fühle mich verstanden.

»Gibst du mir einen Tequila aus?«, fragt sie.

»Klar, Larissa, ich hatte dich schon vermisst.«

Sie reicht mir unauffällig einen kleinen Joint, der wie eine ungeschickt gedrehte Zigarette aussieht, und ich inhaliere tief.

»Ich hatte einen Job. Er ist heute Morgen zurückgeflogen.« Sie gibt dem Barmann ein Zeichen. »Ich bin also wieder zu haben«, sagt sie und sieht mich provozierend an.

Schon kommen unsere Getränke.

Wir hatten diese Diskussion bereits mehrfach. Es gibt ein Band der Sympathie zwischen uns, aber weiter geht mein Interesse nicht. Ich bezahle die Drinks.

Larissa nimmt die Quittung und schreibt etwas auf die Rückseite. »Das sind die Informationen, die ich dir übermitteln soll.« Sie faltet den Zettel und steckt ihn in die Brusttasche meines Hemdes. »Du ahnst nicht, was du verpasst!«, lässt sie mich zum Abschied wissen. Dann verschwindet die Frau, die in Wirklichkeit nie eine war.

***

Wir hatten uns auf einer Station der Stadtbahn verabredet. Immer wenn Hochbahnen in die Stationen einfuhren, strömen für kurze Zeit Menschenmassen aus allen Richtungen an mir vorbei.

Eine schwarzhaarige Frau bleibt in meiner Nähe stehen. Sie ist mit einem Stadtplan beschäftigt und wirkt wie eine typische Touristin. Wie zufällig wendet sie sich an mich. »Können Sie mir helfen?«

»Aber gern«

»Wie war doch gleich Ihr Name?«

»Paul.«

»Ich heiße Iduna. Kennen Sie ein Restaurant in der Nähe?«

Am Rande der Plaza kehren wir in ein Grillrestaurant ein. Weil es noch vor 17 Uhr ist, wird kein Alkohol ausgeschenkt und ich bestelle deshalb eine Tasse Kaffee. Früher hatte ich viel davon getrunken, aber inzwischen war das für mich nur noch sporadisch bekömmlich.

»Sie haben meine Nachricht also erhalten?«, beginnt mein kühler Gast das Gespräch.

»Ja. Ich hoffe, mein Umgang hat meinem Ansehen nicht allzu sehr geschadet.«

»Ganz und gar nicht«, antwortet sie und es klingt sehr ehrlich. Dann kommt sie ohne Umschweife direkt zur Sache: »Sie sind über die Affäre David Reuben informiert?«

»Es ist fast unmöglich, nicht auf dem Laufenden zu bleiben. Die Sache wird von Tag zu Tag unglaublicher.«

»Was meinen Sie? Ist es wirklich eine Verschwörungstheorie?«

Iduna blickt mich fragend an.

Es geht um den Fall eines Pädophilen, der einen ganzen Ring von Kindern und Heranwachsenden unterhielt. Als ehemaliger Schulabbrecher soll er im Investmentbanking ein Vermögen gemacht haben, allerdings ist nur ein einziger Kunde von ihm bekannt. Niemanden hat ihn je arbeiten sehen und die Transaktionen seines Fonds sind zwielichtig. Vermutlich hat er Hunderte von Opfern missbraucht und diese an Freunde weitergegeben, darunter Prominente. Mehrere Präsidenten sowie die Hautevolee Hollywoods sind in den Skandal verwickelt. Aufgrund seiner einzigartigen Verbindungen nach oben und der Bestechlichkeit einiger seiner ehemaligen Opfer kam er im ersten Prozess mit einem milden Urteil davon. Doch dann kamen neue Vorwürfe auf und diesmal wurden seine Anwesen rund um die Welt sowie auf seiner Privatinsel in der Karibik untersucht. Es wurden falsche Pässe und Tausende von Bilddokumenten beschlagnahmt, die Mitglieder der Oberschicht bis hinein in europäische Adelshäuser schwer belasteten. Sein Reichtum stellte sich als geringer als zunächst angenommen heraus und der Verdacht wurde laut, das Geld stamme nicht aus Bankgeschäften, sondern aus Erpressung. Nach wenigen Tagen Inhaftierung wurde er in seiner Zelle tot aufgefunden. Die offizielle Todesursache lautet Selbstmord durch erhängen.

»Woher soll ich das wissen?«, gebe ich verlegen zu verstehen.

Die Umstände seines Ablebens sind seltsam. Zwei Wachmänner schlafen gleichzeitig ein, angeblich sind sie überarbeitet. Einer der beiden ist gar nicht als Justizvollzugsbeamter ausgebildet. Zwei Überwachungskameras fallen gleichzeitig aus, ohne dass bekannt wird, seit wann sie außer Betrieb sind und aus welchem Grund. Der Zellengenosse wird wenige Stunden vor dem Versterben des prominentesten Häftlings des Landes verlegt … Es gibt etliches Ungeklärtes mehr.

»Ich möchte mich nicht festlegen«, sage ich. »Die Angelegenheit ist sehr verworren.«

»Glauben Sie, es war Selbstmord?«, fragt Iduna. Sie sieht mir die ganze Zeit offen ins Gesicht. Es würde mich nicht wundern, wenn sie meine Körperhaltung analysierte.

»Die gebrochenen Halswirbel sind bei dieser Art von Suizid eher ungewöhnlich. Manchen halten Erdrosseln als Todesursache wahrscheinlicher.«

»Aber ein Selbstmord ist auch nicht ausgeschlossen. Das kann durchaus mit der Konsistenz der Knochen in diesem Alter zu tun haben«, hält sie dagegen. »Es sollen Schreie aus der Zelle zu hören gewesen sein.« Offenbar gehört es zu Idunas Aufgabe, mein Wissen über die Affäre zu prüfen.

»Soweit die Öffentlichkeit unterrichte wurde, waren dies Versuche der Wiederbelebung.«

»Könnte dies alles eine Farce gewesen sein, um ihn aus dem Justizvollzug zu befreien?«, fragt sie mich direkt.

»Ich halte das für äußerst spekulativ«, antworte ich. »Wo könnte er sich in diesem Fall Ihrer Meinung nach jetzt gerade aufhalten?«

»Seinen finanziellen Möglichkeiten gemäß eigentlich überall. Ein Land scheint mir am wahrscheinlichsten.«

»Ja, natürlich«, gebe ich zu. »Er hat in religiöser Hinsicht die matrilineare Abstammung, um dort einzuwandern, und er hätte Aussichten darauf, nicht ausgeliefert zu werden. Allerdings habe ich Zweifel, ob er sich angesichts seines Lebensstils dort wohlfühlen würde.«

»Sagen Sie mir ehrlich: Glauben Sie, dass er am Leben ist, oder nicht?«

»Ich glaube eher nicht. Er hatte mit sich abgeschlossen. Die Aussicht darauf, bis zum Ende seines Lebens im Gefängnis zu sitzen, und das auch noch auf der untersten Stufe der Hierarchie unter den Gefangenen, war einfach zu deprimierend. Er hatte vom Dasein nichts mehr zu erwarten. Ich versuche, es auf den Punkt zu bringen: All diese Zufälle können natürlich zusammengekommen sein, aber es scheint mir wirklich sehr unwahrscheinlich.«

»Seine engste Vertraute und Zuträgerin von Kindern und heranwachsenden Frauen ist ebenfalls abgetaucht«, bemerkt Iduna. »Niemand weiß, wo sie sich aufhält.«

»Ich weiß, von Zeit zu Zeit tauchen Gerüchte über Lokalitäten auf, wo sie angeblich in Erscheinung getreten sein soll.«

»Man nennt so etwas eine *Trugspur*. Sie hat die Mädchen und anderen Missbrauchsopfer nicht nur verkuppelt, sondern sich auch selbst an ihnen vergangen.«

Je konkreter sich mir die Verbrechen darstellen, um so abgestoßener fühle ich mich von diesem auserlesenen Personenkreis. Ich gebe dem Gespräch deshalb eine neue Wendung: »Und dann ist da dieses mysteriöse schwarze Buch mit all den Adressen des prominenten Anhangs. Wenn die Behörden mit ihnen in Kontakt treten, sagen alle dasselbe: Sie hätten von nichts gewusst und den Verstorbenen eigentlich gar nicht gekannt. Es könne allerdings sein, dass sie bei irgendeiner Gelegenheit eine Visitenkarte ausgetauscht hätten. Wenn dann die Polizei darauf verweist, dass es sich dabei um ungewöhnlich große Geschäftskarten handeln müsse – schließlich seien bis zu vierzehn Rufnummern darauf verzeichnet – verweisen sie auf ihren Anwalt oder brechen das Gespräch abrupt ab.«

»Paul, ich will jetzt ganz ehrlich mit Ihnen sein: Die Zuträgerin hält sich, von zwei Geheimdiensten bewacht, an wechselnden Orten auf. Warum sie für ihre Vergehen nicht belangt wird, wissen wir nicht. Wahrscheinlich sind zu viele hohe Tiere in diese Machenschaften involviert. Was Reuben betrifft, so sind Sie schlecht informiert. – Wir gehen davon aus, dass er lebt.«

»Das kann ich mir nicht vorstellen. Er wurde doch ein zweites Mal von einem unabhängigen Pathologen obduziert.«

»Wer ist in diesem Milieu wirklich unabhängig?«, fragt mich Iduna. »Vor allem, wenn es um so viel Macht und Geld geht? Da wäscht eine Hand die andere.«

»Aber wenn sein Wissen und seine Videoaufnahmen so gefährlich für die Eliten sind, warum sollte man ihn dann am Leben lassen?

Die Geschichte vom Suizid hat wenigstens als offizielle Version verfangen. Damit könnte man alles ad acta legen.«

»So einfach ist es nicht. Stellen Sie sich vor, die Verhaftung wäre nicht ganz so unverhofft gekommen, wie es scheint. Oder sagen wir es so: Er fühlte sich zwar sicher, aber bereitete sich dennoch auf das Schlimmste vor.«

»Welche Vorbereitungen könnten das gewesen sein?«

»Ich nenne das seine *Lebensversicherung*. Er wird verfügt haben, dass im Falle eines unnatürlichen Todes das gesamte bisher unbekannte Material an die Öffentlichkeit gelangt.«

Ich kann es einfach noch nicht richtig fassen. Ungläubig sitze ich Iduna gegenüber. »Das Problem von Verschwörungen ist, dass sehr viele Leute unter einer Decke stecken müssen«, gebe ich zu bedenken.

»Das würde auf für die amtliche Fassung und ihre mörderische Variante gelten. Alles spricht dafür, dass Reubens Tod inszeniert wurde. Wo er jetzt lebt, wissen wir jedoch nicht. Ihn aufzuspüren wird unser Auftrag sein.«

Ich nicke schweigend. Vieles scheint mir noch unklar, aber ich stelle keine weiteren Fragen.

»Ich schlage vor, dass wir uns Ende der Woche nochmals treffen und, falls Sie einwilligen, werde ich Ihnen dann im Detail Informationen zukommen lassen. Wir haben uns nun kennengelernt und Sie wissen wenigstens grob, worum es geht.«

***

Menschen mit der Absicht, schon vor ihrem Ableben für tot erklärt zu werden, sind in der Regel keine Vertrauenspersonen. Man ist gut beraten, sie in einem kritischen Licht zu betrachten. Nicht viel anders verhält es sich mit den Hochstaplern und Doppelgängern der Geschichte, zum Beispiel im zaristischen Russland des 16. Jahrhunderts.

Iwan IV. Wassiljewitch war der erste Großfürst Moskaus, der sich selbst zum Zaren krönte. Er entstammte dem skandinavischen Geschlecht der Rurikiden. Seine Zeitgenossen beschrieben ihn als klugen Kopf und vorausschauenden Strategen. Er galt als fromm und war leidenschaftlicher Schachspieler. Seinen Vater verlor er im dritten Lebensjahr, seine Mutter fünf Jahre später; vermutlich wurde sie vergiftet.

Unter den Bojaren entwickelte sich ein Machtkampf um die Vormundschaft über den Vollwaisen. Dieser wuchs abgeschottet und lieblos in ständiger Angst um sein Leben auf. Möglicherweise ist dies der Grund für seine misstrauische, grausame und rachsüchtige Persönlichkeit: Als er sich im Alter von 13 Jahren seiner Macht bewusst wurde, ließ er den führen Bojaren, Andrei Schuiski, von der Kremlwache ergreifen und von ausgehungerten Jagdhunden zerfleischen. Als Sechzehnjähriger heiratete er Anasstasija Romanowna Sacharjina, die Tante des Patriarchen Philaret, dem Stammvater des Hauses Romanow. Die acht Jahre Ältere war wohl der einzige Mensch, den Iwan IV. je liebte. Sie gebar ihm sechs Kinder, die jedoch zum größten Teil im Kindesalter verstarben.

Die Macht des Zaren war zu dieser Zeit noch umstritten. Viele Bojaren, Adlige unter dem Rang eines Fürsten, waren faktisch vom Zaren unabhängig, sprachen selbst Recht und unterhielten Privatarmeen. Iwan IV. begann ihre Macht zu beschneiden, enteignete sie oder verbannte sie in Klöster. Zunächst regierte der Zar zusammen mit einem Rat von Geistlichen und Aristokraten. Im Jahre 1564 verriet der Befehlshaber der westlichen russischen Armee, Fürst Kurbski, sein Land und lief zum polnischen Feind über. Zusammen mit dem polnisch-litauischen Herrn verwüstete er die Region Welikije Luki.

Iwan IV. schuf daraufhin eine spezielle Militäreinheit zur Durchsetzung seiner Machtansprüche. Voraussetzung für die Aufnahme in diese Opritschnina war der Nachweis, dass die Person keine Verbindungen zum Bojarentum hatte. Schon durch ihr Äußeres lösten die Opritschniki bei der Bevölkerung Angst aus: Sie waren in schwarze Umhänge, ähnlich wie Mönchskutten gekleidet und trugen einen Besen und einen Hundekopf als Insignien. Der Besen symbolisierte einen *Reinigungsauftrag* und das Haupt eines Hundes signalisierte Wachsamkeit sowie die unbedingte Treue zum Zaren. Den Beinamen *der Schreckliche* gaben Iwan IV. seine Untertanen wahrscheinlich im Jahre 1570 nach der Einschließung der Stadt Novgorad durch die Opritschniki und der Ermordung eines großen Teils der Bevölkerung durch Ertränken in dem vereisten Fluss Wolchow.

In militärischer Hinsicht war Iwan IV. ein eher schwacher Herrscher. In Sibirien konnte er zwar neue Gebiete angliedern, doch im Westen gerieten seine Soldaten wiederholt in Bedrängnis. Als es der junge Fürst Dmitri Obolenski wagte, ihn auf eine drohende Niederlage im Livländischen Krieg anzusprechen, ergriff Iwan, narzisstisch gekränkt, ein Messer und stieß es dem Kritiker, ohne zu zögern, ins Herz.

Im November des Jahres 1591 fand der Zar seine schwangere Schwiegertochter in deren Gemächern – für seine Begriffe – zu nachlässig gekleidet vor. Er misshandelte sie daraufhin so schwer, dass sie ihr Kind verlor. Am folgenden Tag soll sein Sohn Iwan ihn auf diesen Gewaltausbruch angesprochen haben und der Zar erschlug daraufhin im Streit den Thronfolger mit dem eisernen Griff seines Herrscherstabes. Das hatte für die Zukunft des Reiches fatale Folgen, denn ein Nachfolger war nun nicht mehr in

Sicht. Iwan IV. war vermutlich siebenmal verheiratet. Vielleicht war seine sechste Braut, Wassilissa Melentjewa, nur eine Konkubine, die er ins Kloster verbannte, nachdem er erfahren hatte, dass sie sich einen Liebhaber zugelegt hatte. Dieser wurde härter bestraft als seine Geliebte und öffentlich gepfählt. Es war jedenfalls nur noch der schwachsinnige Fjodor aus erster Ehe am Leben. Die zweite Gemahlin Iwans, Maria Temrjukowna von Tscherkessien, hatte ebenfalls einen Sohn geboren, der jedoch aus Nachlässigkeit seines Kindermädchens bei einem Unfall tödlich verunglückte. In letzter Ehe vermählt Iwan sich im September 1580 mit Maria Fjodorowna Nagaya, die ihm dann den Prinzen Dmitri gebar.

In seinen späten Lebensjahren soll der vergreiste und an schweren Depressionen leidende Zar bei Hexen und Zauberern Trost gesucht haben. Wahrscheinlich wurde er 1584 selbst Opfer eines Giftmordes. Er hinterließ einen geisteskranken Sohn, der nicht fähig war, selbst zu regieren, eine Vielzahl prunkvoller Kathedralen, eine Schatzkammer, ein Buch seiner guten Taten und einen fast dreißigjährigen Bürgerkrieg.

Während der Regentschaft des debilen Fjodors I. regierte eigentlich Boris Godunow das Land. Dieser verbannte Iwans letzte Ehefrau Maria Nagaya sowie deren Sohn Dmitri nach Uglitsch. Im Mai 1591 wurde der Prinz unter mysteriösen Umständen ermordet. Godunows Herrschaft stieß auf den erbitterten Widerstand der Orthodoxen Kirche und der Bojaren. Außerdem erschüttern zwischen 1601 und 1604 drei Hungersnöte die wirtschaftlichen und sozialen Strukturen des Landes. In dieser Phase der Schwäche griffen Polen und Schweden Russland militärisch an.

Polnische Truppen eroberten 1605 Moskau und Sigismund III. Wasa, König von Polen und Großfürst von Litauen, hob den

Hochstapler Jurij Otrepev auf den Zarenthron. Er gilt als der erste von insgesamt drei Doppelgängern des Prinzen Dmitri. Als Sohn eines Kleinadligen und früher Vollwaise wuchs er in verschiedenen Klöstern auf und begann als Mönch Grigorij eine geistliche Laufbahn. In Moskau kursierten Gerüchte, dass der leibliche Sohn Iwans sich seiner Ermordung hätte entziehen können und von seiner Mutter in ein Kloster verbracht worden sei. Da in diesen sogenannten *wirren Jahren* in weiten Teilen der Bevölkerung die Sehnsucht nach geordneten Herrschaftsverhältnissen verbreitet war, lag es für Otrepev nahe, sich als dieser Zarewitsch auszugeben. Dabei kollaborierte er versteckt mit der polnischen Besatzungsmacht und, nachdem er heimlich zu Katholizismus übergetreten war, versprach seiner adligen Verlobten weite Gebietsabtretungen.

Der Hochstapler gewann schnell Unterstützung bei den Gudonow feindlich gesinnten Bojaren. Deren Anführer und späterer Zar, Wassilij Schuiski, der einst offiziell den Tod des wahren Dimitri untersucht und als Unfall erklärt hatte, bestätigte die Identität des Thronprätendenten mit dem Ermordeten. Nach dem Tod Gudonows und der Ermordung seines Sohnes sowie dessen Mutter nahm der falsche Dmitri dessen Tochter Xenia zur Geliebten und verbannte sie wenig später in ein Kloster. Er selbst heiratete seine polnisch-litauische Verlobte Marina Mniszech in Krakau nach römisch-katholischem Ritus. Scheinheilig besuchte er das Grab seines angeblichen Vaters sowie das Kloster, in dem dessen Witwe lebte. Diese erkannte ihn wider besseres Wissen als ihren leiblichen Sohn an. Dennoch witterte die Orthodoxe Kirche sowie die russische Bevölkerung den Betrug. Fürst Schuiski und seine Brüder zettelten im Mai 1606 eine Revolte an und der Pseudo-Dmitri wurde auf der Flucht getötet. Sein Leichnam wurde verbrannt, in eine Kanone geladen und in Richtung Polen geschossen. Dennoch folgten auf ihn noch mindestens zwei weitere Personen, die behaupteten, Dmitri Iwanowitsch zu sein.

Der zweite falsche Dmitri gab sich als geretteter Pseudo-Dimitri I. aus und wurde von dessen Witwe Marina Mniszech als solcher anerkannt. Auch den dritten falschen Dmitri, der sich nach der Hinrichtung des Pseudo-Dmitri II. als solcher ausgab, akzeptierte sie als Ehemann. Selbst nach dessen Exekution im Jahre 1612 versuchte sie noch, ihren Sohn aus der Ehe mit dem zweiten falschen Dmitri auf den Thron zu bringen. Nach der öffentlichen Hinrichtung des Dreijährigen verstarb die kurzzeitige ehemalige Zarin im Gefängnis. Ein Volksaufstand in Moskau beendete die polnische Fremdherrschaft und damit auch die sogenannte *Smuta*, die *Zeit der Wirrungen*.

Ein Jahr später begründete Michael I. die Dynastie der Romanows und stabilisierte das Land.

In der Regel kommt der Narzisst nicht ohne die Ermächtigung durch sein engeres Umfeld aus. Das sind die Menschen, die ihm ergeben sind und ihm unermüdlich zuarbeiten. Sie loben und bestätigen ihn und wenn er gar zu sehr über die Strenge schlägt, dann beschwichtigen sie seine Opfer. Vertuschung ist ihr Geschäft und nicht selten sogar Einschüchterung. Diese Personengruppe hört nicht auf, des Kaisers neue Kleider zu loben. Was sie antreibt, sind Gehorsam, Servilität und Gewissenlosigkeit. Sie betrachten die scheinbare Berechtigung des Täters als Begründung für ihr Vertrauen in seine Autorität. Ihre Ergebenheit ist der Garant für komplexe Taten über lange Zeiträume. Das Kartenhaus kann sehr plötzlich zusammenbrechen, aber es braucht viel Mut für die Pionierarbeit, dies zu bewirken, weil so viele in gegenseitigen Abhängigkeiten und Loyalitäten verstrickt sind. Diejenigen, die mit den Fakten als Erste an die Öffentlichkeit gehen, werden verleumdet und ausgegrenzt. Juristen erheben Anklage gegen sie und nur nach und nach werden sich, wenn überhaupt, weitere Renegaten anschließen.

Die offene Verweigerung der Empathie ist die größte Gefahr für den Narzissten. Sie hebt den Nimbus auf, der ihn schützt, und holt ihn aus seiner Sphäre der Unantastbarkeit. Er steht dann da wie ein gefallener Engel. Nicht selten wirken seine Lügen und seine Herablassung dann nur noch grotesk. Es wird an diesem Punkt klar, dass er viel zu weit gegangen ist. – Und das läutet nicht selten die Stunde des Verrats durch seine ehemaligen Zuarbeiter ein. All jene, die bisher mit ihm kollaboriert haben, schlagen sich nun auf die andere Seite und ein Teil von ihnen will von nichts gewusst haben. Ist die Exekutive bereit, Zeugen Zugeständnisse einzuräumen, dann belasten diese ihren ehemaligen Herrn durch ihre Aussagen meist schwer.

Die Rebellion gegen die narzisstische Herrschaft ist Graswurzel-arbeit. Sie beginnt mit der Verweigerung des Einzelnen; das kann stillschweigend oder ausdrücklich geschehen. Auf den Initiatoren ruht die Last. Sie sind es, die die Lawine ins Rollen bringen.

Den Begriff *Narzissmus* ist hier nicht in seinem alltäglichen oder tiefenpsychologischen Sinn zu verstehen, sondern im Rahmen des Konzepts der *narzisstischen Störung* in der Verhaltenspsychologie, das im aktuellen Klassifizierungssystem der *American Psychiatric Association* gelistet ist und fast wörtlich von der Weltgesundheitsorganisation übernommen wurde. Dieses Schema aus der Individualpsychologie lässt sich recht einfach auf Herrschaftsformen und politische Systeme anwenden. Es hilft uns dabei, die rätselhaften Phänomene unserer Zeit zu erkennen und zu erklären. Nur auf diesem Weg können wir sinnvolle Zusammenhänge herstellen und zu Lösungen gelangen, die außerhalb unseres institutionellen Rahmens liegen.

Der Hauptgrund dafür, dass der Narzisst uns dominiert, ist anerzogene Inkompetenz. Wenn man sich mit der psychologischen Entwicklung von Kindern beschäftigt, wird schnell klar, dass diese der Unterstützung bei Problemen im emotionalen sowie zwischenmenschlichen Bereich bedürfen. Sie brauchen einen Ansprechpartner, wenn sie mit Gleichaltrigen aneinandergeraten oder mit ihren Gefühlen nicht zurechtkommen. Mit Beginn der Adoleszenz geht es nicht mehr nur darum, Affekte zu benennen, sondern auch um den angemessenen Umgang mit ihnen. Wenn diese Kompetenzen nicht ausgebildet werden, sind die entsprechenden Persönlichkeiten leichte Beute für narzisstischen Missbrauch. Ich gebe nicht unseren unmittelbar vorangegangenen Generationen die Schuld dafür, dass sie uns im Hinblick auf unseren Wert, unsere Besonderheit und unseren freien Willen nicht hinreichend unterstützt haben, dafür waren sie selbst zu sehr Opfer der Gewalt und der Lüge. Wir sind besser beraten, uns jene Fähigkeiten anzueignen, deren wir bisher entbehrten. Dies wird ein langer Prozess sein und sicher nicht über Nacht gelingen. Angesichts der zu erwartenden Verluste in naher Zukunft wird mancher von uns selbst nicht erleben, wie wir uns sowohl die Wahrheit als auch sichere Grenzen zurückerobern. Betrachten wir es also als ein generationenübergreifendes Projekt, dass eines Tages unsere Kinder und Enkel wieder in Freiheit leben dürfen. In diesem Zusammenhang habe ich die klassischen Staatsformen jeweils mit bestimmten Symbolen assoziiert. Für die Monarchie stand zum Beispiel die Krone. Der Begriff Demokratie verband sich mit einer Verfassung. Einer Diktatur konnte man beispielsweise durch Hammer und Sichel Ausdruck geben. Nur für die Ochlokratie fiel es mir schwer, ein Sinnbild zu finden. Die Zeitläufte haben mich klüger gemacht. Es ist der Clown, der für die Herrschaft des Pöbels steht.

Vor einigen Jahren hatte ein Prosagedicht für einen Eklat gesorgt. Der Dichter, ein engagierter Linker, hatte sich – *mit letzter Tinte* – gegen Rüstungsexporte in ein Land gewandt, das sich weigerte, dem internationalen Abkommen zur Eindämmung von Massenvernichtungswaffen beizutreten. Der Aufschrei war gewaltig. Zeitungen weigerten sich, das Gedicht zu veröffentlichen, dem Autor wurde vorgeworfen, einen Völkermord zu planen und der angesprochene Staat selbst verhängte ein Einreiseverbot gegen den Schriftsteller. Die Posse entbehrte nicht einer gewissen Ironie, denn genau dieser Staat fordert permanent Sanktionen gegen Länder, die den Pakt unterzeichnet hatten, aber unter den unbestätigten Verdacht gestellt werden, an der Entwicklung von Nuklearwaffen zu arbeiten. Die öffentliche Auseinandersetzung war so schal, wie die politische Korrektheit es erzwang, und so wurden wesentliche Fragen, wie etwa die Gleichschaltung der Medien oder die fehlende parlamentarische Debatte, unter den Teppich gekehrt. Die Entscheidungen über die umstrittenen Ausfuhren wurden weiter in undurchsichtigen Ausschüssen getroffen und die diplomatischen Beziehungen blieben *langweilig normal*.

Wie jeder andere Mensch auch, sucht der Narzisst seinen Vorteil. Daran wäre nichts auszusetzen. Problematisch sind allenfalls der Aspekt der Redlichkeit und die Frage, wann Eigennutz in Ausbeutung auswächst. Bisherigen Kampagnen gegen verschiedene Staaten, denen schuldhaftes Verhalten in ihrer Geschichte vorgeworfen wurde, folgten eindeutig materiellen Zielen. Für diese Verhandlungen war kein unabhängiger Richter verfügbar und die Angeklagten hatten keinen Anspruch auf einen Verteidiger. Der Narzisst selbst setzt das Recht. Doch die Sache hat noch mehr Tiefgang. Wenn es *Narkissos* gelingt, seine

Forderungen in dunkle Kanäle zu leiten, und seine Lakaien ihm unauffällig zuarbeiten, dann wird die Zufuhr zum Selbstläufer. Damit will ich nicht behaupten, dass wir von Marionetten regiert werden. Ich lehne konspirative Spekulationen strikt ab. Vielmehr empfehle ich im selbstsüchtigen Umgang ein höheres Maß an Transparenz.

Iduna und ich sind keineswegs die einzigen Unzufriedenen in diesem gesellschaftlichen Zerfallsprozess. Die Masse hält zwar noch still, doch es gärt an allen Ecken und Enden. Vor einigen Tagen behauptete ein Dissident, unser Dilemma sei im Verlust der Religion begründet. Seinem Verständnis nach ist der Mensch ein grundsätzlich religiöses Wesen. Diese Argumentation muss nicht zwingend einem evolutionären Modell der Psyche widersprechen. Durch den Glauben entsteht ein gemeinsames Band zwischen den Gemeindemitgliedern und das macht sie möglicherweise stärker. So gesehen, bildet sich durch die Säkularisierung ein Vakuum, das durch die Ideologien unserer Tage gefüllt wird. Unser Schuldkult trägt zwar Züge einer Zivilreligion, trotzdem überzeugt mich diese Sicht der Dinge nicht. Man sollte sich einen Narzissten wie das Sternzeichen des Zwillings vorstellen. Seine Persönlichkeit besteht aus zwei Geschwistern: Da ist jener sichtbare Teil, der uns vereinnahmen will, und jener versteckte, der versucht, uns zu manipulieren.

Vor langer Zeit hatte ein Freund, der eine Karriere als Profisportler anstrebte, einen schweren Unfall. Ich besuchte ihn im Krankenhaus und zeigte meine Anteilnahme angesichts der Tatsache, dass seine Zukunftsplanung zerstört wurde. Zu meiner Überraschung war er nicht betrübt, sondern erklärte mir voll Erleichterung, er hätte aufgehört, der nützliche Idiot seines Vaters zu sein.

Ein Narzisst geht an zwischenmenschliche Beziehungen mit einer völlig anderen Motivation heran, als konstruktive Personen. Er ist auf der Suche nach gefügigen Objekten. Personen die aufbegehren, unbequeme Fragen stellen oder sich in irgendeiner Art und Weise querstellen, interessieren ihn nicht. Die Internalisierung unserer Schuld – oder was uns als solche eingeimpft wurde – hatte uns zum perfekten Opfer gemacht. Auch ein Gott hätte uns nicht retten können.

Mitte des vergangenen Jahrhunderts behauptete eine Person, die sich Marian Keech nannte, aber in Wirklichkeit einen anderen Namen hatte, sie unterhalte Kontakte zu der Außerirdischen *Sananda* vom Planeten Clarion. Sie scharte eine Sekte um sich, die ihren Aussagen Glauben schenkte, schon in naher Zukunft werde eine gigantische Flut die Menschheit vernichten. Ausschließlich die Sektenanhänger würden von fliegenden Untertassen gerettet werden. Als die angekündigte Flut ausblieb, war die obskure Gemeinschaft der Lächerlichkeit preisgegeben. Doch statt sich von ihrer Anführerin abzuwenden, sahen sich ihre Anhänger nur noch mehr in ihrem Glauben bestärkt. Sie argumentierten, ihre Gebete hätten Gott umgestimmt und versuchten, noch mehr Mitglieder zu rekrutieren. Drei Psychologen, die nur zum Schein in die Sekte eingetreten waren, entwickelten auf der Basis dieses Geschehens die *Theorie der kognitiven Dissonanz*. Die Erwartung, dass die Welt in einer Flut versinken würde, war mit der gegenteiligen Erfahrung nicht vereinbar. Dieser Zustand wird von Menschen als unangenehm empfunden und erzeugt innere Spannungen. Sie sind darum bemüht, die Konsonanz wieder herzustellen, und schrecken nicht davor zurück, auch völlig irrationale Begründungen für die Rekonstruktion dieses Gleichgewichts zu verwenden.

Diesen psychologischen Mechanismus findet man häufig auch in

Situationen narzisstischen Missbrauchs. Das Opfer ist immer wieder mit den negativen Absichten des Narzissten konfrontiert. Es wird belogen, abgewertet und verletzt. Anstatt sich aus der zerstörerischen Beziehung zu befreien, versucht es jedoch hartnäckig, diese Aktionen zu rechtfertigen. Mittels immer neuer Rationalisierungen wird die Verbindung als glücklich und intakt dargestellt. Das Opfer versucht, sich selbst und auch seiner Umgebung eine Harmonie vorzutäuschen, die tatsächlich nicht besteht.

Auch auf gesellschaftlicher Ebene sind Gruppen darum bemüht, unvereinbare Wahrnehmungen, Beurteilungen und Bedürfnisse in einen konsistenten Zustand zu bringen. Sie sind dann dazu bereit, Narrativen Glauben zu schenken, die bei näherer Betrachtung absurd sind. Der Skeptiker beginnt in diesem Zusammenhang zu stören, da er der Herstellung des Gleichgewichts im Weg steht. Offene Fragen der Zeitgeschichte darf es nicht mehr geben. Die Gedanken und Wünsche müssen in sich schlüssig sein, auch wenn das Ganze am Ende nichts anderes ist als clownesker Unsinn.

Der Narzisst spricht mit gespaltener Zunge. Seine Aussagen mögen sinnvoll klingen, manchmal sogar schmeichelhaft, aber er meint in Wirklichkeit etwas völlig anderes. Begrüßt er eine Person mit den Worten *Wir haben uns schon so lange nicht mehr gesehen!*, dann beinhaltet dies nur scheinbar ein Bedauern. Was er wirklich sagen will – aber niemals aussprechen wird – lautet vielmehr: *Du hast mir nicht die mir gebührende Aufmerksamkeit zukommen lassen. Am liebsten würde ich dich dafür vor den nächsten Bus stoßen.* Mahnt er andere mit den Worten *Macht es doch nicht so kompliziert!*, dann meint er tatsächlich: *Macht es einfach so, wie ich es sage, und seid endlich still!* Kaum verhohlene Dominanz mischt sich mit Herablassung und Abwertung.

Das ist im politischen Diskurs nicht anders: Wenn von *unserer besonderen Verantwortung für das Existenzrecht eines bestimmten Staates* die Rede ist, dann hat das natürlich keinen Bezug zum allgemeingültigen Völkerrecht. Es geht vielmehr um die Privilegierung eines Staatswesens, das sich traditionell um ein friedliches Miteinander in seiner Region wenig bemüht. Die Reihe der Beispiele ließe sich beliebig fortsetzen. Das linguistische Potenzial des Narzissten ist praktisch unendlich. Seine Umgebung ist gut beraten, diese Codierungen zu entschlüsseln. Sie fügt sich sonst in eine Realität, die nicht zu ihrem Vorteil ist. Am Ende besteht sie nur noch aus einer Mischung aus Lügen, Übertreibungen und Halbwahrheiten.

Manchmal ist das Instrument der Absurdität erforderlich, um einen komplexen Sachverhalt zu erklären. Stellen wir uns vor, es gäbe eine Gattung von Antilopen, die sich Löwen nähern und vertraulich fragen: »Du hast doch nicht etwa vor, uns zu fressen?« Jahrmillionen der Evolution haben dieses afrikanischen Rotwild vor solch einem suizidalen Verhalten bewahrt, sie wittern stattdessen die Gefahr schon von Weitem. Das gilt für das einzelne Tier genauso wie für die Herde. Unruhe und Flucht sind die Reaktion. Da für den individuellen Narzissten die Verstellung zu seinem Repertoire gehört, erkennen wir ihn zwar nicht auf den ersten Blick, aber wir haben in seiner Anwesenheit das Gefühl, dass etwas eigenartig ist, dass etwas nicht stimmt, auch wenn wir es nicht konkret benennen können. Wir fühlen uns unwohl und meiden diesen Menschen in Zukunft. Ähnlich verhält es sich mit einer narzisstischen Kultur. Sie ist uns fremd und wir wollen kein Teil von ihr sein. Ihre Sitten und Bräuche stoßen uns ab. Das ist der Grund, warum ihr zu allen Zeiten und unter den verschiedensten Umständen Ablehnung entgegenschlug. Der Narzisst ist von einem negativen Kraftfeld umgeben. Seine eitle

Arroganz, sein Betrug und seine Ausbeutung können das Leben nicht bejahen. Wer in seinen Bannkreis gerät, nimmt unweigerlich Schaden. Die Lebendigkeit geht verloren und die Aufrichtigkeit ist nur noch ein Gegenstand des Missbrauchs. Die Biografien von Personen, denen es schließlich gelang, sich aus einer narzisstischen Beziehung zu lösen, enthalten ein Paradoxon: Um erfolgreich aus dem verhängnisvollen Kreislauf auszubrechen, ist es für das Opfer nötig, dem Täter ein Stück weit ähnlich zu werden. Nur wenn sich die Ernüchterung und Enttäuschung mit einem gewissen Maß an Verbitterung und Abscheu verbinden, haben sie Aussicht darauf, der tödlichen Umarmung zu entkommen. Patienten leiden nach dem Missbrauch unter posttraumatischen Störungen, Kulturen müssen sich nach der Revolte neu definieren. Der Verlust mag unwiederbringlich sein und der Schaden teilweise irreparabel, aber das ist der Preis der Freiheit.

Der Narzisst kann die Realität nicht so begreifen wie andere Menschen. An dieser Stelle könnte man einräumen, dass dies auch für andere Gruppen gilt. Frauen sind aus evolutionären Gründen etwas anders programmiert als Männer. Kinder durchlaufen sukzessive Stufen der Reife und können manches erst ab einem gewissen Alter verstehen. Doch das Unverständnis des Narzissten ist anderer Natur. Er lebt in einem Universum, das er für hochwertiger hält, als jenes seiner Opfer. Er ist arrogant und hält sich für gescheiter als sein Gegenüber. Seine Herablassung macht es für ihn schmerzhaft, sich überhaupt in die Vorstellungswelt anderer zu versetzen. Er hat immer Recht und die Lüge gehört zu seinen Privilegien. Wer jemals gezwungen war, mit ihm in Verbindung zu stehen, nachdem er schon entlarvt war, weiß, dass es möglich ist, die Ruhe zu bewahren. Es herrscht dann eine spürbare emotionale Distanz. Selbstbeherrschung ist in diesem Fall oberstes Gebot und es empfiehlt sich, auf der Hut zu sein. Die Dominanz des Narzissten ist dann gebrochen. Er ahnt, dass sein ehemaliges Opfer nun einen Trumpf in der Hand hält, den er sich selbst versagte: Die Wahrheit ist ein scharfes Schwert. Anders als ihr Gegenteil steht sie für sich selbst. Wer sie auf seiner Seite hat, lässt sich nicht länger manipulieren oder ausbeuten. Der Narzisst verfügt über nichts Gleichwertiges und das ist seine Achillesferse. Wenn man sich also nicht vor den Tatsachen fürchtet, kann man den Feind an seiner verwundbaren Stelle angreifen. – Voraussichtlich wird der Clown dann die Fassung verlieren. Sein Verhalten wird unberechenbar und die Fratze seines Hasses kommt zum Vorschein. Er ist in dieser Situation zu allem fähig, außer zu einem annehmbaren Benehmen.

Den Grad an Empathie eines Menschen kann man auf emotionaler Ebene mit einer einfachen Methode messen: Der Versuchsperson wird eine kurze Filmsequenz gezeigt. Darin wird mit einem Hammer auf einen auf einem Tisch liegenden Finger geschlagen. Meist zuckt der Zuschauer selbst kurz zusammen oder faltet schützend seine Hände. Fehlt diese gefühlsmäßige Anteilnahme, so versteht der Proband in der Regel auf einer kognitiven Ebene dennoch, dass einem Mitmenschen Schmerz zugefügt wird.
Dem Narzissten ist dies jedoch zu wenig. Wie im Goldrausch schürft er geradezu nach der emotionalen Empathie seiner Beziehungspersonen. Ältere Damen, die beim Kaffeetrinken den kleinen Finger abspreizen, um nicht allzu gewöhnlich zu erscheinen, pflegen sich dann wechselseitig ihren Kummer und all die kleinen Nöte zu erzählen. Während die Narzisstin mit Tränen in den Augen in die Runde fragt: »Könnt ihr euch das vorstellen?«, schlagen die Empathinnen theatralisch die Hände

über den Köpfen zusammen und rufen: »Ist das denn die Möglichkeit!« Unser Zeitalter der zugeteilten Schuld ist in diesem Sinne wie das biblische Ophir. In diesem Eldorado der seelischen Erschütterung sind es jedoch nicht abenteuerlustige Gesellen, die mit Spitzhacke, Schaufel und Goldwaschpfanne ihre Existenz aufs Spiel setzen, um mit viel Mühe dem Boden ein paar Nuggets abzuringen, es sind vielmehr gerissene Organisationen, die über Jahrzehnte hinweg die ominöse Schuld ausbeuten. Diese Mine scheint zunächst unerschöpflich zu sein, aber am Ende wird sich das Fieber legen und den Glücksrittern wird nichts anderes übrig bleiben, als in das nächste verheißene Land weiterzuziehen. Das große Geschäft haben übrigens letztlich nicht die Schürfer gemacht, sondern jene, die ihnen Zelte, Schaufeln und Siebe verkauften.

Die Krise, in der wir stecken und die immer bedrohlichere Ausmaße annimmt, ist struktureller Art und hat nichts oder nur oberflächlich mit der Charakterschwäche führender Politiker oder deren missratenen Konzepten zu tun. Es ist vielmehr eine unüberwindliche Kluft zwischen uns, dem Volk und jenen da oben. Sie fühlen sich uns nicht verpflichtet, wie es ihr Amtseid verlangt. Ihre Loyalität gilt einem anderen Land und anderen Menschen. Das bedeutet nicht, dass sie sich mehrheitlich ethnisch von uns unterscheiden. Es ist eher so, dass sie niemanden unter sich dulden, der das Wohl der Eigenen mehr als nur zum Schein ernst nimmt. Wir haben im vergangenen Jahrhundert tatsächlich Schuld auf uns geladen. Der Vollständigkeit halber sei hier erwähnt, dass dies auch für etliche Staaten uns gegenüber gilt. Außerdem ist an dieser Stelle der Hinweis nötig, dass sich diese Schuldzuweisungen nicht zwingend mit der historischen Wahrheit decken. Wechselseitiges Verzeihen ist schwierig. Meist ist es eine generationenübergreifende Aufgabe. Mit einem der angesprochenen Länder wird sie sicherlich niemals gelöst werden. Doch gerade dieser Staat und seine Gemeinden in der Diaspora stehen an der Spitze der Opferhierarchie. Ihnen sind unsere Medien, Politiker und der Rest der Eliten bedingungslos ergeben. In der Regel sind diese selbst kein Teil dieses Volkes, aber sie haben dessen Hass und Kränkungen internalisiert. Das ist, was sie antreibt. Sie sind der Brückenkopf, der in unser Zentrum reicht. Wenn man mit ihnen zu tun hat, dann ist man an einen Stellvertreter geraten. Dem falschen Selbst des Narzissten dienen diese Beziehungen in erster Linie der Linderung seiner beschädigten Identität. Diesen Makel anzuerkennen, ist ihm unmöglich, denn das berührt seine tiefsten Ängste. Verweigert ihm seine Umwelt die dringend benötigte narzisstische Zufuhr, macht er diese für seine Leiden verantwortlich. Wer sich mit einer dieser Art gestörten Persönlichkeit eingelassen hat, sitzt in einer Zwickmühle. Er wird sich am Ende für das kleinere Übel entscheiden müssen und das kann nur die längst überfällige Abkopplung von diesem kranken System sein.

Das Verkehrsministerium hat einen Werbespot für kooperatives Verhalten im Straßenverkehr geschaltet, der aufgrund seiner Kreativität und gelungenen Umsetzung im Gedächtnis geblieben ist: Ein tadellos gekleideter Mann öffnet die Tür seines Autos und sieht im selben Moment eine Schnecke vor seinem Reifen. Er bückt sich nach dem Tier und platziert es vorsichtig auf einem Salatblatt, das zufällig auf einer nahen Mauer liegt. Szenenwechsel: Eine attraktive junge Frau sitzt auf dem Fahrersitz und hat den Rückspiegel so eingestellt, dass sie ihr Gesicht noch etwas schminken kann. Vielleicht steht sie vor einem Vorstellungsgespräch, jedenfalls prüft sie vor dem Starten des

Motors noch einmal ein gewinnendes Lächeln. Unmittelbar nach Beginn der Fahrt machen beide Personen eine dramatische Verwandlung durch. Dem Mann verkürzen sich die Arme, seine Haut verfärbt sich grün und seinen gepflegten Händen wachsen Klauen. In kürzester Zeit wird er zu einem Krokodil. Die Frau umfasst das Steuer mit Flossen. Wenn sie den Mund öffnet, kann man eine Vielzahl gezackter Zähne sehen. Als Hai schreit sie anderen Verkehrsteilnehmern, die ebenfalls die Gestalt von Wölfen und Hyänen angenommen haben, krude Beschimpfungen entgegen. Das Krokodil gerät an einer roten Ampel in Rage und gefällt sich im wilden Gestikulieren und mit obszönen Handzeichen. Der Spot endet mit dem Appell *Bleiben Sie Mensch!* und wünscht allen Autofahrern eine gute Fahrt.

Die Psychologie hat sich seit vielen Jahren mit dem ungehaltenen und aggressiven Auftreten mancher Automobilisten befasst. Wahrscheinlich fühlen sich viele in ihrem Fahrzeug besonders geschützt und befürchten daher keine tatsächliche Konfrontation mit den harsch angegangenen Mitmenschen. Ich vermute jedoch in diesem Zusammenhang auch ein narzisstisches Element: Der maligne Narzisst übt seine Gewalttätigkeit in Situationen aus, in denen er sich unbeobachtet fühlt. Wenn er keine Konsequenzen befürchten muss, verliert er die Kontrolle über sich.

Der Narzisst hat eine ganz eigene Beziehung zum Tod. Stirbt eine Person, zu der er keine Beziehung hatte, so ist Gleichgültigkeit seine einzige echte Reaktion. Sein Mangel an Empathie lässt nichts anderes übrig. Das heißt, nicht, dass er seinen Gleichmut offen zu erkennen gibt. Abhängig von der Situation wird er eine Fassade aufbauen, die für ihn von Nutzen ist. Gespielte Trauer und das Bedauern eines Verlustes ermöglichen eventuell sogar zusätzliche emotionale Zufuhr aus dem zur Empathie fähigen Umfeld. Anders sieht es aus, wenn der Narzisst das Opfer seines

Missbrauchs verliert. Es ist so ärgerlich, wie wenn einem Autofahrer auf der Schnellstraße der Treibstoff ausgeht. Dem falschen Selbst ist dann nicht nur eine wichtige Stütze abhandengekommen, vielmehr erfährt es auf diese Art auch eine Beschränkung seiner Dominanz. Eine übergeordnete Instanz hat sich ungefragt in sein Leben eingemischt und ihm genommen, was seiner Kontrolle unterlag. Auf diese Kränkung reagiert es normalerweise mit Verärgerung und Wut. – Und außerdem ist da noch das Bewusstsein der eigenen Sterblichkeit: Das Wissen, dass der eigenen Selbstdarstellung unabwendbar ein biologisches Ende bevorsteht, bereitet ein erhebliches Unbehagen.

Ein Personentyp, der im Kreis des Narzissten besonders gern gesehen ist, ist der dienliche Mensch, ein Charakter, der grundsätzlich darauf angelegt ist, sich zu fügen. Er ist unbedingt loyal, begehrt fast nie auf und ordnet sich bereitwillig unter. Charismatiker wirken wie Magneten auf ihn. Meist handelt es sich bei ihnen um Personen mit geringem Selbstwert. Ihre Strategie besteht darin, im Windschatten eines Führers durchs Leben zu kommen, dabei bilden sie eine Schnittmenge mit der Entourage des Narzissten. Sie gehören zu seinen Komplizen und bleiben ihm treu ergeben, auch wenn er Fehler begeht. Allerdings fehlt ihnen die Lust an der Intrige und meist auch das Interesse an unmittelbaren Vorteilen. Vom empathischen Anhang unterscheidet sie ihre mangelnde Fähigkeit, sich in andere hineinzudenken. Ihre Gefolgschaftstreue verbindet sich eher mit einer Gelegenheit und weniger mit einem individuellen menschlichen Schicksal. Für den Narzissten sind sie ein gefundenes Fressen. Ihre Unterordnung gilt ihm als Schwäche. Von ihnen geht wenig narzisstische Zufuhr aus, da sie sich erfahrungsgemäß jeder Bezugsperson devot ergeben. Als Objekte der Abwertung sind sie dafür umso besser geeignet, denn sie stecken klaglos alles weg. Das bedeutet jedoch nicht, dass sie nicht doch versteckt einen Stachel mit sich tragen: Oft kommen sie ihren Mitmenschen körperlich zu nah. Ihre Freundlichkeit schmeißt sich an sein Gegenüber ran. Es fehlt ihnen das Gefühl für die angemessene Distanz. Meist sind sie per Du mit allen und jedem und ihre Fragen und Bemerkungen sind so indiskret, dass viele sie fürchten und ihnen nach Möglichkeit aus dem Weg gehen.

Es gibt ein Charakteristikum, das Verschwörungstheoretiker auf der Stelle entlarvt: Sie neigen dazu, Punkte zu verbinden, die nichts miteinander zu tun haben. Beispielsweise verweist die Summe des Datums einer Katastrophe vermeintlich auf eine symbolische Zahl einer Geheimgesellschaft. So wird auch das trivialste Ereignis zum Komplott. Die Frage ist berechtigt, warum Menschen überhaupt solch leicht durchschaubaren Unsinn glauben. Es könnte sein, dass die Anhänger solcher Modelle diese Konzepte in einem metaphorischen Sinn verstehen. Sie wissen sehr wohl, dass extraterrestrische Pelzwesen nicht die Notenbanken unterwandern und glauben auch nicht, dies hätte irgendetwas mit ihrer Mutter zu tun. Sie betrachten Mitteilungen solcher Art vielmehr als eine verschlüsselte Information, die nur einer ausgesuchten Minderheit zugänglich ist. Konspiratives Denken ist ungeeignet, den Narzissten zu demaskieren. Das hat damit zu tun, dass die Beziehung mit einer solch selbstsüchtigen Person kein Kontinuum darstellt.

In ihren Anfängen waren Fernsehserien eine Art von Miniaturfilmen: Die Protagonisten blieben Folge für Folge dieselben, aber das Drama oder die Herausforderung, vor der diese Darsteller standen, war jeweils anders. Das eine Mal hatte eine Nahrungsmittelvergiftung die komplette Mannschaft eines lebensrettenden Patrouillenbootes – mit Ausnahme eines einzelnen Helden – außer Gefecht gesetzt, die Woche darauf, ging es um die Verfolgung einer ruchlosen Schmugglerbande. Fortsetzungen waren die Ausnahme, übergeordnete Rahmenhandlungen fast belanglos. So ist es auch mit der narzisstischen Herrschaft; Momente der Hoffnung mögen hier und da aufkommen und der Bürger wird sich daran klammern wie ein Ertrinkender, der nur selten Land in seinem Leben gesehen hat. In Wirklichkeit sind das aber nichts anderes als Launen einer Despotie ohne jede kausale Verbindung.

Kapitel 2

Ich will diesmal wissen, mit wem ich es zu tun habe. Iduna sitzt mir gegenüber. Ihr schwarzes Haar steht in Kontrast zu ihren intensiv blauen Augen und ihrem blassen Teint. »Du weißt, was mein Beruf war?«, frage ich.

»Ja, ich bin informiert. Du hast auf dem Gebiet der Psychotherapie gearbeitet.« Sie sieht mich spöttisch an. Wahrscheinlich denkt sie, dass viele Angehörige meiner Profession ähnliche Probleme haben, wie ihre Patienten. »Erzähle mir von deinem skurrilsten Fall«, verlangt sie sichtbar gut gelaunt. Eine Weile denke ich nach. Über die Sache mit der Kannibalin will ich nicht reden. In einer frühen Phase des Kennenlernens könnte das irritierend wirken. Ich entscheide mich für einen eher alltäglichen Konflikt eines Ehepaares im Alter von 40 Jahren: »Ein Mann konsultierte mich wegen seiner Unzufriedenheit im erotischen Umgang mit seiner Gattin. Sie verstand es zwar, ihn in Erregung zu versetzen, doch unmittelbar vor der Vereinigung sagte sie immer denselben Satz: *Jetzt gibt Mutti alles!*«

»Und wo ist da das Problem?«

»Immer, wenn sie diese Worte vom Stapel ließ, verlor er augenblicklich sein Stehvermögen.«

»Wie frustrierend! Der Patient muss sehr sensibel gewesen sein.«
Ich nicke und bestelle noch einen Campari.

»Und wie bist du den Fall psychologisch angegangen?«

»Es stellte sich heraus, dass die Gemahlin nicht besonders glücklich in ihrer Ehe war. Sie hätte sich mehr Freiheit und Selbstverwirklichung gewünscht. Stattdessen war sie in einer traditionellen Rolle gefangen. Im entscheidenden Moment diesen Satz zu sagen, war eine Art Rache. Man könnte es auch als eine Methode betrachten, ihre Unzufriedenheit zu signalisieren. In einem symbolischen Sinn entmannte sie ihren Gatten, weil er sie als Frau nicht verstehen wollte.«

»Sie verwandelt den sinnlichen Augenblick in einen scheinbaren Inzest. Das löst die Hemmung aus. Du verstehst es, mit toxischer Weiblichkeit umzugehen. Das gefällt mir.«

»Soll das andeuten, dass du selbst ein gewisses Maß an toxischer Energie mit dir führst?«

»Aber ganz bestimmt«, entgegnet sie freimütig. »Eine ganze Menge sogar.« Sie lacht amüsiert.

Es für mich fast unmöglich, sie einzuordnen. »Was machst du von Beruf?«, frage ich.

»Ich bin Thanatologin.«

»Was sollte ich mir darunter vorstellen?«

»Das ist ein Euphemismus für den Begriff *Bestattungsunternehmerin*.«

Jetzt beginne ich, sie zu verstehen. Die Aura um sie herum passt zu dieser Angabe. Sie hat etwas Unheimliches an sich. Es ist eine Art morbider Charme, auf den ich mich zu diesem Zeitpunkt bereits unbewusst eingelassen habe. »Und was war deine unvergesslichste Bestattung?«

»So, wie sie schließlich abgewickelt wurde, war sie eigentlich sehr konventionell, aber eigentlich war gar keine Grablegung geplant gewesen. Es gibt Menschen, für die ist der Gedanke unerträglich, dass sich ihre Kinder je von ihnen lösen könnten. In meinem Fall hatte ein Ehepaar testamentarisch angeordnet, dass die Tochter nur dann in den Genuss des Nachlasses käme, wenn sie eine eidesstattliche Erklärung abgebe, ihre Eltern für den Rest ihres Lebens als Plastinate in ihrem Wohnzimmer aufzubewahren.«

»Plastinate? Du spielst auf jenen Deutschen mit Hut an, der eine Methode entwickelte, Menschen- und Tierkörper haltbar zu machen?«

»Ja, genau. Ich hatte eine seiner Ausstellungen besucht und war beeindruckt.«

»Und? Wie ging die Angelegenheit aus?«

»Der Letzte Wille enthielt einen Formfehler und wurde vor Gericht angefochten. So kamen die beiden älteren Herrschaften doch noch zu ihrer Beisetzung und die Tochter führte mit deren Geld ein betont extravagantes Leben.«

***

Seinen Ursprung hat der Narzisst in der antiken Mythologie. Doch wie das meiste der klassischen Psychoanalyse gilt auch diese Gestalt als zweifelhafte Auslegung eines sektiererischen und pseudowissenschaftlichen Kults. Mir scheint es sinnvoller zu sein, Parallelen in den kollektiven Schichten unseres Unbewussten zu suchen. In dem Märchen vom Rotkäppchen beispielsweise findet man eine sehr plakative Beschreibung der Realitätsverweigerung eines Opfers, das sich aus Leichtsinn mit seinem Häscher eingelassen hat. Mit Kuchen und allerlei anderem Backwerk wird die Heranwachsende von ihrer Mutter zum Haus ihrer Großmutter geschickt. Sie ist angehalten, nicht den Weg zu verlassen, doch dann wird sie vom bösen Wolf angesprochen und plaudert unbekümmert über ihr Ziel. Das wilde Tier bietet an, sie zu begleiten, doch Rotkäppchen lehnt dies ab. Stattdessen pflückt sie auf einer angrenzenden Wiese einen Strauß Blumen. Der Wolf hat inzwischen die Behausung der Großmutter aufgesucht und diese verschlungen. Als die Kleine schließlich in der Hütte ankommt, erkennt sie nicht das Untier, das in den Kleidern der Großmutter in deren Bett liegt. Sie hatte nicht gelernt, die ersten

Anbiederungen des Wolfs als Teil einer teuflischen List zu sehen. In manchen Versionen der Fabel legt sie sich sogar zu ihm ins Bett. Aber da ist dennoch dieses typische Unbehagen, das Menschen in Gegenwart des Narzissten empfinden: »Großmutter, warum hast du so große Augen?«, will sie wissen. Wäre der Wolf ehrlich, würde er antworten: *Damit ich dich auch in Zukunft kontrollieren kann.* »Großmutter, warum hast du so eine große Schnauze?« – *Damit ich dich jeder Zeit aufspüren kann.* »Großmutter, warum hast du ein so großes Maul?« – *Damit du in meinem selbstsüchtigen Orbit bleibst und ich dich weiterhin manipulieren kann.* Ein aufmerksamer Jäger kommt am Ende zu Hilfe, befreit die beiden Frauen und füllt den aufgeschlitzten Leib des Raubtieres mit Steinen. Der Bösewicht kann seinen Opfern also nicht mehr nahekommen. Und Rotkäppchen hat hoffentlich gelernt, dass man Fremden keine sensiblen Informationen ausplaudert.

Wir stehen vor einem beispiellosen Bankrott jenes politischen Systems, auf das wir bisher vertrauten und das in den letzten Jahrzehnten auch einigermaßen funktionierte. Es ist den etablierten Machthabern nicht gelungen, einvernehmliche Lösungen mit der aufkommenden Opposition zu erarbeiten. Vielmehr begegnet man den Dissidenten mit unverhohlener Arroganz und bekämpft sie mit allen legalen und illegalen Mitteln. Es geht nicht mehr um die Verständigung auf einen gesellschaftlichen Konsens, sondern um die Herstellung unumkehrbarer Zustände. Angesichts des relativ kleinen Zeitfensters für eine alternative Politik ist dies eine rationale Strategie. Sie hat jedoch nichts mehr mit einer Volksherrschaft zu tun. Der Souverän wird vielmehr übergangen und der freiheitliche Rechtsstaat besteht nur noch auf dem Papier. Beim Bürger entsteht der Eindruck, dass die relevanten Fragen gar nicht mehr im Parlament debattiert und entschieden werden, sondern die Entschlüsse in undurchsichtigen Ausschüssen, supranationalen Gremien und elitären Zirkeln gefasst werden. Das lässt konspirative Theorien ins Kraut schießen. Dabei sind die wahren Gründe für das Systemversagen wesentlich einfacher. Narzissmus und Demokratie schließen sich wechselseitig aus. Die regierende Narzisstin kann ihren elementaren Fehler nicht zugeben. Würde sie ihre Fehlbarkeit eingestehen, wäre dies eine schwere Kränkung für ihr als perfekt gesetztes Ego. Ein intakter Staatsführer würde sich mit der Opposition in Verbindung setzen und berechtigte Kritik konstruktiv aufgreifen. So ließen sich vorangegangene Fehlentscheidungen revidieren und Kräfte bündeln. Was den Narzissten wahrscheinlich am meisten von dieser Zusammenarbeit abhält, ist seine Abhängigkeit von externen Einschätzungen. In Wirklichkeit ist sein Selbst so fragil, dass eine Distanzierung jener bisherigen Einflusspersonen von ihm wie eine Degradierung empfunden würde. Und diese Tatsache gibt den Theoretikern einer Verschwörung tatsächlich ein Stück weit recht. Da sind die Schmuddelkinder und die Ballprinzessinnen, letztere begegnen sich auf internationalem Parkett. Der eigentliche Souverän hingegen ist das gemeine Pack: Lästig und peinlich kommt er im eigenen Staat daher.

Immer wieder beschäftigt die Menschen die Frage, wie man Unheil abwenden könnte, wenn ein Asteroid Kurs auf unseren Planeten nähme. Der erste Gedanke ist meist, dass man den interstellaren Eisklumpen mit nuklearen Waffen sprengt. Er würde sich dann in eine Ladung Schrot verwandeln, die allenfalls punktuelle Schäden verursachen könnte. Es sind aber auch filigrane Lösungen denkbar. So könnte man beispielsweise mittels eines Sonnenspiegels eine Seite des Himmelskörpers erhitzen und die Gesetze der Physik würden ihn dann schadlos an der Erde vorbeiziehen lassen.

Viele haben eine falsche Vorstellung vom Machtmenschen. Tatsächlich erscheint er nicht in Gestalt des schwarzen Ritters, der mit einem einzigen Hieb seines Langschwertes die Tischplatte in zwei Hälften teilt. Das würde eher einen Psychopathen charakterisieren. Narzisstische Dominanz kommt ganz anders daher: Sie ist langfristig angelegt und besteht vor allem aus unterirdischer Wühlarbeit. Außerdem ist sie darauf ausgelegt, auf ihre Gelegenheit zu warten oder sie zu begünstigen. Es ist das Flicken eines Netzes, das dem Opfer zur Falle wird. Ich war immer wieder überrascht, mit welcher Zähigkeit und Intensität der Narzisst an seine Arbeit geht. Selten gibt er seine Überlegenheit zu erkennen und wenn doch, dann nur um jene einzuschüchtern, die ihm auf die Schliche gekommen sind. Seine Intentionen sind ihm selbst bewusst und er weiß sehr wohl, mit wem er sein Bühnenstück spielen kann. Paradoxerweise erkennt man den Machtmenschen manchmal auch an seiner Feigheit. Bekommt er es mit einem Stärkeren zu tun, so reagiert er mit besonderer Unterwürfigkeit. Verfängt sich jemand in den Maschen seines Netzes, dann beginnt er mit der Ausgestaltung seiner Position. Sein Einfluss ändert auf raffinierte Art die Realität des in Besitz Genommenen.

Um diesen Mechanismus auf gesellschaftlicher Ebene zu beschreiben, ist ein kleiner Exkurs in das Wesen der Wissenschaft nötig: Anders als im Fall der Religion sind deren Inhalte nur unter Vorbehalt und keineswegs umfassend gültig. Es gibt Phänomene, für die wir keine Erklärung haben und möglicherweise nie haben werden. Zudem sind die Ergebnisse der Forschung nur vorläufig gültig. Die Aussage *alle Raben sind schwarz* gilt nur bis zu jenem

Zeitpunkt, an dem der erste bunte oder eventuell weiße Rabe gefunden wird. Vielleicht entsteht diese besondere Tierart in den Urwäldern des Amazonas oder es gibt sie bereits auf uns noch unbekannten Planeten. Wissenschaft ist deshalb nie endgültig, vielmehr stellt sie sich dauernd selbst infrage. Ihr zentrales Merkmal ist die Falsifizierbarkeit ihrer Thesen. Der Satz *Wenn der Hahn kräht auf dem Mist, ändert sich das Wetter oder es bleibt, wie es ist* kann unmöglich widerlegt werden und ist daher nicht wissenschaftlich. Diese bewusste Fragilität betrifft auch die Historiografie: Wenn die Geschichtsschreibung in Bezug auf eine bestimmte Ära nicht infrage gestellt werden darf, dann ist ihr wissenschaftlicher Wert praktisch null. Eine juristische Norm muss einen allgemeinen Anspruch haben, sie gilt dann für jeden in gleicher Weise und ist damit ein Gesetz. Wenn sie hingegen nur dazu dient, einen bestimmten Zeitraum vor unangenehmen Fragestellungen zu schützen, dann ist sie ein Privileg und somit sind wir wieder zurück beim Narzissten.

In ihrer simpelsten Form kann man Macht als die Wahrscheinlichkeit definieren, dass den Anordnungen einer bestimmten Person oder Institution Folge geleistet wird. Diese Beschreibung hat den Vorteil, dass sie messbar und damit falsifizierbar ist. Andererseits befriedigt sie nicht, da sie gewisse Merkmale der Macht unbeachtet lässt. So tritt diese eher selten in solch mechanischer Art auf, man hat oft eher den Eindruck, dass sie zirkuliert.

Nehmen wir als Beispiel den religiösen Menschen: Er ist Teil einer Glaubensgemeinschaft, die ethische Fragen verbindlich erklärt, den Rahmen für biografische Eckpunkte – Taufe, Eheschließung, Bestattung – stellt und in Notfällen humanitäre Hilfe leistet. Wer sich darauf einlässt, nimmt billigend in Kauf, dass die Kirche Einfluss auf ihn ausübt. Dabei geht es nicht nur um jene Fragen, die jenseits unserer Erkenntnis liegen. Die Macht des mittelalterlichen Klerus beruhte zum Teil auch auf der Tatsache, dass die breite Bevölkerungsmehrheit gar kein Latein verstand. Sie waren daher vom Diskurs über theologische Fragen von vornherein ausgeschlossen. Der Mangel an Transparenz ist typisch für die Kontrolle, mit der der Narzisst über sein Opfer bestimmt. Seine Macht beruht auf Lügen, Manipulation und anderen undurchsichtigen Strategien. In diesem Sinne bringt Macht *Wissen* hervor und macht es so zum Werkzeug des politischen Handelns. Andererseits beruht tatsächliches Wissen auf einem herrschaftsfreien Diskurs und darauf ausgerichteten Machtverhältnissen. Wir dürfen hoffen, denn mit dem Ende unseres zeitgenössischen Unrechtsstaates werden auch dessen propagandistische Spukgeschichten als das entlarvt werden, was sie tatsächlich sind.

Das führt uns zum Problem der Fremdherrschaft. Ich denke in diesem Zusammenhang weniger an Großreiche mongolischer Reiterhorden, die meist nach kurzer Zeit wieder implodierten, sondern an jene Kolonialreiche, die über Jahrhunderte Bestand hatten. Meist sind diese Weltreiche nicht mit der militärischen Überlegenheit ihrer Mutterländer zu erklären. Sie entstehen sukzessive Stück für Stück und das Militär spielt dabei nur eine untergeordnete Rolle. Es sind diplomatische Kunstwerke und das Wesen des Imperialismus liegt in der Korrumpierbarkeit der Eliten des eroberten Landes. Im Gegenzug zu ihrer Kollaboration werden sie an der Ausbeutung des Landes beteiligt, ihr Status wird gesichert und sie haben Anteil an den kulturellen Vorzügen der Besatzungsmacht. Bis ins 20. Jahrhundert hinein haben indische Wissenschaftler, die aus dem britischen Ausbildungssystem hervorgegangen waren, beachtliche Forschungsarbeiten vorgelegt.

Ist eine Region solcher Art befriedet, genügt ein minimales Kontingent an zurückgelassenen Soldaten, das Regime zu sichern und das nächste Ziel kann ins Visier genommen werden. Allerdings sind diese fein gesponnenen Netze angreifbar. Die japanische Expansion im 20. Jahrhundert hat ungewollt viel für die Dekolonialisierung Ostasiens getan. Reißt das Kolonialsystem an einer Stelle ein, dann sind die korrupten Eliten schwer wieder zu inthronisieren und dem langfristig angelegten Weltreich droht ein plötzlicher Kollaps.

Ärger gehört zu den negativen menschlichen Gefühlen. Man kann sich aus Enttäuschung ärgern oder aufgrund einer Beleidigung. Es gibt fast unzählige weitere Gründe und jeder kennt diese Emotion. Das spezifische Merkmal der Aufgebrachtheit besteht in seiner Verhältnismäßigkeit zur Ursache. Das unterscheidet sie vom Jähzorn. Dieser tritt plötzlich auf und ist schwer kontrollierbar. Sicherlich gibt es Grenzfälle, die auch dieses Gefühl rechtfertigen, zum Beispiel, wenn das eigene Kind körperlich angegriffen wird. Doch das narzisstische Ich ist zu fragil, um mit seinem Furor umzugehen. Er entlädt sich bei der kleinsten Verletzung des narzisstischen Selbst. Das Opfer ist nicht notwendigerweise jene Person, die mit der inneren Verwundung in Berührung kam. Der Narzisst unterscheidet sehr genau, welche Personen seiner Dominanz ausgeliefert sind und welche über ihm stehen. Oft bildet diese Rage den Übergang zur psychopathischen Gewalt. Man kann diesen Hass sehr plastisch betrachten, wenn eine Bevölkerung unter die Herrschaft einer sich selbst auserwählt wähnenden Elite gerät. Das beste Beispiel dafür ist das Schicksal der Palästinenser. Das Völkerrecht wird grundsätzlich den religiösen Geboten der Privilegierten untergeordnet. Die Schikane der Unterdrückten wird zum Alltag. Das kleinste Aufbegehren wird mit Vergeltungsmaßnahmen gegen Frauen und Kinder beantwortet. Der Terror macht sich in regelmäßigen Abständen Luft. Es scheint, als ob die angestaute Wut von Zeit zu Zeit Dampf ablassen muss. Der Psychopath fürchtet keine Sanktionen. Das muss er auch nicht, solange er mit seiner militärischen Überlegenheit Wehrlosen gegenübersteht. Die Staatengemeinschaft baut nach den Attacken auf eigene Kosten die Spitäler und Schulen wieder auf. Wer es wagt, auf die Menschenrechte zu verweisen, wird mundtot gemacht und gilt als geächtet. So drehen sich die Dinge über Jahrzehnte hinweg im Kreis, bis eines Tages die narzisstische Herrschaft beendet wird.

Der ganzheitliche Mensch hat zwei Zustandsformen des Selbst. Da ist zunächst das öffentliche Selbst. Es ist darauf angelegt, mit seiner weiteren Umwelt zurechtzukommen. Eine möglichst vorteilhafte Repräsentation der jeweiligen Person ist das Ziel, wenigstens soll diese möglichst wenig angreifbar werden. Wir spielen in diesem Sinne unsere Rolle und vertrauen darauf, dass die anderen uns Glauben schenken. Dass wir hier und da ein bisschen schummeln, liegt in der Natur der Sache. Vielleicht hat eine Person eine bewegte Vergangenheit und will auf die Verfehlungen in dieser Zeit nicht angesprochen werden. Mir ist beispielsweise aufgefallen, dass Menschen nur sehr ungern Fotografien aus ihrer Adoleszenz zeigen. Mir geht es genauso. In dieser Lebensphase tun sich neue Dimensionen auf und der Übergang ins Erwachsenenleben wirkt manchmal peinlich. Des Weiteren ist da das private Selbst. Es ist deutlich weniger geschminkt und muss seinen Verwerfungen ins Auge sehen. Eine Person mag öffentlich selbstbewusst auftreten und ist im familiären Rahmen dennoch unsicher und konfliktscheu. Zu diesem Teil unserer Persönlichkeit gehören auch jene Anteile, die wir nur allzu gern verdrängen oder auf andere projizieren. Zum Charakter des Narzissten gehört im Gegensatz dazu ein dritter Zustand: das geheime Selbst. Es schützt die ausbeuterischen und Empathie absorbierenden Aktivitäten des Täters und täuscht das Opfer über dessen wahre Absichten. Seiner Natur nach ist es bösartig und zerstörerisch. Nachdem sich Geschädigte aus der aussaugenden Beziehung befreit haben, stellen sie oft die Frage nach der Infamie der narzisstischen Person. Ich pflege mich in diesem Zusammenhang an einer Faustregel zu orientieren, die ich mir in jüngeren Jahren als Rucksackreisender in tropischen Ländern zu eigen machte: *Für jede Schabe, die man sieht, verstecken sich zwei Dutzend weitere in den Ritzen und Fugen des Zimmers.*

Kapitel 3

Iduna und ich sitzen uns neben einer Garküche auf einfachen Holzbänken gegenüber. Wir haben Nudelsuppe mit Hühnerfleisch bestellt.

»Ich gehe jetzt einfach einmal davon aus, dass du recht hast und Reuben tatsächlich noch lebt«, beginne ich das Gespräch. »Es ist ganz einfach nicht in unserem politischen Interesse, eine solche Person zu liquidieren. Im Gegenteil, ich fühle mich vielmehr verpflichtet, das Leben dieser Person zu schützen, sodass er endlich seine Komplizen benennt und alle anderen offenen Fragen im Zusammenhang mit diesem Skandal klärt.«

»Das wird so nicht funktionieren. Es sind zu viele Prominente in diese Affäre verwickelt, die werden das niemals zulassen.«

»Warum ist er dann überhaupt noch am Leben? So gesehen wäre es einfacher gewesen, ihn spätestens in Haft zu töten. Warum sollte die Elite riskieren, dass Informationen ans Licht kommen, die ihre Existenz unweigerlich zerstören würden?«

Iduna kann geschickt mit Stäbchen umgehen. Sie hat damit eine Traube von Nudeln aus der Schale gehoben und saugt sie genüsslich ein. »Man nennt es den *Reflex des toten Mannes*«, erklärte sie, als sie runtergeschluckt hat. »Reuben war nicht dumm. Es gelang ihm, einen Mechanismus zu konstruieren, der im Falle seines Ablebens das gesamte kompromittierende Material an die Öffentlichkeit bringen würde. Das war und ist bis heute seine Lebensversicherung.«

»Woraus besteht das bloßstellende Material eigentlich genau?«

»Stell es dir als eine Videothek voll heimlich aufgenommener Pornografie vor, wobei die männlichen Darsteller aus Wissenschaft, Finanzen und Politik weltweit bekannt sind und die weiblichen Akteure bestenfalls Minderjährige oder in den meisten

Fällen noch Kinder sind. Das alles ist zeitgemäß digitalisiert und vervielfacht.«

»Jetzt verstehe ich gar nichts mehr. Wenn wir auf das Angebot eingehen und ihn aus dem Spiel nehmen, dann wird genau dies geschehen.«

»Richtig, das ist auch der Sinn der Sache. Insbesondere ein Teil des politischen Establishments wird damit schwer desavouiert.«

***

Vielleicht ist es eher von nebensächlicher Bedeutung, aber ein Narzisst kann mit Enttäuschung nicht umgehen. Selbst kleinste Frustrationen lösen bei ihm einen emotionalen Sturm aus. Hat beispielsweise ein Kaufhaus ein bestimmtes Produkt nicht auf Lager oder ist ein Kleidungsstück nicht in der gewünschten Farbe erhältlich, so ist die Reaktion des Narzissten darauf von infantiler Unverhältnismäßigkeit geprägt. – Das gilt selbstverständlich nur, wenn seine persönlichen Erwartungen betroffen sind. Werden etwa öffentliche Verkehrsmittel seit Monaten bestreikt, so ist das für ihn ohne Bedeutung, hat jedoch sein Zug nur wenige Minuten Verspätung, so wird das zur Ungeheuerlichkeit. Das gilt auch auf politischer Ebene. Ein prominenter Künstler hatte vor einiger Zeit bei einem Auftritt eine blaue Kornblume am Revers. Das Symbol war vor mehr als 200 Jahren ein Zeichen für nationale Einheit und stand gegen die Willkür der Fürstenhäuser. Eigentlich hat es wenig mit den gegenwärtigen Zuständen zu tun. Trotzdem wurde es zum Eklat umfunktioniert. Ich habe lange gebraucht, um zu verstehen, warum so ein kleiner Fauxpas einen Sturm der Entrüstung auslöste. Die etablierte Politik betrachtet sich selbst als *progressiv*. Ihre Agenda soll als Fortschritt gelten und jeder noch so unbedeutende Missmut gilt als unverzeihliche Sünde. Es fehlt ihr die Gelassenheit, sich mit Kritik auseinanderzusetzen. Schon die Möglichkeit, dass der Bürger die Ziele des Regimes nicht teilt, löst Fassungslosigkeit aus. Der Narzisst ist seinem Wesen nach zur Demokratie nicht fähig. Sie ist in Wahrheit nur Fassade und dient der Legitimierung seiner selbstsüchtigen Absichten.

***

Wir sitzen schweigend im Auto, Iduna am Steuer. Das ist normal bei uns, ich fahre nicht gern.

»Paul, du bist ein Leugner!«, sagt Iduna schließlich.

Die Art und Weise wie sie mit dieser Frage unsere Ruhe stört, irritiert mich. Ich verstehe den Vorwurf nicht. »Ich habe noch nie etwas geleugnet. Wenn ich etwas in Abrede stellte, dann immer begründet.«

»So habe ich das nicht gemeint. Ich spreche von der allgemeinen Verweigerung der meisten Menschen, wenn es um den Tod geht. Wenn etwa von *Schlafes Bruder* die Rede ist, dann ist das eine Verleugnung des endgültigen Ablebens.«

»Vielleicht hast du sogar recht, aber wenigstens ist das noch nicht strafbar.«

»Ich merke regelrecht, wie dir unwohl wird«, seufzt sie. »Du hast dir noch nicht die angemessene Positivität zum Unabwendbaren erarbeitet. Beruflich habe ich fast täglich mit diesem Widerstand zu tun. Die Betroffenen müssen es nicht einmal aussprechen. Beispielsweise waren Särge früher sechseckig und deuteten damit die Silhouette eines menschlichen Torsos an. Heute sind es fast immer rechtwinklige Kisten, die hinuntergelassen werden.«

»Iduna, wir müssen das nicht dramatisieren. Belassen wir es bei dem Bewusstsein, dass wir beide bezüglich des Begriffs *Leugnung* unterschiedliche Schwerpunkte setzen.«

Wir kommen an einer Ampel zu stehen und sie dreht mir ihren Kopf zu. Ihr Blick ist durchdringend und ihr Lächeln verrät mir, dass sie mir auf die Schliche gekommen ist. »Du stehst in dieser Hinsicht ganz am Anfang. Mein Vater hatte bei bester Gesundheit in die versammelte Tischrunde gefragt, wer von uns den Stecker zieht, wenn er dereinst an diesen medizinischen Maschinen hängt. Alle haben stumm auf ihren Teller geschaut, bis ich mich meldete. *Auf meine Iduna kann ich mich verlassen!*, hat er dann laut gerufen und wir haben unsere Gläser erhoben.«

»Das ist natürlich von Familie zu Familie unterschiedlich«, gebe ich zu bedenken.

»Wir lebten damals an der Küste und meine Großmutter bat darum, an die Haie verfüttert zu werden. Sie sorgte sich sehr um diese Tiere, seit sie erfuhr, dass die Chinesen ihre Flossen als Delikatesse verzehren.«

Die Konversation ist mir unangenehm und ich behaupte, im Handschuhfach klappere etwas.

»Und dann erinnere ich mich noch an jenen Kunden mit enger Mutterbindung. Er bat um die Herstellung zweier Urnen in Form russischer Matroschkas. Du kennst doch diese hölzernen bunt bemalten Puppen, auch Babuschkas genannt, die ineinander verschachtelt werden. So sollte auch seine Asche eines Tages in der Urne seiner Frau aufgehoben sein.«

»Psychologisch sehr aufschlussreich!«, antworte ich, während Iduna links abbiegt und einem kulanten Verkehrsteilnehmer freundlich zuwinkt.

***

Mich treibt die Frage um, ob ein ungewöhnlicher Familienname Einfluss auf das Schicksal eines Narzissten hat. Ich denke dabei an Namen, die im Gegensatz zur beruflichen Empfehlung ihres Trägers stehen. Beispielsweise erzeugt es bei einem Patienten Stirnrunzeln, wenn er ausgerechnet an einen Herzchirurgen *Dr. Zitterhand* gerät oder ein Seelsorger sich als *Helmut Hackebeil* entpuppt. Ich erinnere mich an einen Jahrhundertbetrüger, der den Namen *Madoff* trug. Genau genommen war dieser Familienname einer der wenigen authentischen Aspekte seines Lebens. Seine Vorfahren waren damit auf der Flucht vor den Kosaken von Osteuropa nach Nordamerika ausgewandert. Sein Vater musste als Inhaber eines Sportgeschäfts zweimal Konkurs anmelden. Nach dem politikwissenschaftlichen Studium an einer unbedeutenden Universität verdingte er sich zunächst als Rettungsschwimmer und später als Experte für Gartenbewässerung. Wahrscheinlich wäre er genauso erfolglos wie sein Erzeuger geblieben, wenn er nicht plötzlich zu seiner Berufung gefunden hätte. Als Makler von Anteilsscheinen lokaler Unternehmungen brachte er zwar seine Kleinanleger nicht systematisch um ihr Geld, doch muss ihm bewusst gewesen sein, dass die in Finanzgeschäften unerfahrenen Leute die Risiken dieser Anlagen nicht realistisch einschätzen konnten. Einige Zeit später suchte er auf Golfplätzen gezielt Kontakt zu wohlhabenden Kunden und schaffte es schließlich auf dem Börsenparkett nach ganz oben. Zeitweilig war er sogar Mitglied des Aufsichtsgremiums. Sein oberflächlicher Charme begann sich mit Zurückhaltung zu verbinden. Jene, denen es vergönnt war, in seine Fonds zu investieren, betrachteten sich als Privilegierte. Diesen vermeintlich Auserwählten stand er dann als eine Art Mediziner in Finanzfragen zur Seite. Außerdem empfahl er sich Wohltätigkeitsorganisationen und gemeinnützigen

Stiftungen als großzügiger Philanthrop. Diese wiederum überantworteten Anteile ihres Vermögens seiner Verwaltung. In Wirklichkeit beruhte sein Geschäft aber auf einem Ponzi-Schema, manche nennen es auch *Schneeballsystem* oder das *Von-Peter-zu-Paul-Spiel*: Was er Paul und anderen als Gewinn ausschüttete, hatte er zuvor von Peter als Einlage erhalten. Um kein Aufsehen zu erregen, pflegte er diese Erlöse nicht zu übertreiben. Tatsächlich ging aus seinen Investitionen aber keine Wertschöpfung hervor. Die Auszahlungen hatten ihre Ursache in der Anwerbung von Neukunden und der Aufstockung der Anlagen bereits rekrutierter Investoren. Eine globale Finanzkrise zwang große Teile der Geldgeber schließlich, ihre Anlagen abzuziehen – der Schwindel flog auf. Seiner Klientel entstand ein Schaden in astronomischer Höhe, denn über Jahrzehnte hinweg war er ein notorischer Betrüger gewesen, hatte Prüfberichte gefälscht und die Börsenaufsicht sehr geschickt hinters Licht geführt. Zu seinem manipulativen Wesen gehörte das interne Wissen um die Arbeit der internationalen Behörden. Er konnte darauf zählen, dass inländische Stellen den Aufwand scheuen würden, ausländische Institute zu kontrollieren und umgekehrt. Auf den Fall einer Aufdeckung seiner verbrecherischen Umtriebe hatte er sich zwar vorbereitet, doch die Polizei nahm ihn umgehend in Haft. Zahlreiche seiner Komplizen sowie viele seiner bankrotten Kunden nahmen sich das Leben. Der genaue Zeitpunkt und die Ursache seines Einstiegs in die Wirtschaftskriminalität sind bis heute ungeklärt. Es gibt dazu widersprüchlich Angaben. Unter Applaus des Publikums verurteilte das Gericht ihn zu einer Höchststrafe von 150 Jahren. Unter der Bedingung guter Führung sowie der Erfüllung von Auflagen könnte er damit rechnen, im Alter von 205 Jahren das Gefängnis zu verlassen. Ungeklärt bleibt auch die Frage, warum er nicht auf dem Zenit seines Erfolges das

Weite gesucht hat und es versäumte, sich in jenen Staat abzusetzen, der kein Auslieferungsabkommen mit seinem Heimatland unterhielt. Er hätte zweifellos einen Anspruch auf Einbürgerung in Palästina gehabt. Der Grund ist vermutlich, dass er wenigstens auf einer kognitiven Ebene zur Empathie fähig war. Er konnte sich zwar nicht emotional in das Leid hineinversetzen, das er jenen zufügte, die in einer geschäftlichen Beziehung zu ihm standen, aber auf kognitiver Ebene hatte er dieses Verständnis. Diese narzisstische Schadenfreude wurde ihm zum Verhängnis.

Aber zurück zur Eingangsfrage: Nein, dem Namen *Sich-davon-Gemacht* ist er damit nicht gerecht geworden.

***

Iduna steht im Bad vor dem Spiegel und schminkt sich. Die Lidschatten lassen sie noch blasser aussehen. Ich stehe hinter ihr und wir beide blicken uns indirekt an.

»Du könntest deiner Natürlichkeit mehr Raum geben«, sage ich nach einer Weile.

»Es ist mir wichtig, mich selbst zu organisieren und so die Kontrolle über mich zu behalten«, antwortet sie, immer noch an ihren Augenbrauen zupfend.

»Warum?«

»Weil die Endlichkeit für mich ein wichtiger Aspekt meines Lebens ist. Verstehst du, eines Tages werden wir die Kontrolle über uns ein für alle Mal verlieren. Das gilt für jeden von uns. Auch für dich!« Lächelnd sieht sie mich an.

Sie weiß genau, dass ich das Lebensende nur allzu gern verdränge. Das verführt sie dazu, mich damit zu konfrontieren, und es gelingt ihr immer wieder aufs Neue. Die Art und Weise, wie sie sich in unsere Beziehung einbringt, macht sie so liebenswert. Sie nimmt Anteil an mir. Ihr Interesse an meiner Gedankenwelt und meinen Gefühlen ist nicht geheuchelt. Und abgesehen von dem bisschen Puder im Gesicht ist sie absolut authentisch. Sie ist so, wie man sie erlebt.

»Bist du frei von Vorurteilen?«, fragt sie unvermittelt.

»Wie kommst du auf diese Frage?«

»Ich prüfe gerade deine Ehrlichkeit.«

Wir lachen beide.

»Nun gut, ich gebe die Antwort so gewissenhaft wie möglich: Manche halten Stereotype für das Ergebnis exakter Beobachtung. Andere behaupten, sie enthielten zumindest ein Körnchen Wahrheit. Meine eigene Position dazu ist, dass sie die Mentalität einer Gruppe nur zu gut wiedergeben, allerdings bedeutet dies nicht, dass sie auf jedes einzelne Mitglied dieser Gruppe zutreffen.«

»An wen oder was denkst du gerade?«

»An den Wertekanon jener Schicht, die über uns herrscht. Sie ist so auf sich selbst zentriert, dass sie sich geradezu selbst absorbiert. Anders kann ich es nicht sagen.«

»Ich verstehe, was du meinst«, erwidert Iduna. »Eine Zeit lang gelingt es, ihnen sympathisch zu erscheinen, aber dann bricht es durch. Charakteristisch ist vor allem ihr Unwille zuzuhören. Sie sind gar nicht an einer aufrichtigen Kommunikation interessiert. Für sie gilt ausschließlich das als Wahrheit, was momentan ihren Interessen dient.«

»Es gibt ein zweites Charakteristikum, das ich erst spät bemerkte. Es ist die Art, wie sie Dank entgegennehmen.«

»Nämlich wie?«

»So als wollten sie sagen: *Das verdiene ich doch so oder so!*«

»Wenn man tatsächlich Schuld auf sich geladen hat, ist man dann gut beraten, sich bei einem Narzissten zu entschuldigen?«, will Iduna wissen.

»Natürlich nicht«, antworte ich. »Erstens empfindet er keinerlei Empathie für andere Menschen. Deshalb ist seine Umwelt ohnehin an allem schuld. Und außerdem wird er die ganze Hand nehmen, wenn ihm jemand den kleinen Finger reicht. Unsere eigene Schuld einzugestehen, ist ein effizientes Mittel, um Konflikte beizulegen, aber es setzt ein intaktes Gegenüber voraus.«

* * *

Wer von uns sich dem Schuldkult verweigert – und das sind immer größere Teile der Gesellschaft – der sieht sich schnell dem Vorwurf der Verdrängung ausgesetzt. Angesichts der Allgegenwärtigkeit des Mythos in Medien, Politik und Unterhaltung ist diese Bezichtigung absurd. Da die leiseste Kritik jedoch justiziabel ist und schwer sanktioniert wird, findet ein herrschaftsfreier Diskurs zu diesem Thema nicht statt. Die narzisstische Lufthoheit trägt manichäische Züge. Es gibt in Bezug auf die Schuld nur Schwarz oder Weiß. Die Täter sind entgegen den historischen Fakten nie Opfer und die Opfer trotz gegenteiliger Sachverhalte nie Täter. Das Ergebnis einer generationenübergreifenden Dauerbeschulung ohne Nuancen und Balance ist Langeweile. Es besteht kein Interesse daran, sich in Beschuldigungen zu vertiefen, die längst nicht mehr vorgebracht, sondern verhängt werden. Da sie immerzu mit einer Vorverurteilung verbunden sind, ist die Reaktion allenfalls defensiv. Man versucht, Ärger zu vermeiden, und macht das Spiel zum Schein weiterhin mit. Tatsächlich empfindet fast niemand

47

mehr Empathie mit den ewigen Opfern. Es ist ein lebloser Kult. Seine Priester fordern Funktion und Konformität. Doch die wahrhaft Gläubigen sind selten geworden und ihre Teilnahme am Gottesdienst beruht nicht auf Anteilnahme, sondern Pflicht.

Eine gar nicht so seltene Art des narzisstischen Angriffs auf ein Opfer beruht auf dem Einsatz der Absurdität. Manchmal kommt das als etwas Widersinniges, in den meisten Fällen als etwas Unsinniges daher. Oft ist es ein seltsames Vorkommnis oder eine Situation, dem der Verstand des Einzelnen entgegen seiner Gewohnheit keine vernünftige Bedeutung zuordnen kann. Eine Patientin berichtete mir einst ein Erlebnis mit ihrem Ehemann, das sie ratlos zurückließ. Ihr Gemahl betrachtete sie längere Zeit kritisch, dann entspann sich folgender Dialog:

Gemahl: »Eigentlich könntest du etwas größer sein!«

Patientin: »Du meinst meine Körpergröße? Aber die entspricht doch für eine Frau in etwa dem Bevölkerungsdurchschnitt.«

Gemahl: »Warum sollte ich mich an Normen gebunden fühlen?«

Patientin: »Wir kennen uns nun seit mehr als zwölf Jahren. Ich habe dir nie etwas vorgemacht oder versucht, dich in dieser Hinsicht zu täuschen.«

Gemahl: »Das behaupte ich auch gar nicht.«

Patientin: »In meinem Reisepass ist meine Körpergröße mit ein Meter siebenundsechzig angegeben. Wie groß sollte ich denn deiner Ansicht nach sein?«

Gemahl: »Etwa einen Kopf größer, das wäre fein.«

Das Opfer einer absurden Offensive vermag diesen, dem gesunden Menschenverstand widersprechenden Anschuldigungen keinen logischen Widerstand entgegenzubringen. Da der Narzisst seine Maßstäbe absolut setzt, hat die Rationalität keine Aussicht auf Wirkung. Nicht selten lädt sich die Absurdität emotional zur Raserei auf. Es folgt dann ein Stakkato bösartiger Vorhaltungen, die sich immer mehr steigern. Ich erinnere mich an einen prominenten Vertreter einer bestimmten Opfergruppe, der behauptete, im Land der Täter würden bis auf den heutigen Tag spontan Blutfontänen von Ermordeten aus dem Boden und in den Himmel schießen. Das Blut von Toten gerinnt nachweislich sehr schnell, die Anklage ist also völlig haltlos und aus der Luft gegriffen. Als er mit äußerster Höflichkeit auf diesen Sachverhalt angesprochen wurde, änderte er das Thema. Nun ging es um sein Trauma, das entstand, als er beim Duschen erkannte, dass die Seife, die er verwendete, aus dem Körperfett seiner verschollenen Schwester produziert worden war. Selbstverständlich macht es keinen Sinn, mit solchen Leuten zu argumentieren. Sie kennen kein *Wir*, das auf einem gemeinsamen Nenner beruht. Man ist gut beraten, sie einfach stehen zu lassen und einen eigenen Weg einzuschlagen.

Jeder von uns nimmt gern Komplimente und Anerkennung entgegen. Das ist völlig normal. Das Problem des Narzissten besteht darin, dass er auf emotionale Zufuhr dieser Art existenziell angewiesen ist. Sein Grundsatz lautet nicht *Ich denke, also bin ich* sondern *Ich werde bewundert, also bin ich.* Gesunde Menschen verstehen dieses Bedürfnis nur schwer und sie neigen dazu, seine Intensität zu unterschätzen. Man stelle sich einen Taucher mit seinem Sauerstoffgerät auf dem Rücken vor. Zunächst atmet er ruhig und gleitet durch die Tiefe. Plötzlich wird ihm die Luft abgedreht und seine erste Reaktion wird schiere Panik sein. Er kann ohne das komprimierte Gasgemisch nicht überleben. Diese Analogie beschreibt recht treffend die Abhängigkeit des Narzissten von seiner gefühlsmäßigen Versorgung. Sie ist für ihn so elementar, dass er ohne sie unmöglich auskommen kann.

Ein weiterer Aspekt dieser Persönlichkeitsstörung ist ihre Einseitigkeit. Die Logistik ist gewissermaßen der Art, dass sich auf einer einspurigen Schnellstraße ein Transporter nach dem anderen auf den Weg macht, um die Anlieferung von Empathie aufrecht zu erhalten. All diese Fahrzeuge kommen leer zurück und bezahlt wird auch nichts. Auf internationaler Ebene kann man sich einen narzisstischen Staat als Privilegierten innerhalb der Völkerfamilie vorstellen. Er genießt Vorrechte, die anderen Nationen vorenthalten werden. So wird er beispielsweise nukleare Massenvernichtungswaffen besitzen dürfen und für seine wiederholten Verletzungen des Völkerrechts nicht zur Verantwortung gezogen werden. Er verbittet sich jede Kritik. Sein Existenzrecht ist die Staatsraison seiner Cheerleader. Deren Aufgabe besteht darin, ihn mit Finanztransfers und neuester Militärtechnik zu versorgen. Außerdem sollten sie aus eigenem Antrieb heraus bei jeder sich bietenden Gelegenheit seinen Siegelring küssen. Da all jene, die ihm treu ergeben sind, nicht genau wissen, wie viel Wohlgefallen *Narkissos* gerade benötigt, aber sehr wohl, dass eine Unterversorgung drastische Folgen hätte, kann diese Beziehung sehr erschöpfend werden. In den vergangenen Jahrzehnten hat sich gezeigt, dass die historische Schuld, auf der diese Sonderrechte beruhen, mit Zunahme des zeitliche Abstandes zu den ominösen Geschehnissen nicht etwa abnimmt, sondern immer weitere Staaten einbeziet. Doch deren demografische Entwicklung wird in naher Zukunft in einer Katastrophe münden. Dann steht die Existenz des Narzissten selbst auf dem Spiel.

Zu den verschiedenen Spielarten des Narzissmus gehört die Triangulierung. Der Psychopath, der täglich die Stiegen in seinen geheimen Keller hinab schleicht und sich dort bei seinen eingekerkerten Opfern sadistische Zufuhr holt, ist entweder Kino oder ein seltener klinischer Fall. Narzisstische Beziehungen sind vielmehr ausgeklügelte Netzwerke, die in einer dynamischen wechselseitigen Relation zueinander stehen. Das Instrument der Triangulierung erlaubt dem gebrochenen Ich, konkurrierende Subjekte zu kontrollieren. Beispielsweise kann in einer Familie das eine Kind als vielversprechendes Talent gelten, das andere hingegen als schwarzes Schaf. Gewöhnlich spricht man in diesem Zusammenhang vom *goldenen Kind* und vom *Sündenbock*. Eltern können wiederholt auf die besseren Schulnoten eines Nachbarkindes verweisen und somit klarmachen, dass sie es sind, die die Maßstäbe setzen.

Bezogen auf gesellschaftliche Prozesse erscheint dieses Schema zu vereinfacht. Das Geflecht ist hier komplexer und die Resultate fallen schwerer ins Gewicht. Der Clown wird in dieser Situation mit ernstem Gesicht vor einem Schachbrett sitzen und sich jeden Zug gründlich überlegen. Grundsätzlich geht es ihm darum, Chaos zu erzeugen und gleichzeitig die Konkurrenten gegeneinander auszuspielen. Tatsächlich steht er selbst mit jeder der einzelnen Spielfiguren in Beziehung und beeinflusst deren Gefühle und Handlungen. Den einzelnen Akteuren ist dies kaum oder gar nicht bewusst. Jeder denkt an seinen eigenen Nutzen und vertritt scheinbar seine eigenen Interessen. Sein Nächster ist sein Wettbewerber und über längere Zeiträume hinweg hat mancher dem anderen unversöhnliche Wunden geschlagen. Jeder macht dem anderen Vorwürfe und sieht in ihm den Schuldigen. Der Narzisst hat hingegen einen Fuß in jeder Partei. Solange diese nicht miteinander koalieren können, hat er die Kontrolle inne.

Es gibt historische Stressperioden, in denen Zufälle oder individuelle Handlungen ein ganzes politisches System zum Einsturz bringen. Manchmal sind es aber auch persönliche Entscheidungen in einer eher stabilen geschichtlichen Situation, die die Zukunft maßgeblich beeinflussen.

Einer dieser Zeitpunkte war sicherlich die Konfrontation Jesu mit Pontius Pilatus am Morgen des Freitags vor dem Pessachfest des Jahres 30 oder – anderen Geschichtsschreibern zufolge – 31. Der römische Statthalter soll zu dem vom Hohen Rat des Tempels zu Jerusalem überstellten Gefangenen gesagt haben: »Weißt du nicht, dass ich die Macht habe, dich freizugeben, sowie die Macht, dich zu kreuzigen?« Dem Evangelisten Johannes zufolge soll der Verhaftete geantwortet haben: »Du hättest keine Macht über mich, wenn sie dir nicht von oben gegeben wäre.«

Den Zeugnissen aller vier neu-testamentarischen Evangelien gemäß wollte Pilatus Jesus nicht verurteilen. Genau genommen war die Provinz Judäa nur eine Untergliederung der Provinz Syrien. Pontius Pilatus war im Jahre 26 von Lucius Aelius Seianus, einem Vertrauten des Kaisers Tiberius, zum fünften Präfekten Judäas ernannte worden.

Jener Prozess gehört zweifellos zu den Wendepunkten der Weltgeschichte und es stellt sich die Frage, ob Pilatus hätte anders handeln können und was die Folgen einer Freilassung Jesus gewesen wären. Bekanntlich folgte der Statthalter dem Wunsch des Sanhedrin unter dem Vorsitz des Hohepriesters Kaiphas und ließ den Angeklagten ans Kreuz schlagen. Allerdings sprach dieser selbst kein eigenständiges Urteil, sondern überließ die Entscheidung der aufgehetzten Menschenansammlung vor seinem Amtssitz. Diese entschied sich dafür, den Räuber und Aufrührer Barabbas freizubekommen. Pilatus wusch nach dem Beschluss demonstrativ seine Hände in Unschuld.

Nichts ist alternativlos und man ist versucht, darüber zu spekulieren, welche Szenarien denkbar wären, wenn der Statthalter Roms seine Macht anders eingesetzt hätte. Dem Zeugnis des Evangelisten Lukas zufolge machte er dem jüdischen Hohen Rat folgenden Vorschlag: »Darum will ich ihn geißeln lassen und umgehend freigeben.«

Die erste Möglichkeit besteht darin, dass in diesem Falle die historische Person Jesus in der Bedeutungslosigkeit verschwunden wäre. Pilatus hätte sein Urteil mit der Auflage verbinden können, dass Jesus ab nun seine Lehrtätigkeit untersagt sei. Wahrscheinlich wäre er dann nach Nazareth zurückgekehrt und hätte noch einige Jahre als Zimmermann gelebt. Da er schon vor seiner Festnahme im Garten Gethsemane seinen Jünger wiederholt sein Schicksal als Märtyrer angekündigt hatte, wäre er damit auch als falscher Prophet entlarvt worden. Das bewusste Opfer war der narzisstische Kern seiner Botschaft. Diese blasphemische Erkenntnis ist Gläubigen nicht zugänglich. Wären Jesus entgegen aller Erwartung dennoch einige Anhänger geblieben, dann wären die Nazarener, wie etwa die Sadduzäer oder die Caelicoli, eine der zahlreichen mehr oder weniger jüdischen Sekten ihrer Zeit gewesen.

Die andere Variante bezieht sich auf jene Textstellen, die so gar nicht zur Botschaft der Bergpredigt passen. Im Matthäusevangelium sagt Jesus: »Ihr sollt nicht wähnen, dass ich gekommen sei, Frieden zu senden, sondern das Schwert.« Fünf Verse weiter steht geschrieben: »Wer sein Leben verliert meinetwillen, der wird es finden.« Ein weiterer unmissverständlicher Satz aus dem Evangelium des Lukas lautet: »Doch meine Feinde, die nicht wollen, dass ich über sie herrsche, bringt sie her und schlachtet sie vor meinen Augen.« Was wäre die Folge von Pontius Pilatus Milde und einem von Jesus angeführten

Aufstand gewesen? Wahrscheinlich hätte der Präfekt selbst über die Mittel verfügt, die Rebellion niederzuschlagen. In diesem Fall wären die maßgeblichen Aufwiegler der Sekte und damit Jesus selbst getötet worden. Wären die unmittelbar in Judäa stationierten römischen Truppen dazu zu schwach gewesen, hätte eine Strafexpedition wie jene des Vespasian die Situation bereinigt. Ob sich aus diesem Szenario das Christentum mit seiner pazifistischen Botschaft entwickelt hätte, ist allerdings mehr als zweifelhaft.

Im Jahre 36 wurde Pontius Pilatus vom Legaten Syriens, Lucius Vitellius, abberufen. Verschiedene Vergehen, wie zum Beispiel der Bau einer Wasserleitung auf Staatskosten zu seinem Privathaus, wurden ihm zur Last gelegt. Dann verlieren sich seine Spuren. Weder das Jahr noch der Ort seiner Geburt sind bekannt, auch über das Datum und die Umstände seines Ablebens gibt es keine belastbaren Angaben. Nicht einmal sein Vorname ist überliefert. Aufgrund der schlechten Quellenlage wurde wiederholt behauptet, der Präfekt hätte als historische Figur gar nicht existiert. Jedoch bringen sich drei antike Münztypen und ein Siegelring mit der Amtszeit Pilatus in Verbindung und seit dem archäologischen Fund einer Inschrift in seiner palästinensischen Residenzstadt Caesarea gilt seine Existenz als gesichert. Das Lukasevangelium berichtet, dass Pilatus aufgrund der ungeklärten Zuständigkeit im Justizfall Jesus diesen an eine jüdische Autorität in Gestalt des Tetrarchen Herodes Antipas sandte. Herodes verhörte Jesus, trieb seinen Spott mit ihm und sandte ihn dann an den Präfekten zurück. Die Figur des Pontius Pilatus hat weder klare Ursprünge noch ist sein weiteres Schicksal bekannt. Er verdichtet sich in einer Situation, in welche er vermutlich wider Willen gestellt war. Zu der Entscheidung, die er fällen musste, war er vielleicht gar nicht befugt. Trotzdem hat er in diesem einen Moment Einfluss auf die Geschichte genommen wie sonst nur sehr wenige. Ohne es zu Lebzeiten zu ahnen, hatte er einen Religionsstifter inthronisiert.

***

Iduna hat sich eine Zigarette angezündet. Ich selbst habe das Laster schon vor Jahrzehnten aufgegeben. Es ist jetzt nicht mehr für mich als krebserregender Gestank. Andererseits kann ich mich an die netten Seiten dieser Gewohnheit noch erinnern. Auf dem Weg zum Erwachsensein war es für mich, wie für viele andere, ein Meilenstein.

»Wir hatten vor ein paar Tagen eine interessante Diskussion«, beginnt sie. »Es ging um unser Verhältnis zu einer fremden Kultur, mit der wir aus historischen Gründen verknüpft sind. Es fiel das Wort *verhängnisvoll*. Daran kann ich mich noch gut erinnern. Ich stimme deiner Einschätzung dieses Volkes weitgehend zu, aber müssten wir die Wirkung einer solch unheilvollen Nähe nicht an uns selbst bemerken? Ich meine damit nicht die fatalen politischen Veränderungen in unserem Land. Mir geht es um unsere tagtäglichen Reflexe und spontanen Reaktionen.«

»Ich weiß, was du meinst. Es sind die alltäglichen Begegnungen jedes Einzelnen, die untrüglich sind. Sie legen das ungeschminkte Zeugnis ab, jenseits der wohlgefälligen Gedenkreden und immer gleichen Solidaritätsappelle.«

Wir schweigen eine Weile. Man könnte an dieser Stelle auf persönliche Erlebnisse und Anekdoten zurückgreifen, aber wie viel Allgemeingültigkeit steckt in ihnen?

»Wenn ich mich richtig erinnere, dann habe ich diese Kultur in unserem Gespräch keineswegs pauschal dämonisiert. Ich habe

55

jedoch auf einige spezifische Merkmale verwiesen, die langfristig, in Verbindung mit einem Machtgefälle, auf all jene, die eine enge Verbindung zu ihr pflegen, eine negative – im Extremfall sogar zerstörerische – Wirkung haben. Auf der individuellen Ebene gibt der Narzisst seinem Opfer das Gefühl, gehasst zu werden. Es gilt als aussätzig und unrein. Wenn diese Abwertung verinnerlicht wird, dann beginnt die betreffende Person zu resignieren. In stummen Selbstgesprächen wird sie sich dahingehend äußern, ein unwerter Mensch zu sein. Die Abhängigkeit vom Narzissten wird sie ängstlich machen. Der kleinste Fehler wird ihren allgemeinen Makel bestätigen. Aus Sorge, dass eigenes Material gegen sie verwendet werden kann, wird sie beginnen, Informationen geheim zu halten. Ein verlässliches Zeichen für narzisstischen Missbrauch ist die Weigerung, dem Narzissten erbauliche Nachrichten zukommen zu lassen. Das Opfer weiß dann nur zu genau, dass der Empfänger sich nicht mit ihm freuen wird. Und ein eindeutiges Signal ist auch, wenn die Distanz zu der gestörten Person als Steigerung des eigenen Wohlbefindens empfunden wird.«

Iduna drückt ihre Zigarette aus und lächelt still in sich hinein. »Das klang wie ein Auszug aus einem Lehrbuch. Geht es nicht auch etwas konkreter?«

»Weißt du, Iduna, der Narzisst ist ein Wesen, das sich nur ungern als das zu erkennen gibt, was er tatsächlich ist. Lassen wir ihm also seine Privatsphäre.«

»Jetzt bist du wieder so nebulös!«, schmollte sie. »Dabei sind wir doch unter uns.« Sie sitzt mit angezogenen Knien auf dem Sofa und legt sich verschiedene Kissen zurecht. Im Moment wirkt sie auf mich wie ein Mädchen, das auf ihre Gute-Nacht-Geschichte wartet.

»Kannst du dich an den ehemaligen Premierminister erinnern, der beim Empfang mit militärischen Ehren die Hände zu Fäusten an der Naht seiner Hose ballte?«

»Ich weiß, wen du meinst«, kichert Iduna.

»Diesen kleinen Verstoß gegen das diplomatische Protokoll hätten die Medien leicht unter den Tisch fallen lassen. Aber das Essiggesicht dieses Staatsgastes war so unübersehbar, dass es selbst der etablierten Politik nur allzu recht war, als er wieder abreiste.«

»Sogar seine Pupillen sollen sich vor Feindseligkeit geweitet haben.«

»Das ist wissenschaftlich umstritten, aber die Mimik war wie aus dem Gruselkabinett.«

»Ein weiteres Beispiel für unverhohlenen Hass ist dieser Film mit den sogenannten *ruhmlosen Bastarden*. Einer der Schauspieler soll den Streifen als *feuchten Traum* seines Volkes bezeichnet haben.«

»Du meinst den *Bären-Moses*, wie er sich in der berühmten Szene selbst bezeichnet.«

»Ja, so oder ähnlich.«

Ich hatte mir damals den Film extra aufgrund seiner psychopathischen Natur im Kino angesehen. Er war quälend lang und jenseits der Gewaltexzesse durch und durch gewöhnlich.

»Wie man hört, ist der Produzent seit Jahren *auf Montage*.«

»Ja, allerdings nicht für sein Machwerk, sondern für die Vergewaltigung von mindestens sechs Frauen und dutzender weiterer sexueller Übergriffe. Ich will mich über diese Dinge jetzt nicht auslassen, aber er war pervers und in jeder Hinsicht eine ekelhafte Gestalt.«

»Ich bin mir nicht sicher, ob dieser kinematische Hassgesang nicht am Ende nach hinten losgehen wird«, meint Iduna nachdenklich. »Er setzt eine Parteinahme des Publikums für eine Soldateska voraus, auf die ich mich langfristig nicht verlassen würde. Der

Film mag eine Legende sein, aber möglicherweise wird man ihn eines Tages mit anderen Augen sehen. Wer Wind sät, wird Sturm ernten.«

***

Wenn der Begriff *pathologisches Lügen* ins Spiel kommt, denken viele Menschen zunächst an den Lügenbaron Hieronymus Carl Friedrich von Münchhausen. Dessen Geschichten folgen jedoch einem anderen Muster. Der pathologische Lügner erzählt die Unwahrheit über Jahre hinweg. Die Art, seine Anekdoten vorzubringen, ist chronisch und impulsiv. Der Zweck, den er damit verfolgt, ist unergründlich. Es scheint, als sei er von einem internen Motiv angetrieben. Möglicherweise enthält es ein verdeckt narzisstisches Element. Es sind Tagträume und Fantasien mit einem bestimmten historischen Bezug, an dem er Anteil hat. Dabei wirkt er introvertiert und sein Überleben scheint an ein Wunder zu grenzen. Teilweise sind die Geschichten rational nicht nachvollziehbar. Sie halten wissenschaftlichen Überprüfungen nicht stand und da der Zeitzeuge unbeirrt daran festhält und sie bei jeder Gelegenheit zum Besten gibt, bewegt er sich nicht selten am Rande des Wahns. Da ihm sowohl aus Höflichkeit als auch wegen drakonischer Sanktionen niemand zu widersprechen wagt, scheint es nicht ausgeschlossen, dass der Überbringer der Mär am Ende selbst an seine Aussagen glaubt. Diese Form von Selbsttäuschung kann von Vorteil sein. Er wirkt bestimmter und fühlt sich zu neuen Ausschmückungen ermutigt. Am Ende entsteht daraus eine zeitgeschichtliche Parallelwelt mit ihrem schaurigen Trug und ihren irrwitzigen Absonderlichkeiten. Hier kommen wieder die hilfreichen Komplizen ins Spiel, die das Absurdeste unter den

Tisch fallen lassen, das eine oder andere geradebiegen sowie jene Gewissheiten bevormundend immer aufs neue repetieren, die gar keine sind.

Manchmal lassen sich die Dinge nicht sinnvoll ordnen. Da ist beispielsweise diese völlig verfahrene Beziehung zwischen uns und einem Volk, das sich selbst völlig anders sieht. Vielleicht täte man gut daran, die Beziehungen zueinander für längere Zeit auf Eis zu legen und das wechselseitige Verhältnis neu auszuhandeln beziehungsweise für immer zu beenden. In einer vernetzten Welt mit ihren komplexen Machtstrukturen ist das nicht möglich. Man muss sich also miteinander arrangieren und an diesem Punkt kommt jenes Phänomen zum Tragen, das ich *mystisches Denken* nenne. Man bezeichnet die Beziehung als *relativ gut* und negiert einfach all jene dreisten Unverschämtheiten, haltlosen Forderungen und einseitigen Unterstellungen. Damit macht man sich etwas vor. Für eine Weile mag das gut gehen, auch wenn es anstrengend ist. Langfristig wird man sich einer unangenehmen Wahrheit stellen müssen. Das narzisstische Gegenüber ist kein ehrlicher Mensch. Für ihn steht nicht der offene Austausch im Vordergrund. Seine Freundschaft ist berechnend. Es geht ihm um seinen materiellen und affektiven Vorteil und nicht etwa um die betreffende Person. Sein Interesse ist nicht teilnehmend, sondern sammelt Informationen, um sie zu verwenden. Meist braucht es eine gewisse Zeit, um den selbstsüchtigen Charakter einer Person zu erkennen. In unserem Fall ist das nicht so. Die Berufung ist Programm und jeder ist gut beraten, die Privilegien *unseres Partners* nicht zu hinterfragen. Dass unsere eingespielte Dienstbarkeit keinen Dank erfährt, gehört zur Rollenverteilung. Der Narzisst mit seinem gebrochenen Selbst kann gar nicht anders. In Wirklichkeit ist er es, der auf seinen Part festgelegt ist.

Er wird sich sehr schwer damit tun, sich einst in eine neue Ordnung einzugliedern.

Kapitel 4

Mein Zeiger hat sich zwischen der verbotenen Hintertür und dem großen Gletscher verkeilt; vielleicht liegt das an seiner markanten Krümmung. Mit flinker Hand dreht Iduna an der Uhr und der Einäugige senkt sich freudig in die feuchte Spalte.

»Bedenke, dass du sterblich bist!«, flüstert sie mir leise ins Ohr. »Vielleicht geht unsere Beziehung eines Tages über das Private hinaus. Du dem Tode Geweihter, sprich! Würde es dich genauso freuen wie mich?«

Ich bin in intimen Situationen nicht darauf aus, Dialoge zu führen, deshalb schweige ich und geselle mich gedanklich zu all jenen, die sich bisher der bestattenden Zunft verweigert haben. Sie liegen in den Wracks gesunkener Schiffe für immer auf Grund oder werden, nach Flugzeugabstürzen pulverisiert, vom Winde verweht. Da liegen die gebleichten Knochen illegaler Einwanderer, die ihre Wasserrationen falsch kalkuliert hatten, von Geiern und Kojoten abgenagt in der unbarmherzigen Wüstensonne. Mein Ausflug führt mich zu einem weltabgewandten Einsiedler, den seine inhalierten Arsenschwaden nicht nur getötet, sondern auch mumifiziert hatten. Als man seinen Leichnam nach etlichen Jahren entdeckte, fand er seine letzte Verwendung in einer Geisterbahn. Seither lehrt er jährlich Tausende von Eltern sowie deren ängstlich kichernden Nachwuchs, dass ihr Erschaudern keineswegs so unbegründet ist, wie sie fälschlicherweise glauben. Ich begegne einem früheren Mafioso, der das Vertrauen seines Paten enttäuschte. Umgeben von minderwertigem Beton gefährdet er nun die Statik eines öffentlichen Gebäudes. Einen autoritären Präsidenten eines subtropischen Inselstaates habe ich verpasst. Seine Herrschaft verbindet sich mit einigen Tausend Morden. Folter und die Veruntreuung von öffentlichen Geldern kommen hinzu. Er und seine Gemahlin lebten in Saus und Braus bis er einen politischen Opponenten zu viel liquidieren ließ und damit eine Revolution auslöste. Er verstarb wenige Jahre später im Asyl und die Witwe erbaute auf dem Anwesen einen opulenten Kühlraum, in dem der einbalsamierte Leichnam, aufgebahrt in einer Glasvitrine, besucht werden konnte. Außerdem verfügte sie, dass in diesem Gemach vierundzwanzig Stunden am Tag Händels *Messiah* gespielt werden solle. Als der Dame schließlich das Geld für die horrenden Stromrechnungen ausging, begann für die sterblichen Reste eine Odyssee mit mehreren Zwischenstationen am Geburtsort des verblichenen Staatsoberhauptes und am Ende auf dem Heldenfriedhof der Hauptstadt. Heute zeugen nur noch die unzähligen Paar Schuhe, allesamt Haute Couture, von der zeitweiligen Präsenz in unserem Sperrbezirk des Todes.

Natürlich ist das Jenseits nicht jedermann zugänglich. Anubis, der altägyptische Gott der Todesriten wacht als liegender schwarzer Hund am Eingang des Reichs. Mir erscheint er als Mensch mit dem Kopf eines Schakals. In seiner Hand trägt er das Was-Zepter. Der Stab besteht aus einem gewellten Schaft. Das obere Ende ziert ein stilisierter Tierkopf, während das untere Ende gegabelt ist. Dieses Kultzeichen steht gleichermaßen für Glück wie auch Macht. Der Nilschlüssel über seinem Thron symbolisiert das Weiterleben im Jenseits. Seine Rolle umfasst zwei Funktionen: Zum einen ist er der Totenführer, der den Verschiedenen auf seiner Reise an das Ufer des Eridanus begleitet. Dieser Fluss ist in der altägyptischen Mythologie die Grenze zwischen der irdischen und der jenseitigen Welt. Der *himmlische Fährmann* Mahaf setzt die Verstorbenen über. Als Totengeleiter führt er die Seelen zum *Feld der himmlischen Opfergaben*. Dort findet zusammen mit 42 weiteren Richtern das Totengericht in Form einer Seelenabwägung statt. Die Gebete für den Verstorbenen sind an Anubis gerichtet. Die Totenpriester tragen seine Maske. Die arme Seele legt ein *negatives Schuldbekenntnis* ab, das heißt, sie hält einen Monolog über all jenen Sünden, die sie nicht begangen hat. Die eigentliche Psychostasie findet in der *Halle der vollständigen Wahrheit* statt. In der einen Waagschale liegt eine Feder, in der anderen das Herz des Verblichenen. Es steht stellvertretend für die Loslösung von den negativen Anteilen des Toten. Ist sein Herz zu schwer, so gilt er als unzulänglich und es wird an die Jenseitsgöttin Ammit verfüttert. Als dämonische Verzehrerin der Herzen ist sie die letzte Macht, die auf dem Weg ins Reich der Toten überwunden werden muss. Hat sie das Herz verschlungen, so existiert die Seele nicht mehr. Mir erscheint sie als Mischkreatur der größten und gefährlichsten Tiere des Reiches der Pharaonen. Ihr Kopf hat die Form eines Krokodils, ihr Rumpf ist der eines Löwen und der Rest entspricht einem Nilpferd.

Nach der Beobachtung dieser angsteinflößenden Riten wende ich mich wider dem bunten Treiben der geläuterten Seelen zu. Auch der umstrittenste Staatsmann seit Kaiser Caligula sowie seine Gemahlin haben ihre letzte Ruhe noch nicht gefunden. An einem streng geheimen Ort harren sie ihrer spirituellen Wiedergeburt. Beide sind voll Zuversicht. In diesem Thanatos tummeln sich die wahren Enthusiasten des Todes. Eine Germanin aus der Eisenzeit gesellt sich zu mir. Sie war beim Torfstechen am Rande eines Hochmoores gefunden worden. Das saure Milieu des Sumpfes in Verbindung mit dem Sauerstoffabschluss und der Wirkung von Huminsäuren haben ihre Weichteile konserviert. Sie hatte einst das eheliche Treuegelübde nach Ansicht des versammelten Things zu weit ausgelegt und zeugt nun, aufbewahrt in einem anthropologischen Institut, vom sittlichen Ringen meiner frühen Vorfahren.

Am Ende meiner Expedition finde ich zu einem leichtsinnigen Besucher eines Naturreservats. Er war am Rande eines Geysirs aus dem Gleichgewicht geraten und die blubbernden Säuren lösten ihn innerhalb weniger Stunden in seine elementarsten Bestandteile auf. Er steht jetzt in enger Verbindung zum Erdinneren und in verlässlich voraussagbaren Zeitperioden steigt er als Fontäne in den Himmel des Wildparks.

Langsam beginnen sich meine Sinne mit dem beschleunigten Schenkelschlag meiner Partnerin zu vermischen. Ihr Hüftschwung hat nun nicht mehr die besonnene Eleganz wie zu Beginn unserer sinnlichen Begegnung. In diesen Momenten ist sie sehr auf sich selbst bezogen und egoistisch.

Mein inneres Auge wirft einen letzten Blick auf den inzwischen umzäunten und mit zahlreichen Warnschildern versehenen Besucherbereich des Areals. Nach einer kurzen Reihe gewaltiger Eruptionen tupfen sich die beeindruckten Gäste mit Taschentüchern den warmen Sprühregen aus ihren Gesichtern.

Das alte Volksmärchen von Hänsel und Gretel ist mir in den Sinn gekommen, als mir unlängst die Willkür der Machthaber wieder Übelkeit bereitete. Ein alter Holzfäller, der mit seiner Familie im Wald wohnt, leidet unter wirtschaftlicher Not und Hunger. Seine Ehefrau, die Stiefmutter der beiden Kinder, überredet ihn, diese auszusetzen. So führt er sie in die Tiefe des Tann und überlässt sie dort ihrem Schicksal. Das Geschwisterpaar hatte seine Eltern jedoch belauscht und Hänsel legte unbemerkt eine Spur kleiner Kieselsteine. So finden sie zu ihrem Elternhaus zurück. Die neue Gattin des Vaters besteht auf ihrem Vorhaben und dieser bricht am nächsten Tag erneut mit seinen Kindern auf. Diesmal hat Hänsel aus einer Scheibe Brot kleine Krümel gedreht, die ihn und seine Schwester zurückführen sollen. Doch ein Vogel pickt die Krummen auf und das Paar irrt zwei Tage hilflos im Wald herum. Am dritten Tag kommen sie an ein Haus aus Kuchen, Zucker und Süßigkeiten. Sie beginnen zu naschen und die Bewohnerin meldet sich mit den Worten: »Knusper, knusper, Knäuschen! Wer knuspert an meinem Häuschen?« Die Kinder sind vorsichtig und antworten: »Der Wind, der Wind, das himmlische Kind.« Doch die Hexe versteht es, die zwei Kleinen in ihren Bann zu schlagen. Gretel macht sie zu ihrer Magd, während sie Hänsel in einen Käfig sperrt und mästet. Die Alte ist kurzsichtig und immer, wenn sie den Finger des Knaben abtastet, steckt dieser ihr einen kleinen Knochen entgegen. Sie ist erbost darüber, dass der Junge nicht an Gewicht zunimmt, und beschließt, ihn dennoch zu schlachten. Gretel wird angewiesen zu prüfen, ob der Ofen schon heiß genug ist. Diese durchschaut jedoch das Spiel und behauptet, sie sei zu klein dazu. Als das kinderfressende Weib daraufhin selbst die Tür öffnet, stößt das Mädchen sie hinein und lässt sie verbrennen.

Es gibt verschiedene Versionen dieser Fabel. In der gängigsten führt jener Vogel, der das Brot gefressen hatte, die Kinder zu ihrem Vater zurück. Da die Stiefmutter inzwischen verstorben ist, können sie jetzt sorglos zusammenleben. Aus psychoanalytischer Sicht handelt die Geschichte vom negativen Anteil des Archetyps der großen Mutter. Auch die Polarität zwischen Hungern und Mästen sowie Eltern- und Hexenhaus fällt auf. Doch diese Aspekte beschäftigen mich nicht so sehr. Was dieses Märchen so einzigartig macht, ist die Vorstellung einer Behausung aus reinem Naschwerk. Sie ist ein Symbol für betrügerische Versprechungen, narzisstische Verblendung und Schwärmerei.

Iduna lässt die Schultern hängen. Demoskopische Nachrichten können desillusionierend sein. »Ich kann einfach nicht verstehen, dass auch jetzt noch ein beachtlicher Teil unserer Bevölkerung für Politik und Medien Sympathie zeigt. Was muss denn noch passieren? Sie wollen uns demografisch austauschen und ruinieren uns wirtschaftlich. Und das geht so seit Jahrzehnten!«

»Wir haben dieses Phänomen bereits aus verschiedenen Perspektiven betrachtet«, antworte ich, »aber es gibt einen psychologischen Ansatz, über den wir noch nicht gesprochen haben: Stell dir Kinder in einer dysfunktionalen Familie vor. Sie können die Streitigkeiten ihrer Eltern, die Gewalt und die anderen Probleme noch nicht verstehen. Aufgrund des Machtgefälles können sie gar nicht anders, als die Schwierigkeiten zu verharmlosen. Sie werden sagen: *Das hat Mutter nicht so gemeint.* Oder sie verherrlichen den Vater, dem es gelang, im Garten mit einem Schmetterlingsnetz den entflogenen Wellensittich einzufangen. Nicht alle Menschen sind davon im Erwachsenenalter geprägt, aber einige Personen neigen dazu, sich Partner auszuwählen, mit denen sich dieses toxische Beziehungsmuster wiederholt. Oft behaupten sie, die Chemie hätte gestimmt. Deshalb bilden sich diese Paarmuster so plötzlich. Die Bindung ist sehr intensiv und von einem hohen Maß an Leidenschaft geprägt, auch wenn einer der Beteiligten Schaden davonträgt.«

»Ich verstehe den Bezug zu unseren politischen Zuständen nicht«, wendet Iduna ein.

»Es gibt viele Gründe dafür, eine Beziehung aufzulösen. Das gilt auch für harmonische Partnerschaften. Man einigt sich gütlich, hält vielleicht noch losen Kontakt und erinnert sich gern an den Menschen, der einem eine Phase des Lebens lang zur Seite stand. Die Traumabindung ist anderer Art. Meist enthält sie einen sogenannten *Casino-Effekt*. Hast du dir schon einmal Gedanken darüber gemacht, warum Wettbüros neben dem Jackpot so viele Kleingewinne ausschütten?«

»Sie wollen ihre Teilnehmer im Spiel halten. Sie sollen auf diese Weise die Erfahrung machen, dass es möglich ist, zu gewinnen. Vielleicht ist es das nächste Mal der Hauptgewinn. Das rechtfertigt den enormen Verwaltungsaufwand.«

»Genauso ist es«, bestätige ich. »Paradoxerweise ist die Aufkündigung einer narzisstischen Beziehung schwieriger als die Loslösung von einem geliebten Partner. Das gilt auch auf gesellschaftlicher Ebene.«

Einer der Gründe, warum eine sachliche Argumentation mit einem Narzissten fast aussichtslos ist, beruht auf seiner zwanghaften Regression. Kinder sind sehr egoistisch. Sie wollen alles, und zwar am besten sofort. Es fehlt ihnen die Unterscheidung von Nuancen. Meist unterscheiden sie die Dinge rein binär. Entweder etwas ist gut oder schlecht, begehrenswert oder es wird in die Ecke geworfen, es schmeckt oder es wird ignoriert. Ihre Stimmungen schwanken enorm. Wer eben noch ihr Freund war, wird von einem Moment auf den anderen zum erbitterten Feind. Der Ausdruck ihrer Gefühle ist elementar und unbeherrscht. Erst im fortgeschrittenen Alter entwickelt sich langsam die soziale Kompetenz. Ich kann mich an ein Abendessen mit einem Geschäftspartner erinnern, der ohne erkennbaren Grund plötzlich zum Suppenkasper wurde. Keiner der anwesenden Personen konnte sich dieses Verhalten erklären. Es herrschte eine Mischung aus Schweigen und Verlegenheit. Die Begleiterin des Mannes kümmerte sich auf betont mütterliche Art um ihren Sozialverweigerer. Als sich die Situation wieder beruhigt hatte, überspielte einer der Anwesenden die Episode mit der

Bemerkung, dass das Essen tatsächlich unannehmbar gewesen sei. Der Kellner wurde herbeizitiert und am Ende erschien auch noch der Chefkoch am Tisch und entschuldigte sich für sein Malheur. Alternativ könnte man auch vom dichotomen Verhalten des Narzissten sprechen: Ein Zustand wird in zwei Teile zerschnitten, die sich nicht überlappen. Entweder etwas ist richtig oder es ist falsch. Entweder ist eine Person Opfer oder sie ist Täter. Es gibt keine Differenzierungen und keine Grautöne wie im realen Leben.

Iduna und ich haben wieder eine jener Diskussionen, die eigentlich zu keinem anderen Ergebnis führen, als uns klar zu machen, wie verschieden wir sind.

»Warum machst du dir so einen Kopf um die Frage, ob das Regime narzisstisch ist oder ganz einfach nur auf irgendeine Art toxisch?«, fragt sie.

»Ich versuche zu verstehen, was sich vor unseren Augen abspielt«, antworte ich. »Das ist meine Natur als Psychologe.«

»Wenn ein politisches System für seine eigenen Bürger nur Verachtung übrig hat, sie bei jeder Gelegenheit belügt, ihren Besitz vergeudet und sie zu Fremden im eigenen Land macht, dann hat man das Recht zum Widerstand, egal welchen Namen man diesem Tier gibt.«

Ich kenne die Problematik aus meiner früheren Arbeit nur zu gut. Anders als bei einer Depression oder Suchterkrankung sucht im Fall einer narzisstischen Störung nicht der mental Erkrankte nach Rat, sondern sein Opfer. Sie wollen wissen, woran sie geraten sind und was die zerstörerische Beziehung verursacht. Und genau diese Frage kann der Therapeut nicht eindeutig beantworten, da er für eine Diagnose unmittelbaren Kontakt mit dem mutmaßlichen Narzissten haben müsste. Ich pflegte meinen Patienten in dieser Situation zu sagen, dass ich ihre Schilderungen ernst nehme und für wahr halte. Ein exakter Befund in Bezug auf eine mir unbekannte Person ist aber nicht möglich. Bei einzelnen Ratsuchenden hatte ich den Eindruck, dass sie deshalb so auf die Benennung der Störung fixiert waren, weil sie in ihrem Bekanntenkreis einen überzeugenden Grund für die Beendigung der Beziehung nennen wollten. »Manche Menschen fühlen sich einem hohen sozialen Druck ausgesetzt. Sie meinen, sich für jeden ihrer Entschlüsse rechtfertigen zu müssen.«

»Das scheinen mir sehr schwache Charaktere zu sein. Den meisten Zeitgenossen ist nicht bewusst, wie destruktiv ein Narzisst ist. Sie denken dabei eher an einen eitlen Selbstüberschätzer, der auf den Boden der Realität zurückfinden kann.«

»Der von der Störung Betroffene wird sich nie ändern. Die Diagnose ist in diesem Fall ernüchternd. Sie lässt keine Illusionen mehr zu«, gebe ich zu bedenken.

»Wer über Jahre hinweg missbraucht, systematisch entwertet und seiner Würde beraubt wurde, der braucht keine Einordnung in eine klinische Kategorie.«

Iduna liegt richtig. Sie hat ihren Hut längst über den Zaun geworfen. Niemand kann ihr noch etwas vormachen.

***

Die größte Gefahr liegt für einen Narzissten in seiner Unersättlichkeit. Sein Bedürfnis nach Zufuhr ist eigentlich nie gedeckt. Oft werden ihm seine Opfer nach einiger Zeit langweilig. Für ihn ist die Knüpfung neuer Beziehungen wie eine Jagd nach frischer Beute. Diese Gier wurde einem Titanen der Filmbranche zum Verhängnis. Er galt zusammen mit seinem Bruder schon in jungen Jahren als aggressiver Schläger. Zunächst erarbeitete er sich in seiner Heimatstadt mit einem Theater lokale Anerkennung. Dann stieg er ins große Showgeschäft ein und landete eine Reihe von preisnominierten Produktionen. Sein Erfolg war so überwältigend, dass kein Schauspieler mit Ambitionen auf eine Karriere an ihm vorbeikam. Das galt insbesondere für die Darstellerinnen. Seine Casting-Treffen, seine sexuellen Übergriffe sowie die nachträgliche Einschüchterung seiner Opfer waren legendär. Über drei Jahrzehnte hinweg wagte keine der Geschädigten, den notorischen Täter anzuzeigen. Ehemalige Mitarbeiter eines fremden Geheimdienstes waren damit beauftragt, diese Frauen zu bespitzeln und von einer Anzeige abzuhalten. Wagte dennoch eine den Gang zum Staatsanwalt, so stand ein renommiertes Team von Anwälten bereit, sie davon zu überzeugen, gegen eine einmalige Entschädigungszahlung ein außergerichtliches Übereinkommen der Verschwiegenheit zu unterzeichnen. Doch plötzlich geschah etwas Unerwartetes. Eine kleine Anzahl von vergewaltigten Frauen ging wider alle Aussicht auf Erfolg an die Öffentlichkeit und schon bald schlossen sich ihnen immer mehr an. Der Mogul war angreifbar geworden und begann zu wanken. Er stritt die Gewalt ab und sprach von einvernehmlichen Kontakten, doch einer Sondereinheit der Polizei waren eindeutige Beweismittel zugespielt worden. Es war ein tiefer Sturz, als er vor Gericht schuldig gesprochen wurde. Viele seiner Mitarbeiter mussten im Nachhinein einräumen, dass sie weggesehen hätten. Das war untertrieben. Die meisten von ihnen waren Komplizen gewesen, die genau über die Vorkommnisse informiert waren. Andere kamen der Realität näher, wenn sie die öffentliche Berichterstattung über ihren früheren Chef als einseitig bezeichneten. Es war nicht nur seine Aggressivität und Skrupellosigkeit gewesen, die jene gefügig gemacht hatte, die ihm ins Netz gegangen waren, auch die Welt des Glamourösen hatte dazu beigetragen sie zu korrumpieren. In der narzisstischen Scheinwelt hatten sich ihre Werte verschoben oder sogar aufgelöst. Er hatte sie eingeladen, in sein Reich, und sie waren ihm gefolgt. Als er zu gegebener Zeit seinen Tribut forderte, hatten die wenigsten ihm etwas entgegenzusetzen.

Nüchtern betrachtet halte ich es für möglich, dass zu der organisierten Bewegung der Opfer auch solche Frauen gehören, die von sich aus bereit waren, in ihre Ambitionen ein gewisses Maß an Intimität zu investieren. Vielleicht sind dies sogar jene, die ex post besonders laut ihre Traumata beklagen. Der Täter war ein Raubtier und noch dazu ein ungeheuer großes. Zum Zwecke des Missbrauchs hatte er ein finanzielles Imperium geschaffen und ein Netzwerk williger Gehilfen. Als sein Urteil verkündet wurde, klagte er über Brustschmerzen und wurde kurzzeitig in einem Spital behandelt. Aber nun sitzt er in jener berüchtigten Haftanstalt, die man in einschlägig informierten Kreisen als die *Gladiatoren-Schule* bezeichnet. Humanitäre Organisationen hatten schon lange eine Schließung des alten Gebäudes gefordert. Es ist von Schädlingen befallen und die sumpfige Luft lässt selbst Besucher schwindlig werden. Als Häftling in einer der überbelegten Zellen wird er mit anderen Raubtieren zu tun haben. Er wird ihre unregelmäßig geduschten Körper riechen und mit ihnen die Toilette teilen. Wahrscheinlich wird man ihm schon in den ersten Tagen die Seife zuspielen.

Begriffe sind verräterisch. Besonders wenn sie immerfort wiederholt werden, machen sie misstrauisch. Sie wirken dann wie ein Schlüssel zum Verständnis der betreffenden Person. Im politischen Diskurs ist es nicht anders. *Toleranz* gehört zu jener Terminologie, die von den Machthabern regelrecht totgeritten wird. Man spürt nur allzu gut, dass das Wort für jene, die es wie ein Mantra gebrauchten, völlig unverbindlich war. Und außerdem fehlte das rechte Maß. Jene an den Schalthebeln der Gesellschaft glaubten, die Bereitschaft Belastungen zu ertragen, ließe sich beliebig abrufen. Als der Unmut der Bevölkerung dann begann aufzukeimen, richtete er sich nicht nur gegen die Staatsführung, sondern vor allem auch gegen deren Komplizen. Ein Narzisst agiert selten allein. Oft umgibt er sich mit einer Schar von dienstbaren Komparsen, die ihm heimlich zuarbeiten. Vielleicht ist er im Umgang mit seinem Opfer zu weit gegangen und muss mit einem Abbruch der Beziehung rechnen. Dann kann einer seiner Agenten als scheinbar neutraler Vermittler versuchen, zu retten, was noch zu retten ist. Außerdem dient die Rotte von Ermöglichern zur permanenten Landschaftspflege. Ihre Servilität, die meist auf einer versteckten Abhängigkeit beruht, bestätigt die Großartigkeit des Narzissten. Es ist deshalb kein Zufall, dass der erwachende Volkszorn sich vor allem gegen die Medienvertreter richtet.

Für mich persönlich ist Magie nichts anderes als ein archaischer Urzustand der Unwissenheit. Unsere frühen Vorfahren waren täglich mit Phänomenen konfrontiert – das Wetter, die Gezeiten, die Gestirne, der Körper des Menschen und vieles mehr – die sie sich nicht erklären konnten. Nach und nach entwickelten sie Methoden, die Funktion der Dinge zu untersuchen. Die Macht der Magier im Sinne der altpersischen Weisen weicht immer mehr dem Einfluss der Wissenschaftler. In heutiger Zeit gilt Zauberei entweder als rückständig oder als verschrobenes Treiben okkulter Zirkel und Sekten. Das deckt sich mit meiner Sicht der Gegebenheiten. Wenn man sich jedoch mit dem geschichtlichen Einfluss der Magie befasst, so stößt man auf ein ungeahntes Maß an kulturellem Reichtum. Er erstreckt sich von den

Höhlenmalereien der Steinzeit über das Auge des Horus im antiken Ägypten, den Wunderwirker und Mathematiker Pythagoras, den Fluchtäfelchen der Römer, den Dämonenpakt sowie das Werfen des Bibelloses im christlichen Europa, die *Magia naturalis* der Renaissance, die Alchemie der Neuzeit bis hin zum Schamanismus jener der Zivilisation müden Hippies der Sechzigerjahre. Die Vorstellung, dass alles im Kosmos von einer transzendenten Kraft durchdrungen ist, auf die man mittels bestimmter Riten oder anderer Mittel, zum eigenen Vorteil oder zum Nachteil anderer, Einfluss nehmen kann, taucht in jeder Epoche auf. Der Glaube an die Wirkung des Zaubers war manchmal so fest, dass er juristisch geregelt wurde. So konnte etwa unter dem römischen Kaiser Valens das Tischrücken mit dem Tode bestraft werden, wenn dadurch der Name seines Nachfolgers in Erfahrung gebracht werden sollte. Das Verbrechen der Magie bezog sich nicht nur auf individuelle Personen, sondern oft auch auf ganze Gruppen von Apostaten, Teufelssekten und Häretikern, die angeblich im Untergrund wirkten. Der Kanon der sechsten Synode von Elvira wurde das Rückwärtssprechen von Gebeten sowie das Zu-Tode-Beten lebender Mitmenschen mittels wiederholter Rezitation bestimmter Fluchpsalmen verboten. Unter besonderem Verdacht standen die Kleriker selbst, da sie als Schriftgelehrte Zugang zu entsprechender Literatur hatten. Als des Lateins Kundigen stand ihnen durch Lesung der Messe ein übernatürliches Instrument zu Gebote, unter anderem um sich Frauen hörig zu machen.

An dieser Stelle will ich der dunklen Vergangenheit dieser Kulturen nicht weiter auf den Grund gehen, sondern mich einem anderen, aber damit verwandten Thema zuwenden: dem Zauberkünstler. Seine Manipulation beruht nicht auf Magie im engeren Sinne. Er lässt in den Köpfen seiner Zuschauer vielmehr

Illusionen entstehen. Je bereitwilliger sich der Betrachter verzaubern lässt, desto imposanter werden die Erscheinungen. Selbst den meisten Kindern ist bewusst, dass diese darstellenden Artisten nicht wirklich zaubern können. Mit allerlei Kartentricks, Becherspielen oder scheinbar übernatürlichen Phänomenen unterhalten sie ihr Publikum. Dieses weiß, dass der schmelzende Löffel sowie die eingemischte und wieder aufgefundene Spielkarte nicht auf Hexerei beruhen, sondern auf der Geschicklichkeit des Darstellers, seiner Fähigkeit abzulenken und verschiedenen anderen Faktoren. Wenn der Beobachter erfährt, worauf der Trick tatsächlich basiert, verliert er das Interesse an der Darbietung; die Aura des Unerklärlichen ist unweigerlich dahin. Vielleicht kann der Kartenkünstler mit dieser Masche noch im Bereich der Falschspielerei punkten, aber als Unterhalter ist er erledigt. Dieser Aspekt ist für viele Opfer narzisstischen Missbrauchs fatal. Die Faszination an ihrer eigenen Manipulation hält sie im Bann der zerstörerischen Beziehung. Sie wollen gar nicht erfahren, wie sie getäuscht werden, weil das Ergebnis ernüchternd wäre. Der Vorhang würde fallen und die Darbietung wäre beendet.

Der Narzisst ist angesichts seiner Charakteristika auf den ersten Blick kein Sympathieträger. Seine Überheblichkeit, Gefühlskälte und seine notorische Neigung zu lügen stoßen die meisten Menschen spontan ab. Niemand will von solch einer Person manipuliert werden und seine Tendenz, objektive Begriffe durch eine emotionale Wortwahl zu ersetzen, fällt negativ auf. Trotzdem – oder gerade deshalb – tritt er in Gesellschaft durchaus vorteilhaft in Erscheinung. Die emotionale Kompetenz eines Menschen besteht aus seiner Fähigkeit, Gefühle wahrzunehmen, sie einzuordnen und sie zu nutzen. Auf dieser Ebene werden

Beziehungen geknüpft und gepflegt. Häufig wird übersehen, dass das narzisstische Repertoire in diesem Zusammenhang viel größer ist als jenes gesunder Persönlichkeiten. Der Narzisst empfindet keine Schuld für seine Intrigen, oberflächlichen Schmeicheleien, Anbiederungen oder seine Unehrlichkeit. Er ist vielmehr stolz auf diese Fähigkeiten und genießt das Chaos und die desaströsen Konsequenzen seines Schaffens. Er verletzt die Normen des Miteinanders, ohne dass seine Opfer dies auf den ersten Blick erkennen. Sie ahnen nicht, dass er für die Folgen seines Wirkens keine Verantwortung übernehmen wird. Alles scheint in bester Ordnung zu sein. Allenfalls kleine Besonderheiten kann man in dieser Phase wahrnehmen: Der Narzisst ist ein schlechter Zuhörer. Meist greift er im Rahmen eines Gesprächs bestimmte Aspekte auf und benutzt diese, um bei dieser Gelegenheit über sich selbst zu reden. Eventuell bemerkt auch der eine oder andere, dass sich eine einmal geäußerte Kritik an ihm nicht durch Lob oder Anerkennung aufwiegen lässt, aber diese Signale gehen in der Regel unter. Am Ende steht verbrannte Erde und den Ausgenutzten bleibt nichts anderes übrig, als sich über das Vergangene Gedanken zu machen.

Im Zentrum des kulturellen Narzissmus steht das Privileg. Stellen wir uns beispielsweise eine patriarchalische Gesellschaft vor, so haben Männer in vielerlei Hinsicht Vorrechte gegenüber dem weiblichen Geschlecht. Diese Ansprüche müssen nicht als formelle Gesetze formuliert sein. Meist sind sie ihrem Wesen nach eher Gewohnheitsrechte. Dasselbe gilt natürlich für das Matriarchat, eine feudalistische oder eine religiöse Gesellschaft. Das Prinzip solcher Gruppen ist sehr einfach zu verstehen: Ein Teil der Gemeinschaft ist per Geburt mit Vorrechten versehen, die die anderen Teile der Körperschaft unmöglich oder nur sehr schwer erwerben können. Rassentrennung nach dem Muster der Apartheid ist ein Prototyp eines solchen Regimes. In unserer Zeit fragen sich viele nach den Ursachen der desaströsen Entwicklung in den westlichen Staaten. Die Wurzel alles Übels in einem einzigen Auslöser zu sehen, gilt als ideologisch. Aber die Frage nach dem entscheidenden Grund für unsere Misere ist berechtigt. Ich erinnere mich an einen Film, dessen Titel ich längst vergessen habe. Im Mittelpunkt stand ein etwa zehnjähriger Junge, der von seiner Umwelt mit äußerstem Zuvorkommen behandelt wurde. Jeder Wunsch wurde ihm von den Lippen abgelesen. Niemand wagte, ihn zurechtzuweisen oder ihm zu widersprechen. Wenn er behauptete, der Himmel sei grün, dann stimmten ihm alle zu. Oberflächlich betrachtet, hätte man dieses Szenario als ein progressives Erziehungsexperiment ansehen können. Doch dann wurde klar, dass der Knabe über eine übersinnliche Fähigkeit verfügte. Er konnte anderen Menschen telepathisch Schaden zufügen, sie in Brand setzen oder sie einfach verschwinden lassen. Der Grund für die Ergebenheit seiner Mitmenschen war ganz einfach Angst. Ob man es nun Vergangenheitsbewältigung oder Erinnerungskultur nennt, spielt keine Rolle: Wir haben ein Privileg in die Welt gesetzt, das weidlich ausgebeutet wird. Anstatt offene Fragen kritisch anzugehen, fügen wir uns in die Rolle des Untergeordneten. Der Privilegierte verteidigt sein Vorrecht mit Klauen und Zähnen. Er will uns nichts Gutes. Er will unser Ende.

Das Arbeitszimmer in meiner früheren Praxis war minimalistisch, aber geschmackvoll eingerichtet gewesen. Die Couch gehört zu den Stereotypen der Psychoanalyse, in der Realität sitzen sich Therapeut und Patient allerdings in zwei bequemen Sesseln gegenüber. Ein unbeteiligter Beobachter würde die Szene als

Konsultation in einem hellen und transparenten Raum einordnen. Das ist eine recht oberflächliche Einschätzung. Meine Patienten verhielten sich meist sehr individuell. Die einen ließen sich wie seufzende Sternschnuppen in das lederne Möbel fallen, andere zeigten ihren Widerstand, indem sie eine kauernde Körperhaltung einnahmen. Was dem neutralen Betrachter mit Sicherheit entgehen würde, ist meine gefühlsmäßige Perspektive: Meine Gegenüber waren nicht jene vorteilhaft gekleideten Männer und Frauen, die ich als solche hätte anerkennen sollen. Es waren vielmehr Angestellte der Stadtwerke in roten Arbeitsanzügen, die ihren Müllwagen am Ende ihrer Schicht mit wiederholtem Blick in den Seitenspiegel positionierten. Die höflichen Floskeln zu Beginn der Sitzung waren in Wahrheit das Brummen der Hydraulik beim Anheben und Kippen des Fahrzeugaufbaus. Wenn sich dann endlich die Klappe des Heckladers öffnete, ergoss sich ein Schwall von Unrat vor meine Füße. Mit professionellem Entgegenkommen pflegte ich die Herausforderung anzunehmen, die einzelnen Elemente zu sortieren und sinnvoll miteinander zu verknüpfen. In nicht seltenen Fällen endete die Arbeit jedoch ohne das Auffinden etwaiger Wertstoffe. Das gilt vor allem für die Opfer narzisstischen Missbrauchs, die ihrem Täter nicht die verdiente Gleichgültigkeit und Distanz entgegenbringen. Es ist ungesund, die Verachtung, den Hass, die Zurückweisung und die Willkür des Narzissten zu verinnerlichen. Wer seine Mitmenschen ignoriert, immerzu deren Eigenschaften kritisiert und beharrlich das eine sagt und dann das andere macht, verdient kein Mitgefühl. Das gilt gerade auch auf kultureller Ebene. Ein Volk, das sich notorisch belügen lässt und sich Respekt mit Selbstbefleckung erkauft, nimmt unabdingbar Schaden. Das Desinteresse, das es seinem Peiniger entgegenbringen sollte, ist keine Kaltherzigkeit, sondern vielmehr die Berechtigung, sich nicht länger darum zu kümmern, was dieser denkt. Langfristig wird dieser Gleichmut zu Authentizität, Integrität, Verlässlichkeit und innerer Harmonie führen. Die Gemeinschaft wird Prioritäten im eigenen Interesse setzen und sich auf die Verantwortung gegenüber sich selbst zurückbesinnen.

Wir leben in einer kulturell seichten Zeit. Die Komponisten, die in unseren Konzerthäusern aufgeführt werden, sind seit Jahrhunderten tot. Die leichte Muse, die unseren Alltag prägt, ist zu einem größeren Teil importiert und was wir selbst hervorbringen, ist auch nicht viel besser. Jede Kulturblüte war irgendwann zu Ende und daher sind Latenzphasen normal. Dennoch scheinen mir die herrschenden Zustände nicht zufällig zu sein. Es liegt etwas wie Mehltau über unserem Dasein. Wir arbeiten uns daran ab und versuchen, die Vergangenheit zu bewältigen, aber es bringt uns nicht weiter. Tatsächlich hat sich eine fremde Kultur in unser Zentrum gedrängt, die als solche nicht auf den ersten Blick zu erkennen ist. Wir sprechen sie zwar als sogenannte *Erinnerungskultur* an, dieser Begriff wird einer Zivilreligion dieser Art aber nicht gerecht. Wenn ich von einer uns fremden Haltung spreche, dann meine ich nicht in erster Linie, dass deren Ursprünge landesfremd sind. Ein Stück weit ist das zwar richtig, es geht aber vielmehr darum, dass sie unserem innersten Wesen widerspricht. Unsere Lebensweise und damit unsere Beziehung zum anderen ist dieser Natur entgegengesetzt. Wir pflegen uns nicht absolut zu setzen, sondern betrachten uns als Teil einer Vielfalt. Die Unterschiede, die wir im Vergleich zu anderen erkennen, wecken eher unsere Neugier als dass sie uns abstoßen. Für uns steht nicht das Urteil über die anderen an erster Stelle, vielmehr nehmen wir das Fremde zuerst als solches wahr und fragen uns, wie diese Kultur zu ihren Überzeugungen kam. Es geht uns nicht um einen imperialistischen Einfluss oder die Kontrolle über andere Sitten. Wenn sie uns gar zu seltsam vorkommen, dauert unser Anschluss etwas länger und dem, was sich als unvereinbar erweist, setzen wir bewehrte Grenzen entgegen. Das Gegenüber in unserer Zeit gefällt sich in einer gegensätzlichen Gesinnung. Es ist nicht gekommen, um Brücken zu bauen, sondern will herrschen und fordern. Die Rollen waren von Anfang an ungleich verteilt. Auf der einen Seite stehen die für alle Zukunft Schuldigen in ihrer Demut, auf der anderen schaltet und waltet der Hochmut und der Dünkel. Es ist kein Verhältnis, das auf einem wechselseitigen Vorteil beruht. Der eine diktiert die Bedingungen, der andere ordnet sich unter. Ein offener Diskurs in der Sache findet nicht statt. Im Grunde genommen geht es um nichts anderes als um die Konsequenzen. Manchmal sind der Durst nach Rache sowie die Selbstsucht so mit den Händen zu greifen, dass man den ins Land Gekommenen mehr inneren Frieden wünscht. Es ist klar, dass ein Miteinander auf dieser Grundlage keine langfristige Aussicht auf Frieden haben wird. Ich hoffe, dass es eine gütliche Verabschiedung sein wird. Die Aussichten darauf sind jedoch eher mager.

Fast unbemerkt hat ein Begriff in unsere politische Sphäre Einzug gehalten, der in seiner Bedeutung völlig unterschätzt wird: die *Leugnung*. Damit werden Verpflichtungen markiert, die der Bürger bei Androhung von Strafe nicht hinterfragen darf. Es sind gewissermaßen archimedische Punkte, die als unumstößlich gelten und die Gesellschaft auf grundsätzliche Weise strukturieren. So gilt etwa der *Klima-Leugner* als uneinsichtiger Scharlatan, der sich wider besseres Wissen der ökologischen Krise und ihren Herausforderungen verweigert. Er wird aus dem *wissenschaftlichen* Diskurs ausgesondert und der allgemeinen

Verachtung preisgegeben. Der Verweis auf die chaotische Eigenart der verschiedenen Klimamodelle wird ihm nichts nützen. Seine vermeintliche Sturheit hat ihn zum Unberührbaren gemacht und jeden, der sich nicht ausdrücklich von ihm abgrenzt, wird dasselbe Schicksal ereilen. Wenn die Politik eine sogenannte *Leugnung* kriminalisiert, macht sie sich einen psychologischen Mechanismus der Bürger zunutze. Viele Personen unterscheiden nicht zwischen Gesetz und Moral. Ist etwas verboten, dann schrecken sie automatisch davor zurück.

Meine klinische Erfahrung hat mich gelehrt, dass dieses Phänomen des Leugnens in Wirklichkeit kein Einzelfall ist. Ein erheblicher Teil meiner Patienten, vielleicht sogar die Mehrheit, waren in der einen oder anderen Hinsicht *Leugner*. Im Unterschied zum Wahn ist der Mechanismus der Leugnung spezieller Natur. Damit meine ich, dass er sich auf bestimmte Aspekte der Persönlichkeit beschränkt und nicht etwa als genereller Modus in Erscheinung tritt. Beispielsweise hat sich keiner meiner Klienten je selbst als eingeschränkt fahrtüchtig erklärt. Daran änderten auch abgerissene Seitenspiegel und allerlei Karambolagen nichts. Eine Patientin erzählte mir mit vorwurfsvoller Miene, vergangene Woche sei ihr *ein Mann vors Auto gelaufen*. Unter der Bedingung, dass keine Polizei zu dem Unfall hinzugezogen werde, zahlte sie die zerborstene Windschutzscheibe und den verbeulten Kühler zwar aus eigener Tasche, so wie sie den Vorfall jedoch schilderte, konnte ich bei ihr keine Einsicht in ihre Schuld erkennen. Ähnlich verhielt es sich um einen älteren Verkehrsteilnehmer, der den Behörden seine gelegentlichen spontanen Ohnmachtsanfälle verschwieg und munter weiter hinter dem Steuer saß. Ein häufiger Gesichtspunkt notorischer Abrede betrifft den Alkoholmissbrauch. Das geht über meine subjektive Einordnung hinaus. Gesundheitsorganisationen schätzen, dass nur ein Zehntel aller chronischen Trinker sich einer Therapie unterziehen. Es ist klar, dass die psychologische Bedeutung des Leugnens und seine weite Verbreitung nichts mit der politischen oder juristischen Unterstellung einer falschen Gesinnung zu tun haben. Letzteres ist nicht mehr als ein Instrument, einen unliebsamen Menschen zu stigmatisieren. Aus fachlicher Sicht ist das Phänomen hingegen nicht eindeutig geklärt. So kann die emotionale Verdrängung eines Trauerfalls durchaus nützlich sein, um das gewohnte Leben solange weiterzuführen, bis der Verlust sich verarbeiten lässt. Manchmal blieb mir nichts anderes übrig, als den Selbstbetrug als moralisches Defizit und möglicherweise als narzisstischen Persönlichkeitsanteil der betreffenden Person zu betrachten. Und in wieder anderen Fällen hatte ich das Gefühl, dass die Aufrechterhaltung der Fassade um jeden Preis einfach zum Anspruch eines jeden Menschen gehört. Dann trat ich den Rückzug an und ignorierte die Angelegenheit so höflich wie möglich.

Viele Personen mit Persönlichkeitsstörungen, die ich im Laufe der Zeit kennengelernt habe, kommen aus Familien, in denen die individuellen Grenzen der einzelnen Mitglieder nicht respektiert wurden. Damit ist das Fundament für die ultimative Anmaßung des Narzissten gebaut. Seine Forderung lautet: *Lege an deine Wahrnehmung der Realität meine Maßstäbe an!* Dies setzt Dominanz und Kontrolle voraus. Außerdem hat die Wahrheit in diesem Zusammenhang einen anderen Stellenwert als in intakten Beziehungen. Man ist deshalb im zwischenmenschlichen Umgang generell gut beraten, die Werte und Handlungen dieser Person genauer zu untersuchen. In diesen Zusammenhang gehört die Biografie des achtjährigen Fajr. Obwohl er ständig seine Ausweise bereithalten muss, hat er keine Staatsangehörigkeit. Er lebt mit seinen Eltern und vier Geschwistern in jener Region des Nahen Ostens, die man vorsichtig als *Cisjordanien* bezeichnen könnte. Fajr ist ein strebsamer Schüler und besucht eine Schule, die von den Vereinten Nationen finanziert und nach wiederholten militärischen Angriffen immer wieder aufgebaut wurde. Das Haus, in dem seine Familie wohnt, ist seit Jahren vom Abriss bedroht. Angeblich fehlt die Baugenehmigung, doch diese ist auf verwaltungsrechtlichen Wegen so gut wie unmöglich zu bekommen. Man erkennt diese Behausungen leicht an den Wasserspeichern auf den Dächern. Diese sind dringend notwendig, da die zuständigen Behörden nach Belieben die Wasserzufuhr tagelang unterbrechen können. Auf den Gebäuden in einigen Kilometern Entfernung fehlen diese Speicher. Dafür sind diese Siedlungen weitflächig begrünt. Das hat damit zu tun, dass die dortigen Bewohner anders sind und diese Superiorität im täglichen Umgang auch zeigen. Fajrs Verwandtschaft ist weit verstreut. Manche haben sich in Übersee eine Existenz aufgebaut. Sein Onkel wurde beispielsweise in Westeuropa als Arzt ausgebildet. So lange ihm Touristenvisa ausgestellt werden, kann er den größten Teil des Jahres in einem nahe gelegenen Krankenhaus arbeiten. Andere Verwandte leben in Nachbarländern in Lagern oder unter ähnlichen Bedingungen in einem Teil des Flickenteppichs, in den man das Gebiet aufgeteilt hat. Zu bestimmten Anlässen – meist sind es Hochzeiten – werden wechselseitige Besuche erlaubt. Dazu müssen eine Anzahl von Kontrollstellen passiert werden und Fajrs Eltern sind sehr darum bemüht, vor ihren Kindern ihre Scham zu verbergen angesichts der Schikanen, denen sie ausgesetzt sind. Sie befürchten, diese könnten sich eines Tages jenen Steinewerfern anschließen, die von den fremden Soldaten angeschossen werden. Fajrs Onkel hat seinem Neffen deshalb Fotografien der Opfer und ihrer amputierten Gliedmaßen gezeigt.

Ich liebe Horrorfilme, obwohl ich so abgebrüht bin, dass mich der Schrecken nur noch selten erreicht. Wenn Übersinnliches ins Spiel kommt, ist es zwecklos, das Drehbuch zu rationalisieren. Man genießt dann die gruseligen Effekte und den wohligen Schauer, der einen hin und wieder überkommt. In jüngster Zeit sah ich jedoch einen Streifen, der sich nicht eindeutig einem bestimmten Genre zuordnen lässt. Die Handlung ist in mehreren Szenen unklar und lässt den Zuschauer ratlos zurück: Eine Frau ist mit einem malignen Narzissten verheiratet. Sie wird in dieser Beziehung gedemütigt, geschlagen und missbraucht. In der ersten Einstellung wacht sie morgens mit dem Entschluss auf, wegzulaufen. Sie verlässt das mit Überwachungstechnik gesicherte Haus und beginnt ein neues Leben. Wenige Tage später erfährt sie, dass ihr Ehemann sich das Leben genommen hat, angeblich hatte er die Einreichung der Scheidung nicht verkraftet. Sein Bruder zeigt ihr die Urne mit der Asche und bespricht mit ihr das Testament. Der Ehemann hat sie großzügig mit monatlichen Zahlungen bedacht, allerdings sind diese an die Bedingung geknüpft, nicht straffällig zu werden. Die Protagonistin scheint ihre düstere Vergangenheit hinter sich gelassen zu haben und einer vielversprechenden Zukunft entgegenzugehen. Doch dann verdichten sich immer mehr die Zweifel daran, ob der Gatte tatsächlich tot ist. Er scheint allgegenwärtig zu sein, wird jedoch nie sichtbar. Wie unter einer Tarnkappe setzt er seinen destruktiven Einfluss auf seine frühere Gemahlin fort. Ein Bewerbungsgespräch endet im Fiasko, nachdem auf geheimnisvolle Art die Unterlagen manipuliert wurden. Wiederholte Halluzinationen kommen ins Spiel und die Vertrauten der verängstigten Hauptperson beginnen an deren Verstand zu zweifeln. Schließlich dringt sie in das ehemalige Anwesen ihres Ehemannes ein, um sich Klarheit zu verschaffen. Dabei tötet sie versehentlich den neuen Besitzer und kommt in Haft. Die Botschaft des Films ist klar: Es ist unmöglich, den Geistern des Bösen zu entkommen. Weder Trennung noch Neubeginn, ja nicht einmal der Tod, können die narzisstische Dominanz bannen. Die Asen haben unser Schicksal gewoben und wir können ihm nicht entrinnen. Die Natur des *Narkissos* kann so zerstörerisch sein, dass es kein Entkommen gibt. Das Skript spielt mit den Elementen des Fluches sowie der sich selbst erfüllenden Prophezeiung. In Wirklichkeit sind die Opfer therapierbar, ihre Aussichten auf Genesung gut.

Bei Erörterungen über die Gründe für die Kollaboration weiter Teile der Bevölkerung mit dem Regime taucht immer wieder der Begriff *Stockholm-Syndrom* auf. Er bezieht sich auf einen lange zurückliegenden Banküberfall und die rätselhafte Reaktion der Geiseln auf ihre Situation: Sie sympathisierten mit den Geiselnehmern und hielten sogar nach deren Inhaftierung noch Kontakt zu ihnen. Die Medien vermeldeten das kooperative Verhalten als Sensation. Angeblich soll es sogar zu sexuellen Kontakten zwischen den Kriminellen und ihren Opfern gekommen sein, das lässt sich jedoch nicht belegen. Überhaupt ist das Wort *Syndrom* unzutreffend, es handelt sich keineswegs um typisches Verhalten von Geiseln. Für viele Psychologen ist das Ganze deshalb auch nicht mehr als ein Mythos. Eine Geiselnahme ist geprägt von Todesangst und Isolation. Beides trifft auf unsere gegenwärtige gesellschaftliche Situation nicht zu – zumindest bis jetzt noch nicht. Als politische Analogie taugt die Terminologie deshalb nicht. Trotzdem geben mir die hypothetischen

Erklärungen für das spezifische Verhaltensmuster zu denken. Könnten Gesten der Ergebenheit und der Bereitschaft zur Komplizenschaft aus evolutionspsychologischer Sicht eine rationale Strategie zur Erhöhung der Wahrscheinlichkeit für das eigene Überleben ergeben? Oder liegt vielmehr eine Wahrnehmungsverzerrung auf der Seite der Opfer vor? Sie sind zwar der inzwischen weitgehend willkürlichen Gewalt des Staates ausgeliefert, erfahren jedoch aufgrund ihrer Passivität vor allem soziale Wohltätigkeit oder zumindest wenig Schikane. Aus den geschichtlichen Erfahrungen mit totalitären Systemen lässt sich sagen, dass denen ein Teil der Anhängerschaft auch nach deren Überwindung und der Offenlegung ihrer manipulierenden Natur noch die Treue hielten. Es könnte sein, dass diese bedingungslose Unterordnung nach dem Zusammenbruch der Gewaltherrschaft die Bewältigung der individuellen Verwicklungen erleichtert. Vielleicht ist dies der Grund für den herrschenden Untertanengeist.

Religiöse Gemeinschaften, die sich *auserwählt* wähnen, sind in den meisten Fällen nicht allzu beliebt. Sie leben in der Vorstellung, einen einzigen Gott für sich zu haben. Meistens gelten diese Sekten als versponnen und in Wirklichkeit will niemand solch ein Mitglied als Nachbarn haben. Aber in einer säkularen Welt spielt dies, zumindest in der Anonymität der Großstädte, keine Rolle. Man geht diesen narzisstischen Menschen mit ihren eingebildeten und tatsächlichen Privilegien, soweit dies möglich ist, aus dem Weg und respektiert ihre Privatsphäre. Dennoch können sie gefährlich werden, wenn man in ihren Einflussbereich gerät. Damit meine ich nicht nur individuelle Verstrickungen. – Narzissmus kann auch systemisch wirksam werden und ganze Großgruppen in seinen Bann ziehen.

An einem imaginären Experiment will ich diesen Gedanken demonstrieren: Stellen Sie sich vor, Ihnen werden von einer Ihnen bekannten Person die Augen verbunden. Sie sind seit geraumer Zeit von diesem Menschen abhängig. Er ist derjenige, der über Ihre Grenzen verfügt und ihr Bestreben besteht darin, es ihm recht zu machen. Gleichzeitig fühlen Sie sich jedoch nicht wirklich glücklich. Obwohl Sie nicht religiös sind, murmeln Sie häufig *unsere Schuld vergib uns heute*. Aber nun gehen wir gedanklich zurück zur eingangs beschriebenen Situation: Jener Akteur, der Sie vorübergehend Ihres Augenlichts beraubt hat, beschreibt Ihnen den Lageplan des Hauses, vor dem sie gemeinsam stehen. Er erklärt Ihnen beispielsweise genau, wo die Küche im Erdgeschoss liegt und wie man zum Badezimmer im ersten Stock findet. Nun beginnt das Spiel, das ansatzweise sadistische Züge enthält: Der Sie kontrollierende Part wird Ihnen den Auftrag erteilen, eine bestimmte Räumlichkeit aufzusuchen und damit eine genaue Zeitvorgabe verbinden. Die Anweisung könnte zum Beispiel lauten: *Finden Sie in höchstens zwei Minuten zum Heizkeller!* Gelingt es Ihnen nicht, der Anordnung innerhalb der besagten Zeit Folge zu leisten, müssen Sie mit einer Sanktion rechnen. Wir wollen nicht allzu brutal werden. Die Person wird also Ihre Verfehlung nur mit dem Aussprechen eines Wortes bestrafen, das Sie innerlich beschämt. Stellen wir uns in unserem Beispiel vor, dass Sie den Heizkeller nicht gefunden haben und eine verbale Schelle einstecken mussten. Jetzt gibt Ihnen die Person an Ihrer Seite die Instruktion, innerhalb von drei Minuten das Arbeitszimmer im Obergeschoss aufzusuchen. Da Sie jetzt davon ausgehen müssen, nicht vor dem Heizkeller zu stehen, wird es noch schwieriger für Sie, sich zu orientieren. So geht es eine Weile weiter, bis sie sich völlig verirrt haben und das Spiel beenden wollen. Das ist Ihnen jedoch nicht erlaubt. Die höchste

Strafe steht auf die erhobene Anschuldigung, der Leiter des Schauspiels hätte Ihnen falsche Angaben gemacht. Genauso extrem ist der Anspruch sanktioniert, einen objektiven Einblick in die Innenarchitektur des Gebäudes gewährt zu bekommen. Was ich hier zu schildern versuche, ist der narzisstische Irrgarten. Was eine Person bewegt, als Versuchstier in diesem Labor zu verweilen, ist Angst.

Als Therapeut stehe ich bei Opfern narzisstischen Missbrauchs stets vor denselben Problemen: Zunächst muss ich die Diagnose stellen und sie dem Patienten erklären. Dabei gehe ich bewusst schonend vor. Schritt für Schritt mache ich die Person mit diesem psychologischen Konstrukt vertraut und helfe ihr dabei, den Zusammenhang zur eigenen Biografie herzustellen. Erfahrungsgemäß stellt sich an diesem Punkt meiner Arbeit eine spürbare Verbitterung bei den Opfern ein. Diese kann sich mitunter auch gegen sie selbst richten. In den meisten Fällen ist jedoch der Täter das Ziel des Zorns. Der emotional Ausgebeutete fühlt sich betrogen, bedauert den Verlust einer Lebensphase.

Das verwundert mich nicht. Manche von uns setzen sehr individuelle Akzente, wenn es darum geht, was sie vom Leben erwarten. Dennoch verbinden die Mehrheit der Menschen ähnliche Wünsche und Ziele: die Sehnsucht nach einer romantischen Beziehung zu einer anderen Person, die Gründung einer Familie oder eine Existenz in Frieden und einem gewissen Wohlstand. Der Klient fühlt sich in die Irre geführt und nicht selten beginnt eine Grübelei über den entscheidenden Moment, als er vom rechten Weg abkam. Man sollte sich das vorstellen, als ob nach dem Absturz eines Satelliten das Navigationsgerät im Auto nicht mehr funktioniert und es gilt, wieder mit altem Kartenmaterial und individuellen Wegbeschreibungen an eine

Adresse zu gelangen. Nach zwei Querstraßen sollte beispielsweise auf der linken Straßenseite ein Supermarkt kommen. Dort ist auch ein Geschäft, aber für einen Discounter wirkt es ungewöhnlich klein. Nach weiteren 500 Metern erwartet der Fahrer dann, auf eine Industriebrache zu stoßen. Er kann in einiger Entfernung auch ein verlassenes Gebäude erkennen. Vielleicht hat der Verfasser der Erklärung es fälschlicherweise für ein ehemals kommerziell genutztes Bauwerk gehalten. Laut Stadtatlas ist die nächste Abbiegung nach einem kolonialen Heerführer benannt. Das stimmt offenbar nicht. Aber war da nicht eine öffentliche Diskussion über eine Umbenennung der Straße aufgrund einer geschichtlichen Neubewertung gewesen? Früher oder später wird der verwirrte Automobilist an einem Straßenverkehrszeichen vorbeifahren, das die Stadtgrenze markiert. Spätestens jetzt wird ihm klar, dass er schon geraume Zeit die Orientierung verloren hat. Er hat versucht, sein Ziel auf dem direktesten Weg zu erreichen, und ist damit gescheitert. Der Ärger ist programmiert und ich als Therapeut muss nach Lösungen suchen.

Eine Möglichkeit besteht darin, die enttäuschende Erfahrung als einen Gewinn zu betrachten. Ich erinnere mich an einen Bekannten, den ich nach der Rückkehr von einer Fernreise zu seinen Eindrücken über Land und Leute befragte. Sein verdrießliches Gesicht sagte mir unzweideutig, dass er genau daran nicht erinnert werden wollte. Mir war schon zuvor zu Ohren gekommen, dass man diesen Staat allenfalls aufgrund seiner Pilgerstätten besuchen sollte. Die dortige habgierige Bevölkerung und deren garstige Bräuche sind vielerorts gefürchtet. Aber es ist nun zu spät. Die Frage wurde gestellt und nun stand sie im Raum. »Diese Reise ist keineswegs umsonst gewesen«, meinte mein Freund schließlich. Sein Blick war in die Ferne gerichtet. Dann sah er mich direkt an. »Und ich gehe noch einen Schritt weiter:

Eigentlich sollte jeder Mensch einmal in seinem Leben dieses Land besuchen, ganz einfach damit er weiß, warum er dort nicht noch einmal hinreisen sollte.«

Selbstverständlich bleibt dieser therapeutische Schachzug unbefriedigend. Nicht jeder hat für die unbestellten Erfahrungen weitere Verwendung und so gut wie keiner hätte sich von Anbeginn an freiwillig darauf eingelassen. Hier kommt meine Analogie mit dem Autofahrer, der sich aus eigener Schuld oder aufgrund widriger Umstände verfahren hat, an seine Grenzen. Das narzisstische Opfer verlor nicht nur die Orientierung, sondern wurde gezielt in die Irre geleitet. Es ist nicht nur frustriert, sondern auch verletzt. Vielleicht lässt sich gerade daraus eine besondere Stärke entwickeln. Wenn wir ein Ziel angehen, ist nicht jeder von uns gleichermaßen entschlossen. Eine Person, die etwa eine liebevolle Beziehung zu einem Partner anstrebt, könnte bisher nur vage Vorstellungen von dessen Charakter haben oder wird sich aufgrund ihrer Jugend einer ganzen Reihe von Erfahrungen nicht von vornherein verweigern. Um doch noch einmal auf den Vergleich mit dem Kraftfahrzeugfahrer zurückzugreifen: Dieser wird das nächste Mal seine Zieladresse erheblich präziser fassen.

Wenn Menschen sich ihr Unheil nicht erklären können, greifen sie fast immer auf irrationale Erklärungen zurück. Offenbar benötigt die Psyche Begründungen so sehr, dass unzuverlässige Argumente leichter auszuhalten sind als offene Fragen. Der *Schadzauber* der Hexen und Hexer ist diesbezüglich ein historisches Beispiel. Die gegenwärtige Misere ist so schwer zu durchschauen, dass ein nach wie vor kontroverses Konzept der Psychologie in sein Gegenteil verkehrt wurde, um damit die Not verständlich zu machen. Es ist erst wenige Jahrzehnte her, dass fachwissenschaftlich eher wenig qualifizierte Bestsellerautoren den Entwurf einer *emotionalen Intelligenz* vorstellten. Gemeint war damit ein Maß für die Fähigkeit einer Person, Geschehnisse – sowohl außerhalb ihrer selbst als auch intern – auf einer gefühlsmäßigen Ebene wahrzunehmen, einzuordnen und zu kontrollieren. Manche erachteten dieses Talent als angeboren, andere boten hochpreisige Pläne zum Erlernen derartiger Kompetenz an. Die Wissenschaft konnte mit all dem wenig anfangen und so blieb es bei mehr oder weniger esoterischen Ratgebern und Seminaren, bis in heutiger Zeit die Frage nach einer *negativen emotionalen Intelligenz* laut wurde. Gemeint ist damit ein Geschick, das es einzelnen Personen oder Gruppen erlaubt, das Zeitgeschehen zum Nachteil der Mehrheit der Zeitgenossen zu manipulieren. Mir war die Vorstellung einer derartig üblen Form der Gewandtheit von Anfang an suspekt, sie hatte etwas von einem Voodoo-Ritual, das sich einer konkreten Vergegenwärtigung entzog. War diese Strategie eher aktiver Natur und konnte sie damit jederzeit und überall eingesetzt werden oder lauerte sie passiv auf eine bestimmte Gelegenheit? Agierten die Aktivisten offen oder hielten sie sich im Hintergrund verborgen?

Je intensiver man sich mit der Substanz einer machtvollen finsteren Fähigkeit auseinandersetzt, desto unwahrscheinlicher wird deren Existenz.

Kapitel 5

Bei einer Flasche besonders fein destilliertem Tequila suchen Iduna und ich Rat in der Philosophie. Im siebten Buch der *Politeia* erklärt Sokrates den beiden Brüdern Platons, Glaukon und Adeimantos, das sogenannte *Höhlengleichnis*, das er als einen Befreiungsprozess darstellt. Der ehemalige Lehrer Platons beschreibt Menschen in einer unterirdischen Behausung, die einen gegen das Licht geöffneten Zugang längs der ganzen Höhle hat. Genaugenommen hat Platon den Text, den ich vorlese, selbst geschrieben: »In dieser seien sie von Kindheit an gefesselt an Hals und Schenkeln, sodass sie auf demselben Fleck bleiben und auch nur nach vorne hin sehen, den Kopf aber herumzudrehen der Fesseln wegen nicht vermögend sind. Licht aber haben sie von einem Feuer, welches von oben und von ferne her hinter ihnen brennt. Zwischen dem Feuer und den Gefangenen geht oben her ein Weg, längs diesem sich eine Mauer aufgeführt, wie die Schranken welche die Gaukler vor den Zuschauern sich erbauen, über welche herüber sie ihre Kunststücke zeigen.«

»Ein eigenartiges Szenario«, gibt Iduna zu verstehen. »Menschen lebenslänglich so zu fixieren ist sadistisch.«

»Es ist eine Analogie«, wende ich ein. »Im nächsten Abschnitt wird klarer, worauf Platon hinaus will: Siehe nun längs dieser Mauer Menschen allerlei Gefäße tragen, die über die Mauer herüberragen, und Bildsäulen und andere steinerne und hölzerne Bilder und von allerlei Arbeit; einige, wie natürlich, reden dabei, andere schweigen.«

»Eine Zeichnung wäre hilfreich, um das Ganze besser zu verstehen«, sagt Iduna.

Ich streue mir etwas Salz auf den Handrücken. »Es geht darum, dass diese Menschen sich nicht von uns heutigen unterscheiden und miteinander über die Schatten, die so an die Wand geworfen werden, reden dürfen. Außerdem geben die Erzeuger der Schatten Laute von sich und die Eingekerkerten glauben, es sei der Schatten selbst, der zu ihnen spricht. Es gilt als unmöglich, dass sie etwas anderes als diese Schattenspiele für wahr halten.«

»Wird in diesem Gleichnis eigentlich je die Frage gestellt, wer diese Sklavenmenschen gefesselt hält und dauerhaft täuscht?«, fragt Iduna. »Und was könnte der Grund dafür sein?«

»Nein, darauf geht Sokrates, also eigentlich Platon, der seinem Lehrer die Schilderung in den Mund legt, nicht ein. Aber er schildert ausdrücklich die Möglichkeit einer Lösung von dieser Art von Gefangenschaft und Illusion: Einer der Häftlinge wird von seinen Ketten gelöst und an die Erdoberfläche geführt. Hier wird ihm erklärt, er hätte bisher nur Nichtiges gesehen und sei nun dem Seienden viel näher. Interessanterweise geht der Philosoph davon aus, dass der von jetzt an mit der Wirklichkeit Konfrontierte dieser Erhellung Widerstand entgegenbringt. Seine Sicht sei vom Licht geblendet und man sei gezwungen, ihn geradezu mit Gewalt in diesen neuen Bewusstseinszustand zu schleppen.«

»Manches kommt mir doch etwas weit hergeholt vor«, gibt Iduna zu bedenken. »Aber gut, es könnte tatsächlich so sein.«

»Und wie, wenn er wieder seiner ersten Wohnung gedenke und der dortigen Weisheit und der dortigen Mitgefangenen, meinst du nicht, er werde sich glücklich preisen über die Veränderung, jene aber beklagen?«, zitierte ich wieder aus dem Text. »Und wenn sie dort unter sich Ehre, Lob und Belohnung für den bestimmt hatten, der das Vorüberziehende am schärfsten sah und sich am besten behielt, was zuerst zu kommen pflegte und was zuletzt und was zugleich, und daher also am besten vorhersagen konnte, was nun erscheinen werde. Glaubst du, es werde ihn danach noch groß verlangen und er werde jene bei denen Geehrten und Machthabenden beneiden oder wird ihm das Homerische begegnen und er viel lieber wollen, das Feld als Tagelöhner bestellen einem dürftigen Mann und lieber alles über sich ergehen lassen, als wieder solche Vorstellungen zu haben und so zu leben?«

»Das gefällt mir. Der Gedanke ist kühn. Nicht die Täuschenden und Sklavenhalter gelten als Machthaber. Die Verehrten und Gelehrten werden intern unter den Versklavten ausgemacht. Es hat sich eine Hierarchie unter den Geblendeten gebildet, die von dem Tun der Kerkermeister manipuliert wird, ohne dass die Gefangenen das ahnen.«

»Und es gibt noch mehr zu bedenken«, mahne ich an. »Die restlichen Gefangenen könnten einem Retter mit allerlei Ressentiments gegenüberstehen: Wenn ein solcher nun wieder hinunter stiege, würden ihm die Augen nicht ganz voll von Dunkelheit sein, da er so plötzlich von der Sonne herkomme? – Ganz gewiss – Und wenn er wieder in der Begutachtung jener Schatten wetteifern sollte mit denen, die immer dort gefangen gewesen, während es ihm immer noch vor den Augen flimmert, ehe er sie wieder dazu einrichtet, und das möchte keine kleine Zeit seines Aufenthaltes dauern, würde man ihn nicht auslachen und von ihm sagen, er sei mit verdorbenen Augen von oben zurückgekommen und es lohne nicht, dass man versuche hinaufzukommen, sondern man müsse jeden, der sie lösen und hinauf bringen wollte, wenn man seiner nur habhaft werden und ihn umbringen könnte, auch wirklich umbringen? – So sprächen sie ganz gewiss, sagte er.«

»So wird der tatsächlich Wissende zum sogenannten Leugner!«, meint Iduna nachdenklich. »Man grenzt ihn aus und bringt ihm Hass und Abscheu entgegen. Die Psychologie der Masse ist wirklich so.«

»Das Gleichnis ist die Urversion der Matrix. Der Text ist fast zweieinhalbtausend Jahre alt und beschreibt treffend unser heutiges Dilemma.«

»Außer, dass wir wissen, wer zu den Kerkermeistern gehört.«

»Ja, wir kennen die üblichen Verdächtigen. Das ist unser Vorteil.«

»Aber siehst du irgendeine Möglichkeit, diese Höhlenexistenz ohne Gewalt zu beenden?« Iduna hat ein Glas Tequila gekippt und beißt in die Limette.

»Ich wüsste nicht wie«, antworte ich. »Die einzige Option liegt in der Erstürmung des Baus, der Befreiung der Gefangenen und der Flutung der Anlage mit Licht. Es wird eine Weile dauern, bis die Verwirrten begreifen, dass sie getäuscht wurden, auf welche Weise und von wem. Es wird eine Phase geben, in der die Befreiten gegen ihren Willen in Gewahrsam genommen werden müssen.«

»Und was könnte dies konkret auf politischer Ebene bedeuten? Ich meine, jenseits dieses sehr abstrakten Gleichnisses?«

»Eine Periode, in der über die Regeln unserer politischen Willensbildung grundsätzlich neu verhandelt wird. Ich halte unsere heutige Form der Demokratie für ein überbewertetes politisches System. Die Phase der kommissarischen Diktatur wird mindestens zehn Jahre in Anspruch nehmen. In diesem Zeitrahmen könnten der Sumpf in den Behörden trockengelegt, die Seilschaften zerschlagen und die manipulierten Massen informiert werden.«

»Und welche Art von Institution ist geeignet, die zukünftigen gesellschaftlichen Grundsätze zu erarbeiten?«

»Ehrlich gesagt, weiß ich das nicht. Nennen wir sie den verfassungsgebenden Rat.«

***

Um den manipulativen Charakter eines Regimes zu verstehen, sollte man zwischen der Art von Gefühlen einen Unterschied machen. Wichtige Emotionen sind beispielsweise Glück, Hass, Traurigkeit, Ekel, Angst sowie Wut. Werden diese mit einem Nutzen oder einer Absicht verbunden, dann eignen sie sich dazu, ein Ziel zu erreichen. So kann etwa ein Staatsanwalt vor Gericht versuchen, mithilfe eines schockierenden Fotos des Tatorts die Geschworenen zum Nachteil des Angeklagten zu beeinflussen. Wenn ein Verkäufer seine potenziellen Kunden in eine Euphorie versetzt, dann soll das Glücksgefühl den Umsatz steigern. Das sind Beispiele für alltägliche Beeinflussungen. Anders verhält es sich mit narzisstischen oder psychopathischen Akteuren. Ihre Motivation geht wesentlich tiefer. Sie können keine Empathie für den Geschädigten empfinden, sondern verspüren in vielen Fällen eine Befriedigung durch den von ihnen verursachten Schaden. Sie verarbeiten ihre Emotionen grundsätzlich anders als ihre Mitmenschen. Auf einer kognitiven Ebene sind sie sich ein Stück weit ihrer Absichten bewusst, auf der Gefühlsebene sind sie taub. Sie wissen, was sie tun, aber sie fühlen nicht mit ihren Opfern und deshalb halten sie auch nicht ein. Der manipulative Prozess geht so lange weiter, bis das Ziel erreicht ist. In unserer Zeit scheint dies ein Austausch der Bevölkerung zu sein. Diese Transformation ist im wahrsten Sinne des Wortes mit Leichen gepflastert, für die Politik ist das aber völlig belanglos. Sie wähnt sich eines höheren Ziels verpflichtet, das wie so oft einen utopischen Charakter trägt. Wenn erst alles miteinander verschmolzen ist, so wird der schuldhafte Makel der angestammten Bevölkerung endlich getilgt sein. Eine Ära des Friedens und der Harmonie wird anbrechen. Das Leid und die Gewalt gegen die Eigenen sind der Preis für diese Neuordnung.

Seit Jahrzehnten nimmt die Fertilität der Bevölkerung in den westlichen Industriestaaten stetig ab. Zunächst glaubten die Mediziner an Messfehler. Dann griffen die Umweltschützer die Thematik auf und machten Schadstoffe im Nanobereich für die Entwicklung verantwortlich. Die Strahlung der Mobilfunkgeräte wurde etwa als Grund angeführt. Zu enge Unterwäsche soll angeblich eine weitere Ursache sein. Keine dieser Begründungen überzeugt wirklich. Vor allem kann niemand erklären, warum sich dieses Phänomen auf die Männer in narzisstisch geprägten Gesellschaften beschränkt. Körper und Seele lassen sich nicht von einander trennen. Dominanz, Abwertung und die anderen emotionalen Instrumente des Missbrauchs wirken sich nicht nur auf die mentale Gesundheit der Opfer aus. Sie werden zwar depressiv, fühlen sich nutzlos und unsicher, aber dabei bleibt es nicht. Die Homöostase ist ein System der Selbstregulation. Eine Vielzahl von Tierarten pflanzen sich in Gefangenschaft nicht mehr fort. Die narzisstische Welt ist durch und durch lebensfeindlich. Sie verweigert den Menschen eine gesunde Entwicklung. All jene Funktionen von Körper und Psyche, die nicht mehr auf ihren natürlichen Zweck ausgerichtet sind, sondern nur noch im Dienst einer degenerierten Kultur stehen, beginnen zu verkümmern. Der seiner biologischen Anlagen entfremdete Mensch bildet sich ein, allmächtig zu sein. Scheinbar hat er die Wahl zwischen unzähligen Geschlechtern und Identitäten. Tatsächlich ist er nur das verwirrte Ergebnis einer gezielten Manipulation. Seine groteske Erscheinung und seine verblendete Ohnmacht sind dem Narzissten eine Lust. Immer tiefer frisst sich dessen toxischer Einfluss durch die verschiedenen Schichten ins Innere seiner Opfer. Werden diese ihrer irreparablen Verkrüppelung gewahr, ist es, als könnten sie das höhnische Lachen ihrer Herren und Meister hören.

In Nordamerika ist der Kulturkampf offen ausgebrochen. Die

Nachkommen von Sklaven fordern für das Leid ihrer Vorfahren Entschädigung. Grundsätzlich könnte man dies als eine berechtigte Forderung betrachten. Bei genauerer Betrachtung gestaltet sich die Angelegenheit jedoch als schwierig. Die Knechtschaft liegt schon Jahrhunderte zurück und nicht jeder Bürger mit dunkler Hautfarbe stammt von Sklaven ab. Außerdem könnte man einwenden, dass die Haltung von Unfreien mindestens seit der Antike in etlichen Kulturen zum Alltag gehörte.

Das bringt mich auf den Gedanken der Gründung eines Internationalen Gerichtshofes für historisches Unrecht. Ich mache mir keine Illusionen: Jene, die bisher am lautesten schrien, werden wenig Neigung empfinden, sich selbst zu verantworten. Trotzdem kann man über die Grundsätze einer Institution solcher Art nachdenken. Oberste Maxime sollte sein, dass jede Schuld zwingend einem Täter zugeordnet werden muss. Es ist nämlich zu erwarten, dass beispielsweise Italien als Rechtsnachfolger des *Imperium Romanum* sich mit der Begründung rechtfertigt, kein Latein mehr zu sprechen. Ein theologischer Staat wird die Beteiligung seiner Gründer an den schweren Verbrechen der kommunistischen Ideologie mit der Behauptung abtun, die Täter seien Atheisten gewesen. Aber auch lange Friedensperioden dürften beim Strafmaß nicht angerechnet werden. So hätten etwa die in der Neuzeit weitgehend friedlichen Skandinavier mit einer Anklage wegen der Untaten der Wikinger zu rechnen. Boykott wäre ein denkbares Mittel der Bestrafung oder auch eher symbolische Entschlüsse, wie zum Beispiel der Ausschluss von den Olympischen Spielen. Von internationalen Militäreinheiten könnten Rachefeldzüge ausgehen. Aber wie schon gesagt, ich bin mir sicher, dass dieser Gerichtshof nie entstehen wird, und vielleicht ist das auch ganz gut so.

Über die Reinkarnation der Zarin Katharina gibt es pikante Interna. Offiziell ist sie mit einem Universitätsrektor verheiratet, in der Öffentlichkeit zeigt sie sich jedoch nur noch selten mit ihm. Ihre Wochenenden pflegt sie auf ihrem Landsitz zu verbringen. Dort wird sie von ihren Stiefelknechten und Stallburschen empfangen, die bestückt sind wie junge Hengste. »Frau Staatsratsvorsitzende, die Leibgarde meldet sich zum Dienst am Vaterland!«, vermeldet jener mit dem größten Hebel. Er ist der Stoßtruppführer. Die Chefin hat zum Diktat gebeten. In der Vergangenheit pflegte sie sich damit zu brüsten, Angelegenheiten *von hinten her zu denken.* Aus dieser Richtung wird sie jetzt auch gedeckt. Ungewollte Folgen sind nicht zu erwarten. Das hat nicht nur mit ihrem Klimakterium zu tun. Auch in jüngeren Jahren und mehreren Ehen hat sie nicht gekalbt. Wenn sie ihr Gesicht ins Schlafkissen presst und jeder der Tröster die Wahl zwischen einem verrußten Kamin und einer ergrauten Drahtbürste trifft, dann stammelt sie auf allen vieren immer wieder: »Vaterland! Ja genau, mit dem Vater hat alles begonnen!«, um erst nach einem ihrer typischen Zappelanfälle zu verstummen. Ihr Kichern ist irre. Wie ein kleines Kind kratzt sie am Ende mit ihren abgekauten Fingernägeln an den rostigen Flecken im Betttuch und freut sich über die Teerspuren an den Instrumenten ihrer Gönner. Das ist die Wahrheit, die jedermann im Lande weiß, auch wenn man sie bisher nur flüsternd auszusprechen wagt.

Achilleus lässt Hektor schleifen. – Der Sieger entstellt dem Besiegten die Züge. Das ist normal. Wahrscheinlich war es schon immer so. Aber die Zeit bleibt nicht stehen. Archive werden geöffnet, Mythen infrage gestellt oder eine der Zukunft zugewandte Gewichtung der wechselseitigen Interessen begünstigt eine sachliche Neubewertung der Geschichte. Das ist historischer Revisionismus. Er schüttet Gräben zu und baut Brücken. Manchmal ist dies nicht erwünscht. Dann wird die Vergangenheit zur *Offenkundigkeit* erklärt und per Gesetz oder gesellschaftlicher Sanktionierung vor der Infragestellung geschützt. Mitten in einer aufgeklärten Gesellschaft entsteht dann ein Tabubereich, der sich weder juristisch noch politisch rechtfertigen lässt.

Um dieses Phänomen zu verstehen, sollte man sich an die verzerrte Realität des Narzissten erinnern. Er braucht die Verachtung auf seine Bezugsperson, um sein gestörtes Selbstwertgefühl aufrechtzuerhalten. Die Erkenntnis, dass andere ihm in bestimmter Hinsicht überlegen sind, ist für ihn unerträglich. Was authentisch und in sich stimmig ist, was nicht umständlich konstruiert daherkommt, wird von ihm als Bedrohung aufgefasst. Er wird sich niemals bereit erklären, dies zu dulden. Seine sorgsam gehütete Welt der Schuld und Minderwertigkeit des anderen würde in sich zusammenfallen. Das ist seine tiefste Angst.

Für den Vogelfreien ist die Situation schwierig. Er mag sich vorläufig mit der Erkenntnis trösten, dass er etwas in sich trägt, um das ihn der Narzisst insgeheim beneidet. Außerdem haben Narzissten eine Schwäche, die für sie zur fatalen Falle werden kann: Ihr Mangel an Empathie ist wie das Fehlen von Tiefenschärfe. Stoßen sie auf ein menschliches Problem, so sind sie mit ihren Ratschlägen schnell bei der Hand. Sie glauben zu wissen, was jetzt zu tun sei, und lassen meist keinen Widerspruch zu. Die Fakten, auf die sie sich beziehen, sind allerdings oft nur die Oberfläche einer tiefergehenden Problematik.

Der Narzisst hat wenig Sinn für die Vielschichtigkeit seiner Mitmenschen. Seine Beziehung zu anderen Personen gleicht eher einer Aneinanderreihung von Episoden und affektiven

Transaktionen zu seinen Gunsten. Das Gesamtbild eines Menschen bleibt für ihn verschwommen. Nur jener Ausschnitt der Aufnahme, der ihm Zufuhr grandioser Anerkennung verspricht, hat für ihn Bedeutung. Hat er Pech, so wird ihm dieser Egoismus zum Verhängnis. Er endet dann wie ein Insekt auf der klebrigen Blüte einer fleischfressenden Pflanze und wird im Bad ihres sich schließenden Kelches zum Stickstofflieferant.

Die narzisstische Lähmung ist eine Art Schockstarre in Gegenwart des *Narkissos*. Wenn sie sich nach der Begegnung zu lösen beginnt, kommen dem Opfer im Nachhinein all jene Argumente oder Reaktionen in den Sinn, die eigentlich angemessen gewesen wären. In der Fachliteratur ist umstritten, ob Kindheitserfahrungen mit einem dominanten Elternteil einen Einfluss auf das Erstarren haben. Möglicherweise begünstigen sie dieses Verhalten. Grundsätzlich ist die Fähigkeit, grandios aufzutreten und zu manipulieren, immer dazu geeignet, das Gegenüber einzuschüchtern. Ist der Umgang mit einem Narzissten unvermeidlich, empfiehlt sich deshalb die Methode des Pferdeflüsterers. Seine Beobachtungsgabe und sein Einfühlungsvermögen erlauben es ihm, mit einfachen Gesten auf das Tier einzuwirken.

Man sollte sich dabei von ein paar Prinzipien leiten lassen: Eine konstruktive Einlassung ist mit einem Narzissten ausgeschlossen, eine destruktive daher umso wahrscheinlicher. Egal ob man auf seine Provokationen energisch oder sachlich argumentativ reagiert, das Standardrepertoire wird da nicht weiterhelfen. Diese Person ist ein Spezialfall und muss als solcher behandelt werden. Seine innere Verwundung sowie seine lauernden Intentionen sind eine allgegenwärtige Gefahr. Die Kommunikation mit ihm ähnelt den strategischen Zügen eines Schachspielers. Man braucht Ruhe,

Beherrschung und Entschlossenheit, um sich gegen ihn zu behaupten. Jede ansonsten gesunde und natürliche Emotion verbietet sich ihm gegenüber. Seine Vorgaben und Avancen verdienen keine ehrlich gemeinte Beachtung. *Er ist er und ich bin ich. Wir werden niemals einen gemeinsamen Nenner finden* – und das ist auch gut so.

Ich wünschte, wir hätten uns auch kulturell diese Vorzüge bewahrt, stattdessen sind wir immer weiter im Morast der Bewältigung einer ominösen Vergangenheit versunken. Wir haben voll Schuldbewusstsein die Hand zur Versöhnung gereicht und dabei nicht gemerkt, wie uns gleichzeitig ein Sack über den Kopf gezogen wurde. Dass dieser in jüngster Vergangenheit immer mehr Löcher bekam, erfüllt mich mit Hoffnung. Die Paralyse ist sicherlich nicht die Lösung für den Umgang mit dieser Art von Menschen, sie war aber auch nicht die schlechteste Abwehr. Über vertane Chancen zu grübeln, hilft uns nicht weiter, unbändige Rage auch nicht. Besonnenheit und das Bewusstsein, anders zu sein, ist in dieser Angelegenheit das Gebot der Stunde.

Der beliebteste Abwehrmechanismus der narzisstisch gestörten Persönlichkeit ist die *Projektion*, sie umfasst die unbewusste Verlagerung intrapsychischer Konflikte durch die Abbildung von Emotionen auf andere Personen oder Menschengruppen. Nehmen wir als Beispiel einen gleichgeschlechtlich orientierten Mann, der Teil einer streng religiösen Gemeinschaft ist. Ein offener Umgang mit seinen Neigungen würde seinem Status schaden oder sogar den Ausschluss aus seiner Gemeinde zur Folge haben. Außerdem – und das ist fast noch schlimmer – steht seine Orientierung im Widerspruch zu seinen Glaubensinhalten und Überzeugungen. Seine erste Abwehr wird im Leugnen seiner wahren Sexualität gegenüber seiner Umgebung bestehen. Ein weiterer denkbarer Mechanismus ist die Sublimierung beispielsweise in Form einer Mitgliedschaft in einem romantischen Männerbund. Auch die Rationalisierung kann zur Defensive genutzt werden. Der Gläubige sieht seine geschlechtlichen Wünsche zum Beispiel als auferlegte Versuchung und in seiner Weigerung, ihnen nachzugeben, eine Bestätigung seiner Sittlichkeit. Die Projektion ist eine primitive Gegenwehr und hat den Vorteil, dass die eigenen Impulse externalisiert werden und eine Auseinandersetzung mit ihnen nicht weiter notwendig ist. Wahrscheinlich hat jede Person schon einmal auf eine dieser schützenden Prozeduren zurückgegriffen. Problematisch wird der Einsatz dieser Mittel erst dann, wenn er fast die gesamte Interaktion mit der Außenwelt dominiert. Dies ist jedoch beim Narzissten der Fall. Projektion verursacht beim Opfer Verwirrung und Verstimmung. Ein gesunder Mensch wird daher grundsätzlich dazu bereit sein, sich zu entschuldigen oder wenigstens einen Fehler eingestehen. Auch die Intensität und die dramatische Ausgestaltung der Projektion spielen eine Rolle. Um beim obigen Beispiel zu bleiben, macht es einen Unterschied, ob der heimliche Homosexuelle andere Männer mit unterschwelligen Andeutungen denunziert oder sich bei dieser Gelegenheit in vulgären Obszönitäten verliert.

Natürlich läuft eine Einzelperson oder ein Kollektiv immer Gefahr, sich durch die Projektion selbst zu erkennen zu geben. So besteht der uns auferlegte Schuldkult neben tatsächlichem Unrecht auch aus fiktiven Verfilmungen und Zeugenaussagen, die mit den Naturgesetzen nicht vereinbar sind. Dazu gehören Geschichten von Seife, die aus menschlichem Fett hergestellt wurde, Kindern, die bei lebendigem Leibe ins Feuer geworfen wurden und Ratten, die so groß wurden wie Hunde, da man sie mit Kinderleichen fütterte. Die menschenverachtende Ausgestaltung der Inhalte und die Hartnäckigkeit, mit der der Narzisst an ihnen festhält, lässt tief in sein Inneres blicken.

Nehmen wir an, die Weltgeschichte sei exakt dokumentiert. Oder bleiben wir an dieser Stelle bescheiden und gehen davon aus, dass wenigstens die letzten 2000 Jahre in einer Dokumentation festgehalten seien. Dieses Video hätte jedes Attentat, alle jene Intrigen, Kriege, Katastrophen, Revolutionen, kurz: alles, was man unter Geschichte versteht, festgehalten. Das Problem besteht aber darin, dass das Original des Filmmaterials nicht zugänglich ist, es kursieren jedoch verschiedene Versionen der ursprünglichen Aufnahmen in der Öffentlichkeit. Einige von ihnen werden ausdrücklich propagiert und immer aufs Neue repetiert, andere sind schwer erhältlich oder sogar verboten. Die herrschende Klasse kann sich als Hüter der Wahrheit aufspielen und diese gleichzeitig vertuschen oder verfälschen. Die unterschiedlichen Fassungen sind meist manipuliert. Es wurden Szenen herausgeschnitten oder eingeblendet. Die Sehschärfe wurde an bestimmten Stellen bewusst gesenkt und die Synchronisation erlaubt sich einen erheblichen Spielraum. Zu allen Zeiten hatten die Machthaber versucht, Einfluss auf die Wahrnehmung ihrer Untertanen zu nehmen. Diese waren gut beraten, von dieser oder jener Auslegung die Finger zu lassen. Zwar pflegte man den Bürgern in jüngeren Jahren ein gewisses Maß an Meinungsfreiheit zuzusichern, doch diese war in den meisten Fällen nicht mehr wert als das damit bedruckte Papier. Es ist in jeder Epoche dasselbe Schauspiel. In der Ära der Päpste war es die spirituelle Dreieinigkeit, die nicht bezweifelt werden durfte. Der Verweigerer wurde dann als *Ketzer* bezeichnet und musste um sein Leben fürchten. In unserem Zeitalter ist es die historische Schuld, die nicht infrage gestellt werden darf. Die geistlichen Fragen haben hingegen in der Gegenwart keinerlei Relevanz mehr. Die sinnvollste Lösung scheint darin zu liegen, die Redefreiheit in der Verfassungsrealität so fest zu verankern, dass jede Filmversion jedem Menschen verfügbar ist. Man könnte diese dann anhand von archäologischen Untersuchungen oder anderen methodischen Prüfmitteln bewerten und sich schließlich auf eine überschaubare Anzahl von sich ähnelnden Filmfassungen einigen, die dem Original wahrscheinlich am nächsten kommen. Ich vermute jedoch, dass freiheitliche Epochen dieser Art immer nur von kurzer Dauer sein werden. Die narzisstische Dominanz ist kein Freund der Freiheit. Sie bedient sich lieber ihrer Superiorität, um sie zu vernichten.

Mich hat immer wieder die Frage beschäftigt, wie das Regime es schafft, die Gesellschaft zu spalten und gleichzeitig die Dissidenten wie Parias zu stigmatisieren. Auch fundamentale Opposition ist Teil eines demokratischen Systems. Es gibt keinen rationalen Grund, diesen Teil der Bevölkerung zu *Unberührbaren* zu erklären. Doch gerade dies ist geschehen. Auf der einen Seite steht der angebliche Menschenfeind, auf der anderen Seite sonnt sich der Gutmensch in seiner Selbstüberhöhung. Das Ganze hat eine erstaunliche Ähnlichkeit mit einem Kult. Stellen wir uns eine Sekte vor oder einen Guru, der eine Anhängerschaft um sich schart. Er wird mit seinen Sektenmitgliedern eine Beziehung eingehen, die über weite Stationen narzisstische Züge trägt. Zunächst wird er allen Interessenten unverbindlich Zugang zu seinem Ashram gewähren und sich selbst im Hintergrund halten. Seine geschulten Anhänger werden eine Auswahl treffen zwischen jenen, die geeignet sind, Teil des Kollektivs zu werden, und jenen, die Selbstständigkeit sowie die Fähigkeit aufzubegehren erkennen lassen. Erstere werden Zugang zu Privilegien bekommen und der

Meister selbst wird ihnen zu gegebener Zeit die Möglichkeit in Aussicht stellen, seinen Auserwählten anzugehören. Auf dieser Stufe beginnt die Internalisierung von Glaubenssätzen und die Verpflichtung zu einer unbedingten Loyalität. Damit einher geht eine stetige Isolierung der Jünger von ihrer früheren Umgebung. In jenem Maße, in dem sie sich mit dem Kult verbinden, entfremden sie sich ihrer natürlichen Wurzeln. Wenn die Abhängigkeit des verführten Individuums fast absolut ist, beginnt sich das Blatt zu wenden. Die Phase der Abwertung beginnt. Seine Heiligkeit wird das persönliche Interesse an den Angeworbenen verlieren und sie wie Sklaven benutzen. In seltenen Fällen wird Abtrünnigkeit mit Gewalt sanktioniert werden. Meist ist die psychologische Verknüpfung jedoch so groß, dass ein Ausbruch aus dem Verhältnis ohnehin nicht mehr möglich ist. Der Wunsch, sich über die Gewöhnlichkeit der Mitmenschen zu erheben, hat einen hohen Preis. Er mündet in einer willenlosen Gefolgschaft und nicht selten in der Katastrophe.

Die Fantasien eines Menschen sind letztlich entlarvend. Das liegt daran, dass ihnen keine Grenzen gesetzt sind. Ihre Intensität oder quantitative Ausdehnung lässt das Maß an geforderter Kompensation erkennen. Bei männlichen Patienten stieß ich oft auf die die Wunschvorstellung, einen Wohnkomplex zu besitzen, der ausschließlich von ihnen selbst und ansonsten nur von Frauen bewohnt ist. Die narzisstische Vorstellungskraft ist besonderer Natur. Eine bisher vom anderen Geschlecht wenig beachtete Frau kann beispielsweise den Wunsch hegen, plötzlich als besonders attraktiv wahrgenommen zu werden. Der springende Punkt ist dabei, dass sie sich dafür nicht verändern muss. Ihre Umwelt trägt Schuld, dass sie nicht von Anfang an als Schönheit betrachtet wurde. Das gilt es zu revidieren.

Ein Mann, der mich einst konsultierte, schwelgte in dem Gedanken, eine schwere Straftat zu begehen, ohne dafür bestraft zu werden. In diesem fiktiven Rahmen wurde er zwar von der Polizei festgenommen. Da er jedoch über die überirdische Fähigkeit verfügte, die Psyche der Richter zu manipulieren, verließ er in seiner Einbildung als freier Mann das Gericht. Es stellte sich die Frage, warum er seine telepathischen Kräfte auf den Kadi beschränkte und nicht schon früher, bei seiner Festsetzung durch die Ordnungshüter ins Spiel brachte. Es war die Privilegierung, die ihm wichtig war. Seine Umwelt sollte so erkennen, dass er eine spezielle Berechtigung und Immunität innehatte.

Dann war da noch jener Patient, der in seinen Tagträumen eine Bank ausraubte, bevor diese von anderen Personen überfallen wurde. Er verwahrte sein Raubgut an einem sicheren Ort und enthielt es somit anderen Kriminellen vor. Später gab er das Geld als sozusagen *wohlwollender Ganove* dem Kreditinstitut zurück.

Um dieses Schema zu verstehen, sollte man sich eine Skala mit zwei Bereichen vorstellen. Das Maximum – nehmen wir den Wert *plus zehn* – ist das höchste Maß moralischer Reife. Das Minimum – *minus zehn* – ist das höchste Maß an menschlicher Verkommenheit. *Null* steht somit für die durchschnittliche Verwahrlosung der Sitten dieser Gesellschaft. Mit der Begehung einer Straftat positioniert sich das Individuum zunächst im negativen Bereich des Kontinuums, um in der Folge umso höher in der Gunst seiner Mitmenschen aufzusteigen.

Erwähnenswert ist in dieser Aufzählung noch der Fall einer Frau, der uns aus dem Olymp der historischen Zeitzeugen nur allzu vertraut erscheint: Während sie selbst aus übersinnlichen Gründen unversehrt bleibt, verliert sie bei einem nicht von ihr selbst verschuldeten Autounfall einen großen Teil ihrer Verwandtschaft.

Das ist die reinste Form der Gier des *Überlebenden* nach empathischer Zufuhr.

$$* * *$$

Bei einer köstlichen Flasche Agaven-Schnaps suchen Iduna und ich nochmals Rat und Trost in der antiken Philosophie. Platons Sonnengleichnis steht am Ende des sechsten Kapitels der *Politeia*. Wieder tritt Sokrates als Sprecher auf und versucht das Gute, anstatt es direkt zu definieren, gleichnishaft zu veranschaulichen. Es geht dabei um die ethischen und intellektuellen Fähigkeiten, die es braucht, um in einem idealen, von Philosophen regierten Staat als qualifiziert zu gelten. Interessanterweise genügen dazu die fundamentalen Tugenden der Gerechtigkeit, Tapferkeit, Besonnenheit und Weisheit nicht. Diese Charakterzüge werden erst hilfreich, nachdem ihr Wesen philosophisch auf vollkommene Weise erfasst wurde. Dies gelingt jedoch nur jenem, der diese Tugenden aus einem übergeordneten Prinzip ableiten kann. Die Einsicht in das Wesen der Idee des Guten ist für die platonische Philosophie das eigentliche Ziel philosophischen Erkenntnisstrebens. Allerdings betont der Autor an dieser Stelle auch, dass solche Einsicht zu erlangen beschwerlich und der Weg zu ihr weit sei. Es geht um nichts weniger als *das am meisten zu Lernende.* »Denn dass die Idee des Guten die größte Einsicht ist, hast du schon vielfältig gehört«, lese ich aus dem Text vor.

»Das ist die altbekannte Ideenlehre«, antwortet Iduna. »Platon geht davon aus, dass die sinnlich wahrnehmbare Welt dem nur gedanklich erreichbaren Bereich der Ideen nachgeordnet ist. Die Ideen sind reale und unveränderliche Urbilder. Die Sinneseindrücke hingegen sind nur deren vergängliche und unvollkommene Abbilder. Auf der Suche nach der Idee des Guten kann der Mensch leicht Irrtümern und Täuschungen unterliegen. Das unbekannte Gute soll dem Menschen mittels eines Gleichnisses zugänglich gemacht werden.«

»Helios, der Sonnengott, ist für die Erzeugung des Lichts zuständig. Anders als die anderen Sinne ist das Sehen somit etwas Göttliches. Es braucht neben den Augen und der Sonne noch dieser physikalischen Welle, um das Seiende zu erschließen.«

»Ist diese Behauptung naturwissenschaftlich überhaupt haltbar? Aus unserer heutigen Perspektive habe ich diesbezüglich meine Zweifel.«

»Iduna, ich gebe dir recht. Aber bedenke: Es geht hier um eine Analogie. Sokrates versucht, uns auf diese Weise die besondere Rolle der Idee des Guten zu vermitteln. Die Sonne erscheint hier als *Sprössling des Guten*.«

Während Iduna zitiert, streue ich eine Brise Salz auf meinen Handrücken: »Die Augen, sprach ich, weißt du wohl, wenn sie einer nicht auf solche Dinge richtet, auf deren Oberfläche das Tageslicht fällt, sondern auf die nächtlichen Schimmer: So sind sie blöde und scheinen beinahe blind, als ob keine reine Sehkraft in ihnen wäre?«

»Lass uns nicht zu tief in diesen Überlegungen graben«, gebe ich zu bedenken. »Es gibt eigentlich zwei Fragen, die offenbleiben. Da ist einmal der Aspekt, dass Sokrates zugibt, selbst nicht zu wissen, was das Gute sei. Er habe zwar eine Meinung dazu, doch sei es besser, diese Frage *für jetzt* beiseitezulassen.«

»Das könnte rhetorisch begründet sein. Er will seine Auffassung als Gleichnis formulieren und lehnt eine direkte Erklärung daher ab. Ich bin mir in diesem Zusammenhang auch nicht sicher, ob jeder auf demselben Weg zur Idee des Guten findet.«

»Und da ist noch diese unter Philosophen seit Langem diskutierte

Frage nach der Transzendenz des Guten. Wenn das Gute nicht zum Sein gehört, sondern diesem an Ursprünglichkeit übergeordnet ist, entsteht ein Paradoxon. Man könnte die Behauptung aufstellen: *Das Gute ist nicht.*«

»Paul, verderbe mir die Jugend nicht!«, lacht Iduna.

»Das führt uns wieder zur Rolle des zeitgenössischen Gutmenschen und seinen Billigangeboten.«

***

Was passiert mit einem Land, das seine eigene Daseinsberechtigung von der Existenz eines anderen Staates abhängig macht? Die Frage lässt sich leicht missverstehen. Ich meine nicht ein kleines Herzogtum, das seine Verteidigung einem größeren Nachbarstaat überlässt, gleichzeitig seine Souveränität jedoch beibehält. Meine Vorstellung geht vielmehr von einem Land aus, das seine lebenswichtigen Interessen bedingungslos einer fremden Macht unterordnet. Eine ganze Reihe von Szenarien sind denkbar. Wichtig wird vor allem sein, ob der dominante Staat auf die Dienste und Zuwendungen seines Trabanten angewiesen ist, oder ob er die Kuh genauso gut gleich schlachten kann. Gehen wir von einer ungewissen Zukunft aus und der Neigung des Nutztierhalters, das Vieh zunächst weiter abzumelken. Um die Analogie an die Realität anzupassen, stellen wir uns die beiden Subjekte als Personen vor. Damit verliert der Abhängige an Passivität und der Unabhängige wird trotz des Machtgefälles ein Stück weit auf den anderen reagieren müssen. Aus der Interaktion wird eine Art Tanz und es ist nur allzu leicht abzusehen, dass sich die beiden wechselseitig auf die Füße treten werden. Dem unterwürfigen Part wird möglicherweise bewusst werden, dass er den Umgang mit seinem Herrn gar nicht schätzt. Er wird bei diesen Begegnungen vielleicht das Gefühl nicht los, in frühkindliche, längst abgelegt geglaubte Verhaltensmuster zurückzufallen. Oder er wird die Gefühlskälte seines Gegenübers beklagen. Dieser hingegen könnte die Freudlosigkeit seines servilen Bediensteten als Aufsässigkeit missverstehen und seinerseits Verärgerung signalisieren. Trotz aller Anstrengungen wird die Stimmung zwischen den Parteien wohl immer etwas unehrlich sein. Und irgendwann wird beiden klar werden, dass dieser Sklavenvertrag von Anfang an nichtig war. Dann ist die Maskerade zu Ende und alle Beteiligten werden wissen, warum sie sich von nun an aus dem Weg gehen.

Amfortas ist im Schloss Ferrières angekommen und trifft Melkisedeq in seinem Arbeitszimmer an. Dieser ist in einen scharlachroten Kaftan gekleidet und schaut nachdenklich aus einem der Fenster auf den weiträumigen Park seines Anwesens.
»Was führt Sie zu mir?«, fragt Melkisedeq, während er sich seinem Besucher zuwendet.
»Ich möchte mit Ihnen über die Zukunft reden.«
»Also über die Vergangenheit, darum geht es doch in Wirklichkeit.«
»Hatten Sie mich schon erwartet?«, fragt Amfortas.
»So wie sich die Dinge in letzter Zeit entwickelten, musste ich mit Ihrem Besuch rechnen.«
Amfortas schaut sich in dem Raum um. Er ist beeindruckt von den Kunstschätzen und den Gemälden, die eine weit zurückreichende Ahnenreihe abbilden.
»Es muss eine fast unvorstellbare Energie benötigt haben, dies alles aufzubauen. Trotzdem beneide ich Sie nicht. Es ist letztlich nicht mehr als ein Gegengewicht zu dem, was Ihnen fehlt.«

»Schauen Sie sich in Ruhe um. Sie können Anteil an diesem Leben haben, so wie viele andere vor Ihnen auch. Es ist genug für alle da.«

Amfortas schweigt.

»Dem Vernehmen nach sind Sie unverheiratet«, fährt Melkisedeq fort. »Sehen Sie sich dieses Gemälde an. Es zeigt Arnemetia, meine keltische Lieblingsgespielin. Sie weiß zu entzücken.«

Amfortas antwortet nicht.

»Ich verstehe«, sagt Melkisedeq. »Sie haben nicht vor, Ihre Grundsätze aufzugeben. Aber das müssen Sie auch gar nicht. Warum bleiben Sie nicht für eine Woche mein Gast? Wenn Sie wollen, können Sie auch länger bleiben. Sie werden es nicht bereuen. Es ist für alles gesorgt. Und wenn es Ihnen recht ist, können wir während dieser Zeit auch in Ruhe über die Angelegenheit reden, wegen welcher Sie hierher gekommen sind.«

Amfortas ignoriert die Lockungen des Melkisedeq. Er geht mit keinem Wort darauf ein. »Warum war da dieser Hass auf mein Volk von Ihrer Seite?«, beginnt er schließlich. »Warum war es Ihnen nicht genug, Teil der Sieger zu sein? Sie hätten sich mit der blutigen Rache der Besatzer zufriedengeben können. Aber das war Ihnen nicht genug. Sie wollten die totale Vernichtung unserer Kultur und unseres Volkes. Und selbst darüber gingen Sie noch hinaus und zersetzten den gesamten Kontinent. Woraus speist sich diese Verbitterung?«

»Sie vergessen die zahllosen Demütigungen und Ausgrenzungen, denen mein Volk in den letzten zweitausend Jahren ausgesetzt war.«

»Nein, ich habe die Erniedrigungen Ihrer Volksgenossen nicht verdrängt. Aber dem Geschehen ging immer eine Ursache voraus. Das ist es, was Sie nicht wahrhaben wollen.«

Melkisedeq lächelt herablassend. Er kennt diese Vorwürfe. Bisher waren sie strafbar gewesen, aber jetzt hatte sich das Blatt gewendet. Gar zu viele seiner Anklagen hatten sich als haltlos erwiesen. Am Ende war er keine moralische Instanz mehr gewesen, sondern nur noch ein Gegenstand des öffentlichen Spotts.

Der Zorn gewinnt Gewalt über Amfortas. »Warum haben Sie das Unrecht gegen Ihr Volk zu einem Popanz aufgeblasen, vor dem sich jeder verbeugen musste? Sie haben die Lüge zur Religion erhoben und waren gleichzeitig ihr höchster Priester. Nun hat der Spuk ein Ende und wir wollen unsere eigene Kultur zurück.«

»Lassen Sie mich Ihnen ein Gleichnis erzählen«, beginnt Melkisedeq nach einer Pause. »Sie werden dann gewahr werden, dass es ein großzügiges Angebot enthält.«

»Ich höre«, antwortet Amfortas. Er weiß um die Gerissenheit seines Gegenübers.

»In einer Familie wird von Generation zu Generation ein Ring vom Vater an dessen liebsten Sohn vererbt. Dieser eine Erbe hat besondere Privilegien und vertritt die gesamte Dynastie nach außen. Doch in einer Erbfolge hatte der Erblasser zwei seiner Söhne gleichermaßen geschätzt und heimlich einen identischen Ring anfertigen lassen. Wie zu erwarten, stiftete dies in den folgenden Jahren erhebliche Streitigkeiten und Rivalität. Kein Sachverständiger wusste zu sagen, welcher der beiden Ringe der wahre war. Schließlich wandte sich die Sippe an einen weisen Mann, der die Kleinode genau untersuchte und zu folgendem Ergebnis kam: Da es unmöglich sei, zu entscheiden, welcher Ring der ursprüngliche und welcher das Plagiat sei, möge man die Wertigkeit der Insignien auf ihr Wohltun prüfen. Ungeachtet seines Ursprungs möge jener Reif als der echte gelten, der den Menschen das höchste Maß an Humanität verspricht.«

Amfortas kann sich ein Lächeln nicht verkneifen. Tricksereien wie diese Ringparabel waren typisch für Melchisedeq.

»Ich werde Einsicht zeigen, Amfortas! Ich versichere es Euch. Wir wollen von nun an beide nur noch mit Wohlwollen und Sanftmut um die Wahrheit streiten. Keiner wird dem anderen Nachteiliges wünschen. Sie behaupten, ich hätte den Ihren meine Kultur aufgezwungen. Das klingt übertrieben. Lassen Sie uns beide geloben, dass es keine wahre Kultur gibt. Dies ist ein Appell an Ihre Toleranz. Die beiden Ringe sind sich zu ähnlich, als dass sich der Unterschied zwischen ihnen eindeutig feststellen lässt.«

»Gibt es einen größeren Gegensatz als jenen zwischen Trug und Erkenntnis?«

»Ich bin nicht mehr derselbe wie früher. Auch ich sehne mich nun nach Verträglichkeit. Betrachten Sie es als eine Hinwendung zum Menschen, die von jetzt an über meinen eigenen Stamm hinaus geht. Und bedenken Sie, dass jeder von uns beiden ein Betrogener sein wird, wenn es uns nicht gelingt, zu einem Friedensschluss zu kommen.«

»Sie sind nichts anderes als ein niederträchtiger Gaukler und elender Rosstäuscher!« Amfortas sieht seinem Kontrahenten offen ins Gesicht.

Dieser beginnt zusehends seine Beherrschung zu verlieren.

»Schauen sie hier aus dem Fenster! Was sehen sie da?«

»Soldaten«, antwortet Melchisedeq.

»Es sind meine Soldaten«, erklärt Amfortas. »Ich vermute, Sie haben jene Vorkehrungen getroffen, um selbst die Konsequenz für Ihr Tun zu ziehen. In einer halben Stunde wird eine Abordnung meiner Offiziere diesen Raum betreten. Wir werden von einem Unfall berichten.«

In diesem Moment lässt Melchisedeq wie durch Zufall eine Schatulle vor Amfortas Füße fallen. Hunderte von Goldstücken verteilen sich über den Boden. Dann reißt er voll Wut das Porträt Arnemetias von der Wand.

Begleitet von wüsten Flüchen und Verwünschungen verlässt Amfortas den Raum.

Man kann Lügner in zwei Gruppen unterteilen. Auf der einen Seite stehen jene, die ihre Unwahrheiten sehr gewissenhaft planen. Ich denke dabei zum Beispiel an einen betrügerischen Buchhalter, der seine Unterschlagungen sehr raffiniert tarnt. Für den Fall, dass ihm die Wirtschaftsprüfer auf die Schliche kommen, hat er nicht nur die Bilanzen, sondern auch Rechnungen und andere Dokumente gefälscht. Seine Sorgfalt beruht auf dem Wissen, dass seine Taten im Fall der Aufdeckung sanktioniert werden. Er muss damit rechnen, verurteilt zu werden und voraussichtlich nie mehr in seinem erlernten Beruf eine Anstellung zu finden.

Das andere Lager der Lügner ist fahrlässiger. Diese Achtlosigkeit wird dadurch verständlich, dass der Entlarvung voraussichtlich keine Konsequenzen folgen werden. Diese Lügen sind anderer Natur. Sie klingen sensationell und nehmen nicht einmal auf die Naturgesetze Rücksicht. Der eine erzählt eine Heldengeschichte, der andere fantasiert sich zum Überlebenden eines unglaublichen Martyriums.

In der Zeitgeschichte, so wie sie inszeniert wird, gibt sich der Narzisst immer als das Opfer aus. Er manipuliert die Realität so schamlos wie möglich. Zu befürchten hat er dabei im Augenblick nichts. Vielleicht wird man ihm irgendwann keine Beachtung mehr schenken, das ist aber auch alles.

Die Art und Weise, in der wir uns selbst verachten, sprengt alle Grenzen. Es gibt keinen Vorwurf, dem wir noch argumentativ entgegentreten würden. Und es wird auch niemand geschont: Weder die Generationen vor uns noch unsere Kinder oder Enkel. Wir verabscheuen unsere Kultur und unser Land, wir tilgen uns aus der Geschichte. Und gerade darauf sind wir stolz – weil wir es mit unserem Selbsthass ernst meinen.

Doch genau dieser Hochmut ist verräterisch. Er verweist auf eine Instanz jenseits unserer selbst. Selbsthass ist kein spontaner Zustand, er steht vielmehr in Verbindung mit einem geringen Selbstwertgefühl. Man kann die Beziehung zwischen diesen beiden Polen als den Verlauf einer Transformation betrachten. Eine negative Einschätzung des eigenen Ranges kann viele Ursachen haben: mangelnde Leistungsfähigkeit, Schuld, eine Missbildung oder anderes. In einer konstruktiven Beziehung zu anderen Menschen können wir dieses Gefühl lindern oder sogar überwinden.

Die Referenz unserer Gesellschaft scheint jedoch anderer Natur zu sein. Der Narzisst wird versuchen, die Wunde immer weiter klaffen zu lassen. Er wird das Gewissen seines Opfers so manipulieren, dass es jeder weiteren Entwertung bereitwillig zustimmt. Die sittliche Verpflichtung zur Selbstzerstörung ist eine teuflische Illusion. Sie steht am Ende eines traurigen Prozesses, aus dem sich das Opfer nicht befreien konnte.

In einem Staat der als Republik gegründet wurde, ist der Präsident gleichzeitig Regierungschef. Regierung und Repräsentation fallen als Ämter zusammen. Problematisch wird es, wenn ein Staat ursprünglich als konstitutionelle Monarchie entstand, der König dann abdankt und die Republik ausgerufen wird. Die Macht liegt in diesem Fall in den Händen eines Premierministers oder Kanzlers. Scheinbar hinterlässt der abgetretene Monarch eine Lücke in jenem Sinne, dass es keinen ersten Mann oder erste Frau

im Staat gibt. Damit könnte man eigentlich gut leben. Es gibt Staaten, in denen die repräsentativen Aufgaben turnusmäßig wechselnde Institutionen übernehmen. Unsere Verfassung schreibt jedoch ein Präsidentenamt vor, das über so gut wie keine Machtbefugnisse verfügt. Solange ich denken kann, haben die Amtsinhaber ihre überflüssige Funktion immer mit übertriebenen Ankündigungen kompensiert. Von den Akzenten, die sie setzen wollten, war dann die Rede. Das Dilemma besteht darin, dass eine königliche Familie von einem Nimbus umgeben ist. Dieser fehlt den politischen Funktionären. Die ganze Zeit erwecken sie ungewollt den Eindruck, in viel zu großen Schuhen herumzulaufen. Allenfalls ein Satiremagazin käme auf den Gedanken, diese überbezahlten Apparatschiks mit royaler Würde in Verbindung zu bringen. Das Volk verachtet sie in gleichem Maße wie die weiteren etablierten Kasten. Auch ich selbst schenke ihnen keine Aufmerksamkeit mehr. Doch das Biest beißt zurück: Vor einigen Tagen erfuhr ich aus alternativen Medien, dass der Präsident in seiner letzten Rede verkündete, man könne unser Land nur *mit gebrochenem Herzen lieben.* Es ist eine Anspielung auf unsere angeblich einzigartige historische Schuld und daher widerlegte kollektive Identität. Seit Jahrzehnten wird so argumentiert und zunächst fühlte ich nur Spott angesichts der pathetischen Wortwahl für den durch und durch ordinären Hass dieser Wichtigtuer auf die eigenen Bürger. Manchmal ist es so, dass der Paketdienst etwas anliefert, das man gar nicht bestellt hat, und es ist dann gar nicht so einfach, dieses ungebetene Geschenk zu entsorgen. Ich selbst gehe mit dem Begriff *Zuneigung* sehr sparsam um. Er beschränkt sich auf meine Kinder und meine Partnerin. Aber das Geschwätz des parlamentarischen Schandmauls ging mir einfach nicht mehr aus dem Sinn.
Dann stieß ich auf ein sehr schönes Lied. Es wird in einer fremden

Sprache gesungen und leider bezieht es sich auf ein Land, mit dem wir im vergangenen Jahrhundert in schwere kriegerische Konflikte verwickelt waren. Allerdings stammt es aus früherer Zeit und betont an einer Stelle ausdrücklich seine Friedfertigkeit. Melodisch ist es von Anmut und Ruhe getragen. Die Lyrik ist demütig und es fehlt jeder Überschwang. Sie enthält das Versprechen, das Edelste und Wertvollste auf dem Altar der Heimat darzubieten, keine Fragen zu stellen und von der Bereitschaft, das äußerste Opfer zu erbringen. Selten hat mich etwas so gerührt. Aber dann kommt mir wieder unsere feiste Sprechpuppe in den Sinn und ich spüre förmlich, wie meine Sicherungen langsam durchbrennen. Es ist, als könne ich das Schnalzen der Kippschalter in jenem Sicherungskasten, aus dem dunkler Rauch aufsteigt, hören. Dann verengt sich mein Blickfeld und dessen Ränder färben sich rötlich ein.

Von einem *Schuldkult* zu sprechen, schickt sich nicht. Jeder, der dieses Wagnis eingeht, verlässt den zulässigen Meinungskorridor. Der Begriff ist zwar noch nicht justiziabel und man muss noch nicht mit Hausdurchsuchungen rechnen, sofern man ihn denn verwendet, aber man verstößt gegen ein ungeschriebenes Gesetz und in diesem Sinne hat ein Gelehrter, der auf seinem Rock auch nur einen einzigen Fleck duldet, den Tod verdient. Ich spreche in diesem Zusammenhang deshalb nur noch vom *Mythos der Achaier*. Sie hatten zehn Jahre lang vergeblich versucht, Troja zu belagern. Schließlich rief der Seher Kalchas einen Rat der edelsten griechischen Helden zusammen und riet dazu, die Gewalt mit einer List zu verknüpfen. Mit einem harmlos aussehenden Objekt getarnt sollten sie in den geschützten Bereich eindringen und von innen heraus den Angreifern die Tore der Festung öffnen. Das hölzerne Pferd soll Augen aus Bernstein, Zähne aus Elfenbein und eine Mähne aus echtem Rosshaar gehabt haben. Seine Hufe, so steht es in der Überlieferung, hätten geglänzt wie polierter Marmor. In nur drei Tagen war es mit Unterstützung der Atriden gebaut worden. Helenos soll der Urheber der Hinterlist gewesen sein. Scheinbar zogen die Achaier ab. Nur Sinon blieb als Freiwilliger zurück und erklärte das Pferd zum Weihegeschenk an die Göttin Athene. Sollten die Trojaner es zerstören, so käme Unheil über sie. Angeblich sei es bewusst so groß konzipiert worden, damit es nicht durch die Tore der Stadt passe. Troja stünde sonst unter dem Schutz der Göttin. »Timeo Danaos et dona ferentes«, warnte Laokoon und auch Kassandra, die Tochter des Königs Priamos, sah das Unheil voraus. Doch deren Vorhersehungen wurden verworfen und das Geschenk vor dem Tempel der Athene platziert. Praktisch über Nacht war damit – verbunden mit frevelhaften Untaten – eine Zivilisation der Zerstörung geweiht. Es sind vor allem zwei Charakteristika, die den Mythos der Achaier mir der Kultur der Schuld verbinden: Zum Ersten ist das hölzerne Pferd schon rein äußerlich etwas ganz anderes, als es darstellen soll. Es ist keine sakrale Gabe, sondern eine teuflische Täuschung. Sein Zweck ist nur scheinbar die Huldigung. In Wirklichkeit dient es der Eroberung. Zum Zweiten ist es innen hohl. Zwischen 30 und 40 griechische Elitesoldaten soll es enthalten haben. Dieser Hohlraum war von Außen nicht sichtbar. Er enthielt das Instrumentarium zur restlosen Vernichtung. Und es war die Arglosigkeit der Trojaner in Verbindung mit der Verwerfung der Mahnungen der Wissenden, die am Ende das Schicksal der Stadt besiegelten.

Das Warten auf den nächsten Einsatz fördert meine Neigung zu Tagträumen. Immer wieder blubbern diese albernen Gedanken an die Oberfläche und bevor ich sie aufgreife, heiße ich sie freundlich willkommen. Zum Beispiel sehe ich mich in der Rolle des Stifters einer bisher unbekannten Galerie: dem *Museum für historische Schuld*. Natürlich verzichtet der Bau auf jeden Pomp, diese Lokalität dient eher der inneren Einsicht und der Ehrlichkeit. Die Kunstsammlung umfasst Exponate aus allen Ländern der Erde, die einzelnen Staaten haben sie freiwillig zur Verfügung gestellt. Es ist, als ob sie sich hier versammeln und an den Händen halten. »Es tut uns so leid«, murmeln sie leise und versöhnlich. Das Reich der Mitte sandte eine tibetische Gebetsmühle. Aus dem iberischen Kulturraum kam ein kleiner Goldbarren, geschmolzen aus dem Schatz der Inkas. Und aus Nordamerika erhielten wir einen leeren Kanister mit der Aufschrift: *Chemische Kampfstoffe aus dem Land zwischen Euphrat und Tigris*. Selbstverständlich hat auch meine eigene Heimat hier ihren Platz. Allerdings habe ich an dieser Stelle auf einige gar zu eigenwillige Ausstellungsstücke verzichtet. Die Filmindustrie wird sich ihrer weiter bedienen, da bin ich mir sicher. Schließlich wurden sie dort auch generiert. Aber hier gehören sie nicht her. Es ist mein Museum und da ist Propaganda nicht erwünscht. Am Ende kommen mir jedoch Zweifel, ob unser Panoptikum tatsächlich komplett ist. Und wirklich, die Vitrine eines einzigen Landes ist unbestückt. Das macht mich nachdenklich. Ein bestimmter Staat hält sich also über jeden Fehl und Tadel erhaben. Nun gut, das muss ich akzeptieren. Statt weißem Phosphor lasse ich eine weiße Weste als Exponat auslegen.

Eine stehen gebliebene Uhr zeigt zweimal am Tag die korrekte Zeit an. Ähnlich verhält es sich mit der Gerechtigkeit eines Friedens nach den Kampfhandlungen. Es ist der Sieger, der die Geschichte des Besiegten schreibt. Das ist so, es war schon immer so und es wird wohl auch in Zukunft so sein. Wir haben im vergangenen Jahrhundert nach zwei Niederlagen unterschiedliche Bedingungen für die Fortsetzung unserer staatlichen Existenz auferlegt bekommen. Zunächst war da ein Verhandlungsfrieden, der als Schmach und Diktat empfunden wurde. Er hatte die Gestalt eines Vertrages und die Forderungen waren im Detail ausformuliert. Ihre Erfüllung war so destabilisierend, dass die darauf beruhende internationale Ordnung nur eine Interimsphase sein konnte. Nach dem zweiten großen Krieg gab es keine Abordnungen und kein Übereinkommen. Auf die bedingungslose Kapitulation folgte eine Zeit der Willkür und der Rechtlosigkeit. Um das Chaos zu beenden, gewährten die Siegermächte schließlich dem Besiegten wie auch den anderen zerstörten Ländern einen Kredit zum Wiederaufbau. Das stand im Gegensatz zu den finanziellen Reparationen des früheren Friedensdiktates und man könnte es als eine humanitäre Geste deuten. Der entstehende Wohlstand tröstete über den Verlust der Souveränität hinweg und ließ die Illusion von Freiheit entstehen. Aber gerade die scheinbare Unverbindlichkeit des Friedens war der Fallstrick, der erst Dekaden später sichtbar wurde. Die Beziehung zwischen dem Tross der Bezwinger und den vermeintlich Befreiten war keineswegs so arglos, wie es den Anschein hatte. Unter der Aufsicht der offiziellen Sieger entstand ein sehr spezielles Verhältnis zwischen den Entrechteten und ihren hasserfüllten Anspruchstellern. Dabei ging es weniger um die materiellen und politischen Aspekte als vielmehr um die kulturelle Selbstbehauptung des Unterlegenen. Er war von Anfang an den Anklagen und Verleumdungen seiner Peiniger schutzlos ausgeliefert. Immer mehr hörte er auf, er selbst zu sein. Es war, als sei sein innerer Kompass in ein mysteriöses Kraftfeld geraten. Eine eigenartige Spätform der mittelalterlichen Selbstgeißelung machte sich breit. Es gibt kein offizielles Wort dafür, aber man könnte von einem *Schuldstolz* reden. Eine okkulte Priesterschaft erklärte den Widerspruch und die Vernunft zum Tabu und gefiel sich in einer bedingungslosen Hingabe an die historische Schuld. Und selbst zu dieser Zeit gab es noch den einen oder anderen törichten Patrioten, der auf ein vertragliches Regelwerk pochte. Dabei war das Land längst in jenen narzisstischen Kokon eingesponnen, aus dem es sich auf friedlichem Wege nicht mehr befreien konnte.

Auf die Frage, ob Tell ein heimtückischer Terrorist war, der aus einem Hinterhalt heraus einen ausländischen Gesandten ermordete, oder ein Freiheitskämpfer mit dem legitimen Recht auf Widerstand, wird es nie eine einvernehmliche Antwort geben. Das ist auch gar nicht nötig. Mein persönlicher Standpunkt ist klar. Mir ist ein Denkmal in Erinnerung geblieben, das ihn als stattlichen bärtigen Mann zeigt. In der einen Hand hält er seine Armbrust, den anderen Arm hat er um die Schulter seines Sohnes gelegt. Doch den meisten anderen Menschen wird wahrscheinlich eher ein anderes Motiv in den Sinn kommen: Tell wird gezwungen, einen Apfel vom Kopf seines Kindes zu schießen. Diese Szene zeigt ihn als erniedrigten Menschen, der aus einer Laune eines fremden Tyrannen heraus das Leben seines Sohnes aufs Spiel setzen muss. In der Serie der Beschämungen durch den habsburgischen Zwingherrn gilt diese Tortur als besonders infam. Falls wir uns eines Tages erheben, wird ein ähnliches Gefühl unseren Zorn anfachen. Wir haben unseren Kindern nicht die Wahrheit gesagt. Das hat auch damit zu tun, dass wir die Wahrheit selbst erst spät erfahren haben. Wir wurden von unseren Lehrern belogen und die Generation vor uns genauso. Als wir erkannten, dass die neue Religion in Wirklichkeit eine Mischung aus Verdrehungen, Fakten, Ungewissheiten und Lügen war, haben einige von uns hinter verschlossenen Türen und zugezogenen Gardinen ihre Nachkommen aufgeklärt. Den Mut zur offenen Meuterei hatten nur einige wenige und die waren schnell weggeschlossen. Unsere sogenannten *Werte* waren nichts anderes als eine Sklavenmoral. Der schuldige Mensch ist nicht frei. Er ist allenfalls auf Bewährung entlassen und unter Auflagen auf freiem Fuß. Wagt er den Ungehorsam, muss er mit schweren Strafen rechnen. Darauf, dass die Schuld eines Tages als verbüßt oder verjährt gilt, können wir nicht hoffen. Dafür ist dieses Instrument viel zu effektiv und es wird für das Lieblingsprojekt der Eliten – den Austausch der eigenen Bevölkerung – viel zu sehr gebraucht.

In jenen Zeiten, als meine Eltern noch lebten und ihre Enkelkinder, mich und meine Ex-Frau besuchten, kam die Rede häufig auf ein scheinbar unbedeutendes Detail unseres Haushalts. Unser runder Esstisch erschien ihnen für unsere Familie zu klein zu sein. Wiederholt boten sie uns finanzielle Hilfe zur Anschaffung eines größeren Möbels an. Auf den ersten Blick könnte man hinter dieser Haltung eine gewisse Großzügigkeit vermuten. Aber diese Einschätzung täuscht. Es lag ein unausgesprochener Vorwurf in der Luft und die Stimmung war gereizt. In meiner Kindheit war der Esstisch ein Instrument der Rangordnung und das Symbol einer patriarchalisch geprägten Familienkultur. Die Sitzplätze waren dem Einzelnen zugewiesen und jener, der am oberen Ende des Tisches saß, hatte das Recht, jeden von uns Kindern des Zimmers zu verweisen. Wer zu spät zum Essen erschien, musste damit rechnen, nicht daran teilnehmen zu dürfen. Als ich selbst eine Familie gegründet hatte, brach ich mit dieser Tradition. Für den Esstisch war bewusst ein kleines Model gewählt worden. Er hatte für uns jenseits seiner unmittelbaren Funktion keine weitere Bedeutung. Wir aßen zu getrennten Zeiten, der eine vor dem Fernseher, der andere vor dem Computer. Jene vermutlich seit Generationen tradierte Kultur war nicht die meine gewesen und ich war immer schlecht darin, ein anderer zu sein als ich selbst. Ähnlich ergeht es mir mit der Panzersperre aus Beton im Herzen meiner Hauptstadt. Sie symbolisiert eine Zivilisation, die nicht die meine ist. Es mag zu einem bestimmten Volk passen, seine Leidensgeschichte zu überhöhen und sie politisch wie auch materiell zu instrumentalisieren, ich gehöre diesem Volk jedoch nicht an und seinem Geiste stand ich bisher eher misstrauisch gegenüber.

Aus meinen jüngeren Jahren als Rucksacktourist weiß ich nur zu gut, dass fremde Kulturen faszinierend sein können. In vielen Fällen halfen mir diese Reisen, den jeweiligen Fremden in seinem kulturellen Zusammenhang zu verstehen. Manchmal tat es mir dann leid, dass ich diesen Menschen bisher nicht mit mehr Aufgeschlossenheit begegnet war. Allerdings war das nicht in jedem Fall so. Rucksackreisende haben in der Regel mehr Zeit als andere Urlauber, dafür ist ihr Budget jedoch meist schmaler. Ich erinnere mich noch gut an jene typischen Stadtteile mit ihren einfachen Unterkünften, Wechselstuben und Cafés, in denen Personen aus allen Teilen der Welt auf ihr nächstes Visum warteten. Sie waren sich in ihrem Leben noch nie begegnet und wahrscheinlich haben sie sich nie wiedergesehen. Die Erlebnisse, die sie untereinander austauschten, enthielten wichtige Informationen. Manchmal schienen diese Geschichten etwas übertrieben und vielleicht waren sie tatsächlich auch nicht immer ganz authentisch. Selten gestand jemand ein, von einem von ihm besuchten Land enttäuscht worden zu sein. Aber wenn das geschah, dann war die Reise deswegen keineswegs umsonst. Im Gegenteil, es ist Brauch, daraus einen Imperativ zu machen, denn wie gesagt: Jeder Mensch sollte einmal in seinem Leben einen Ort besuchen, nur um zu erfahren, warum er dort nie wieder hin will.

Kapitel 6

Iduna ist zu Besuch in meiner Hotelsuite. Wir haben uns zwei Cocktails aus der Bar bringen lassen. Es ist früh am Abend und die Sonne geht hinter der Skyline unter.

»Er lebt«, sagt sie ruhig und bestimmt.

»Wer?«, frage ich zurück. »Von wem redest du?«

»Reuben«

Ich muss lachen. Der Tod des geheimnisumwobenen Kinderschänders wirft so viele ungeklärte Fragen auf, dass Verschwörungstheorien nur allzu verständlich erschienen. Aber dies ist von allen Versionen seines Schicksals die unwahrscheinlichste. »Was macht dich so sicher, dass er noch lebt?«

»Ich verfüge über Informationen, die der Öffentlichkeit nicht zugänglich sind.«

»Aber du meinst damit nicht etwa jene zwei Fotos, die bereits lang und breit diskutiert wurden? Bei dem einen sind Ohr und Nase scheinbar anders geformt, das könnte aber auch durch den Lichteinfall begründet sein. Und das andere Bild zeigt ihn auf der Bahre mit einem überproportional großen Kopf. Tatsächlich scheint es sich dabei um ein Falsifikat zu handeln. Der Hintergrund zeigt eine Feuerwehrstation und kein Hospital. Aber wenn die Medien ein Bild fälschen, dann dient das der Quote und bedeutet nicht, dass das Opfer lebt.«

»Ist dir nie aufgefallen, dass die Aufklärung der Hintergründe dieses Todesfalls nicht wirklich darauf abzielt, ob es sich um einen Suizid oder einen Mord handelt? Beides bleibt nach zwei Obduktionen möglich. Das eine Mal wird als offizielle Todesursache Selbsttötung angegeben, das nächste Mal spricht dann doch einiges eher für eine Fremdverursachung. Was tatsächlich geschah, wird der Mann auf der Straße nie erfahren. Wichtig ist nur eines: Er soll glauben, Reuben sei tot. Dabei wurde sein Leichnam nur durch den Augenschein seines Bruders identifiziert und nicht, wie man in solch einem prominenten Fall erwarten würde, durch einen DNA-Test.«

»Aber warum sollte der Bruder die Unwahrheit sagen?«

»Zum Beispiel weil er zwei Tage vor dem angeblichen Ableben testamentarisch zum Vorsitzenden einer Stiftung ernannt wurde, die jenen Teil des Nachlasses, von dem wir heute wissen, verwaltet.«

»Du meinst, da war noch mehr Geld?«

»Die Schätzungen von Reubens Vermögen beruhen vor allem auf seinem Immobilienbesitz. Dazu kommen noch Diamanten und Bargeld aus seinem Safe. Es ist nicht ausgeschlossen, dass er für den Fall der Fälle Besitz beiseitegeschafft hat.«

»Er müsste also aus dem Gefängnis eskortiert worden sein, während gleichzeitig eine präparierte Leiche in seiner Zelle platziert wurde? Da fällt mir ein, dass er angeblich lebend aufgefunden wurde und erst auf dem Weg ins Spital verstarb.«

Iduna nippte lächelnd an ihrem Black Russian. »Willst du dich auf Angaben solcher Art verlassen? In Wirklichkeit wissen wir überhaupt nichts Verlässliches. Alles ist in höchstem Maße suspekt. Wenn es stimmt, dass Reuben über jede Menge belastendes Material bezüglich der mächtigsten und reichsten Männer der Welt verfügte, dann ist nichts unmöglich.«

Ist die Beziehung zu einem Narzissten ein Kampf mit gleichen Waffen? Man könnte sich das Ganze als ein Duell vorstellen, bei dem jener am Ende gewinnt, der den Degen besser zu führen versteht. Meine Erfahrung sagt mir, dass das nicht stimmt. Da ist zum einen dieses sadistische Element, das ich immer wieder wahrnahm. Vielfach war es nur ein verstecktes Lächeln oder eine kesse Bemerkung, aber die Positionen waren eindeutig: Auf der einen Seite war man um Schadensbegrenzung bemüht, auf der anderen Seite spielten die Verluste kaum eine Rolle.

Für den Narzissten ist eine Kapitulation völlig undenkbar. Sie wäre nicht nur eine Niederlage in einem untergeordneten Konflikt, er würde vielmehr vor den Trümmern seines Selbst stehen. Allein aus diesem Grund wirft er alle verfügbaren Truppen ins Feld. Aber auch die Analogie mit einem verabredeten Zweikampf ist irreführend. Tatsächlich geht es um einen Zermürbungskrieg. Die Entscheidung liegt in weiter Ferne. Das verleitet den Herausgeforderten zu einer rein defensiven Taktik. Der Fehler ist fatal, denn der Narzisst sucht keinen Verhandlungsfrieden.

Im Laufe des Ersten Weltkrieges fällt der britischen Propagandaabteilung ein bei Kriegsgefangenen gefundenes Foto in die Hände. Es zeigt drei junge Männer in deutscher Uniform am Eingang eines Industriegebäudes. *Kadaververwertungsstelle* ist auf einem Schild im Hintergrund zu lesen. Es handelt sich also um eine Abdeckerei beziehungsweise um eine Tierkörperbeseitigungsanlage. Im englischen Sprachgebrauch dieser Zeit umfasst der Begriff *human cadaver* jedoch auch menschliche Leichen. Die Presse präsentiert das Bild als Beweis für die Barbarei des Feindes. Angeblich verweigert er den Toten eine Bestattung und verarbeitet sie stattdessen zu Tiermehl. Dieses Beispiel ist willkürlich gewählt. Propaganda wurde zu jeder Zeit auf allen Seiten betrieben. In einem Krieg, der die all umfängliche Mobilisierung der Öffentlichkeit nötig macht, ist sie fast unverzichtbar. Es ist allenfalls eine Frage des Stils, ob sie eher unterschwellig daher kommt oder – wie in diesem Fall – recht krude. In der Nachkriegszeit hat die Lüge dann sehr schnell ihre

Schuldigkeit getan. Der Sieger muss seine eigene Bevölkerung nicht mehr aufstacheln und da er ohnehin auf absehbare Zeit die Geschichte des Besiegten schreibt, ist er auf Übertreibungen nicht mehr angewiesen. Die Medien werden von ihren politischen Auflagen befreit und Geschichtsschreiber können die Vorwürfe vor Ort klären. Damit setzt eine Historisierung ein und die Hetze weicht mehr und mehr der wechselseitigen Kooperation. Das ist die Art zivilisierter Nationen. Auch sie arbeiten mit Täuschung, aber eben nur, bis der Konflikt entschieden ist.

Anders sieht die Sache aus, wenn der Narzisst als Sieger vom Platz geht. An einem gerechten Frieden ist er naturgemäß gar nicht interessiert. Das Schweigen der Waffen ist für ihn die lang ersehnte Gelegenheit, seine Dominanz zu etablieren. Die Agitation beginnt nun erst richtig und wird generationenübergreifend ausgebaut. Wenn der Unterworfene den Betrug internalisiert hat, ist er beliebig manipulierbar. Er begehrt nicht einmal mehr gegen seine angebliche Schuld auf, wenn ihm die Gelegenheit dazu gegeben wird. In seiner neuen Rolle ist er mittelfristig wahllos konditionierbar. Allerdings ist diese Art des Missbrauchs langfristig auch für den Täter nicht gefahrlos. Der Lauf der Geschichte ist unberechenbar. Wird dem Opfer die arglistige Selbstentwertung bewusst, mag es durchaus mit Groll reagieren. Der narzisstische Herrscher hat diese Erfahrung in der Vergangenheit mehrfach machen müssen. Zu Recht fürchtet er dieses Erwachen seines Objektes. In den meisten Fällen kann er in dieser Situation jedoch weder vor noch zurück. Für Sachlichkeit und ein Eingeständnis ist es jetzt zu spät. Die Lüge bedarf von nun an des besonderen Schutzes der Politik. Dies macht sie als von oben verordnete Wahrheit für die Ausgebeuteten wiederum noch verdächtiger.

Auf all jene Staaten Westeuropas sowie Nordamerikas, in denen die Bevölkerung ausgetauscht wird und der kulturelle Niedergang unübersehbar ist, bezieht sich eine Unterstellung: die Schuld. Manchmal lokalisiert sich der Ursprung der Schuld in der Gegenwart, wie etwa bei Rüstungsexporten und dem Ausstoß von Treibhausgasen, meist verbindet sie sich jedoch mit historischen Ereignissen, beispielsweise dem Kolonialismus, der Sklaverei oder den Opfern totalitärer Systeme. In den letzteren Fällen leben heute keine oder allenfalls sehr wenige Tatbeteiligte. Menschen neigen dazu, einer Person Schuld zuzuweisen, wenn sie in Verbindung zu einer Handlung steht, durch die ein Schaden entstand. Dabei ist unerheblich, ob diese Person den Schaden absichtlich herbeiführen wollte oder nicht. Der Unterschied zwischen klinischen Psychopathen und gesunden Menschen liegt darin, dass erstere die Schuld eines Menschen an einem nicht intendierten Schaden vergleichsweise höher ansetzen. Die Ergebnisse für alle drei weiteren Konstellationen – keine Absicht und kein Schaden, Absicht aber kein Schaden sowie Absicht und ein Schaden – zeigen zwischen beiden Gruppen keine Unterschiede. Man kann dies auf zwei verschiedene Weisen interpretieren: Möglicherweise sind Psychopathen auf moralischem Gebiet strenger als Normalbürger, weil der Nachteil des Geschädigten stärker ins Gewicht fällt, unabhängig von der Gesinnung des Schädigers, vielleicht sind sie jedoch auch einfach weniger befähigt zu ermessen, was Schuld überhaupt ist.

***

Idunas aufs Jenseits gerichteter Enthusiasmus sowie ihr Beklagen einer Gesellschaft, die mit dem Tod eine Phobie verbindet, irritieren mich. Ich habe mich bezüglich des *Cotard-Syndroms* kundig gemacht und versuche, sie zu verunsichern.

»Gibt es Zombies eigentlich wirklich?«, frage ich sie unvermittelt.

»Du meinst Untote? Nein, natürlich nicht!«

»Bist du dir sicher?«

»Im Film gibt es sie. Das entspricht jedoch nicht der Realität.«

»Merk dir den Namen Jules Cotard! Er hat im Jahre 1880 ein Krankheitsbild geschildert, dem er den Namen *délire de négations* gab. Die Patientin behauptete, kein Gehirn zu haben, und wollte bestattet werden. Dieses Syndrom tritt meist im Zusammenhang mit Psychosen und Schizophrenie auf. Die Erkrankten glauben, bereits verstorben zu sein oder zu verwesen. Sie können sich im Spiegel nicht selbst erkennen. Lange Zeit wurden diese Symptome nicht als eigenständige Krankheit anerkannt. Bis die Computertomografie bestätigte, dass die Aktivität der Gehirnareale dieser Menschen einer schlafenden oder betäubten Person entsprachen.«

***

Mit dem Narzissten kommt die zwanghafte Lüge ins Leben. Diese unterscheidet sich von der Fehlinformation des Machiavellisten. Sie ist nicht strategisch angelegt und sucht zunächst keinen berechnenden Vorteil. Der Narzisst muss betrügen, weil ihm die Integrität fehlt. Er schützt damit seine falsche Persona und kann nur so seine Rolle spielen. Es sind keine wahnhaften Lügen, die er verbreitet. Vielmehr sind es Unwahrheiten, die im Bereich der Möglichkeit liegen. Es klingt, als könnte es tatsächlich so gewesen sein, wie er behauptet. Deshalb braucht es meist längere Zeit, um ihn zu überführen. Wenn die Maske dann fällt, setzt die Projektion ein. Er wird seinem Opfer jene Fehler und Unvollkommenheiten unterstellen, die sein eigenes falsches Selbst ausmachen.

Wenn sich Narzissmus mit einem psychopathischen Element verbindet, wird es gefährlich. Die Impulskontrolle ist dann gering und Gewalt nicht ausgeschlossen. In unserer Gesellschaft wird der Bürger seit Jahrzehnten belogen. Die Lüge ist gewissermaßen das Fundament des Staates in seiner gegenwärtigen Form. Eigentlich gibt es nur zwei Möglichkeiten: Die Bevölkerung erklärt sich bereit, den Betrug weiter zu tolerieren, und die Herrschenden gewähren dem Land ein paar weitere Jahre des Friedens. In der Unwahrheit zu leben ist jedoch nicht gesund. Wir fühlen uns erniedrigt und beklagen stumm die Würde, derer wir beraubt werden. Es ist nicht nur die Freiheit, der wir in diesem Fall willentlich entsagen, auch unsere geistige und körperliche Gesundheit leidet. Unsere Handlungen werden irrational. Verwirrte Taten häufen sich und unter der Oberfläche wächst ein unberechenbarer Unmut. Die andere Option ist das Aufbegehren. Die Lüge entpuppt sich in diesem Fall als das, was sie ist. Der Narzisst ist entzaubert und steht vor den Trümmern seiner korrupten Existenz. Wenn ihm jetzt der Raum zum Rückzug fehlt, ist er unberechenbar. Er kann in diesem Fall nur mit Repression und nackter Gewalt reagieren.

✳✳✳

Wir gehen an der Strandpromenade entlang. Es ist Abend und aus den Bars dringt bereits laute Musik. Hin und wieder bittet uns ein aufdringlicher Schneider aus Bangladesch in sein Geschäft.

»Was du vorschlägst, macht politisch keinen Sinn«, sage ich. »Es ist nichts anderes als Auftragsmord.«

»Du hast recht, aber er ist gut bezahlt«, antwortet Iduna. »Wir werden danach beide für den Rest unseres Lebens finanziell unabhängig sein.«

»Wenn wir unserem politischen Auftrag treu bleiben wollten, dann dürften wir ihn nicht ermorden. Er sollte in seine Heimat ausgeliefert werden und dort unter Eid aussagen. Das würde den ganzen Sumpf offenlegen. Es würden Köpfe rollen, weltweit und in den obersten Etagen.«

»Es wundert mich, dass du das immer noch nicht verstehen willst!« Iduna spricht zu laut und ich mache eine Handbewegung, um sie zu beruhigen. »Genau genommen gibt es nicht dieses eine politische Kartell. Es ist in Nordamerika in zwei Lager gespalten. Man könnte einwenden, dass das konservative Lager etwas besonnenere Pläne hat als das progressive.«

»Schon an dieser Stelle tun sich mir eine Menge fragen auf«, werfe ich ein. »Ist es nicht Betrug, im Wahlkampf eindeutige Priorität für das eigene Land einzufordern, und dann, wenige Monate später, einen anderen Staat zu favorisieren?«

»Das ist zwar richtig, es trifft jedoch nicht den entscheidenden Punkt. Die Progressiven haben in der Vergangenheit Seilschaften aufgebaut, die jede Kursänderung sabotieren oder wenigstens sehr erschweren. Der neue Präsident weiß seine Staatsorgane nicht geschlossen hinter sich. Er ist im Grunde genommen nur beschränkt regierungsfähig.«

»Du meinst also, ein rechtsstaatlicher Prozess gegen Reuben sei nicht möglich?«

»Es hat einmal nicht geklappt, warum sollte es beim zweiten Anlauf besser gehen? Dieser Skandal hat solch ein Ausmaß, dass er ganz einfach nicht aufgeklärt werden darf. Und jene wenigen, die nicht in ihn verwickelt sind, gelten als zu schwach, um das Recht durchzusetzen.«

»Ich beginne, diese Angelegenheit zu verstehen. Eigentlich wäre es am einfachsten gewesen, Reuben im Gefängnis zu töten. Aber dann wäre dieser raffinierte Mechanismus in Gang gesetzt worden, der die Filmaufzeichnungen und andere Dokumente der Öffentlichkeit zugänglich gemacht hätte, und einige sehr hohe Tiere wären in Verlegenheit geraten. In den letzten Tagen vor seinem angeblichen Selbstmord ordnete Reuben mit seinem Anwalt, der nebenbei bemerkt selbst unter Anklage steht, seine persönlichen Angelegenheiten. Er setzte ein Testament auf, das sein Vermögen – oder wenigstens einen Teil davon – in eine Stiftung unter der Leitung seines Bruders eingehen lässt. Der Rest des Besitzstandes ist wahrscheinlich in irgendwelchen Steueroasen angelegt und nur ihm selbst zugänglich. Die Progressiven, also seine ehemals engsten Komplizen, versprachen ihm Fluchthilfe unter der Bedingung, dass der Mechanismus nicht ausgelöst wird. An dieses Versprechen hat er sich gehalten. Aber jetzt wollen deren politische Gegner auf Nummer sicher gehen und ihn ein für alle Mal ausschalten. Damit wäre die ärgerliche Angelegenheit weitestgehend ausgestanden.«

»Genau so ist es«, sagt Iduna. »Die Opfer werden mit einem Teil des Stiftungskapitals abgefunden und der Rest irgendwie unter den Teppich gekehrt. Aber wenn die Bombe platzt, dann wird der eine oder andere Prinz oder Rechtsgelehrte ins Exil gehen oder in renommierten Publikationen nichts mehr veröffentlichen.«

***

Zur Zeit wenden sich unsere Staatsmedien – inzwischen in fünfter Generation – wieder den Abgründen unserer Historie zu. In der Stimme der Ansagerin hört man dann stets diese besondere

Beklommenheit heraus, so als ginge es um ein Thema, über welches man eigentlich nur im engsten Kreis reden dürfe. Die aktuellsten Erkenntnisse beziehen sich erneut auf Dr. M., einen sagenumwobenen Arzt und Philosophen, bei dessen Geburt eine Angehörige des fahrenden Volkes prophezeit haben soll, er gehe entweder als Koryphäe in die Medizingeschichte ein oder als Wiedergeburt des Leibhaftigen oder irgendwas dazwischen. Seine alles andere als für die Kriegführung relevanten Forschungen zur Änderung der menschlichen Augenfarbe waren offenbar so geheim, dass sich bis zum heutigen Tage keine Aufzeichnungen darüber auffinden lassen. Um so mehr sogenannte *Überlebende* fühlen sich deshalb berufen, von seinen sadistischen Umtrieben Zeugnis abzulegen. Wenn seine kühnen Experimente mit eineiigen Zwillingen nicht das erhoffte Ergebnis erbrachten, soll er angeblich kleine Kinder ins offene Feuer geworfen haben und das war meist erst der Beginn seiner Rage. Sein Tod ist mindestens genauso mysteriös wie seine wissenschaftlichen Thesen. Einer Version zufolge wurde er auf der Flucht vor einem verwegenen, nahöstlichen Geheimdienst in den Regionen des Amazonas von einer besonders seltenen Art von Flusskrokodilen zerrissen. Andere behaupten, er habe in einem buddhistischen Kloster zur Einkehr gefunden und berate als Zeichen der Sühne bis heute an der Grenze zu Honduras Migranten auf ihrem Weg in eine bessere Zukunft. Ich weiß nicht, warum mir an dieser Stelle das behagliche Jägerlatein eines früheren Bekannten einfällt. Nicht ohne Stolz pflegte er in gemütlicher Runde von einem Naturerlebnis der außergewöhnlichen Art zu erzählen:

»Ich saß also mit meiner durchgeladenen Büchse auf meinem Ansitz und da tat sich mir eine Szene kund, wie sie zuvor wohl noch keiner gesehen hat. An der Lichtung erschienen auf einmal ein Dutzend brunftige Hirsche und nahmen sich, trotz meiner

Gegenwart, ohne zu zögern wechselseitig in Beschlag.«

»Ein Dutzend Hirsche?«

»Eine solch ungewöhnliche Situation kann man nicht augenblicklich verarbeiten. Vielleicht waren es auch nur ein halbes Dutzend. Das spielt ja eigentlich auch gar keine Rolle.«

»Ein halbes Dutzend Hirsche?«

»In der Morgendämmerung kann man das nicht exakt bestimmen. Aber ich bin mir sicher, es waren mindestens drei Stück Rotwild.«

»Drei Hirsche?«

»Ihr habt eine unangenehme Art, Fragen zu stellen. Aber glaubt mir, da hat was geraschelt!«

Ich erinnere mich an ein Gespräch mit einem engen Freund, das ich vor mehreren Jahrzehnten führte. Das Thema ist noch heute aktuell und wird es vermutlich noch lange bleiben. Es ging um jene religiösen oder ethnischen Gemeinschaften, die sich selbst stets eher als Volk verstehen und im Laufe ihrer Geschichte einer ganzen Reihe von Verfolgungen ausgesetzt waren. Das wäre an sich nichts Außergewöhnliches. Die Konfliktforschung befasst sich mit allen nur denkbaren Arten der Ausgrenzung von Minderheiten. Das Besondere in diesen Fällen war die Tatsache, dass diese Pogrome und Vertreibungen nicht objektiv in das Archiv der Geschichte eingingen. Vielmehr sind die leidvollen Ereignisse in einer Mischung aus Wahrheit und Dichtung Teil der gelebten Gegenwart. Diese Haltung verbindet sich mit weiteren narzisstischen Merkmalen wie etwa einer scharfen Trennung von Binnen- und Außenethik, der Einbildung, auserkoren zu sein, sowie einer gewissen Überheblichkeit gegenüber Mitmenschen anderer Kulturen.

»Stelle dir bitte folgende Begebenheit vor«, gab mir mein Gefährte zu bedenken. »Ein Mann wird zum zwanzigsten Mal geschieden. Er war mit Frauen aus verschiedenen Kontinenten verheiratet. Manche seiner Gemahlinnen waren älter als er, andere jünger. Sie kamen aus verschiedenen Gesellschaftsschichten. Manche von ihnen hatten einen tadellosen Ruf, andere eine lebensbejahende Vergangenheit.«

»Ich verstehe«, warf ich ein, als er eine kurze Pause einlegte.

»Nach seiner zwanzigsten Scheidung machte der Mann genau dasselbe, was er nach allen neunzehn vorherigen ehelichen Trennungen gemacht hatte: Er stellte sich auf einen öffentlichen Platz und begann, sich laut zu beklagen. Er warf den Frauen vor, ihn getäuscht und ausgenutzt zu haben. Schließlich habe er sich gar fürchten und in einzelnen Fällen vor ihnen flüchten müssen.«

»Wie dramatisch!«

»Aber verstehst du nicht, was das Ungewöhnliche an diesem Mann ist?«

»Zwanzig Eheschließungen sind eine ganze Menge.«

»Nein«, erklärte mir mein Freund. »Es gibt zahlreiche Sultane und Kalifen, die mehr Gemahlinnen hatten. Das Besondere an diesem Mann ist der Umstand, dass man ihm eine spezielle Frage nie stellen durfte.«

»Und wie lautet diese Frage?«

»Könnte es sein, dass das dauernde Scheitern Ihrer Beziehungen auch etwas mit Ihnen selbst zu tun hat?«

Die Fachliteratur bezeichnet diesen Typ des Narzissten als den *verwundeten Helden*. Seine Abwehrmechanismen gegen den leisesten Vorwurf eigener Verfehlungen arbeiten so effektiv, dass er gegen jede Kritik immunisiert ist.

Ich habe nicht vor, mich über die Schauprozesse unserer Zeit auszulassen. Greise – die meisten von ihnen über 90 Jahre alt und in manchen Fällen kaum vernehmungsfähig – werden vor

Gerichte gestellt, die man sich eher als politische Tribunale vorstellen sollte. Manche der Angeklagten müssen als Krankentransporte aus dem Ausland eingeflogen werden, andere haben für ihre vermeintlichen Taten schon Jahre in Haft verbracht. Natürlich hat die Posse auch seine Protagonisten. Auf der Richterbank sitzen die Clowns in roten Roben und in der ersten Reihe des Gerichtssaales erwartet die Hautevolee des Schuldkultes mit grienenden Gesichtern das abgeschmackte Schauspiel.

Vielleicht ist man am besten über das Wesen dieses Treibens aufgeklärt, wenn man sich an die Mutter aller politisch motivierten Scheinverfahren erinnert: die *Synodus horrenda*. Die sogenannte *Leichensynode* fällt in das Jahr 897. Es ist eine Zeit, in der die Kirche mit den weltlichen Herrschern um die Macht konkurrierte. Die Herrscher des zerfallenden Karolingerreiches verloren im italienischen Reichsteil zunehmend an Einfluss. Papst Stephan V. koalierte widerwillig mit dem Haus Spoleto, krönte jedoch dessen Spross Wido II. im Jahre 891 zum Kaiser. Die Zeitläufte dieser Ära sind verwirrend. Das beginnt schon bei den Namen. Stephan II. wurde im März 752 einstimmig zum Nachfolger von Pontifex Zacharias gewählt, verstarb jedoch nach nur vier Tagen im Amt an den Folgen eines Schlaganfalls, ohne die Bischofsweihe erhalten zu haben. Deshalb wurde Stephan V. in der Geschichtsschreibung häufig auch als Stephan VI. tituliert. Aber machen wir es an dieser Stelle so einfach wie möglich: Es ist ein Zeitalter, in dem die Machthaber nur selten eines natürlichen Todes sterben. Auf Stephan V. folgte 891 Papst Formosus. Dieser war zuvor in der vatikanischen Diplomatie tätig und seine Wahl erfolgte ohne größere Auseinandersetzungen. In den Folgejahren machte er sich jedoch den römischen Stadtadel zum Feind. Außerdem verschlechterte sich das Verhältnis zu den Spoletinern.

Formosus krönte zwar Guido von Spoleto zum Kaiser sowie dessen Sohn Lambert zum Mitkaiser, als diese jedoch zu mächtig wurden, rief er den ostfränkischen König Arnulf von Kärnten zu Hilfe. Dieser eroberte Rom und wurde wenige Wochen vor Formosus Tod im April 896 zum Kaiser ausgerufen. Bonifatius VI. folgte für nur 15 Tage als Amtsnachfolger. In Folge seines unsittlichen Lebenswandels war er schon vor seiner Wahl seines Amtes als Presbyter enthoben worden. Dann betrat mit Stephan VI. die Hauptperson der Kadaversynode die Bühne. Zunächst erkannte er Arnulf als legitimen Herrscher an, wechselte jedoch die Seite, nachdem Lambert seine Machtposition wieder ausbauen konnte.

Stephan VI. stand den Spoletinern nahe und diese hegten Rachegelüste wider den untreuen Formosus. Es kam zum Unvorstellbaren: Neun Monate nach dem Tod Formosus wurde dessen verwesende Leiche aus der Gruft geholt, in ein päpstliches Ornat gekleidet und auf den Thron gesetzt. Dem Verstorbenen wurden Missbrauchsvorwürfe während seines Pontifikats gemacht. Aus heutiger Sicht sind die Anklagepunkte schwer zu verstehen. Kirchenrechtlich ist es seit dem ersten Konzil von Nicäa im Jahre 325 einem Kleriker verboten, in mehr als einer Diözese zum Bischof gewählt zu werden. Gegen dieses sogenannte *Translationsverbot* soll Formosus verstoßen haben. Außerdem soll er einen Eid gebrochen haben, den er 878 Papst Johannes VIII. auf der Synode von Troyes geleistet hatte. Demnach hätte er gar nicht nach Rom zurückkehren dürfen. Allerdings hatte der Nachfolger von Johannes VIII., Marinus I., Formosus von seinem Eid entbunden. Der wahre Grund für den Schauprozess waren Zweifel an der Rechtmäßigkeit der Papstwahl von Stephan VI. selbst. In narzisstischer Manier warf er seinem Vorgänger jene Verfehlungen vor, deren er sich selbst schuldig gemacht hatte.

Der dreitägige Prozess muss ein gespenstischer Reigen gewesen sein. Im fauligen Stank der Verwesung trug Stephan VI. mit heiserer Stimme seine Vorwürfe vor. Formosus war ein Diakon zur Seite gestellt, der eine Doppelrolle spielte. In erster Linie wirkte er als Advokat des Angeklagten. Da jedoch manche Sachverhalte unklar waren, musste auch der Verstorbene selbst Zeugnis ablegen. Dann stellte sich der Diakon mit verstellter Stimme hinter den Thron und gab stellvertretend Aussagen ab, die er gar nicht wissen konnte.

Wie in jedem Schauprozess stand das Urteil von Anfang an fest. Die Verurteilung folgte dem Konzept der Spiegelstrafe: Statt auf der *Cathetra beati Petri* inthronisiert zu bleiben, wurde Formosus vom Heiligen Stuhl gerissen. Anstelle der feierlichen Einkleidung des Elekten im Petersdom wurde er bis auf das letzte Hemd entblößt. Die beider Schwurfinger der rechten Hand wurden ihm abgehackt. Damit verlor er faktisch auch seine Fähigkeit, Segen zu spenden. Seine Enthauptung symbolisiert den Verlust seines Status als Oberhaupt der katholischen Kirche. Mit dem Herauszerren des Toten über die Schwelle des päpstlichen Gerichtshofs und dem Verscharren auf dem Fremdenfriedhof Roms wurde er seiner irdischen Heimat beraubt. Er hat den Schutz der Kirche und seiner Heimatstadt verloren. Die Ehre einer Beisetzung wurde ihm ebenfalls verweigert. Als er wenige Tage später exhumiert wurde, war dies das Gegenteil einer Erhebung heiliger Gebeine. Diese wurden in den Tiber geworfen. Damit sollte er aus dem Andenken der Lebenden getilgt werden und die Heiligkeit des Papsttums gewahrt bleiben.

Ein Mönch behauptete, Formosus sei ihm im Traum erschienen. Daraufhin zogen seine Anhänger ihn aus dem Fluss. Stephan VI. konnte sich seines Triumphs nicht lange erfreuen. Es sind die

Eliten, die sich an politischen Prozessen ergötzen, dem Volke selbst sind sie ein Gräuel. Noch im August desselben Jahres wurde er von der römischen Stadtbevölkerung gestürzt und in Kerkerhaft genommen. Nach 14 Tagen fand man ihn dort erwürgt vor. Die urbanen Massen warfen ihm vor, mit seiner schauerlichen Synode den Zorn Gottes entfacht zu haben. Als Beweis dafür galt der Einsturz der Lateranbasilika durch ein seismisches Beben.

Auf Stephan VI. folgte das Pontifikat von Papst Romanus, der die Handlungen seines Vorgängers öffentlich verwarf. Es ist nicht ganz klar, ob Romanus nach rund drei Monaten vergiftet oder abgesetzt wurde. Im letzteren Fall hätte er als Mönch weitergelebt. Die Rehabilitation Formosus blieb seinem Nachfolger Theodor II. vorbehalten. Dieser war nur 20 Tage im Amt, ließ den Leichnam ehrenvoll bestatten und hob sämtliche Beschlüsse der Leichensynode auf. Lambert von Spoleto hatte das Treiben Stephan VI. wohl eher geduldet als initiiert. Schließlich war seine Krönung eng mit der Legitimität von Formosus als Papst verknüpft.

In den Folgejahren nahmen die Adelskämpfe an Heftigkeit und Grausamkeit jedoch noch zu. Nach dem Zeugnis des Geschichtsschreibers und Bischofs Liutprant von Cremona kam im Jahre 904 mit Sergius III., einem Mitglied des Adelshauses Tusculum, nicht nur ein Parteigänger Stephan VI. und Gegenpapst von Johannes IX., Benedikt IV. sowie Leo V., sondern auch ein Mörder auf den Papstthron. Er erklärte alle von Formosus ernannten Kleriker zu Laien, ließ dessen Leiche erneut ausgraben und nach Abtrennung der restlichen Finger der Schwurhand erneut im Tiber versenken. Dort ging sie Fischern ins Netz.

Ich könnte jetzt noch etliche weitere Päpste nennen und die Verwirrung weiter steigern, stattdessen belasse ich es dabei: Formosus' sterbliche Überreste wurden etwa neun Jahre später in den Petersdom zurückgebracht und dort ein drittes und bis heute letztes Mal bestattet.

Es gibt einen bestimmten Punkt, ab dem ein System kippt und komplett aus dem Ruder läuft. In der Psychiatrie ist das beispielsweise dann der Fall, wenn die Patienten sich selbst für die Ärzte halten. Glücklicherweise stehen uns heutzutage Psychopharmaka zur Verfügung. In früherer Zeit spielten die Fachärzte jedoch nicht selten mit dem Gedanken, die Klinik von außen zu verriegeln und selbst das Weite zu suchen.

In der Historie ist das Phänomen des kollektiven Wahns wiederholt in Erscheinung getreten. Ich versuche, mit einem Beispiel auf dieses Rätsel einzugehen: Im 17. Jahrhundert gründeten Engländer in Nordamerika eine puritanische Gemeinde nahe der Stadt Salem. Im Jahre 1689 wurde der Erweckungsprediger Samuel Parris zum ersten unabhängigen Leiter der gottesfürchtigen Siedler gewählt. In seinen bis zu fünfstündigen Reden lag der Schwerpunkt auf dem Kampf seines von Gott erwählten Volkes mit keinem Geringeren als Satan. Zwei Jahre später begannen sich seine Tochter Elizabeth sowie seine Nichte Abigail auffällig zu verhalten. Sie sprachen in unbekannten Sprachen, nahmen ungewöhnliche Verrenkungen ein und behaupteten, von unsichtbaren Händen gewürgt zu werden. Ein herbeigerufener Arzt konnte keine der damalig bekannten mentalen Erkrankungen diagnostizieren und so erklärte Parris öffentlich, dass die Stadt von einem Heer von Teufeln angegriffen würde. Tatsächlich war die Ortschaft in der Vergangenheit wiederholt schweren Attacken der Indianer ausgesetzt gewesen und der Prediger hatte diese Stämme immer wieder in die Nähe des Leibhaftigen gerückt. Elizabeth berichtete, der Antichrist habe sich ihr genähert. Nachdem sie ihn abgewiesen habe, hätte er damit gedroht, seine Handlanger, die Hexen, auszusenden. Ein halbes Dutzend weitere Frauen bestätigten unabhängig von einander ähnliche Erfahrungen und wurden gedrängt, Personen zu benennen, die sie mit ihrem Schadzauber um den Verstand gebracht hätten. Zunächst beschränkte sich die Anklage auf drei Frauen: Sarah Good, eine stadtbekannte Bettlerin, die häufig in Selbstgespräche verwickelt war; Sarah Osborne, eine bettlägerige Alte, die ihre Kinder angeblich um ihr Erbe gebracht haben soll; sowie Tituba, die indianische oder, nach anderen Angaben, afrikanische Sklavin von Samuel Parris selbst. Letztere wurde beschuldigt, an okkultistischen Sitzungen teilgenommen und im Buche Luzifers gelesen zu haben. Ein Gesandter des britischen Königs eilte herbei, um eine Anhörung durchzuführen. Das Gericht verhandelte mindestens einmal im Monat neue Fälle. Mit einer Ausnahme wurden alle Beschuldigten zum Tode verurteilt. Die einzige Möglichkeit der Vollstreckung zu entgehen, bestand darin, sich selbst schuldig zu bekennen und weitere Verdächtige zu benennen. Damit wurde eine Lawine von 20 Hinrichtungen und 150 Inhaftierungen ausgelöst. 200 Menschen waren der Hexerei beschuldigt worden. Viele von ihnen starben in Haft. Nur ein einziger blieb seinem Gewissen treu: Der Bauer Giles Corey weigerte sich beharrlich, sich selbst schuldig oder unschuldig zu benennen. Der damaligen Rechtsprechung entsprechend wurde die Aussage deshalb durch Folter erzwungen. Der Achtzigjährige musste sich auf dem Rücken zwischen zwei Bretter legen. Das obere wurde nach und nach mit immer weiteren Gewichten belastet. Zwei Tage hielt der Dickkopf durch und begegnete den Fragen seiner Peiniger immer mit denselben zwei Worten: »Mehr Eisen!« Am dritten Tag verstarb er mit zerquetschtem Brustkorb. Für die meisten Opfer dieser Hexenverfolgung wurde schon 1711 eine Amnestie ausgesprochen. Seither rätseln Historiker über die

Ursachen dieser Massenhysterie. Da in dieser Zeit aufgrund der hohen Anzahl festgesetzter Bauern die Ernte nicht eingefahren wurde, könnte Mutterkorn Wahnvorstellungen ausgelöst haben. Andere Theorien beziehen sich auf Intrigen einflussreicher Familien, die Rolle der Frau in einer streng patriarchalisch geordneten Gesellschaft, politische Gründe oder die traumatischen Erfahrungen der von Indianern verschleppten Frauen. Ein wesentlicher Bestandteil dieses Pulverfasses dürfte jedoch die narzisstische Persönlichkeit von Samuel Parris selbst gewesen sein.

Kapitel 7

Iduna und ich sitzen auf der Terrasse eines bodenständigen Restaurants. Die Kost ist deftig und schmackhaft. Vor uns tut sich ein größerer öffentlicher Platz auf und während wir Haxen und Knödel verdauen, beobachten wir einen eigenartigen Aufzug. Zunächst erscheinen geschminkte Komödianten in einheitlichen grünen Kostümen. Auf ihrer Brust tragen sie das Symbol einer Sanduhr.

»Das sind die *Rebellen wider die Auslöschung*«, bemerkt Iduna.

Ich hatte schon zuvor davon gehört. Es handelt sich um eine jener apokalyptischen Klimasekten, die den Weltuntergang in zwölf Jahren vorher sagen. »Gemessen an der Radikalität ihrer Forderungen ein eher moderater Auftritt«, gebe ich zu verstehen. »Es fing alles an mit der Besteuerung von Fleischwaren und Flugreisen. Dann wurden aus den Steuermodellen Verbote und eine Vertreterin dieser Bewegung forderte zur Einschläferung aller Haustiere auf. Da war in meinen Augen das Tal schon durchschritten. Aber dann wurde zum Verzehr von Insekten aufgerufen.«

»Jetzt verdirbst du mir den Appetit!«, sagt Iduna verärgert.

»Es erinnerte mich an einen Science-Fiction-Film aus den Siebzigerjahren. Die autoritäre Regierung täuschte die Bevölkerung. Das Nahrungsmittel, das angeblich aus Algen gewonnen wurde, war in Wirklichkeit die verarbeitete Substanz von Verstorbenen. Es ist unglaublich, wie schnell wir in die Nähe solch grauenhafter Szenarien gestoßen werden.«

»Die gesamte Debatte ist so ganz und gar jenseits der Realität. Ekel hat eine kulturelle Prägung. Kinder nehmen in den ersten Lebensjahren fast alles in den Mund. Im Laufe ihrer Persönlichkeitsentwicklung übernehmen sie dann die

144

Speisegesetze ihrer Eltern und weiteren Umgebung. Es ist völlig unmöglich, die Ernährungsgewohnheiten einer Bevölkerung so plötzlich zu ändern.«

Inzwischen mischen sich immer mehr Aktivisten unter die *Rebellen* und beginnen, sich zu suizidaler Musik zu bewegen. Es ist kein einstudierter Tanz, die Menschen gebärdeten sich vielmehr wie ungelenk zuckende Körper.

»Es fehlt jede Form von Hemmung oder Scham«, meint Iduna nachdenklich.

»Man nennt es auch *Wahn*«, antworte ich.

Bei Patienten, die unter Paranoia oder Schizophrenie leiden, sollte der Arzt zurückhaltend argumentieren. Er ist dazu angehalten, den Gemütszustand ernst zu nehmen und die damit verbundenen Überzeugungen nicht frontal in Abrede zu stellen. Um es am Beispiel der Verschwörungstheorie der *Reptiloiden* zu erklären: Er wird dem Patienten nicht brüsk die Aussage entgegenschleudern, dass es dieses Phänomen nicht gibt. Vielmehr wird er eine Tür offenlassen. Er könnte etwa darauf verweisen, dass Pathologen seltsamerweise noch keinen medizinischen Befund über Echsen in Menschengestalt veröffentlichten. Der Patient könnte dann seinerseits darauf verweisen, dass Reptiloide ganz besonders vorausschauende Autofahrer seien und sich daher noch kein Unfall ereignet hätte. In der nächsten Sitzung könnte er dann ein gewisses Maß an Einsicht zeigen und erklären, dass er die Anzahl sowie den Einfluss der Reptiloiden auf die Gesellschaft überschätzt hätte. Oft sind solche Läuterungen aber nur von kurzer Dauer.

»Für ein Gemeinwesen gibt es keine Therapie«, füge ich an. »Es behauptet sich oder es geht unter.«

***

Viele Begriffe werden in unserer Zeit neu definiert. Das Geschlecht ist nicht länger binär und aus dem *Schlepper* ist ein sogenannter *Fluchthelfer* geworden. Diese Neuformulierungen sind keinesfalls Zufall. Sie sind auch nicht sinnlos, sondern verbinden sich mit einem unausgesprochenen Kalkül. Ich versuche, dies am Beispiel des Wortes *Rassismus* zu verdeutlichen: Diese Anschauung verbindet sich bei mir mit ausgeprägt negativen Gefühlen. Ich assoziiere damit Sklaverei, Kolonialherrschaft, Diskriminierung und viele verschiedenen Varianten von Unmenschlichkeit. Der Fortschritt hat diese Missstände in unseren Breitengraden inzwischen überwunden und ich begrüße dies. Allerdings wird mir dieser Standpunkt in der politischen Diskussion nicht weiterhelfen. Der Grund dafür liegt in der Tatsache, dass der Term inzwischen um eine grundlegende Komponente erweitert wurde: Der Kampf gegen Rassismus ist heutzutage weit mehr als die Durchsetzung von Menschenrechten. Er besteht in der ausdrücklichen Begrüßung einer demografischen Transformation, die man in früherer Zeit berechtigterweise als *Bevölkerungsaustausch* bezeichnet hätte. Mag dieser Ausdruck auch als diskreditiert gelten, so ist er dennoch nicht falsch. Heerscharen fremder Bevölkerungsgruppen werden bei uns angesiedelt, während unsere angestammte Bevölkerung immer mehr zur Minderheit im eigenen Land wird. Die Clowns, also jene feindlichen Eliten, die diese Entwicklung vorantreiben, pflegen diese Katastrophe mit zwei miteinander unvereinbaren Aussagen zu kommentieren. Erstens: Der demografische Umwandlungsprozess finde gar nicht statt. In diesem Sinne hätte man es also mit einer Verschwörungstheorie zu tun. Zweitens: Diese Bevölkerungsentwicklung sei real und ein Ausdruck unserer Stärke. Wir werden also bereichert, auch wenn der eine oder andere dies noch nicht verstanden hat. In der Welt der Clowns spielt die Tatsache, dass diese Beurteilungen nicht miteinander kompatibel sind, keine Rolle. Wer in dieser Illusion befangen ist, kennt keine Authentizität. Alles ist beliebig austauschbar. Der Mann, die Frau, das Kind, der Erwachsene, der Fremde wie der Angehörige – sie alle gelten potenziell als dasselbe. In diesem Drama sind die Rollen klar verteilt. Die Drahtzieher halten sich für allmächtig und versprechen den Garten Eden. Die Auszutauschenden sind Unwerte. Sie wurden von der Geschichte widerlegt und müssen nun ihre eigene Entsorgung widerspruchslos hinnehmen. Die Herbeigerufenen sind die wahren Heilsbringer. Gegen eine Überprüfung ihrer Eignung und Identität sind sie immun. Wer es wagt, gegen dieses groteske Schauspiel auch nur ansatzweise Widerstand zu leisten, wird ausgepeitscht und den Hyänen zum Fraß vorgeworfen.

Ist eine bestimmte Kultur von der dunklen Triade geprägt, so hat dieser Dreiklang eine spezifische Struktur. Narzissmus, Psychopathie und Machiavellismus ergänzen sich zu einem belastbaren System. Die kalifornische Filmindustrie ist ein Paradebeispiel für eine gleichermaßen korrupte wie auch narzisstische Subkultur. Selbstherrliche Produzenten, die nicht selten in Fälle von sexuellem Missbrauch verwickelt sind, bestimmen die Karrieren der anderen Akteure dieses Wirtschafts- und Kultursektors. Es ist eine Oligarchie und ihr Einfluss auf die westlichen Gesellschaften kaum zu überschätzen. Hier werden unsere Werte und unser Selbstbild fortwährend neu definiert und entlang von Konstanten weiterentwickelt. Jahrzehntelang bekämpfte ein eleganter Geheimagent Streifen für Streifen einen Halunken aus immer demselben Sprachraum. Licht und Finsternis sind streng geteilt. Auf der einen Seite stehen die ewigen Opfer und auf der anderen die ewigen Täter. Differenzierende Grautöne sind allenfalls als Spurenelement erkennbar. Es sind plakative Botschaften, denen wir uns umso weniger erwehren können, je unbewusster wir sie aufnehmen. Die Traumfabriken entlasten uns von sachlichen Einordnungen. Unsere emotionale Konditionierung ist Sache der Oligarchen. Sie bestimmen das Narrativ und wer sich nicht unterordnet, ist aus dem Geschäft. In fiktiven Geschichten werden wir behutsam in die Hintergründe unserer Existenz eingeweiht und gleichzeitig auf den Machiavellismus der herrschenden Klasse vorbereitet. Gerissene Anwälte ausgezeichnet organisierter Lobbyisten ziehen ihren finanziellen Profit aus dem schlechten Gewissen der hilflosen Zuschauer. Wie Krokodile tauchen sie an den Küsten vermeintlich schuldbeladener Länder auf. Dann beginnt der Ablasshandel der Neuzeit. Die Kaltschnäuzigkeit der Machiavellisten ist legendär. Sie beherrschen ihr Geschäft der Einschüchterung und der Eintreibung von Reparationen wie kein anderer. Schließlich kommt der Psychopath ins Spiel: Er fürchtet keine Bestrafung und seine militärische Brutalität ist beispiellos. Die eigene historische Schuld dieser dunklen Triade wird nie einen Erben haben. Ihr Reglement gilt nur für die anderen.

***

Der biologische Verfall folgt den Gesetzen der Taphonomie. Nach Eintritt des Todes kommt es normalerweise zu einer Abkühlung des Organismus und dem Abbau der körpereigenen Stoffe zu einfacheren chemischen Verbindungen. Es ist nichts anderes als der Ruf der Natur zu einem großzügigen Buffet. Zu Gast sind neben Enzymen, Bakterien, Pilzen, Käfern, Schmeißfliegen, Krähen, Füchsen und Ratten in heutiger Zeit vielleicht auch wieder Wölfe. Nach drei bis sechs Stunden tritt beim Menschen die Totenstarre ein. Die Muskeln können sich nicht mehr entspannen und eventuell bilden sich Bläschen auf der Haut. Aerobe Mikroben nehmen die Atemwege und den Verdauungstrakt in Besitz. Anaerobe Kleinstlebewesen verzehren Kohlenhydrate und Proteine und produzieren so Milchsäure, Methan, Ammoniak und weitere übel riechende Gase sowie Flüssigkeiten, die sich durch die vielfältigen Körperöffnungen ihren Weg in die Freiheit bahnen. Natürlich hängt dieser Prozess eng mit Faktoren der Umgebung zusammen. Temperatur, Trockenheit, der Gehalt an Sauerstoff und andere Umweltbedingungen spielen eine wichtige Rolle. Ein Kadaver kann als Fossil enden oder sich komplett auflösen. Grundsätzlich gilt jedoch, dass die Körperfunktionen nicht mehr im Dienste des Individuums wirken, sondern dem Vorteil anderer Organismen überlassen bleiben. Die Verstorbenen ahnen natürlich nicht die profunden Veränderungen, die ihre Leiber durchmachen. Dabei ist dies völlig normal und sicherlich kein Grund, sich zu schämen.

Das gilt weniger für die kulturelle Degeneration. Es ist eher selten, dass Zivilisationen von Seuchen, Kriegen oder Asteroiden ausgerottet werden. Sie sterben nicht wirklich aus. Sie werden vielmehr *ausgeboren*. Dem Verfall geht kein eigentlicher Tod voraus. Er ist nicht zwingend und, wie ich meine, auch nicht organisch. Man könnte den Zustand eher mit einem Computer vergleichen, auf den ein Fremder Programme überspielt, ohne das der eigentliche Nutzer davon Kenntnis hat.

Historisch lassen sich an untergehenden Kulturen bestimmte Phänomene beobachten. Dazu gehört die Schamlosigkeit in Verbindung mit der sexuellen Abseitigkeit. Sie ist einer der apokalyptischen Reiter in diesem Szenario des Abadon.

Stellen Sie sich vor, sie sitzen einem nervös wirkenden Mann gegenüber. Er redet sehr schnell, so als ginge es darum, jetzt und sofort eine Angelegenheit zu klären. Seine Finger trommeln auf der Tischplatte herum. »Keine Ausflüchte mehr«, beginnt er ungehalten. »Antworten Sie mir mit einem unzweideutigen Ja oder Nein. Also, haben Sie inzwischen aufgehört, mit der schäbigen Gewohnheit, nach ihrem Hund zu treten?« Wenn Sie sich einen Diskurs auf diese Art aufzwingen lassen, können Sie nur verlieren. Antworten Sie mit *Ja*, dann klingt es, als ob Sie in der Vergangenheit tatsächlich das Tier misshandelt hätten. Sagen Sie *Nein*, dann würde man es Ihnen so auslegen, das die Tortur noch weiter andauert. Womöglich haben Sie gar keinen Hund und auch sonst noch nie gegen Gebote des Tierschutzes verstoßen.

Der politische Diskurs unserer Zeit kommt bei Weitem nicht so raffiniert daher. Er ist vielmehr auf Zensur, unfreie Medien und reinen Betrug angewiesen. Bisher verlässt er sich vor allem auf die Strategie der Denunziation. Der Dissident ist ein Menschenfeind oder eine Person aus der Vergangenheit. Jedes Wort wird ihm im Munde herumgedreht. Auch der kleinste Fauxpas wird zum Skandal aufgeblasen und ausgeschlachtet. Und leider haben jene, die Gesicht zeigen, immer noch nicht verstanden, mit der Medienhoheit umzugehen. Es hilft nicht, sich zu exkulpieren. Dazu sind die Begriffe und Vorwürfe zu beliebig. Erst wenn der Oppositionelle sich selbst ganz offen und ausdrücklich zum politischen Satanisten erklärt hat, nimmt er seinen Häschern den Wind aus den Segeln.

»Ihre Menschenverachtung ist wieder einmal unerträglich«, ruft der Systemscherge empört.

»Da haben Sie völlig recht«, gibt der Dissident zurück. »Aber jetzt nochmals zu meiner Frage: Sie behaupten, ein Bevölkerungsaustausch finde nicht statt. Bitte werfen Sie jetzt doch endlich einmal einen Blick auf die Zahlen. Andernfalls wird es nicht nur mir selbst schwerfallen, Sie noch weiter ernst zu nehmen.«

Ich stehe auf einem Bahnsteig und warte auf meinen Zug. Wie alle anderen Reisenden stehe ich in angemessenem Abstand zu den Gleisen. Wiederholt waren in den letzten Wochen Personen vor einfahrende Züge gestoßen worden. Auch wenn die Medien die Täter als psychisch krank erklären, so spürt doch jeder den diffusen Hass auf die verbliebene angestammte Bevölkerung. Neben mir steht ein Knabe mit einem älteren Mann.

Das Kind ist ungehalten und wütend: »Wie kann man Menschen dafür kritisieren, dass sie anderen helfen wollen?«

Der Mann könnte der Großvater des Jungen sein. Er wirkt ratlos.

»Ist es nicht wunderbar, dass wir Menschen in Not an unserem Wohlstand teilhaben lassen?«

Der Alte schweigt.

Endlich fährt der Zug ein und die beiden verlieren sich in der Menge. Ich habe einen Platz in einem Großraumwagen reserviert und denke den größten Teil der Fahrt über die mitgehörte Szene nach. Wahrscheinlich war das Schweigen des Mannes klug. Er hatte die Ruhe bewahrt. Mit rationalen Argumenten war dem Kind ohnehin nicht beizukommen. Die Selbstgerechtigkeit der Indoktrinierten lässt das nicht zu. Aber die Frage steht im Raum: Was ist das Problem, wenn Menschen *zu gut* sind? Niemand von uns will mit hinterhältigen Schurken, gehässigen Neidern oder ausgebufften Betrügern zu tun haben. Solche Personen gibt es. Damit muss man leben. Aber sie sollen nicht jene sein, die den Ton angeben. Edel sei der Mensch, hilfreich und gut! Das wusste der Alte selbst. Dennoch verstehe ich ihn. Das Problem der überschüssigen Empathie besteht darin, Grenzen zu setzen. Wer sich von anderen komplett vereinnahmen lässt, verliert seine Selbstbestimmung und wird mehr und mehr manipulierbar. Damit war in unserem Land lange vor der Geburt des Knaben begonnen worden. Er kann es deshalb nicht wissen. Unser Kompass wies nur noch in die Richtung eines bestimmten fremden Leides. Die Not, die wir selbst erfahren hatten, zählte nicht. Sie wurde einfach ausgeblendet. Auch die Bedrängnis anderer Opfer existierte nur auf den unteren Ebenen der Hierarchie. Das war der Zeitpunkt, zu dem wir uns selbst aufgegeben haben. Wir begehrten seither nicht mehr auf. In der Rolle des ewigen Täters hatten wir selbst keine Ansprüche mehr. Nach der Aufgabe der inneren Grenzen war es nur eine Frage Zeit gewesen, bis wir auch unsere Landesgrenzen nicht mehr zu schützen bereit waren. Dann kam, Welle auf Welle, die Invasion und damit die schleichende Verdrängung unserer Zivilisation. Das ist das Problem des Guten in der Form des zerstörerischen Selbstbetrugs. Aber das wird der Knabe wahrscheinlich erst dann begreifen, wenn der Alte längst nicht mehr lebt.

Manchmal hadere ich mit jener Masse von Mitmenschen, die der Unterdrückung keinen Widerstand entgegensetzen. Damit meine ich die Opportunisten, die genau wissen, aus welcher Richtung der Wind weht; die einfach Gestrickten, denen der Fußballverein alles und unsere Freiheit nichts bedeutet, die käuflichen Lakaien der Macht, die sich grundsätzlich zu jedermann legen würden, sowie die ewig Zaudernden, deren Ängstlichkeit keine Weiterentwicklung zulässt. In einer Mischung aus Ekel und Abscheu bin ich der Bevölkerung dann emotional entfremdet. Einerseits ist diese Gefühlslage verständlich, andererseits bringt sie mich nicht weiter. Ich versuche, aus meiner Erfahrung heraus Anteil an den Sorgen und Bedenken dieser Bürger zu nehmen. Da ist zum Beispiel die berechtigte Frage, wie die Umwelt über den Ausbruch aus der Umlaufbahn des Narzissten reagiert. Wer nach einer Gehirnwäsche versucht, zur Realität zurückzufinden, fühlt sich naturgemäß unsicher. Das wird vermutlich von näheren Bezugspersonen registriert werden. In diesem Moment trennt sich die Spreu vom Weizen. Manche Vertraute werden ihre Unterstützung anbieten, falsche Freunde hingegen werden die Phase der Schwäche zu ihrem Vorteil nutzen. In den meisten mir bekannten Fällen sind erstere weit stärker vertreten, als die Opfer des Missbrauchs dies erwartet hatten. Oft waren sie seit längerer Zeit stumme Zeugen der nachteiligen Beziehung. Eine weitere Frage, die die Missbrauchten häufig beschäftigt, bezieht sich auf die ungewisse Zukunft nach der Loslösung. Dabei sind sie sich oft nicht bewusst, dass diese ein Akt der Heilung und Stärkung ist. Die Reife wird als solche wahrnehmbar sein.

Als sich die politischen Zustände in unseren Ländern vor einigen Jahren zu verschärfen begannen, war immer wieder der Begriff *Freiluftpsychiatrie* zu hören. Natürlich war darin eine Übertreibung enthalten, aber ganz aus der Luft gegriffen war das Wort dennoch nicht. Es gibt historische Beispiele für Gesellschaften, die in Wahnvorstellungen befangen sind. Wahnhafte Gedanken unterscheiden sich von Halluzinationen dadurch, dass erstere nicht visueller Natur sind. Das Typische für einen Wahn ist, dass die davon Befallenen über einen langen Zeitraum an ihm festhalten und die übergeordnete Darstellung meist von einer Reihe weniger bedeutender Verzerrungen begleitet wird. So kann beispielsweise eine zentrale wahnhafte Idee darin bestehen, dass eine Person sich von einem bestimmten Geheimdienst verfolgt fühlt. Außerdem beklagt sie, dass ihr Hausarzt ihre Gedanken lesen könne. Ich glaube, es ist berechtigt, vor dem Hintergrund unserer Gegenwart von einer *wahnhaften Epoche* zu sprechen. Die gängige These, Vielfalt bedeute Stärke, war mehr als ein utopischer Gedanke. Ihr fehlte nicht nur von Beginn an eine plausible Erklärung, es war vor allem die notorische Unbelehrbarkeit ihrer Anhänger angesichts der immer katastrophaler werdenden Zustände sowie der fast psychotischen Reaktionen auf jeden noch so legitimen Widerspruch. Außerdem fehlte es in dieser Phase nicht an undurchsichtigen Personen, die sich in einem Anfall an Selbstüberschätzung als Heilige oder Retter in einer inszenierten Krise gebärdeten. Auch das ist typisch für die Ära einer der Vernunft entrückten Zeit. Wahn lässt sich nur schwer therapieren und die Erfolge kommen, wenn überhaupt, nur langsam.

***

Iduna stellt jene Frage, die eigentlich von Anfang an im Zentrum unserer Problematik stand: »Können Narzissten und Psychopathen ihre eigene Störung selbst erkennen und einschätzen?«

Die medizinische Antwort ist nicht eindeutig. Manche können ihre abweichende Persönlichkeit erkennen. Man spricht in diesem Fall von einem *systronischen Typ*. Allerdings bedeutet das nicht, dass die Person damit in der Lage ist, sich angemessen von außen zu beurteilen. Für eine therapeutische Behandlung wäre dies von Vorteil, doch davon wird wenig Gebrauch gemacht.

»Ich glaube, wir lassen die Erkenntnisse der klinischen Psychologie bei Seite und betrachten die Angelegenheit eher aus der Sicht der Kultur«, antworte ich. »Jemand, der in einer bestimmten Zivilisation aufwächst, erlebt sein Verhalten zunächst als konform. Erst wenn er mit einem anderen Kulturkreis in

Berührung kommt, sind seine Werte nicht länger selbstverständlich. Er wird sich die Frage stellen, ob er jenem treu bleiben will, das ihm in die Wiege gelegt wurde, oder ganz beziehungsweise teilweise die neuen Gepflogenheiten übernehmen will. Das ist keine einfache Entscheidung. Welchen Rang wird er in der neuen Gesellschaft einnehmen? Werden die Menschen der neuen Kultur ihm Glaubwürdigkeit entgegenbringen? Und wie wird seine Beziehung zu seiner Herkunftsgemeinschaft geprägt sein? Wird man ihn als Renegaten betrachten und gar ächten? Manchmal erwirbt der halbherzige Konvertit Vorteile. Bei näherer Betrachtung kann die neue Gesellschaft ungeahnte Schwächen haben. Beispielsweise lässt eine Fragmentierung Allianzen mit konkurrierenden Bevölkerungsteilen zu. Der Außenseiter, der scheinbar keiner bestimmten Partei in diesem Konflikt angehört, wird zum Scharnier im ökonomischen Austausch. Seine niedrige Empathie für sowohl die eine als auch die andere Seite ist für ihn von Vorteil.«

»Du meinst, eine demografische Veränderung kann als kulturelle Abnormität zum Vorteil für den Außenseiter werden?«, fragt Iduna. »Wie gruselig!«

»Es ist nicht das erste Mal in der Weltgeschichte. Und nicht selten läutet es das Ende großer Kulturen ein.«

***

Zur Welt der Clowns gehört das Phänomen, dass umstrittene Ereignisse angeblich gar nicht geschehen und andererseits dann wiederum ausdrücklich begrüßt werden. Der Narzisst bestimmt über die Realität und deren Widersprüche ignoriert er geflissentlich. Es war für mich nicht schwierig, ein Beispiel für diese bizarren Botschaften zu finden. Die Aktivistin einer Lobbygruppe für unkontrollierte Zuwanderung, die zu Unrecht einen altgriechischen Namen trägt, formuliert ihre Botschaft wie folgt: »Bis zum jetzigen Zeitpunkt hat Europa noch nicht gelernt, multikulturell zu sein. Mein Volk ist Teil dieser Transformation. Europa wird nicht mehr aus jenen monolithischen Gesellschaften bestehen, die im vergangenen Jahrhundert noch bestanden. Angehörige meines Volkes werden im Zentrum dieses Geschehens stehen. Es ist eine riesige Umgestaltung für Europa. Es geht nun in einen multikulturellen Modus über und wir Auserkorenen werden auf Vorbehalte stoßen, weil wir im Zentrum dieser Veränderung stehen. Aber ohne diese führende Rolle und ohne diese Transformation wird Europa nicht überleben«. Auffallend an dieser Videosequenz ist die aufgesetzte Mimik der Dame. Narzisstische Wortkaskaden können in unterschiedlichen Gewändern auftreten. Manchmal sind es Wutreden, aber in diesem Fall steht die eigene Berufung mit Anspielung auf eine zu erwartende Opferrolle im Mittelpunkt. Auch ein paranoides Element ist in der Rede enthalten. Die Zuschauer erfahren nicht, warum der Kontinent vor dem Untergang steht und warum die Auflösung der relativ homogenen Populationen ein Ausweg aus dieser Krise sei. Typisch für die narzisstische Argumentation ist Täuschung mithilfe eines falschen Narrativs. Der Clown liefert keine sinnvolle Antwort auf eine sich stellende Frage. Es lohnt deshalb auch nicht, seine Mitteilungen zu entschlüsseln.

> Ich sehe Menschen,
> doch sie sind so anders als wir,
> woher sind sie gekommen
> und was machen sie hier?

Ich fühl' mich so fremd,
ich bin so allein,
wie ist das geschehen,
was soll das nur sein?

Die Neuen, sie lärmen,
sie schreien uns an,
was ist der Grund,
was haben wir ihnen getan?

Für sie sind wir Abschaum,
von Dirnen geboren,
die ihren sind Edle,
zur Herrschaft erkoren.

Wohin sind die Kinder,
die gespielt hier bisher?
Ich kann sie nicht sehen,
ich find' sie nicht mehr.

Die Straßen, die Häuser,
die unsere Ahnen befohlen,
sie waren für uns,
nun sind sie gestohlen.

Die Männer und Frauen,
unsere Nachbarn und Freunde,
wer hat sie geholt
und wo sind sie heute?

Ich sehe nur Dreck,
Zerstörung und Tod,
Wo bleiben die Retter
in äußerster Not?

Ich will nach Hause,
ich will hier raus,
aber wen ich auch frage,
er lacht mich nur aus.

Man möge uns sagen,
was ist unsere Schuld,
das darf man nicht wissen,
es nennt sich nun *Kult*.

Wer war es,
der den Fluch ersonnen,
wie hat das ewige Opfer,
die Herrschaft gewonnen?

Wir haben geglaubt,
und vor den Falschen gekniet,
jetzt herrscht die Steppe,
soweit man nur sieht.

Man hat uns vergiftet,
über die Länge der Zeit,
jetzt wird keiner mehr kommen,
der uns befreit.

Es gibt Studien der Kinderpsychologie, die die Trauerarbeit von Kindern untersuchen, die einen ihnen nahestehenden Menschen verloren haben. Ihr Verständnis vom Tod orientiert sich an ihrem Reifegrad. Erst ab dem vierten oder fünften Lebensjahr sind sie in der Lage, die Finalität des Sterbens zu verstehen.

Meine jüngste Tochter hatte sehr jung der Beerdigung ihrer Großmutter beigewohnt und konnte längere Zeit nicht verstehen, dass diese Zeremonie an etwas Unumkehrbares geknüpft war. »Ich vermisse Oma. Wann wird sie uns das nächste Mal besuchen kommen?«, fragte sie des Öfteren. Ich versuchte, ihr so behutsam wie möglich beizubringen, dass ihre Großmutter nun in einer anderen Welt lebe. Sie war für immer von uns gegangen und wir würden sie nie mehr wiedersehen. Das war schwierig für sie zu verstehen. Noch viele Monate später übergab sie mir einen Wunschzettel mit jenen Gaben, die sie sich zum Geburtstag von ihrer Oma erhoffte.

Dann folgte die nächste Phase. Sie hatte jetzt von der Verstorbenen innerlich Abschied genommen, aber in ihrer Vorstellung hatte die Großmutter immer noch menschliche Bedürfnisse: »Ist es jetzt nicht sehr kalt in der Erde, in der sie liegt? Vielleicht würde sie manchmal gern etwas Warmes trinken?« Es fiel mir schwer, auf diese Fragen einzugehen. Meist beließ ich es bei einigen wenigen Worten und der Versicherung, dass die aus dem Leben geschiedene auf eine Reise gegangen war, auf die sie sich gut vorbereitet hatte.

Wir haben unsere Gesellschaft dem Verfall preisgegeben. So wie wir unser Land kennen, wird es wohl unwiederbringlich verloren sein. Der Moment ist nicht mehr fern, wenn wir uns den Fragen der jüngsten Generation stellen müssen. Sie wird uns fragen, wann wir wieder in unsere Heimat zurückkehren werden. Vermutlich werden wir darauf mit unverbindlichen Beschwichtigungen antworten. Nach der Ernüchterung werden sie wissen wollen, ob die Menschen, die von nun an dort wohnen, auch gewissenhaft Sorge tragen für unser Land. Und dann, etwa ein Jahrzehnt später, wird die Verbitterung sich Bahn brechen und man wird uns zur Rede stellen, wie wir es zulassen konnten, dass ihr verbürgtes Erbe, die Arbeit von ungezählten Generationen, für weniger als einen Apfel und ein Ei verkauft wurde.

Jede Form von Herrschaft fordert von seinen Untertanen Respekt, Gehorsam sowie die Bereitschaft zur Weitergabe des politischen Systems an kommende Generationen. Manche seiner zentralen Grundlagen werden als unumstößlich gelten und der Bürger wird dazu angehalten sein, diese Ordnung notfalls mit der Waffe in der Hand zu verteidigen. Mein Jahrgang wurde in eine Herrschaft des Gesetzes hineingeboren. Ihr Sinn wurde uns erklärt und weil sie von früheren Generationen ausgehandelt wurden, die uns kulturell ähnlich waren, knüpften wir nahtlos an sie an. Wenn wir sie geändert haben wollten, dann war dies auf demokratische Weise möglich. Ein wichtiger Grundsatz war die Tatsache, dass das Recht für alle galt, also auch für die Regierenden. Deren wichtigster Auftrag bestand in der Wahrung des Rechts. Doch unmerklich begann die Ordnung zu mutieren. Zunächst waren die Bürger darum unbesorgt. Vieles fand hinter den Kulissen statt und um Transparenz war es schlecht bestellt. Man kann ohne Übertreibung sagen, dass wir in einer neuen Herrschaftsform erwachten. In ihr regierte nicht das Recht, sondern eine politische Klasse. Diese war den Gesetzen selbst nicht unterworfen. Diese galten – wenn überhaupt – nur für die anderen, dann jedoch drakonisch. Es war die Herrschaft der Willkür, die sich auf obskuren Wegen installiert hatte. Die Bürger hatten von nun an keine Möglichkeit mehr, sich auf ihr Recht zu berufen. Zudem war die politische Klasse keiner Kontrolle außerhalb ihrer selbst unterworfen. Ihr Umgang mit dem Bürger war von Herablassung geprägt. Dessen Nöte und legitimen Interessen waren den Herrschern gleichgültig. Der Ehrlichkeit halber sei an dieser Stelle eingeräumt, dass wir schon in der Vergangenheit Herrschaftsformen einer politischen Klasse kannten. Allerdings war der Adel zu dieser Zeit bestimmten Normen verpflichtet und stand meist an der Seite seines Volkes. Davon ist nichts übrig geblieben. Die narzisstische Herrschaft schwelgt in der Degeneration und ihre Agenda verheißt den Untertanen nichts Gutes. Inzwischen haben die meisten von uns das Spiel durchschaut. Wir leisten nicht mehr den unbedingten Gehorsam, der uns abverlangt wird. Stellen wir uns die Situation bildlich vor: Wir arbeiten in einem Unternehmen, dessen Chef sich durch seine Übergriffe und Inkompetenz verhasst gemacht hat. Niemand mag seine Gegenwart und hinter vorgehaltener Hand wird er lächerlich gemacht. Aber das hilft uns nicht weiter. Dieser Unternehmungsführer wird uns nicht den Gefallen tun, sich selbst zu entlassen und eine Person einzustellen, die unserem Geschmack entspricht.

Iduna liest mein Tagebuch mit. Das ist, nebenbei bemerkt, der Grund, warum meine Texte nicht weitaus expliziter und politisch unannehmbarer ausfallen. Wie ein behutsamer Zensor wirkt sie mäßigend auf mich ein. Gestern stellte sie mir die Frage, warum ich die Ereignisse unserer Zeit aufzeichne. Wenn mein Tagebuch den Sicherheitskräften des Regimes in die Hände fällt, müssen wir damit rechnen, dass der Inhalt gegen uns verwendet wird. Da sich in der westlichen Hemisphäre das Prinzip des Rechtsstaates längst aufgelöst hat, ist mir dies etwa so hoch wie breit. Ich gebe mich keinen Illusionen hin. Wenn man mich fasst, werde ich in einem der Lager noch für eine Weile das Schicksal eines Sexsklaven für die Bosse mittelamerikanischer Drogenkartelle fristen. Für Iduna gilt dasselbe. Der Narzisst hat als Sieger die Würde der Frau nicht geachtet und er wird es in der Gestalt des scheinbar legitimen Herrschers ebenso wenig tun. Meine Beobachtungen haben eher den Charakter einer Flaschenpost. Im vergangenen Jahrhundert gingen eine ganze Reihe von Weltreichen zugrunde. Während und nach dem Ersten Weltkrieg lösten sich das ottomanische Reich, das Zarenreich sowie das Habsburger Reich auf. Dann wurden im Rahmen des Zweiten Weltkriegs das japanische Kaiserreich sowie das Deutsche Reich militärisch zerschlagen. Wenig später kollabierte das Empire der Angelsachsen und schließlich implodierte die Sowjetunion. Heute deutet sich bereits das Ende der Pax Americana an.

Imperien werden gegründet und vergehen. Das war schon immer so und meist liefert die Geschichtsschreibung dafür plausible Erklärungen. Wenn eines Tages Menschen sich die Frage stellen, warum unsere Zivilisation sich selbst zerstörte, wird die Antwort hingegen schwierig sein. Die zeitgenössische Geschichtsschreibung wird die herbeibeschworene Destruktion als Fortschritt begrüßen. Das ist sie jedoch nicht und das wird die Fragen hartnäckiger werden lassen. Die Wahrheit lässt sich nicht ewig unterdrücken und in ferner Zeit wird die Vernunft nicht länger dort enden, wo die Gefühle des Narzissten beginnen. Wir selbst haben nichts zu verbergen als unseren Ungehorsam. Das macht uns zum Licht am Ende des Tunnels. Das narzisstische Regime hingegen basiert auf der Lüge und der Ausbeutung. Es kann ohne den Betrug, die Intrige und die Scheinheiligkeit nicht existieren. Egal wie lange es sich noch halten kann, es ist mit einem Verfallsdatum versehen. Vielleicht wird der Schaden dann so gewaltig sein, dass die Angehörigen meiner Generation sich in den zukünftigen Umständen nicht mehr wiederfinden. Aber es werden sich dann wieder jene konstruktiven Kräfte entfalten, die unter den besonderen Gegebenheiten neue Strukturen schaffen. Das narzisstische Ungetüm ist ein unversöhnlicher Feind, der auf eine Art vernichtet werden muss, die es unmöglich macht, dass er jemals wieder gedeiht. Das wird die Stunde sein, in der seine Verbrechen gesühnt werden. Ich empfehle unseren Befreiern, an der Rute bei dieser Gelegenheit nicht zu sparen.

Das Verbrechen, das sich vor Iduna und mir auftut, hat eine Dimension jenseits aller Vorstellungskraft. Eine einzelne Person knüpft Kontakte in den obersten Kreisen der Gesellschaft. Zeugen bekräftigen, dass er ein besonderes Talent darin hatte, Personen zusammenzubringen. Wohlgemerkt, es geht nicht um eine lokale High Society. Seine Entourage besteht aus Gelehrten, Adligen, Milliardären, Staatspräsidenten sowie Prominenten aus einer Vielfalt anderer Gesellschaftsbereiche. Diese wollen jetzt plötzlich von all dem nichts gewusst haben oder können sich, falls sie sich überhaupt öffentlich zu den Vorwürfen äußern, an nichts erinnern. Der größte Teil von ihnen – wenn nicht gar alle – nahmen sexuelle Dienste von Minderjährigen und Kindern in Anspruch. Sie wurden bei diesen Straftaten unbemerkt von ihrem Gastgeber gefilmt und sind seither erpressbar. Vielleicht wurden die Aufnahmen an ausländische Geheimdienste verkauft. Eventuell hatte das stattliche Vermögen des Finanziers selbst seinen Ursprung in Erpressung. All das ist ungeklärt und es würde mich nicht wundern, wenn es in Zukunft so bliebe.
Aber neben den Tätern gibt auch das Schicksal der Opfer Rätsel auf. Zum größten Teil kamen sie aus sozial benachteiligten Schichten. Manche waren schon in jüngeren Jahren Opfer von Missbrauch gewesen, andere waren Ausreißer oder hatten

regelmäßig Drogen konsumiert. All dies wird jetzt von hoch bezahlten Juristen gegen sie verwendet, die versuchen, ihre Glaubwürdigkeit in Zweifel zu ziehen. Einzelne Kinder wurden aus dem Ausland eingeflogen und nach der Misshandlung direkt wieder in ihre Heimat verbracht. Oftmals sprachen sie kein Wort Englisch und das war auch so erwünscht. Zu den schätzungsweise Hunderten vergewaltigten Minderjährigen gehörten jedoch auch solche, die über Jahre hinweg als Sexsklaven dienten, bis es ihnen gelang, sich von ihren Peinigern loszureißen oder die Täter aufgrund ihrer Reife das Interesse an ihnen verloren. Sie waren zu diesem Zweck besonders abgerichtet worden und übten sich in Servilität.

Der Narzisst bedient sich dabei einer menschlichen Neigung, die der Spielsucht ähnelt. Stellen wir uns einen dieser Einarmigen Banditen vor: Man wirft eine Münze in den Schlitz und hofft schon jetzt auf den Hauptgewinn, aber wahrscheinlich zieht man eine Niete. Dann versucht man es wieder und wieder – schließlich kann man den zehnfachen Einsatz. Es ist also möglich, Glück zu haben, man weiß es nur im Voraus nicht. Psychologen nennen dieses Phänomen *variierendes Belohnungsschema*. Tatsächlich war ich noch nie in einem Raum mit dem Hauptgewinner einer Lotterie. Die Wahrscheinlichkeit ist so gering, dass man mit Fug und Recht von einer Illusion sprechen kann. Doch einzelne Menschen geraten in den Bann dieses Spiels. Es ähnelt der Beziehung zu einem Narzissten und seiner unvorhersehbaren Willkür: Mal gibt er sich großzügig und charmant, das nächste Mal erlebt man ihn abweisend oder sogar verletzend. Am Ende gewinnt natürlich die Bank, also der selbstsüchtige Parasit.

Die Gewalt auf den Straßen ist völlig außer Kontrolle geraten. Krawall, Brandstiftung und Plünderung gehören zur

Tagesordnung. Auf der einen Seite stehen Banden von Einwanderern Seite an Seite mit linken Extremisten, auf der anderen Seite stehen eine zunehmend hilflos erscheinende Polizei sowie der angepasste Bürger, der sich unverhofft in einem Bürgerkriegsszenario wiederfindet. In manchen Stadtteilen kann die Staatsmacht nur noch mit der Stärke von Hundertschaften auftreten, deshalb sind diese Zonen die meiste Zeit über gesetzlos und werden von fremden Clans beherrscht. Für diese Zustände geben sich die beiden Lager wechselseitig die Schuld. Für die einen ist die Gesellschaft von einem intrinsischen Rassismus durchsetzt. Der Bürger wird aufgefordert, das multikulturelle Zusammenleben immer aufs Neue auszuhandeln. Wie das in dieser Situation noch möglich sein soll, bleibt ein Geheimnis. Das andere Lager beklagt die unkontrollierte Zuwanderung und erklärt weite Teile der fremden Parallelgesellschaft als nicht assimiliert. Die wahre Ursache der Ausschreitungen liegt hingegen in der Vergangenheit. Eigentlich ist in einer demokratischen und rechtsstaatlichen Ordnung eine derartige Eskalation gar nicht vorgesehen. Konflikte werden im politischen Rahmen argumentativ ausgetragen. Das setzt voraus, dass die Kontrahenten ihre jeweiligen Anschauungen öffentlich vortragen dürfen. Unsere herrschende Klasse hat diese Voraussetzung für das friedliche Zusammenleben Schritt für Schritt untergraben. Sie hat aus dem Recht auf Redefreiheit einen Straftatbestand gemacht. Die Exekutive hat ihr Gewaltmonopol von da an gegen den Bürger gerichtet. Mit dem Anspruch auf Herrschaft über die Gedanken hat der Brand begonnen. Die Obrigkeit selbst hat ihn gelegt.

Im Zusammenhang mit dem Bevölkerungsaustausch ist ein Phänomen aufgetreten, das die Medien hartnäckig verschweigen:

Es geht um den sprunghaften Anstieg genetisch bedingter Erkrankungen infolge von Konsanguinität. Wir selbst leben seit Jahrhunderten nicht mehr in großen Sippen zusammen. Der Nukleus unserer modernen Gesellschaft ist die Kleinfamilie. Sie ist ökonomisch unabhängig und trifft selbstständige Entscheidungen. Die Eheschließung zwischen Mann und Frau beruht auf wechselseitiger Zuneigung. Ihre Anbahnung braucht Zeit und erfolgt meist nach einer erfolgreich abgeschlossenen Ausbildung. Damit stehen wir in einer demografischen Konkurrenz zu den neu angesiedelten Populationen fremder Kulturen. Die Heirat ist dort arrangiert und erfolgt nicht selten innerhalb der eigenen Familie. Die vergleichsweise jungen Ehepaare haben auf dieser Basis eine höhere Fertilität. Manchmal bringt der Familiennachzug eines in Vielehe lebenden Mannes aus diesen Kulturkreisen mehrere Ehefrauen sowie deren Kinder ins Land. Wir hatten unsere Freiheit als selbstverständlich hingenommen und ihr aufgrund der induzierten Selbstverachtung unserer Kultur keinen besonderen Schutz zugestanden. Das hat die herrschende Klasse geschickt genutzt. Zuerst wurde die europäische Einigung als Friedensprojekt ausgerufen. Die Euphorie über die Aufhebung der Staatsgrenzen wirkte auf mich damals etwas aufgesetzt, aber nur wenige störten sich daran. Der Trick bestand darin, den Bürger über den Schutz der europäischen Außengrenzen zu täuschen. In Wirklichkeit gab es diesen gemeinsamen Limes gar nicht. Er wurde auch dann nicht durchgesetzt, als sich schier endlose Karawanen von Fremden in den Westen unseres Kontinents ergossen. Als der Ruf nach einer erneuten Schließung der Landesgrenzen lauter wurde, zeigte der Clown sein wahres Gesicht: Das würde den Frieden gefährden und sei deshalb nicht möglich, ließ er wissen. So einfach haben wir uns übertölpeln lassen. Stadtteil für Stadtteil, Großstadt für

Großstadt, Region für Region werden wir nun zur Minderheit im eigenen Land. Entgegen wilder Verschwörungstheorien wird diese Entwicklung übrigens nicht von den Stiftungen bösartiger Hintergrundmächte finanziert, sondern von uns, dem Steuerzahler, selbst.

Die unkontrollierte Massenimmigration hat nicht wirklich zu jener Vermischung mit der angestammten Bevölkerung geführt, wie sich deren Propagandisten es sich erwünscht hatten. Die Vielzahl der Minderheiten, die sich im Land einfinden, bleiben weitgehend unter sich. Sie bilden kulturell weitgehend autonome und endogame Enklaven. Es gibt jedoch Ausnahmen. Ich selbst bin längst aus dem Alter heraus, in dem man um Frauen konkurriert. Trotzdem beschäftigt mich die Frage, ob es Ethnien gibt, von denen sich die Geschlechter in unterschiedlich hohem Maße angezogen fühlen. Betrachten wir ein evolutionäres Szenario in zwei völlig verschiedenen Örtlichkeiten. Die beiden Orte sind fiktiv. In einem von ihnen herrschen starke saisonale Klimaschwankungen, die eine Vorratshaltung und wirtschaftliche Kalkulation notwendig machen. Die Landschaft ist karg und der Ressourcenerwerb mit erheblichen Risiken verbunden. Die Entwicklung nautischer Fähigkeiten ist vonnöten, um auf hoher See zu fischen. Die Männer dieser Population müssen in der Lage sein, sich und ihre Familie zu ernähren, sonst haben sie keine. Für die Frauen ist die zu erwartende Arbeitsleistung des Gatten das entscheidende Auswahlkriterium bei der Partnerwahl. Der zweite Standort ist von anderer Beschaffenheit. Die Vegetation ist üppig und die Böden sind locker, sodass die Frauen sie selbst bearbeiten können, während sie ihr jüngstes Kind auf dem Rücken tragen. Küstennahe Speerfischerei braucht eine gewisse Geschicklichkeit, ist andererseits mit wenig Gefahren verbunden. Ein Ehemann ist für die Frauen dieses Landes ein Vorteil, wenn er materiell zum Haushalt beiträgt. Die Kinder sind dann besser versorgt und haben eine geringere Sterblichkeit. Notfalls kann eine Frau eine überschaubare Zahl an Nachwuchs auch ohne einen Partner aufziehen. Hier werden andere Kriterien die Vaterschaft bestimmen. Leidenschaftliche Liebhaber und charmante Tänzer werden das Rennen machen. So weit, so gut. Das gehört zur kulturellen Vielfalt unseres Planeten. Aber was geschieht, wenn im Rahmen einer Völkerwanderung diese unterschiedlichen Geschlechter in einen Wettbewerb zu einander geraten. Das Ergebnis hängt – so vermute ich – vor allem von der Zone ab, in die die Migration erfolgt. Die männlichen Siedler mit Ursprung in der lebensfeindlichen Region werden in ihrer neuen Heimat nur wenig Zugang zu den dortigen Frauen haben, während ihre Gattinnen und Töchter jetzt jene Erfüllung finden, die sie bisher entbehrten. Erfolgt die Zuwanderung in die entgegengesetzte Richtung, wird das Resultat voraussichtlich ein anderes sein. Die verwöhnten Männer aus dem Land, in dem Milch und Honig fließen, haben hier keine Chance zu überleben oder Familien zu gründen. Ihren Frauen bleibt nur die Möglichkeit, ihre Gunst den farblosen Ernährern zukommen zu lassen. Damit es so nicht kommt, gibt es nur ein Mittel: die Versklavung der Leistungsträger und die Umverteilung ihrer Erträge. Aber an dieser Stelle habe ich ein mulmiges Gefühl, was ich da schreibe. Vielleicht habe ich selbst hin und wieder eine Pappnase auf.

Der alltägliche Umgang der Menschen miteinander ist nicht harmonisch. Der Ton macht die Musik und jeder von uns fühlt sich irgendwann auf den Fuß getreten. Jeder von uns ist innerhalb einer bestimmten Bandbreite sensibel. Das unterscheidet uns von der dysfunktionalen Selbstwertregulierung des Narzissten. Er trägt eine schwere innere Verwundung mit sich herum. Wird diese auch nur aus Zufall berührt, sprengt seine Reaktion alle Dimensionen. Die Tatsache, dass man diese seelische Wunde nur erahnen kann und sie sich nicht eindeutig abgrenzen lässt, macht die narzisstische Beziehung so schwierig. Die Kommunikation bewegt sich wie auf Eierschalen. Über ein bestimmtes Thema oder über ganze Sachbereiche darf nicht gesprochen werden. Paradoxerweise werden sie gerade durch das ausdrückliche Schweigen sichtbar. Wichtige Fragen sind dadurch einer Klärung entzogen, die Probleme werden verschoben anstatt gelöst. Das Konfliktpotenzial schwärt unter der Oberfläche weiter und droht, sich eines Tages unkontrolliert zu entladen. Ich erinnere mich an einen präsidialen Staatsbesuch in einem Land, dessen Bevölkerung in der Diaspora immer wieder aufs Neue auf Vorbehalte gestoßen war. Als der Staatsgast nach seiner Rückreise von Journalisten nach der Stimmung während der Verhandlungen gefragt wurde, lautete seine Antwort: »Unsere wechselseitigen Beziehungen sind langweilig normal«. Das sind schlechte Nachrichten.

Devine ist das zur Zeit bekannteste *Drag-Kid*. Der Knabe ist acht Jahre alt und tritt regelmäßig in einer Lokalität auf, die eigentlich auf gleichgeschlechtlich orientierte Männer ausgerichtet ist. Damit will ich keine Vorurteile anheizen, tatsächlich wird die Veranstaltung gesondert beworben und die Gäste an diesen Abenden schließen auch Frauen ein. Vielleicht ist deren Applaus für Devine sogar besonders wichtig. Die Aufführung ist mit strengen Auflagen verbunden. Mindestens ein Elternteil des Kindes muss während dieser Zeit gegenwärtig sein und es darf während dieser rund 20 Minuten kein Alkohol verkauft werden. Das als Transvestit gekleidete und geschminkte Kind darf sich nicht entblößen und es darf von den Anwesenden nicht berührt werden. Allerdings ist es den Gästen erlaubt, Devine Geldscheine zuzustecken. Niemand behauptet, dass der Junge sexuell missbraucht wird. Es gibt dafür keine Verdachtsmomente. Der Junge hat angekündigt, in voraussichtlich drei Jahren eine Therapie mit Hormonblockern zu beginnen, um keine männlichen Geschlechtsmerkmale zu entwickeln. Seine Anhänger erklären diese Entscheidung für besonders mutig, denn ihre Auswirkungen sind unumkehrbar. Devine wird danach nie eine Familie gründen können.

Dies ist ein Beispiel für die gesellschaftliche Normalisierung, die wir gerade durchlaufen. Wir sind mitten in einem Prozess und die Änderungen sind mehr Etappen als Ziele. Es geht weniger darum, Gerechtigkeit für ehemals verfolgte Minderheiten herzustellen, als vielmehr darum, uns von unseren kulturellen Wurzeln abzuschneiden. Ein strukturiertes Volk wird dann zu einer leicht manövrierbaren Masse.

Ich habe aufgehört, mir etwas darüber vorzumachen, was am Ende der Reise steht. In Nordamerika gibt es eine legale Organisation, die sich für die Legalisierung geschlechtlicher Beziehungen zu Knaben einsetzt. Sie begründet ihr Programm mit der Knabenliebe in der Antike. Aufgrund des hohen Anteils an Haushalten alleinerziehender Mütter in heutiger Zeit seien sogar positive Effekte für die Jungen zu erwarten. In einem Interview wurde der Vorsitzende der Organisation danach befragt, was er als Mindestalter in diesen Beziehungen vorschlägt. »Darauf lege ich mich nicht fest«, antwortete der mit einem herablassenden Lächeln. Der Interviewer hakte nach und fragte, ob die Knaben nicht wenigstens fähig sein müssten zu sprechen, um einen Konsens herzustellen. Und wieder diese Mischung aus Arroganz und Unverschämtheit: »Ich sagte doch bereits, ich lege mich nicht fest.«

Kapitel 8

Ich liege auf dem Rücken im Bett und betrachte die Decke des Zimmers. Sie ist eigenartig verputzt und die Grob- sowie Feinkörner treten dekorativ hervor. Wenn man seinen Blick lange genug auf diese Strukturen fixiert, entstehen Bilder. Die Unebenheiten verbinden sich immer wieder aufs Neue und aus den gedanklichen Anordnungen wird langsam ein Film. Ich wandere auf einem steilen Pfad des Blocksbergs. Inzwischen hat die Anhöhe einen anderen Namen, aber die Mythen, die sich mit ihm verbinden, sind nach wie vor dieselben. Eine Teufelsbuhlschaft ist einberufen und ich bin als Trauzeuge eingeladen. Der Hexentanzplatz ist in unmittelbarer Nähe des Gipfels und mit jedem Schritt in diese Richtung werde ich erschöpfter. Dann komme ich an eine Lichtung, an der die ersten Zaunreiterinnen auf Forken durch die Lüfte brausen. Die Hexensalbe macht in solchen Nächten aus heilkundigen Frauen unbeherrschte Geisterwesen. Aus ihren Mündern kommen derbe Verwünschungen auf das Kreuz und den Erlöser. Ungezogen und frivol lassen sie ihren Blähungen freien Lauf und die Böcke, die sich bald lüstern zu ihnen gesellen, stinken noch viel mehr. Eine Kreatur, halb Mensch halb Widder, mit dicht behaarten Oberschenkeln und Hufen, steht vor einem Altar. Auf ihm wird er unter dem lauten Gelächter und den vulgären Schmähungen der alten Weiber eine leise weinende Jungfrau in Besitz nehmen.

»Paul, wach auf! Du hast schlecht geschlafen.« Iduna sitzt neben mir. Sie hat mir zur Beruhigung ihre Hand auf die Brust gelegt. »Du hast gezittert und angefangen wirres Zeug zu reden.«

»Was habe ich gesagt?«

»Es war nicht alles zu verstehen. Ich hörte nur die Worte *Himmelssturz* und *Babylon*.«

***

Ein regimetreuer Barde hatte auf einem der propagandistisch ausgerichteten Konzerte der Gegenwart einen selbstherrlichen Auftritt. In früherer Zeit hatte er sich als unbedarfter Schauspieler in kleinen Rollen durchgeschlagen, dann begann er eine Karriere als Gesangskünstler. Nach eigenen Angaben konnte er für seine ersten drei Auftritte keine einzige Eintrittskarte verkaufen. Erst bei seiner vierten Darbietung erschien ein grölender Haufen, der ihm zu wüsten Verwünschungen Münzen zuwarf und am Ende gar versuchte, die Pedale seines Flügels abzumontieren. Von den Medien getragen, die damals noch ausschließlich in öffentlicher Hand waren, avancierte er zu einer Art Staatsmusiker, der von unbedingter Gefolgschaftstreue geprägt war. Im Rahmen seiner eher seichten Lyrik hatte er sich in diesen Tagen auf der Bühne in Rage geredet und das Publikum jubelte seinem elenden Hassgesang voller Ergebenheit zu. Selbst den Leitmedien wurde die Angelegenheit unheimlich, da sie nur allzu sehr an Dämonen der Vergangenheit erinnerte. Man könnte dieses Phänomen mit massenpsychologischen Argumenten, Ekstase oder der schlichten Tatsache, dass überhaupt nur Befürworter dieser politischen Richtung solch ein Event besuchen, erklären. Mir geht es dagegen um die grundsätzlichere Frage, wie eine narzisstische Minderheit in der Lage ist, eine gesamte Gesellschaft auf ihre verzerrte Psyche einzuschwören.

***

»Manchmal versuche ich, mich in eine gestörte Persönlichkeit hineinzuversetzen«, sagt Iduna. »Ist der Narzisst eigentlich ein glücklicher Mensch?«

Diese Frage hatte mich auch schon beschäftigt. Ich war zu dem Ergebnis gekommen, dass die Gefühlswelt dieser Menschen völlig anders strukturiert ist. Das macht den Vergleich so schwierig. »Von Zeit zu Zeit schon«, gebe ich zu bedenken. »Allerdings beruhen diese Glücksmomente auf anderen Ursachen als bei einer ganzheitlichen Person. Vielleicht empfindet er gerade Schadenfreude oder saugt seine Zufuhr aus der Kontrolle über andere Mitmenschen. Ich vermute jedoch, dass es noch einen weiteren grundsätzlichen Unterschied zu uns gibt. Lass mich versuchen, es so zu beschreiben: Der Narzisst wandelt auf dünnem Eis und bricht vergleichsweise schnell ein. Stell dir vor, du sitzt bei ihm in einem schicken Cabriolet. Es ist ein sonniger Frühlingstag und aus dem Radio kommt gute Musik. Dann ist der Reifen platt und seine heitere Laune verwandelt sich von einem Augenblick zum anderen in einen unbeherrschten Wutausbruch. Was die Stabilität unserer Emotionen betrifft, haben wir weit mehr auf dem Konto. Oder betrachte es mathematisch: Die Frequenz seiner Gefühlswechsel ist deutlich höher und gleichzeitig ist die Amplitude relativ klein. Zu wirklich tiefen Gefühlen ist er gar nicht in der Lage.«

»Du hast recht. Seine Grazie – wenn man es überhaupt so nennen will – ist irgendwie schal.« Iduna lacht über ihre Wortwahl laut auf. Der Begriff wirkt in diesem Zusammenhang grotesk. »Richtig gespenstisch wird es, wenn er sich als das entlarvt weiß, was er eigentlich ist. Dann verliert er jede Gelassenheit und fordert herrisch Respekt und Anerkennung. In dieser Situation ist er unberechenbar und gefährlich.«

»Unsere politische Klasse ist von diesem Zustand nicht mehr weit entfernt. Sie verbittet sich jede Form von Kritik, weil sie um den heimlichen Spott weiß, dem sie ausgesetzt ist. Die Indoktrination wird in Zukunft viel weiter gehen als bisher. Ich bin mir sicher, die Herrschaft wird noch autoritärer werden. In jenem Maße, in welchem unsere oppositionelle Haltung gesetzlich sanktioniert wird, werden wir dann für unsere Gesinnung strafbar gemacht.«

»Darauf bin ich gut vorbereitet«, sagt Iduna ruhig. »Ich setze der Seelenlosigkeit der Herrschenden meine bewusste Oberflächlichkeit entgegen. Sie können mich reizen, aber ich werde nicht darauf reagieren. Ich habe aufgehört, mich sachlich mit ihnen auseinanderzusetzen. An deren Projekt bin ich nicht länger beteiligt.«

***

Vielfalt sei unsere Stärke, verkünden Politik und Medien wie ein Mantra. Wagt jemand, diesen multikulturellen Imperativ infrage zu stellen, wird er auf die Gastronomie verwiesen. Dieses Argument überzeugt nicht wirklich. Exotische Rezepte sind keine Geheimnisse und zum Backen einer Pizza braucht es keinen waschechten Italiener. Die existenzielle Krise, in der wir uns befinden, räumt mit solchen Propagandaphrasen schonungslos auf. Es geht jetzt nicht mehr um die Teilhabe an einer vorgegebenen Gesinnung, sondern um Leben und Tod. Über die Clowns lacht längst niemand mehr.

In dieser Ausnahmesituation kommt es auf das wechselseitige Vertrauen innerhalb einer Gesellschaft an und damit auf ihre kulturelle Struktur. In einer relativ homogenen Gruppe lässt sich die Solidarität ihrer Mitglieder gut einschätzen. Ich erinnere mich an ein nächtliches Erdbeben in einer japanischen Region. Zu dem

Einstürzen ganzer Stadtteile kam nach dem Bersten der Gasleitungen auch noch ein Großbrand. Barfuß und im Pyjama irrten die Überlebenden auf den Straßen umher, dennoch wurde kein einziges Schuh- oder Bekleidungsgeschäft geplündert. In unseren multiethnischen Ländern machen wir völlig andere Erfahrungen. Wenn der Muezzin zum Gebet ruft, denken seine Gläubigen gar nicht daran, den vorgeschriebenen Abstand zum anderen einzuhalten. Die religiöse Arroganz steht über dem Gesetz. Das Miteinander ist der stammesmäßigen Rücksichtslosigkeit gewichen. Und wir stehen erst am Anfang der Katastrophe.

Es gibt noch friedlichen Widerstand. Oft ist treffend vom *Informationskrieg* die Rede. Dabei sollte man nicht die Tatsache übersehen, dass die Obrigkeit die Grenzen des Sagbaren absteckt und auch Bagatellüberschreitungen drastisch ahndet. Ich habe Respekt vor jenen, die Gesicht zeigen und sowohl privat als auch beruflich dafür ausgegrenzt werden. Es sind gute Geister, die Informationen ans Licht bringen und es mit ihrem Spott nur allzu gut verstehen, die hohen Herren unserer Zeit zu demaskieren. Was mich stört, ist der Doppelstandard. Es gibt zwei religiöse Gruppen, bezüglich derer immer wieder die Frage gestellt wird, ob sie zu uns gehören. Eigentlich wäre es sinnvoller, die Frage zu stellen, unter welchen Bedingungen sie zu uns gehören könnten. Da sind zum einen jene Gruppen, die so stark anwachsen, dass sie schon jetzt in vielen Landesteilen die Mehrheit stellen. Mehr und mehr regieren sie die Straßen, die Stadtviertel, die Freibäder und den öffentlichen Raum. Historisch waren sie, jenseits der von ihnen eroberten Länder, bisher ein Spurenelement auf unserem Kontinent. Man kann ohne Übertreibung angesichts der gegenwärtigen Entwicklung von einer *Landnahme* sprechen. Es ist daher nur allzu verständlich, wenn diese keineswegs homogenen Gruppierungen im Mittelpunkt der Kritik stehen. Aber da ist auch jene andere Partei, die völlig anders strukturiert ist. Der internationale Einfluss ihrer Aktivisten und Organisationen ist beachtlich und Zweifel sind erlaubt, ob sie unserem Land je wohlgesinnt waren. Es ist der Kotau vor diesem Haufen, der mich so anekelt, dass ich mit unseren Infokriegern nur noch oberflächliche Solidarität empfinde. Eine Zugehörigkeit ist immer an Bedingungen geknüpft. Wenn sie fortwährend Forderungen stellt, dann müssen diese auf ihre Berechtigung hinterfragt werden dürfen. Ist in dieser Frage kein Konsens möglich, beschränkt sich die Beziehung auf eine befristete Duldung.

* * *

»Wusstest du, dass die ersten Lebensversicherungen im alten Rom entstanden sind?«, fragt mich Iduna.

»Nein«, gebe ich höflich zu verstehen. Ich bin gerade mit der Reparatur unserer Klimaanlage beschäftigt. Das Gerät muss seit Jahren nicht mehr gereinigt worden sein.

»Diese sogenannten *Beerdigungsvereine* erstatteten ihren Mitgliedern die Bestattungskosten und versprachen den Familienangehörigen finanzielle Unterstützung. Im Frankreich des siebzehnten Jahrhunderts hatten die *Tontinen* ihren Ursprung. Das waren im Grunde genommen Wettbörsen in Bezug auf die Langlebigkeit eines Menschen.«

»Iduna, warum beschäftigst du dich mit solchen Dingen?«

»Als Leiterin eines Bestattungsunternehmens erkenne ich Parallelen und Widersprüche zu diesen Lotterien der Sterblichkeit. Während der Tod für mich eine tägliche Realität darstellt, ist er für die Versicherer nur eine geldwerte Wahrscheinlichkeit. Sie verdienen an einem Phänomen, mit dem sie beruflich konkret nie etwas zu tun haben. Keiner von ihnen hat je einen Toten gewaschen oder balsamiert. Die Trauer in den Gesichtern der Hinterbliebenen lässt sie kalt. Es sind Krämerseelen ohne Gewissen. Die Gier ist ihr Geschäft.«

»Das klingt in meinen Ohren ein bisschen nach Kapitalismuskritik«, sage ich.

»Nein, ich meine das nicht ideologisch. Es ist vielmehr so, dass ich vor einigen Wochen noch mit solch einem Makler persönlich zu tun hatte. Eigentlich wollte ich nur aus der privaten Krankenversicherung austreten. Aber der Typ ließ sich nicht abwimmeln und kam bei mir zu Hause vorbei.«

Iduna lacht leise und langsam kommt bei mir Interesse an der Geschichte auf, die sie mir erzählen will.

»Er war etwa Mitte vierzig und entsprach recht gut den Vorstellungen, die man von diesem Berufsstand hat. Er hatte viel mit Menschen zu tun und das Gespräch war für ihn die Basis von allem. Ich wollte eigentlich nur die Kündigung möglichst schnell über die Bühne bekommen, aber dann holte er einen kleinen Stapel Broschüren aus seinem Aktenkoffer und begann ausgerechnet mir die Notwendigkeit einer solchen Todesfallversicherung zu erklären. Als er merkte, dass ich durch nichts zu erweichen war, entpuppte er sich als Schmeichler. In seiner Freizeit sei er ganz anders und ausschließlich mit faszinierenden Dingen beschäftigt, ließ er mich wissen. Er sei dann auch lässiger angezogen. Ich entgegnete ihm, dass mich meine Arbeit voll erfülle und dass wir eines Tages allenfalls in diesem Zusammenhang nochmals miteinander zu tun hätten.«

»Suchte er Nähe?«, will ich wissen.

»Nein, er wurde nicht allzu aufdringlich. Ich gab ihm

unmissverständlich zu verstehen, seine Absichten im eigenen Interesse zu überdenken. Er wirkte daraufhin etwas beleidigt und spielte sich auf wie ein Schachgroßmeister. Er hielt sich für so unendlich klug. Du wirst es nicht glauben!«

»In dieser Rolle fühlen sich diese Versicherungsagenten am wohlsten. Ich kenne sie. Sie spielen dann das unverstandene Genie. So haben sie ihren Müttern immer am besten gefallen.«

»Plötzlich fing er an zu reden wie ein Maschinengewehr. Die Sätze wurden regelrecht zu Salven. Sein Ziel war offensichtlich, mir zu beweisen, dass er schneller reden könne als ich ihn verstehen. Schließlich sah er mich mit einem Blick an, als wollte er sagen: *Siehst du, nun bist du tot!* Das hätte ich ihm noch nachgesehen, doch als ich über den Inhalt seines Redeschwalles nachdachte, da wurde mir klar, dass es nichts als heiße Luft war.«

»Was für eine Bande!«

»Als er Durst beklagte, war ich natürlich zu höflich, ihm einfach ein Glas Wasser zu servieren. Stattdessen nahm ich ein Glas Sekt aus dem Kühlschrank, das ich einer Intuition folgend vorher eingeschenkt hatte.«

Ich sah Iduna fragend an.

»Das Getränk kam aus dem persönlichsten Anbau, den du dir vorstellen kannst. Mein Gast leerte den Becher in einem Zug. Dann bewies er doch noch Stil und verabschiedete sich mit der Bemerkung, dies sei der feinperligste Schaumwein gewesen, den er je kredenzt bekommen hätte. In diesem einen Moment konnte ich kurz den Menschen in ihm erkennen.«

»Meldete er sich später noch mal?«

»Nein natürlich nicht, aber glaub mir, es war ein vorzüglicher Jahrgang.«

Iduna hat mir einen Teil ihrer Lebensgeschichte erzählt. Sie kommt aus einer nach außen hin intakten Mittelschichtfamilie. Nach einer längeren Pause wirkt sie sehr in sich gekehrt. »Ich frage mich manchmal, was uns hierher verschlagen hat.«

»Die Frage geht mir auch manchmal durch den Kopf. Aber in meinen Augen ist es kein maliziöses Schicksal. Wir haben keinen Irrweg eingeschlagen. Es ist eher so, dass wir uns treu geblieben sind. Alle haben sich von uns verabschiedet, als es auf den Straßen düster wurde.«

»Du bedauerst nichts?«

»Überhaupt nichts!«

»Was unterscheidet uns beide?«

»Im Augenblick nicht mehr sehr viel«, sage ich. »In der Vergangenheit waren es unsere Herkunftsländer. Darüber denke ich häufig nach. Es gibt einen wesentlichen Unterschied zwischen meinem Land, den anderen Staaten Westeuropas sowie Nordamerikas. Wir erstanden wieder aus Ruinen, waren zunächst geteilt und hatten nur eine begrenzte Souveränität. Ich beklage mich nicht darüber. Im Grunde genommen ist das eben die Weise, wie aus Politik Geschichte wird. Aber das Fehlen von Selbstständigkeit lässt die fremden Einflüsse genauer erkennen. Die Entwicklung beruht nicht auf dem eigenen Willen. Die Zwänge lassen sich nicht übersehen und auch nicht das unscheinbare Gift, das Tropfen um Tropfen in unsere Venen perlt.«

Iduna schweigt. So verhält sie sich öfter, wenn wir ernsthaft miteinander redeten.

»Die militärische Niederlage bereitete den Urknall für die kommenden Generationen vor. Zumindest für jenen Teil des Landes, in dem ich aufwuchs. Natürlich war da zunächst die Propaganda der Sieger mit ihrer Umerziehung. Ich bin mir jedoch nicht sicher, ob diese so gelungen ist, dass sie bis in unsere

Gegenwart hineinwirkt. Wenn ich mir die ideologischen Konzepte der Remigranten aus dieser Zeit betrachte, dann wirkt das Ganze recht weltfremd. Es scheint vielmehr etwas zu geben, das in uns selbst liegt und selbstzerstörerisch wirkt.«

»Bei uns brach die Katastrophe in eine heile Welt ein«, sagt Iduna. »Wir betrachteten die ersten Massenankünfte von Migranten als Teil unseres imperialen Erbes. Niemand ließ uns wissen, dass der Zustrom unendlich und wir selbst eines nicht allzu fernen Tages die Fremden im Land sein würden.«

»Ich meine nicht so sehr die Ankunft der ersten Immigranten. Dafür gab es ökonomischen Gründe. Die Einwanderung war kontrolliert und die fremden Arbeiter leisteten bereitwillig ihren Beitrag zum Aufbau. Ich glaube nicht, dass diese Anwerbeabkommen der Ursprung der jetzigen Katastrophe sind. Die dunklen Wolken zogen erst auf, als die Eliten sich auf die Seite jener Anspruchsteller begaben, die uns eine Schuld unterstellten, die wie ein ewiger Fluch auf uns lasten sollte. Von da an begannen die Transferzahlungen, die Filmindustrie lieferte ihre Propaganda, als wären die Kampfhandlungen nie zu Ende gegangen, und wir opferten unsere eigene Jugend willig auf dem Altar der neuen Religion. Das Ganze war kein jäher Blitzschlag aus heiterem Himmel, deshalb gibt es in jüngerer Zeit auch kein Datum, das als *Stunde null* gelten könnte.«

***

Wir leben in der Zeit eines Kulturkampfes. Auf der einen Seite stehen jene, die sich eine individuelle Sicht auf unsere Identität bewahrt haben und diese in einem positiven Sinn weiterentwickeln wollen. In diesem Szenario besteht das andere

Lager aus Störenfrieden. Seit langer Zeit versuchen sie, auf unterschiedlichen Ebenen unsere Integrität aufzubrechen. Der Angriff auf ökonomischer Ebene in Form des Kommunismus ist nach einigen Jahrzehnten gescheitert. Er hat etliche Millionen Menschen das Leben gekostet. Am Ende stand die Restauration eines effizienten, aber krisenanfälligen Wirtschaftssystems. Die Akteure der Zersetzung haben sich zähneknirschend mit ihrer vorläufigen Niederlage abgefunden. Zunächst weitgehend unbemerkt, dann aber unübersehbar setzten sie ihren Hebel an unserer Zivilisation an. Wenn man mit ihnen zu tun hat, geben sie sich betont kritisch. Sie selbst scheinen ohne Fehl und Tadel zu sein; wenigstens tun sie so. Ihr Einfluss ist darauf ausgerichtet, Verwirrung zu stiften. Ihre intellektuellen Konstrukte sind blutleer und darauf ausgerichtet, uns als Gruppe Schaden zuzufügen. Wir sollen uns ihren Glaubenssätzen unterordnen und vergessen, wer wir sind und was wir wollen. Was zunächst fast unmöglich klingt, droht Erfolg zu haben. Das Verhältnis der Geschlechter zueinander ist vergiftet. Mann und Frau stehen sich wechselseitig als Feinde gegenüber. Ihrer Funktion, die Zukunft ihres Stammes zu garantieren, können sie immer weniger gerecht werden. Die Solidarität als Gemeinschaft ist einem pathologischen Altruismus gewichen, der durch Selbstaufgabe die Welt retten will. Den Schutz der Kinder, verstanden als zukünftige Träger unserer Kultur, gibt es nicht mehr. Sie werden von früh an zu geistigen Krüppeln einer Schuld erzogen, die sie selbst noch nicht als das einschätzen können, was sich wirklich dahinter verbirgt. Und die Talsohle ist längst noch nicht durchschritten. Ihr Missbrauch als Objekte sexueller Perversion wird gegenwärtig vorbereitet. Was im Kleid des Fortschritts daher kommt, ist Teufelswerk. Wir haben uns einem Geist anvertraut, der uns ein für alle Mal zerstören will.

Politische Parteien ändern im Laufe der Zeit ihre Programmatik. Das ist normal. Betrachten wir beispielsweise den Liberalismus, dann erkennt man, dass die klassischen bürgerlichen Freiheitsrechte wie etwa die Rede- oder Versammlungsfreiheit heutzutage keine Bedeutung mehr haben. Trotzdem ist das Lager seiner Klientel der Besserverdiener in wirtschaftlichen und steuerrechtlichen Fragen treu geblieben. Ähnlich verhält es sich mit den Konservativen, also jenen, die immerzu bemüht sind, modern daher zu kommen, weil sie es in Wirklichkeit nicht sind. Inzwischen haben sie mit der Nationalhymne mehr Probleme als mit der gleichgeschlechtlichen Eheschließung. Ihre behäbige Wählerschaft, die bei Bier und Fußball nicht gestört werden will, bleibt ihnen bis heute gewogen. Eine Ausnahme bildet der Bereich der Linken. Das Proletariat als ausgebeutete und entrechtete Arbeiterschaft gibt es zwar nicht mehr, aber all jene, die in Armut oder auf der Straße leben, sind ihnen egal. Auf den ersten Blick scheint es, die Sozialisten hätten ihre Zielgruppe verraten, aber eine langfristige Perspektive lässt das Gegenteil erkennen: In den Wirren des Ersten Weltkrieges waren die Bolschewiki im Zarenreich an die Macht gekommen. Der erste allrussische Sowjet war nur zu einem kleinen Teil von ethnischen Russen besetzt. Dasselbe gilt für das Politbüro zur Zeit der Oktoberrevolution. Die Straflager, Massenerschießungen und der Völkermord an den kleinbäuerlichen Kulaken mag das Vertrauen der Werktätigen in diese Ideologie erschüttert haben. – Marx hatte den Umsturz eigentlich für die weiterentwickelten Industriestaaten vorausgesagt. Doch deren Arbeiterschaft wählte in der Weltwirtschaftskrise stattdessen soziale Ideen entlang ethnischer Linien. Das wurde ihr nie verziehen. Die Arbeiterklasse war in diesem Sinne ihrem historischen Auftrag nicht gerecht geworden.

Als das Sowjetreich nach nur 72 Jahren in sich zusammenfiel, wanderte die ehemalige Elite zu einem großen Teil aus. Die Zerstörung Europas auf ökonomischer Basis war gescheitert. Einige hatten das schon früher erkannt und die Weltanschauung modifiziert. Es sollte ein kultureller und damit demografischer Krieg werden und wir stecken gerade mitten drin.

Manchmal wird ein wesentliches Charakteristikum erst dann erkennbar, wenn etwas Unvorhergesehenes ins Spiel kommt. Das war in der Politik der Fall, als sich eine programmatisch moderate, aber inhaltlich hartnäckige Opposition zum etablierten Parteienkartell bildete. Während die Altparteien routinemäßig aufeinander eingespielt waren und nur noch um ihren eigenen Platz am Futtertrog der Ämter und Privilegien stritten, wurden die Neuen mit einem unerwarteten Grad an Hass weggebissen. Auffällig war daran nicht nur die übertriebene Gefühlsreaktion auf einen dazugekommenen Rivalen, sondern vor allem die Tatsache, dass die Konter auch dann in verbalen Ausfällen sowie pauschalen Unterstellungen bestanden, wenn eine sachliche Entgegnung möglich gewesen wäre. Dieser Mechanismus passt nur allzu gut zur narzisstischen Wut. Das falsche Selbst muss um jeden Preis geschützt werden und ist deshalb keiner Kritik – gleichgültig ob berechtigt oder nicht – zugänglich. Während eine gesunde Person einen Einwand objektiv parieren oder einen Fehler eingestehen kann, reagiert der Narzisst mit mimosenhafter Verletzlichkeit auf sein Gegenüber. Es geht ihm nie um Lösungen, sondern um die Bestrafung des Abtrünnigen. Nicht selten führt er aufwendige Rachefeldzüge und halluziniert sich in die Vernichtung seines Opponenten. Paradoxerweise disqualifiziert er sich gerade damit für jeden Parlamentarismus.

Der Narzisst wird nun immer häufiger Opfer von Übergriffen. Der Zorn der betrogenen Völker beginnt zu gären. Nicht immer trifft es die Verantwortlichen. Jene sind in gepanzerten Limousinen unterwegs und auch sonst gut gewappnet. Einige operieren ohnehin aus dem Ausland heraus. Es geht also um die eher kleinen Fische und jene, die unglücklicherweise dazugehören, ob sie wollen oder nicht. Nicht Gerechtigkeit steht bei diesen Aktionen im Vordergrund, sondern vielmehr die Tatsache, dass die herrschende Klasse viel zu weit gegangen ist. Sie hat jedes Augenmaß verloren und den Eigenen am Ende nur noch ihre Verachtung gezeigt. Ein narzisstisches Regime kommt nicht zur Ruhe, bevor es nicht ins Exil gejagt wird. Die notorische Abwertung der Unterworfenen ist für die Selbstsüchtigen ein Teil ihrer emotionalen Zufuhr. Sie können und wollen darauf nicht verzichten. Das gilt für die Innenpolitik aber auch für die internationalen Beziehungen. Meist wird schon im Vorfeld eines Krieges gelogen. Aber die Propaganda des Siegers endet nicht mit der Beilegung der Kampfhandlungen. Der Besiegte bekommt noch eine zusätzliche Lektion erteilt, um sich widerstandslos in die neue Ordnung seiner Bezwinger einzufügen. Dann beginnen sich die Beziehungen wieder langsam · zu normalisieren. Handelsinteressen und andere Aspekte schieben sich in den Vordergrund. In dieser Phase werden die Verwerfungen differenzierter diskutiert und der Zugang zu Archiven wird geöffnet. Das Ganze läuft in den seltensten Fällen auf eine Liebschaft hinaus. Manches Trauma hat sich in das kollektive Unbewusste eingenistet und wird auf Jahrhunderte hinaus seinen latenten Einfluss auf die Beziehungen nehmen. Aber die kriegerische Animosität sublimiert sich in Fußballspiele und die Prügelszenen der bildungsfernen Fans in der *dritten Halbzeit*. Eine narzisstische Kultur ist zu solch einer weitgehenden

Normalisierung nach einer schweren militärischen Auseinandersetzung nicht fähig. Ihr Leid ist absolut und ihre eigene Schuld darf nicht hinterfragt werden. Der Anspruch auf Wiedergutmachung ist weder zeitlich noch materiell begrenzt. Nicht selten verrennt der Narzisst sich in wahnhafte Anschuldigungen gegen alle und jeden. Da er eine gesunde Beziehung zu anderen Menschen nicht kennt, wird ihm seine zunehmende Entfremdung nur schemenhaft bewusst. Gemäß den Gesetzen seiner eigenen Zivilisation versteht er sich als ewiges Opfer und fordert zu seinem Schutz das höchste Maß an Repression. Damit stellt er sich in Opposition zu den Fundamenten der Mehrheitsgesellschaft. Seine Forderungen und Klagen wirken immer unglaubwürdiger und die Verdachtsmomente gegen ihn gewinnen an Gewicht. Am Ende kollabiert ein Gebäude von Lügen, Herablassung sowie Missgunst und begräbt ihn unter sich.

***

In einem Café am Rande eines öffentlichen Platzes warte ich auf Iduna. Ein Musikkanal macht Aufnahmen von zufällig angesprochenen Bürgern.
Die Stärke des Moderators liegt in seiner Spontaneität. Zwei ältere Damen sind seine nächsten Opfer. Scheinbar arglos nähert er sich ihnen und grinst dabei verschlagen in die Kamera. »Darf ich Sie kurz etwas fragen? Was haben Sie denn heute so gemacht?«
»Wir waren bummeln«, antwortet eine der beiden.
»Bummeln? Wirklich? Ist das nicht etwas Unanständiges?«
»Nein, junger Mann. Fummeln ist etwas Unanständiges. Aber davon hat einer wie Sie ja keine Ahnung!«

185

»Hedwig, wir gehen!«, mischt sich die andere ein und die beiden Seniorinnen gehen schweigend weiter.

Der Kameramann lacht und der Moderator überspielt seine Niederlage mit flapsigen Bemerkungen.

Endlich erscheint Iduna und legt ihre Handtasche auf den Stuhl neben sich. Es ist nicht ihre Art, sich für Verspätungen zu entschuldigen. Stattdessen bestellt sie sich einen Gin Tonic. »Paul, warum machst du so ein Gesicht? Bist du verärgert über mich?«

»Nein, ich bin nicht verärgert, aber niedergeschlagen.«

»Aus welchem Grund?«

»Ich habe heute eine Reihe von Videos angesehen, die die sogenannte *Dominanzkriminalität* zeigen. Früher wurde man überfallen und der oder die Täter flüchteten mit ihrer Beute. Heute ist das anders. Wenn Frauen oder Mädchen Opfer dieser Verbrecher werden, müssen sie sich selbst als angebliche Schlampen bezeichnen. Danach müssen sie eine Reihe von sexuellen Übergriffen erdulden. Das ist nichts Neues. Mir ist jedoch der Film eines erniedrigten Jungen in Erinnerung geblieben, der mir nicht mehr aus dem Sinn geht. Der etwa Zehnjährige übergibt seinen Peinigern freiwillig die geforderten Wertgegenstände, um nicht länger geschlagen und getreten zu werden. Der sechsköpfigen Bande ist das nicht genug. Er muss sich selbst ein Nuttenkind nennen.«

»Haben die sozialen Medien dieses Video tatsächlich noch nicht zensiert?«

»Sie haben es versucht, aber es taucht in einschlägigen Foren immer wieder auf.«

Wir schweigen beide eine Weile.

»Diese Verbrechen haben etwas Triumphales an sich«, beginne ich wieder. »Der Junge hat sich nicht einmal zur Wehr gesetzt. Gegen diese Übermacht wäre er auch nicht angekommen. Ich kann ihm keinen Vorwurf machen. Wir haben ihn auf eine Art und Weise sozialisiert, die ihn in einer stark veränderten Umwelt schutzlos zurücklässt.«

»Das sind die herrschenden Zustände«, antwortet Iduna achselzuckend. »Ich nenne es nur noch *unsere tägliche Dosis*.«

»Das ist eine gesunde Einstellung. Mich selbst versetzt es aber in einen Zustand der Grübelei. Ich betreibe eine Ursachenforschung, die sich im Kreis dreht und zu nichts führt. Sind in den beiden großen Kriegen wirklich die besten von uns gefallen oder ist es umgekehrt so, dass eine ungewöhnlich lange Friedensperiode uns verweichlicht hat? Ich glaube, diese alltäglichen Vorfälle machen mich langsam krank.«

Iduna schaut mich besorgt an und greift nach ihrer Handtasche. Damenhandtaschen waren für mich immer etwas sehr Privates. Nie hätte ich es gewagt, eine zu öffnen, ohne die Besitzerin um ihre ausdrückliche Zustimmung zu bitten. Nun werde ich darüber informiert, was sie enthalten können.

»Erschrecke nicht, Paul! Ich werde dich nun in mein schattiges Reich verführen und dich damit auf neue Gedanken bringen.« Im selben Augenblick legt sie etwas auf den Tisch, das zunächst wie ein behaarter Lederbeutel aussieht. »Das ist ein Tsantsa«, erklärt sie. »Mein Appell richtet sich an alle Eltern: Redet mit euren Kindern über den Schrumpfkopf, bevor sie es aus den Medien erfahren! Oder wollt ihr riskieren, dass sie auf dem Schulhof darüber aufgeklärt werden?«

Am Nachbartisch ist das Gespräch ins Stocken gekommen. Ein Gast gibt der Kellnerin ein Handzeichen. Er will so schnell wie möglich bezahlen. An einem weiteren Nebentisch sind die Besucher aufgestanden und versprechen der Angestellten ein angemessenes Trinkgeld, wenn sie die Getränke an einen Tisch bringt, der sehr weit von uns entfernt liegt.

»Wo hast du das her?«, frage ich perplex. Zögernd nehme ich das Präparat in die Hände. Es ist etwas größer als eine Faust.

»Ich habe es ersteigert«, antwortet Iduna. »Beachte bitte den Verschluss des Mundes und der Augenlider mit Nadeln aus Bambus. Das macht dem Geist der Rache den Austritt unmöglich. Die Anfertigung eines Tsantsas war ein spiritueller Akt, der sich über Wochen erstrecken konnte.«

»Woher stammt der Kopf?«

»Vielleicht aus Ecuador oder Peru, ich weiß es nicht genau.«

»Und wie kommt er in diese Einkaufstüte?«

»Ich selbst habe ihn so entgegengenommen. Unsere Gesellschaft ist immer noch nicht reif dafür, dem Tod offenen Auges zu begegnen.«

»Ist das nicht sehr makaber?«

»Für mich ist es ein historisches Kunstobjekt. Du ahnst nicht, wie seelenlos die Bestatter unserer Zeit ihre Leichen einbalsamieren. Mit dem Erhitzen der Kopfhaut in einem Topf voll Flusswasser und Heilkräutern ging die Lebenskraft des Bezwungenen auf den Jäger über. Ursprünglich sollte die Trophäe die Gesundheit, das Kriegsglück, den Ernteerfolg und die Fruchtbarkeit der Frauen begünstigen.«

»Glaubst du an Letzteres?«

Iduna lacht. Es ist ein unbeherrschtes Lachen, wie ich es bei ihr noch nie zuvor erlebt hatte.

»Vielleicht steigert es nicht unmittelbar die Fertilität, aber es könnte die Bereitschaft der Frauen im Amazonasgebiet erhöht haben, sich auf eine eheähnliche Beziehung einzulassen. Ich stelle mir gerade die furchtlosen und unberechenbaren Männer vom Stamm der Aguarunas oder Shuars vor, wie sie mit einer Kette dieser Köpfe um den Hals oder sogar um die nackten Hüften tanzen.«

»Jetzt verstehe ich immer noch nicht, was das mit der Aufklärung unserer Kinder zu tun hat.«

»Das Wissen um diese Kultur des Todes kam im Zuge des Kolonialismus zu uns. Die indigenen Stämme Südamerikas lebten in Wirklichkeit vergleichsweise friedlich nebeneinander her. Wir verzerrten dieses Bild der Wilden. Als im neunzehnten Jahrhundert der Handel mit den Präparaten schwunghaft in Gang kam, tauschten wir sie gegen Waffen. Wir selbst haben größeren Schaden angerichtet als diese vormodernen Jäger. Damit sollten wir offen umgehen.«

»Das ist alles sehr morbid, Iduna«, sage ich nachdenklich. »Ja, das ist wirklich sehr morbid«, wiederhole ich leise.

***

Die kulinarische Vielfalt ist der entscheidende Vorzug der fernöstlichen Küche. Erst wenn die Schlange zum Drachen geworden ist, betritt der Held die Bühne. In unserem Fall ist er ein bösartiger Vorläufer biologischen Lebens aus der Familie der *Coronaviridae*. Wie immer in Zeiten unhörbarer und potenziell tödlicher Bedrohung ranken sich eine Reihe wirrer Theorien um seine Entstehung in den Laboratorien für biologische Kriegsführung fremder Mächte, aber daran glaube ich nicht. Das Virus hat seinen Ursprung wahrscheinlich in einer der exotischen Markthallen der Provinz Hubei. Anmutig lächelnde Frauen beraten hier die Kunden, während ihre Männer nur wenige Meter entfernt mit geübten Händen vom Aussterben bedrohte Tiere filetieren. Der ausländische Besucher dieser Märkte sollte nicht vor lauter Erstaunen dem Gedränge allzu sehr im Weg stehen und außerdem Gerüchen gegenüber eine gewisse Toleranz entgegenbringen. Der Boden ist nass vom geschmolzenen Eis der Fisch- und Fleischstände. Im Vordergrund stehen die Schlachter mit ihrem Federvieh. Außerdem kann man hier allerlei Kräuter und fertige Speisen erwerben. Etwas abseits findet man dann die Terrarien mit den Schlangen und Kröten sowie die Käfige mit den Katzen, Nagetieren und Fledermäusen. Manches spricht dafür, dass die Mutation von letzteren auf den Menschen übergegangen war. Als Suppe wurden die Warmblüter der Spezies der Javahufeisennase hier als Delikatesse gehandelt. Möglicherweise war der Zwischenwirt jedoch auch das malaiische Schuppentier, dem man hier ungewöhnliche Heilkräfte zuspricht. Zu guter Letzt könnte es sich um eine Schimäre aus beiden Viren handeln. Auch wenn der erste infizierte Mensch den Markt nachweislich nie besucht hat, so bin ich mir fast sicher, dass aus diesem undurchschaubaren Geflecht aus sozialer Interaktion sowie legalem und stillschweigend geduldetem Kommerz das Element entstammt, das die Welt für immer verändern sollte. Die Natur meldete sich mit der ihr eigenen Urgewalt zurück und brachte die Irrungen unserer Zeit mit ihren unendlichen Geschlechterpermutationen zum Verstummen. Die Globalisierer waren auf einen derartig essenziellen Gegner nicht vorbereitet, sondern dem Glauben verfallen, alles unter Kontrolle zu haben. Das war ein fataler Fehler. Als die Epidemie zur Pandemie wurde, ließen sich die Grenzen nicht länger offen halten. Die organisierte Wanderung ganzer Populationen kam zum Erliegen. Gleichzeitig entpuppte sich die Solidarität supranationaler Institutionen als Heuchelei und in den multikulturellen Metropolen begann der Stammeskampf um die viel zu knappen Beatmungsgeräte. Der trügerische Einklang verhallte und eine Nüchternheit brach sich Bahn, in der jeder sich selbst als sein Nächster wiederfand.

Eine Zeit lang hatte ich mich mit Evolutionspsychologie beschäftigt. Im Gegensatz zur Psychoanalyse ist dies ein junges und verifizierbares Forschungsgebiet. In der gegenwärtigen Lage besteht das Dilemma darin, dass die Politik gezwungen ist, ohne ein geeignetes Instrument und ohne eine auch nur kurzfristige Prognose zu handeln. Kurz gesagt: Es muss etwas geschehen, damit nichts passiert. Im Hinblick auf die medizinische Katastrophe gibt es zwei Möglichkeiten. Die eine ist nichts zu tun und einfach abzuwarten, die andere die Eindämmung: Der Staat beschränkt den Handlungsspielraum seiner Bürger auf ein Minimum; die Geschäfte, Unternehmen und das gesellschaftliche Leben werden auf das für das Überleben Notwendige reduziert. Mit harschen Sanktionen wird dieser Quarantänemodus durchgesetzt und überwacht. Flacht die exponentiell steigende Infektionsrate nach einer Weile ab, können die Maßnahmen gelockert werden. Dieses Konzept erlaubt die Aufrechterhaltung des Gesundheitssystems und das Überleben der Risikogruppen einer Population. Allerdings hat dieser Ansatz seinen wirtschaftlichen Preis: Viele Firmen werden nicht überleben und auf die Epidemie wird wahrscheinlich eine ökonomische Depression folgen. Außerdem können die Entscheider nicht von vornherein wissen, ob die Anordnungen hinreichend wirksam sind. Es ist für mich von höchstem Interesse, wie unsere menschlichen Vorfahren in einer ähnlichen Situation gehandelt hätten. Nehmen wir zum Beispiel an, eine Plage wäre über deren Land gekommen. Schwärme von Heuschrecken vernichteten den größten Teil der Ernte und eine Hungersnot war absehbar. In dieser Lage war guter Rat teuer. Einer der Weisen würde also die Empfehlung aussprechen, eine Jungfrau zu opfern. Das möge den Zorn der Götter beschwichtigen. Doch das Menschenopfer zeigt keine Wirkung. Vielleicht war die junge Frau auch gar nicht mehr unberührt, würde der Alte wohl zu bedenken geben und die Opferung immer weiterer heranwachsender Frauen empfehlen. Diese lebten in höchster Todesangst und wären daher ungewöhnlich heiratswillig. Dann nahm die Invasion der Grashüpfer plötzlich sprunghaft ab und es stellte sich heraus, dass das Nachbarland in ähnlichem Maße von der Krise betroffen war, jedoch keine Schritte zur Eindämmung getroffen hatte. Das Blatt hatte sich von selbst zum Guten gewendet. Der Alte würde sich erklären müssen und ich bin mir sicher, er würde sagen: »Nun, es hat eben ein paar Jungfrauen gebraucht!«

Zu jener Seuche, die in immer neuen Wellen weltweit Todesopfer fordert, und den innenpolitischen Verwerfungen in Westeuropa gesellt sich eine weitere Gefahr, die das Chaos perfekt machen könnte: Von den zeitgenössischen Weltmächten gehen immer wieder militärische Aggressionen aus. Allerdings unterscheiden sich die Überfälle des westlichen Imperiums in zwei Aspekten von jenen der osteuropäischen sowie der ostasiatischen Großmacht: Sie werden zum einen von den europäischen Regierungen nie kritisiert oder gar mit Boykottmaßnahmen sanktioniert. Die zweite Besonderheit des nordamerikanischen Hegemonen besteht darin, dass seine Angriffe nie im Interesse der eigenen Bevölkerung liegen. Eine sehr effizient organisierte Minderheit, deren Loyalität einem Drittstaat gilt, wirkt als Einflüsterer. David kämpft nicht gegen Goliath, vielmehr lässt er Goliath für sich kämpfen. Im Augenblick werden wieder die Messer gewetzt. Obwohl das Virus besonders Gruppen befällt, die auf engsten Raum zusammenleben und dadurch ganze Marineeinheiten lahmlegt, werden fast täglich Provokationen bekannt. Es geht offenbar nicht mehr um das Ob, sondern nur noch um das Wann.

Dabei hätten die Vereinigten Staaten durchaus die Möglichkeit, sich auf die internationale Politik ihres 28. Präsidenten zu besinnen. Thomas Woodrow Wilson war Sohn eines presbyterianischen Pfarrers und der Nachkomme von Sklavenhaltern. Religion und Sklaverei galten für ihn nicht als unvereinbar. Als Präsident der Universität Princeton empfahl er Afroamerikanern, sich nicht um einen Studienplatz zu bewerben, um nicht den Rassenfrieden zu gefährden. In seinem fünfbändigen Geschichtswerk zur Geschichte der Vereinigten Staaten von Amerika verherrlicht er den Ku-Klux-Klan und äußert sich dezidiert abwertend über Schwarze. Als US-Präsident führte er die Rassentrennung wieder ein und unterstützte die Südstaaten dabei, das die afroamerikanische Bevölkerung benachteiligende Wahlrecht beizubehalten. Die wenigen Schwarzen im Staatsverwaltungsapparat entließ er bis auf zwei, für die er separate Toiletten und Kantinen einrichten ließ. Im Jahre 1917 führte er die bis dahin neutralen USA in den Ersten Weltkrieg. Gegenüber dem britischen Premier David Lloyd George äußerte er auf der Konferenz von Versailles: »Ich habe die Deutschen immer verabscheut. Ich bin nie dort gewesen. Aber ich habe viele ihrer juristischen Bücher gelesen.« Bekannt wurde der spätere Friedensnobelpreisträger durch sein diffuses *Programm der vierzehn Punkte*, das er jedoch gar nicht vorhatte durchzusetzen. Es war eine Finte gewesen, mit der er den Besiegten einen milden Frieden versprach und ihren militärischen Widerstand untergraben wollte. Natürlich waren die Konditionen nach dem Waffenstillstand völlig anderer Natur.

Im Andenken an Wilson könnte man heute einen Plan mit weit weniger Punkten für den Nahen Osten verabschieden: Die Verpflichtung des Staates mit der weißen Weste zur Unterzeichnung des internationalen Vertrages zum Verzicht auf nukleare, chemische und biologische Waffen, der Rückzug auf seine ursprünglichen Grenzen sowie die Übergabe aller Siedlungen in den besetzten Gebieten, das Recht auf Rückkehr aller im Jahre 1948 Vertriebenen und ihrer Nachkommen, die Aufgabe der Theokratie sowie die Zahlung von Reparationen für das seit seiner Staatsgründung begangene Unrecht.

Kapitel 9

Uns ist vorübergehend der Vorrat an Tequila ausgegangen. Die Regierung hat beschlossen, dass Lebensmittelgeschäfte für eine begrenzte Zeit keinen Alkohol verkaufen dürfen. So soll das Feiern privater Partys verhindert werden. Iduna hat deshalb aus Restbeständen von Gin, Rum und Fruchtsäften einen abenteuerlichen Cocktail gemixt.

»Kannst du dich noch an jenen Film erinnern, in welchem eine resolute Frau ihr Raumschiff durch einen elektromagnetischen Wirbelsturm steuert?«

»Ja, natürlich, und auch die Kampfsportszenen sind mir im Gedächtnis geblieben«, antwortet Iduna.

»Die Protagonistin war einfach perfekt. Sie hatte keinen Makel und schien unbezwingbar.«

»Auf mich wirkte der Film sehr feministisch. Hätte der Drehbuchautor seiner Heldin auch nur eine Andeutung von Schwäche mit auf den Weg gegeben, dann wäre er als Sexist angefeindet worden.«

»Ich habe das Gefühl, unsere Zeit hat ihre Betonung auf einen neuen Frauentyp gelegt«, gebe ich zu bedenken. »Als ich heute in der Apotheke war, betrat ein Mann ohne Atemmaske den Laden. Die Dame neben mir echauffierte sich auf der Stelle und verwies den Kunden mit schriller Stimme des Geschäftes. Der Begriff *Dame* ist in diesem Zusammenhang natürlich unangebracht. Erlaube mir das Denken in Stereotypen! Diese Frauen sind älter als dreißig Jahre und haben allesamt eher kurze blonde Haare.«

»Danke für dieses Kompliment!«, antwortet Iduna und bindet ihr Haar zu einem Pferdeschwanz.

Wir prosten uns gegenseitig zu. Der Trunk schmeckt entsetzlich und weil jeder von uns weiß, dass der andere dies gerade denkt, lachen wir kurz gemeinsam.

»Möglicherweise hat diese spezifische Persönlichkeitsstruktur evolutionspsychologische Ursachen«, nehme ich nach einer Weile das oberflächliche Thema wieder auf. »Wenn Kinder an der Steckdose spielen, muss der Ton notwendigerweise etwas schärfer werden. Das gebietet die Gefahrenabwehr.«

»Wir sollten diesem Gebräu einen Namen geben.«

»Fällt dir einer ein?«

»Bis jetzt noch nicht, aber ich arbeite daran.«

»Der Stereotyp mit den blonden Haaren ist eher extrovertiert und spürbar neurotisch.«

»Paul, jetzt ist aber Schluss mit dieser Kategorie Frau. Außerdem haben sich auch die Männer verändert und leider nicht zu ihrem Vorteil!«

»Und zu all diesem Elend kommt am Ende auch noch solch ein Mixgetränk!«

***

Ende des vergangenen Jahrhunderts, nach der Aufhebung des Ost-West-Konfliktes, beherrschte der sogenannte *Kampf der Kulturen* als politologisches Thema die Debatte. Die in etlichen Auflagen erschienene Schrift ist heute wahrscheinlich nur noch antiquarisch zu erhalten. Als Zukunftsprognose schien sie zunächst plausibel: In einer multipolar strukturierten Welt müsse der Hegemon – damit war die westliche Zivilisation gemeint – vermehrt Rücksicht auf andere Kulturkreise nehmen. Konstruktive Zusammenarbeit statt einseitige Dominanz war die Devise. Aber dann kam alles anders. Der Westen erodierte durch Degeneration und demografischen Verfall in einem Tempo, das wenige Dekaden zuvor nicht vorauszusehen war. Der Autor war viel zu sehr in den zeitgeschichtlichen Veränderungen der Gegenwart befangen gewesen. Er hatte nicht erkannt, dass sich der Kampf der Kulturen in einer tieferen Schicht und über einen Zeitraum von Jahrtausenden abspielt. Die Machtverschiebungen unserer jüngeren Vergangenheit waren nur kurzfristig relevant, da die Vorherrschaft des Westens in seiner Substanz zu dieser Zeit bereits untergraben war.

Es gibt Kulturen, die ihrem Wesen nach narzisstisch sind. Geht eine andere Zivilisation eine Symbiose mit ihnen ein, so entfalten sie ihr destruktives Potenzial. Die kulturelle Kollision hängt nicht so sehr von der Ähnlichkeit oder Fremdheit der betreffenden Kulturkreise ab, sondern vielmehr von deren Selbstverständnis. Wenn ich zum Beispiel meine berufliche Terminplanung vornehme, dann denke ich auch an Verpflichtungen gegenüber meiner Familie oder meinen Freunden. Oder ein anderes Beispiel: In einem Zwist mit meinem Nachbarn wegen unseres Grillfestes am vergangenen Wochenende höre ich mir bereitwillig dessen Argumente an und versuche, den Konflikt im beiderseitigen Einverständnis beizulegen. Menschen sind miteinander verbunden. Eine intakte Beziehung zur sozialen Umwelt setzt Freundlichkeit, Aufmerksamkeit und Bewusstsein voraus. Es geht um das Verständnis der Rolle der Emotionen, Aufgeschlossenheit und das Einbringen von Empathie. Das ist nicht selbstverständlich.

Dem Narzissten geht es im Rahmen seiner Beziehungen weniger um die betreffende Person als vielmehr um die damit verbundenen Transaktionen. Meist interessiert er sich nicht für die Prinzipien, Werte oder Gefühle seiner Umgebung. Die Vergangenheit und die Erinnerungen seines Gegenübers sind ihm gleichgültig. Seine Realität ist die einzige, die zählt. Er sucht nicht die Koordination, sondern den Komplizen. Die Konsequenz ist nicht selten seine Vereinzelung. Er mag noch so viele gesellschaftliche Kontakte haben und durchaus eine oberflächliche Reputation genießen, hinter der mühselig aufrecht erhaltenen Fassade jedoch ist er bankrott.

In einem übertragenen Sinn sitzen wir, die den Gesetzen treuen Bürger, mit anderen Personengruppen an einem Tisch und spielen ein Spiel, dessen Regeln erst in diesen Tagen sichtbar wird.

Wir sind diejenigen, die zum Wohlstand in diesem Land beitragen. Wir sind diejenigen, die die geltenden Gesetze achten und sich anständig benehmen. Diese Aufzählung ließe sich fast endlos fortsetzen. Wir fahren nüchtern Auto, respektieren das Eigentum unserer Mitbürger und leisten Hilfe, wenn Not am Mann ist. Niemand muss Angst vor uns haben und wir haben uns einen gewissen Stolz auf diese Tugenden bewahrt.

Dann sind da jene anderen Gruppen. Manche hatten sich einfach zu uns gesellt und leben seither auf unsere Kosten. Sie denken gar nicht daran, einen konstruktiven Beitrag zu unserem Zusammenleben zu leisten. Die Gesetze gelten nicht für sie. Wenn die Gelegenheit gekommen ist, nehmen sie sich, was sie wollen. Sie lieben das Element der Zerstörung und gefallen sich darin, Teil davon zu sein. Sie bitten um nichts – sie fordern. Da sie ihren Unwert in unserer Ordnung ahnen, sehnen sie sich nach dem Chaos und der Anarchie. Welches Ausmaß an Destruktion von ihnen auch ausgeht, immer wissen sie die Moral auf ihrer Seite: Angeblich werden sie von uns benachteiligt oder sie beklagen ein von uns begangenes Unrecht, das bereits Jahrzehnte oder Jahrhunderte zurückliegt. Es sind die Herrschenden und Mächtigen, die diesen Banditen auf undurchsichtigen Wegen unser Geld zukommen lassen. Wenn die Staatsmacht tatsächlich einschreitet – und das ist der Ausnahmefall –, dann fasst sie die Täter mit Samthandschuhen an und nennt das *Deeskalation*. Die Opfer dieses Hasses haben nicht das Recht, sich zu beklagen. Die Exekutive steht ihnen nicht zur Seite und die Legislative verweigert ihnen die Mittel zur Selbstverteidigung. Beklagen sie sich über die Zustände, dann gilt dies als Säen von Zwietracht und Verbreitung von falschen Nachrichten. Doch die Realität ist längst unübersehbar geworden. Die Plünderungen, Vergewaltigungen, Morde und all die andere tägliche Gewalt lassen sich nicht mehr vertuschen. Das Spiel ist so offensichtlich manipuliert, dass sich seine Regeln nicht erneut aushandeln lassen. Es ist Zeit, vom Spieltisch aufzustehen und den Ernst der Lage zu begreifen.

Die nordamerikanische Mentalität ist in mancherlei Hinsicht anderer Natur als die europäische. Sie hat sich ein gewisses Misstrauen gegen den Herrschaftsapparat bewahrt. Im Extremfall zeitigt das skurrile Hypothesen. So behaupten manche Konspirationstheoretiker etwa, die Mondlandung habe nicht wirklich stattgefunden. Die groteskeste Theorie ist sicherlich, die zeitgenössischen Machthaber seien Reptiloiden in Menschengestalt. All diese Erklärungsmodelle haben ein gewisses Publikum und sei es nur der Unterhaltung wegen. Es gibt psychologische Untersuchungen über Verschwörungstheoretiker. Angeblich seien sie zwar wissbegierig, aber wenig intelligent. Sie neigen dazu, sich gegen Autoritäten aufzulehnen, und halten mit einem hohen Maß an Sturheit an ihren Überzeugungen fest. In der einen oder anderen Hinsicht mögen sie sich voneinander unterscheiden, aber allen gemein ist der Glaube, jene genannten Hintergrundmächte wären bösartiger Natur. In einer Zeit, in der die gesellschaftlichen Institutionen, allen voran die Medien, an Glaubwürdigkeit verlieren, haben konspirative Modelle

Hochkonjunktur. Meiner Einschätzung nach gewinnen sie jedoch vor allem auf jenen Feldern Zuspruch, die durchaus eine kritische Hinterfragung verdienen. Man sollte nicht aus den Augen verlieren, dass es Verschwörungen in der Geschichte wirklich gab. Dazu muss man nicht bis zur Ermordung Julius Caesars zurückgehen. Wenn Geheimdienste einem Land unterstellen, im Besitz von Massenvernichtungswaffen zu sein (die es nachweislich nie gab), um damit einen Angriffskrieg zu inszenieren, dann ist auch dies ein Komplott. Man könnte noch einen Schritt weiter gehen und in der Mehrzahl aller gemeinschaftlich begangenen Verbrechen ein konspiratives Element erkennen. Allerdings wird sich das öffentliche Interesse an dieser Auslegung der Alltagskriminalität in überschaubaren Grenzen halten.

Als zeitgenössischer Beobachter habe ich das Gefühl, in einem Fahrzeug zu sitzen, dessen Bremsen versagen und das immer mehr Fahrt in eine ungewisse Zukunft aufnimmt. Nichts scheint das Verhängnis noch stoppen zu können. Am Ende werden die Städte Ruinenlandschaften sein und das Leid der Menschen unermesslich. Krieg kann nur jener herbeisehnen, der nicht weiß, was das ist. Trotz internationaler Abkommen ist er nie gerecht. In jeder vernichteten japanischen Stadt lebten Kinder, die auf einer Landkarte nicht hätten zeigen können, wo Pearl Harbor überhaupt liegt. Natürlich gab es Panzerschlachten in der nordafrikanischen Wüste sowie Gefechte auf hoher See, die das Leben der Zivilisten schonten. Wenn man den Blick solchermaßen verengt, entstehen die Mythen von Heldentum und Ritterlichkeit. Die Realität ist jedoch eine andere und ich mache mir nichts vor, wenn es denn so kommen sollte. Wir werden uns von jenen trennen müssen, die nicht zu uns gehören. Die viel beschworene Symbiose hat es in

Wahrheit nie gegeben. Sie gehört zu der Vielzahl induzierter Täuschungen, mit denen man uns um den klaren Verstand brachte. Dann wird der Wiederaufbau beginnen. Die materielle Wiederherstellung unseres Landes wird, da bin ich mir sicher, das kleinere Problem sein. Die Kampfhandlungen, die gequälten Kreaturen, die Rohheit des Feindes sowie seine Menschenverachtung werden Spuren in unserer Seele hinterlassen. Dies ist die Frage, die mich beschäftigt: *Wie werden wir mit der Verbitterung leben?*

Es gibt grundsätzlich zwei Möglichkeiten, sich von einer emotionalen Belastung zu befreien: Die erste besteht im Vergessen. Die negativen Anteile der Erinnerung werden also von neuen Erfahrungen überdeckt. Bestenfalls gehen sie nach und nach verloren. Die Zeit heilt alle Wunden, sagt der Volksmund, dafür gibt es jedoch keinen verlässlichen Beweis. Die zweite Option ist eher aktiver Art: Die Aussöhnung hat in manchen Religionen einen hohen Stellenwert. Sie verlangt das Verzeihen und rückt die eigenen Verfehlungen in den Vordergrund. Allerdings setzt sie damit Empathie voraus und die hat unser Feind nicht, somit bleibt sie eine einseitige und gleichermaßen unbefriedigende Angelegenheit. Ich gehe davon aus, dass der bösartige Gegenspieler an unserem Frieden keinen Anteil haben wird, sondern seiner eigenen Wege – wohin auch immer – geht. Der Schlüssel zur Bewältigung dieser unglücklichen Beziehung wird aller Wahrscheinlichkeit nach in der Zurückweisung liegen. Das ist etwas anderes als Hass. Wenn ich an all die Frauen denke, die in der Vergangenheit meine amourösen Offerten abwiesen, weil ihnen nicht danach war oder weil ich ihren Ansprüchen nicht genügte, dann ist Ablehnung ein sehr alltäglicher Vorgang. Er ist weder unmenschlich noch unmoralisch und könnte zur Keimzelle einer neuen kulturellen Identität werden.

Das Virus verbreitet sich in der westlichen Welt rasant. Im Vergleich zur Influenza ist die Ansteckung leichter und der Verlauf in viel höherem Maße tödlich. Anfangs hatten die Regierungschefs die Pandemie auf die leichte Schulter genommen und die Grenzen so lange wie möglich offen gehalten. Jetzt sind die Maßnahmen umso drastischer. Da die Krematorien überlastet sind, übernehmen Militärkonvois die Logistik. Eislaufhallen werden als Leichenkeller genutzt. Das wirtschaftliche und soziale Leben ist zum Erliegen gekommen. Da Menschenansammlungen verboten sind, gibt es auch keine konventionellen Bestattungen mehr. Die Infizierten werden in Quarantäne gehalten. Verschlechtert sich ihr Zustand, werden sie zu Hause abgeholt und in Katastrophenkliniken eingewiesen. Ihre Verwandten dürfen sie dort nicht besuchen. Abgesehen von den wenigen Überlebenden verschwinden sie dort für immer. Der Staat lässt den Hinterbliebenen allenfalls eine Urne zukommen. Das ist der medizinische Aspekt der Seuche. Die Entwicklung eines Impfstoffs wird noch dauern. Spezifische Medikamente für die Behandlung der Betroffenen gibt es ebenfalls nicht. Das Gesundheitswesen gibt sein Bestes, ist jedoch machtlos. Der ökonomische Schaden lässt sich nicht abschätzen. Die Regierungen verabschieden Kreditprogramme in astronomischer Höhe. Ob die gigantische Staatsverschuldung das Überleben der mittelständischen Unternehmen tatsächlich sichert, dafür gibt es keine Garantie. Die Arbeitslosenrate steigt sprunghaft, obwohl Gesetzesänderungen den größten Teil der Unbeschäftigten noch in der Kategorie der Kurzarbeiter verstecken. Trotzdem das Virus weit weniger tödlich ist als andere Seuchen in der Vergangenheit, ist eine Krise unbekannten Ausmaßes aufgetreten. Angesicht der prekären Zustände erscheinen die staatlichen

Notstandsmaßnahmen angemessen, wurden jedoch von Anfang an nicht überall durchgesetzt. Die zugewanderten Populationen kennen keine Solidarität mit der angestammten Bevölkerung. Staatliche Hoheit erkennen sie nicht an und Gewalt ist für sie ein berechtigtes Mittel zur Durchsetzung ihrer speziellen Ansprüche. Während der Katastrophen der Vergangenheit konnte sich der Bürger auf den Zusammenhalt einer einigermaßen homogenen Bevölkerung verlassen. Diese gibt es in dieser Form nicht mehr. Mit dem Elend der Menschen steigt auch die revolutionäre Bereitschaft der Massen. Allerdings verfügt der Staat mit seinen Ermächtigungsdekreten über eine noch nie da gewesene Macht.

Zu den tragischen Figuren in der Welt der Clowns gehört zweifellos der Ordnungshüter. Dabei denke ich natürlich nicht an die fürstlich bezahlten Polizeipräsidenten, die in enger Absprache mit dem Innenministerium täglich die Lageberichte fälschen. Ich meine vielmehr die unteren Besoldungsgruppen, die das multikulturelle Utopia als nackte Gewalt erleben. Ihnen ist die undankbare Rolle des notorischen Spielverderbers zugedacht und am Ende steht ihr Bauernopfer.

Die Entwertung des Inhabers des Gewaltmonopols ist ein Etappenprozess. Ich erinnere mich, wie zu Beginn der *großen Flut* einer der höchsten Polizeibeamten Gewehr bei Fuß bereit war, die Grenze zu verteidigen. Er hatte schweres Gerät auffahren lassen und wartete auf seinen Einsatzbefehl. Doch die Herrschenden pfiffen ihn zurück. Widerwillig gehorchte er, doch zur Niederlegung seines Amtes fehlte ihm der Schneid. Einige Monate später geriet einer der Migranten in den Verdacht eines Sexualmordes. Innerhalb weniger Tage beschaffte er sich bei seiner Botschaft Reisedokumente und flüchtete zusammen mit seiner Großfamilie in seine Heimat zurück. Und es war genau derselbe hohe Beamte, der ihn dort unter Einsatz kostspieliger Mittel aufspürte und medienwirksam ins Land zurückholte. Wie ein impotenter Muskelprotz spielte er sich auf und ich bin mir sicher, er wusste insgeheim, dass das Kind noch leben könnte, wenn er auf seinem Auftrag an der Grenze bestanden hätte. Ein halbes Jahr später legte der vom Steuerzahler finanzierte linke Mob anlässlich eines Gipfeltreffens große Teile einer Hafenstadt in Schutt und Asche. Über Stunden hinweg entstanden rechtsfreie Räume, die von – zum Teil aus dem Ausland eingeflogenen – Spezialeinheiten zurückerobert werden mussten. Die Staatsmacht konnte ab jetzt Sicherheit und Ordnung nicht mehr dauerhaft garantieren, jedoch wenigstens mit viel Aufwand wieder herstellen. Und dann war da dieser Park in der Landeshauptstadt. Seit Jahren wurde hier unter den Augen der Polizei offen mit Drogen gehandelt. Die Hilflosigkeit offenbarte sich in den Monaten der Pandemie. Beamte sprühten Kreise in zwei verschiedenen Farben und in etwa eineinhalb Meter Abstand auf den Asphalt. Zum Infektionsschutz sollten die Dealer im roten Kreis stehen, ihre Kunden im blauen. Von nun an bekämpften die Ordnungshüter das Verbrechen nicht mehr, sondern nahmen Anteil an seiner Organisation. Das ist die unterste Stufe, auf die die Exekutive sinken kann. Sie hat alles verloren: das Ansehen der Bürger, den Selbstrespekt sowie jede sinnstiftende Funktion. Ihr bleibt nur noch das schallende Lachen der Clowns.

Es ist inzwischen in allen westlichen Ländern dasselbe: Auf der einen Seite stehen aufrechte Bürger aus allen Schichten und Altersklassen. Sie sind nicht bereit, ihre Heimat kampflos aufzugeben. Auf der anderen Seite stehen die *Schreikinder*. Zum größten Teil sind es Jugendliche oder Personen mittleren Alters. Es sind nicht die Elenden und Ausgebeuteten, auch wenn sie sich gern mit diesen solidarisieren würden. Zwischen den beiden Gruppen hält sich die Polizei bereit. Einen Dialog gibt es schon lange nicht mehr; vielleicht war er von Anfang an unmöglich. Die Unversöhnlichkeit der zwei Parteien hat entgegen aller sozialistischen Ideologie keine ökonomischen Ursachen. Es ist ein Kulturkampf und im Grunde genommen unterscheidet sich die disziplinierte Menge von dem schrillen Haufen mit seiner vulgären Gestik und seinem aggressiven Habitus in zwei Fragen: Da ist einmal das Verhältnis der Politik zur Macht. Macht ist das Wesen der Politik. Darum kommt man nicht herum. Die narzisstische Macht ist Selbstzweck. Sie dient nur dem *Narkissos*, sonst niemandem. So wie sie sich hier präsentiert, ist sie gewaltbereit und duldet keinen Einwand. Kritik anzunehmen würde bedeuten, dem anderen auf Augenhöhe zu begegnen. Schon allein diese Bereitschaft wäre eine Verletzung der Eitelkeit. Die vermeintliche Überlegenheit des selbstsüchtigen Egos bedarf keiner Legitimation außerhalb seiner selbst. Es schwelgt vielmehr in seiner angeblich superioren Gesinnung. Und dann ist da noch die zweite grundsätzliche Frage, die die Parteien spaltet: Es fällt mir schwer, dies mit einem treffenden Begriff auf den Punkt zu bringen. Ich versuche es mit dem Wort *Essenz*. Das lautstarke und bunte Lager hat etwas Närrisches an sich. Seine Befindlichkeit kommt über den Augenblick nicht hinaus. Die Spaßgesellschaft hat keinen tieferen Sinn. Sie hat es nicht nötig, sich zu reflektieren. Ihre Gewissheiten sind für jeden verbindlich. Mir scheint es mehr als fraglich, ob der Mensch evolutionär auf solch ein unbesonnenes Verhalten angelegt ist. In der Urzeit konnte schon hinter dem nächsten Strauch ein Panther lauern.

Kapitel 10

Iduna und ich schauen gemeinsam auf die menschenleeren Straßen der Stadt. Nicht selten zeigen sich hier Hirsche oder andere wilde Tiere, die ihre Scheu verloren haben. Sowohl die Infektionsraten als auch die Todesfälle steigen täglich. Mit den Statistiken verbinden sich mancherlei empirische Probleme und deshalb auch unterschiedliche Interpretationen, aber dem Großteil der Bevölkerung ist der Schrecken in die Glieder gefahren und niemand kann sagen, wie es in naher Zukunft weitergehen soll. Eine Kolonne von Kühllastern fährt an unserem Haus vorbei. Früher hatten sie Lebensmittel geladen, jetzt transportieren sie die Leichenmassen, die die Kapazitäten der Krematorien um ein Mehrfaches übersteigen.

»Ich hatte mir so etwas nicht vorstellen können«, sage ich leise. »Was denkst du darüber?«

»Ich empfinde den Tod sehr nüchtern. Für mich ist er Alltag und die Tatsache, dass er ansteigt, ist eher von kultureller Bedeutung. Wir haben ihn verdrängt. Er war zu sehr Natur für uns. Seine Unvermeidlichkeit ließ keine gesellschaftlichen Spiele zu. Er war daher auch nie Teil der Kultur, sondern eine private Angelegenheit, die man nur allzu gern weiterreicht. Das ist mein Geschäft und davon lebe ich. Jetzt ist das Sterben in den öffentlichen Bereich geraten. Man kommt nicht mehr daran vorbei.«

»Gestern wurde im Fernsehen der Aushub eines Massengrabs gesendet. Hunderte von Särgen reihten sich Schicht für Schicht aneinander.«

»Wir haben berechtigte Ansprüche an den Umgang mit dem Lebensende gestellt. Dazu gehört das individuelle Grab. Das war in der Vergangenheit nicht selbstverständlich. Mozart zum

Beispiel blieb dieses Privileg vorenthalten. Diese Bilder erzeugen Hysterie. Sie erinnern an Krieg und Katastrophen und ich bin mir nicht sicher, ob die Panik ein guter Ratgeber ist.«

***

Viren schreiben Geschichte. Der *Attische Seebund*, der ursprünglich als ein freiwilliges Bündnis griechischer Stadtstaaten gegründet worden war, verkam im fünften Jahrhundert vor unserer Zeitrechnung immer mehr zu einem Machtinstrument zur Sicherung der hegemonialen Herrschaft Athens. Der *Peloponnesische Bund* unter der Führung Spartas bildete ein effektives Gegengewicht gegen den Ausbau dieser Einflusssphäre. Im zweiten Jahr des *Archidamischen Krieges* kam es zum Ausbruch einer bis heute rätselhaften Epidemie. Der Geschichtsschreiber Thukydides, der als erfolgloser Stratege kurze Zeit vor seiner Verbannung Teilnehmer des Waffenganges war, überlebte diese sogenannte *Attische Seuche*. Seinen Berichten zufolge erkrankten die Menschen sehr plötzlich an der *Gottesgeißel*. Das Leiden begann mit einem starken Hitzegefühl im Kopf, der Entzündung der oberen Atemwege sowie den Symptomen eines grippalen Infektes. Die Atmung der Patienten soll übel riechend und schwerfällig gewesen sein. Sodann griff die Krankheit auf den Rest des Körpers über. Schwere Übelkeit und Erblindung plagten die Menschen. Ihre Haut soll mit Bläschen und Geschwüren übersät gewesen sein. Manchmal kam es zu einer vorübergehenden Linderung des Krankheitsbildes, meist verstarben die Erkrankten jedoch nach sechs bis acht Tagen. Wirksame Medikamente gegen den Erreger waren nicht verfügbar. Im Jahre 429 vor Christus verstarb auch Perikles, der führende

Staatsmann Athens, an der Epidemie. Mit seinem Wirken waren der Ausbau der *Attischen Demokratie* und mehrere glanzvolle Bauprojekte auf der Athener Akropolis einhergegangen. Vier Jahre lang wütete der Krankheitserreger in der von Sparta belagerten Stadt. Rund ein Drittel der Einwohner erlagen ihm. Der *Peloponnesische Krieg* tobte weitere 25 Jahre und endete mit der Bezwingung Athens. Die Natur des Virus ist nach wie vor unbekannt. Vielleicht waren es Hantaviren oder eine bestimmte Art der Pocken, die in der Medizingeschichte nie wieder auftauchte. Viele Historiker sehen in ihm den Grund für die Niederlage des *Attischen Bundes* sowie des Niedergangs des *Perikleischen Zeitalters* und der klassischen Kultur Griechenlands insgesamt.

Iduna und ich sind anders als Bonnie Parker und Clyde Barrow. Parker hat schon als Sechzehnjährige ihre Sandkastenliebe geheiratet und den Ehering bis zu ihrem Tod getragen. Sie war eine begabte Schülerin gewesen und hatte ihre gemeinsamen Eskapaden mit Barrow in Form eines Gedichts veröffentlicht. Dieser war zunächst wegen Bagatelldelikten polizeibekannt geworden. So hatte er etwa einen Mietwagen nicht fristgerecht zurückgebracht und, ohne die Extragebühr zu entrichten, einfach vor dem Verleih abgestellt. Er wurde im Gefängnis mehrfach vergewaltigt und war nach seiner Entlassung so traumatisiert, dass seine Schwester ihn nicht mehr wiedererkannte. Sein Hass richtete sich vor allem auf die Justiz und Polizei, nicht so sehr gegen die Politik. Er erschlug seinen Peiniger im Knast und ein Mithäftling ohne Aussicht auf Entlassung übernahm die Schuld. Parker und Barrow waren unzertrennbar angesichts widriger Umstände. Das ist wahrscheinlich der Grund für ihren Mythos. Auf dem letzten Foto, das die beiden lebend zeigt, trägt Barrow Parker auf den

Armen. Nach einem Autounfall hatte aus der Autobatterie austretende Schwefelsäure ihre Beine so verätzt, dass sie vor Schmerzen kaum mehr laufen konnte. Das ist rührend. Nachdem sie in den Hinterhalt der Polizei geraten waren, hatten ihre Körper jeweils mehr als 50 Schusswunden. Sie wurden in Dallas auf zwei verschiedenen Friedhöfen beerdigt, denn die Wut der Staatsmacht erlosch auch nach ihrem Tod nicht. Trotzdem ist die wechselseitige Treue dieses Paares, ihre unbedingte Zusammengehörigkeit bis heute Legende.

Autorität ist wie eine Schneeflocke. Vom Wind wird sie verwirbelt und unter der Sonne schmilzt sie dahin. Als Silvester im Amüsierbezirk einer Hafenstadt Gruppen marodierender Neubürger über Stunden hinweg Frauen belästigen und die Polizei sich als unfähig erweist, Ordnung in die Lage zu bringen, schicken die Bordellbetreiber ihre schweren Jungs vor die Tür, um die Bürger zu schützen. Der Rechtsstaat war damit am Ende. Kein Senator trat zurück und kein Polizeipräsident wurde versetzt, aber die Bevölkerung hatte es mitbekommen; die Uniform hatte keinen Wert mehr. Es war ein bisschen wie bei jener Karnevalsveranstaltung, als mein Sohn zu mir sagte: »Papa, der Mann neben dir ist gar kein Indianer.« All die Federn und die rötliche Schminke im Gesicht hatten nichts genutzt. Höflichkeit bleibt das Gebot der Stunde, aber der Respekt ist nicht wiederherzustellen.

Die Macht hatte zwar noch nicht die Seite gewechselt, ihre Legitimation ist jedoch dahin. Trotzdem bleibt das offizielle Narrativ dasselbe: Die unkontrollierte Massenmigration ist per Definition eine Bereicherung. Einwände werden mit dem Argument abgetan, die ungeahnten Vorzüge lägen in der Zukunft und seien aus heutiger Sicht noch gar nicht abzuschätzen. Ein sogenannter *großer Austausch* findet somit gar nicht statt. Es gibt allerdings eine Ausnahme von dieser notdürftigen Begründung: Aufgrund unserer Verfehlungen in Gegenwart und Vergangenheit sind wir ungeachtet des tatsächlichen Nutzens der Migranten für unsere Gesellschaft verpflichtet, diese Menschen bei uns anzusiedeln. Auffällig in diesem Zusammenhang ist die Redundanz unserer Schandtaten. Sie reichen von Vorwürfen in Bezug auf die Kolonialzeit bis hin zur Verwüstung des gesamten Planeten durch klimaschädliche Abgase. Um überhaupt die Tatsache ansprechen zu dürfen, dass unsere angestammte Bevölkerung in wenigen Jahrzehnten zu einer Minderheit im eigenen Land werden wird, werde ich in den kommenden Ausführungen deshalb vorgeben, mich der zweiten Art von Argumentation anzuschließen. Das ist der Diskurs in den Zeiten des Clowns. Über den Kern der Dinge darf gar nicht mehr gesprochen werden. Für das Unübersehbare liegen Schablonen bereit, die letztlich zu keinem Ergebnis führen. Und das ist auch so gewollt. Wer in einer narzisstischen Welt glaubt, mit rationalen Beweisführungen Einfluss nehmen zu können, findet sich am Ende nur als Bestandteil der allgemeinen Verwirrung wieder. Es erinnert mich wieder an das grimmsche Märchen *Rotkäppchen und der böse Wolf*:

Immer wieder treten qualifizierte Fachwissenschaftler an die Öffentlichkeit, die ein allgemeines Absinken der psychischen Gesundheit befürchten. Ich halte das keineswegs für unmöglich, obwohl sich diese Degeneration meiner Ansicht nach nicht mit den Methoden der Psychiatrie messen lässt. Es ist vielmehr ein ganz gewöhnlicher Wahnsinn. Damit meine ich, dass die Ursache der Störung nicht pathologisch ist, sondern auf die jüngsten Verschiebungen der gesellschaftlichen Dimensionen zurückgeht.

Wir haben aufgehört, die Dinge beim Namen zu nennen. Was früher *Schlepperei* hieß, lautet heute *Fluchthilfe* oder *Seenotrettung*. Ein Griff in die linguistische Trickkiste machte aus Mann und Frau ein scheinbar beliebiges Spektrum bizarrer Lebensentwürfe. Es ist eigentlich klar, dass gerade die labilen Elemente unserer Gesellschaft dabei ihren Halt verlieren und kein anderes Mittel als die Gewalt sehen. In meinen Augen sind all diese Kriminellen deshalb nicht allein schuldig. Es gibt einen tieferen Grund für die Agonie unserer Zeit: Wir haben in der Vergangenheit tatenlos zugesehen, wie die etablierte Politik ihre Aufgabe nur noch in der Verwaltung der herrschenden Missstände sah. Eine gereizte Selbstgenügsamkeit war dieser Kaste eigen, die ästhetisch mit einer körperlichen Adipositas der Funktionäre einherging. Man hat die staatlichen Institutionen auf eine Art und Weise kartelliert, die den eigentlichen Souverän nicht mehr zu fürchten brauchte. Wahlen dienten in diesem Zusammenhang nur noch als formale Legitimation eines vorab verabredeten Komplotts. Als sich die Bürger dann endlich ihrer Ohnmacht bewusst wurden, war es zu spät.

Gewalt ist keine Lösung, aber hin und wieder ein brauchbares Argument. So oder ähnlich lautete der Aufruf einer linksextremistischen Aktion. Genaugenommen ist Gewalt gar nicht als Argument gedacht, sie gehört einer anderen Kategorie an. Immer wieder beklagen sich Oppositionelle, dass sie in medialen Gesprächsrunden unterrepräsentiert seien oder ihren Inhalten kein Gehör geschenkt würde. Das ist sicherlich richtig. Allerdings braucht man sich darüber nicht zu wundern. Der Narzisst ist nur dann an einer Kommunikation interessiert, wenn sie seinen selbstsüchtigen Hunger sättigt, ansonsten hat er für sein Gegenüber nur Verachtung übrig. Man fühlt sich von all jenen

Aktivisten, die das nicht verstehen, peinlich berührt. Sie wollen ernst genommen werden. In Wirklichkeit existieren sie auf ihre verbale Weise gar nicht. Sie könnten genauso gut vor ihrer Waschmaschine sitzen und sich einbilden, das sei das Fernsehen. Eine Tat sagt mehr als 1000 Worte. Das ist die Realität, um die der Narzisst nicht herum kommt.

Kapitel 11

Stufe für Stufe wuchte ich den überdimensionierten Rollkoffer die Treppe hinauf. Iduna ist vorausgegangen und hat die Tür des *Institut Pfotenhimmel* aufgeschlossen. Es scheint auf die Kremation von Haustieren spezialisiert zu sein.

»Woher hast du den Schlüssel?«, will ich wissen.

»Das Unternehmen gehört einer Freundin. Wir haben eng zusammengehalten, als die Regierung vergangenes Jahr neue Umweltgesetze für unsere Zunft erlassen wollte. Mach dir keine Sorgen, heute wird uns niemand stören.«

Die Praxis ist minimalistisch gestaltet. In einem Eingangsbereich steht ein Schreibtisch und davor drei Stühle. Fotos von selig schlafenden Tieren hängen an der Wand. Dahinter betritt man durch eine Schiebetür einen größeren Raum, der entfernt an ein Labor erinnert. Eine große Tiefkühltruhe steht darin. Auf einem Tisch stehen Urnen in unterschiedlicher Größe mit Namensschildern.

»Bist du bereit?«, fragt mich Iduna.

»Warte noch einen Augenblick! Ich bin erschöpft.«

Wir stehen beide vor dem Gepäckstück.

»In Ordnung, es kann losgehen«, gebe ich nach einer Weile zu verstehen.

Iduna zieht den Reißverschluss auf und ein Leichnam mit angezogenen Beinen klatscht auf den gefliesten Boden. Ein mir bisher unbekannter Geruch geht von ihm aus.

»Die Totenstarre hat bereits eingesetzt«, stellt Iduna fachmännisch fest.

»Ich hoffe, wir müssen ihm jetzt nicht die Knochen brechen«, sage ich leicht angeekelt.

Iduna greift in die Taschen des Toten. Sie findet einen

Personalausweis und eine Kreditkarte. Beide sind auf ein und dieselbe Person ausgestellt. »Zippor Stolperstajn«, murmelt sie leise. »Möglicherweise hat Reuben seine Identität geändert. Das hat er vor einigen Jahren schon einmal versucht. Die Polizei hat den gefälschten Reisepass sichergestellt.«

»Aber ist er es wirklich?«, gebe ich zu bedenken. »Vom Alter her ist es nicht ausgeschlossen, aber ansonsten hat er wenig Ähnlichkeit mit unserer Zielperson.«

»Die plastische Chirurgie macht fast alles möglich. Es gibt heutzutage ganze Gesichtstransplantationen.« Sie hockt jetzt dicht neben dem Dahingeschiedenen und spricht mit ruhiger Stimme auf ihn ein. »Zippor, erschrecken Sie bitte nicht. Ich bin es. Iduna. Eine Freundin.« Dann wendet sie sich mir zu. »Wir müssen ihn jetzt massieren. Das kann bis zu einer halben oder dreiviertel Stunde dauern. Ich übernehme die Partie abwärts der Hüfte. Du knetest die Arme und Schulter.«

»Muss das sein?«, frage ich unwillig. »Gibt es wirklich keine andere Möglichkeit?«

»Paul, wir leben zwar in einer post-feministischen Ära, aber auch jetzt gilt: Mein Körper gehört mir. Oder wenn es dir lieber ist: Meine Leiche – meine Entscheidung.«

Ich füge mich. Iduna kniet zwischen Stolperstajns Beinen, ich hocke auf seiner Brust. Wir walken und klopfen mit unseren Handkanten. Es ist eine ermüdende Arbeit, bis sich die Gliedmaßen langsam entspannen.

»Hast du eben dieses Gluckern gehört?«, frage ich Iduna.

Wir halten inne.

»Das hatte ich befürchtet! Er hat nicht dichtgehalten und die Kontrolle über sein Verdauungssystem verloren. Das passiert gar nicht so selten.«

Ein infernalischer Gestank macht sich breit und Iduna weicht einer sich ausbreitenden Pfütze aus.

»Hilf mir bitte. Wir legen ihn jetzt ganz einfach so wie er ist zurück in den Überseekoffer und platzieren diesen in den Einfahrwagen.«

Gemeinsam hieven wir Zippor Stolperstajn auf das Gestell. Iduna hat die Öffnung des Ofens betätigt. Der Körper wird auf dem Boden des komplett mit Schamottesteinen ausgemauerten Flachbettofens mit untergesetzter Nachbrennkammer abgelegt. Ich hatte mir das Innere dieser Muffelöfen fälschlicherweise immer als eine Art Rost vorgestellt. Jetzt geht der Einfahrwagen wieder in seine Ausgangsposition zurück und die Tür schließt sich. Glücklicherweise kommt Iduna mit der Elektronik ausgezeichnet zurecht.

»So, jetzt kann es losgehen!«, sagt sie leise. »Der Einäscherungsprozess wird automatisch durchlaufen. Wir müssen uns also nicht um die Temperaturen in der Haupt- und Nachbrennkammer kümmern. Auch der Ofenunterdruck sowie die Sauerstoffzufuhr sind geregelt.«

Ich setze mich in einen bequemen Sessel im Abschiedsraum. Mir fallen regelrecht die Augen zu. Im Traum sehe ich nochmals Stolperstajn, wie er fassungslos in die Mündung meiner Waffe blickt. Dann erscheinen geflügelte Mischwesen und nehmen sich seiner an. Es sind Cherubim, die ihn mit sich davontragen. Ein Racheengel, vielleicht ist es Lilith, legt seine Hand auf meine Schulter und versetzt mich so in Schrecken, dass ich wieder erwache. Es ist Iduna, die mich in den Technikbereich zurückbittet. Sie hat den Raum gereinigt und alle Spuren beseitigt.

»Wir können nun die Asche verteilen«, sagt sie und öffnet eine Steinurne, in die der Name eines Labradors graviert ist. Ein gerahmtes Foto des Tieres aus früheren Tagen steht davor. Iduna beginnt eine Melodie zu summen, gleichzeitig hüpft sie auf eine eigenartige Weise durch den Raum. Es scheint so, als sei es ihr verboten, bestimmte Platten des Bodenbelags zu betreten.

Nach kurzer Zeit stimme ich ein. Wie ein eingespieltes Duo singen wir das Duett. »Stolperstajn, Stolperstajn«, beginnt Iduna ihren Part und ich ergänze: »Liebste schau, hier geht noch etwas rein!«

Ich knie vor ihr und Zippor Stolperstajns mineralisierter Staub vermischt sich mit dem Inhalt einer von mir gereichten Glas- und einer Keramikurne. Wir sind so in unserem Element, dass wir nach dem Befüllen der Gefäße spontan in einen Tango übergehen. Unser Milonga ist ein stark rhythmusbetontes, aufeinander abgestimmtes Gehen. Erst nachdem wir uns in einen Cha-Cha-Cha steigerten, beenden wir erschöpft unsere kleine Kammermusik.

»Das künstliche Hüftgelenk müssen wir mitnehmen«, bemerkt Iduna. »Es war das Einzige, das der Magnet herausgezogen hat.« Sie wiegt den Stahl in ihren Händen. »Das gibt es so bei Tieren nicht. Außerdem ist sein Herzschrittmacher explodiert. Hast du den Knall nicht gehört?«

»Ich habe tief geschlafen«, antworte ich.

»Hoffentlich ist dadurch an der Anlage kein Schaden entstanden. Ich werde das mit meiner Freundin besprechen.«

***

Die Lage in den westeuropäischen Staaten ist desolat. Die Tribalisierung hatte in den Metropolen begonnen und schon kurze Zeit später in den mittelgroßen Wohngebieten und Dörfern Einzug gehalten. Es war ein nie zuvor da gewesenes Phänomen gewesen, dass Rettungssanitäter von Gruppen junger Migranten attackiert wurden und Einheiten der Feuerwehr nur noch unter Polizeischutz ausrücken konnten. Die eingewanderten Menschenmassen sind nicht weniger wert als die angestammte Bevölkerung, aber sie unterscheiden sich von ihr. Hier und da standen diese Differenzen einem friedlichen Zusammenleben nicht im Weg, aber als multikulturelles Gesellschaftskonzept war es nicht praktikabel. Die einzelnen Ethnien bildeten Enklaven und die Devise der dortigen Clans war immer dieselbe: *Meine Straße – mein Gesetz.* Konflikte wurden untereinander ausgetragen und die Einmischung einer allgemeinen Ordnungsmacht war unerwünscht. Mein Herkunftsland ist zu einem unübersichtlichen Muster von Zonen, Korridoren und Siedlungen geworden. Ein Blick auf die Landkarte erinnert an das frühere Palästina und die vielfältigen Friedenslösungen. Die Verhandlungen führten nie zu einem Ergebnis, da die eine Seite nie an einem Frieden interessiert war. Unter irgendeinem Vorwand wurden die Gespräche nach einigen Jahren einseitig abgebrochen. Während dieser Zeit waren die militärisch besetzten Regionen immer mehr mit Einwanderern infiltriert worden. Die Strategie der Landnahme ging schließlich auf. Im Rahmen einer politisch unüberschaubaren Situation, die vermutlich von der privilegierten Staatsmacht selbst herbeigeführt worden war, erfolgte ein Genozid an der autochthonen Restpopulation und ein Großreich in den religiös verheißenen Grenzen entstand. Die vernetzten Eliten auf sowohl internationaler als auch nationaler Ebene hatten alle zum Narren gehalten. Sie hatten von Freiheit, Demokratie und Frieden gesprochen, aber von Anfang an das genaue Gegenteil im Sinn gehabt. Als Hochstapler waren sie im Gewand des Staatsmannes aufgetreten und wir waren zu einfältig gewesen, sie nach ihrer wahren Identität zu befragen. Der Betrüger wirkt um so überzeugender, je selbstbewusster er auftritt und je weniger er eine Bestrafung zu befürchten hat. Das war unser entscheidender Fehler gewesen: Wir hatten demütig jenen gehuldigt, die uns belogen hatten, und diejenigen in Kerker verbannt, die den Betrug benannten.

In meiner Jugend gab es einen Radiokanal, der neben Musik auch von Komikern entworfene Dialoge sendete. Eine dieser albernen Figuren nannte sich *Captain Universe*. Er gefiel sich in heroischen Ankündigungen und peinlichen Übertreibungen. Ich denke an jene Folge, als er seinen Männern befahl, eine Flasche seines Lieblingswhiskeys über seinem Grab auszuschütten, sollte er bei seiner dramatischen Mission verunglücken. Sein Aufruf endete mit den Worten: »Gibt es noch irgendwelche Fragen?« Zaghaft meldet sich einer seiner Mitstreiter: »Captain, macht es Ihnen etwas aus, wenn wir uns den Whiskey vorher noch durch die Nieren laufen lassen?« So ähnlich verhält es sich mit einem bestimmten Typ von Politikern aus dem konservativen Lager. In einer so katastrophalen Situation wie jetzt bräuchte es Entscheidungsträger, die zu extremen Entschlüssen bereit wären. Dazu haben diese eher altbackenen Staatsvertreter jedoch nicht den Mut. Angesichts ihrer tatsächlichen Ohnmacht fordern sie stattdessen mit markigen Worten symbolische Änderungen. Sie werfen sich beispielsweise mit einem Verbot der Verbrennung der Nationalfahne in die Brust. Das ist gut gebrüllt, Löwe! Der Staat selbst besteht nämlich nur noch auf der Landkarte. Die Landesfarben stehen allenfalls für eine Vergangenheit, die niemals wiederkommen wird. Vor unseren Augen brennt all das ab, was uns wert gewesen war. Nichts wäre jetzt absurder als ein Fahnenappell. Es erinnert an Bilder aus vormodernen Gesellschaften und dem Versuch, Flugzeuge und Radaranlagen aus Stroh nachzubauen.

In einem alltäglichen Sinn sind Kartenspieler auf einem sinkenden Schiff eine traurige Realität. Gemeint sind jene Menschen, die eine sich anbahnende Katastrophe nicht als solche erkennen oder sie ignorieren. Sie gehen ihren egoistischen Bestrebungen nach. Ihre Betriebsamkeit ist absurd, aber sie zeigen um so mehr Emsigkeit, wenn diese geeignet erscheint, sie von der Apokalypse abzulenken. Bestenfalls sind sie Beobachter, die sich weigern, in das Geschehen einzugreifen. Ihr politisches Engagement ist oberflächlich. Man tritt für die Menschenrechte in exotischen Staaten ein, stellt sich an die Seite unqualifizierter Klimaaktivisten und gibt sich mit nicht weniger als der perfekten Welt zufrieden. Erst wenn die Schieflage das Spiel beendet, sind sie gezwungen, sich der Realität zu stellen. Eine revolutionäre Situation entsteht, wenn jene oben nicht mehr können und jene unten nicht mehr wollen. Das ist die leninistische Definition. Sie kommt flapsig daher und ist, wie der Rest dieser Ideologie, für die Einschätzung der Lage nur bedingt geeignet.

Eine alternative Begriffsbestimmung, die auf das demokratische System Bezug nimmt, gefällt mir besser. Der Umsturz steht unmittelbar dann bevor, wenn ein signifikanter Anteil der Bevölkerung nicht mehr in der Lage ist, Wahlen zu gewinnen, und sich gleichzeitig weitere Wahlniederlagen nicht länger leisten kann. Das ist durch die unkontrollierte Massenimmigration und die damit verbundene Marginalisierung der angestammten Bevölkerung geschehen. Das Establishment hatte den Zusammenhang zwischen Demokratie und Homogenität des Staatsvolkes nicht begriffen. Jetzt ist es zu spät. Nicht nur die Obrigkeit ist am Ende, sondern mit ihr das gesamte politische System.

Kapitel 12

Iduna und ich sitzen in unserer Hotelsuite vor dem Fernseher. Eine Straßenschlacht wird aus Westeuropa live übertragen. Auf der einen Seite geht die Polizei mit aller Härte gegen die Demonstranten vor, auf der anderen Seite stehen die Bürger, die den friedlichen Widerstand aufgegeben haben. Es wird sicherlich wieder etliche Verletzte und vielleicht sogar Tote geben, aber das gehört seit geraumer Zeit zum Alltag.

»Was fürchtet das Establishment mehr: die aufgeputschte Masse oder uns, den Untergrund?«, fragt Iduna.

»Ich bin mir nicht sicher«, erwidere ich. »Es gibt die planmäßige Aggressivität, die ein klares Ziel verfolgt. Sie ist sehr wenig impulsiv, strategisch gut angelegt und enthält das Element der Heimtücke. Und dann gibt es die affektive Aggressivität. Sie ist meist mit einem emotionalen Auslöser verbunden, spontan und wenig organisiert. Es ist so ein bisschen wie der Unterschied zwischen Kaltblütigkeit und kochender Wut.«

»Könnte man nicht beide Spielarten miteinander verbinden?«

»Das ist denkbar, aber ich bin kein ausgebildeter Revolutionär.«

Die Übertragung zeigt Bilder von Demonstranten, die von einem Wasserwerfer regelrecht weggeschwemmt werden. Ein Medienvertreter mit Helm wird niedergeknüppelt. Dann bricht die Leitung ab. Aus einer Redaktion heraus wird dem Zuschauer erklärt, man hätte den Kontakt verloren.

»Ich glaube nicht, dass der Staat diesen oder jenen Widerstand aus dem Volk wirklich fürchtet«, sage ich nach einer Weile des Schweigens. »Die Wut der Polizeiorgane ist eine sekundäre Emotion. Sie steht für eine tiefe Angst des Regimes und damit meine ich mehr als die Sorge um die Regierungsgewalt. In einem demokratischen System wäre der turnusmäßige Machtverlust eine

Routineangelegenheit. Die Parteien könnten das Vertrauen der Bürger wieder zurückgewinnen, dem politischen Apparat ist jedoch das Selbstvertrauen abhandengekommen. Er ist viel zu weit gegangen. Sein Untergang wird mit Lächerlichkeit und Irrelevanz verbunden sein. Seine Lügen und Machenschaften werden ans Licht kommen und jeder Respekt wird ihm verweigert werden. Wahrscheinlich ist seine schlimmste Furcht die Aussicht auf Zurückweisung. Macht bedeutet vor allem, einen anderen zu zwingen, die ihm zugewiesene Rolle zu spielen. Lassen die Untertanen die Machthaber einsam zurück, dann ist sie gebrochen.«

***

Mao wusste, dass sich der Partisan im Volk bewegen sollte wie der Fisch im Wasser. An diese Losung halte ich mich strikt. Würde ich in heutiger Zeit meine Überzeugungen auch nur andeuten, wäre das Ergebnis entgrenzter Hass, sozialer Ausschluss und möglicherweise sogar Gewalt. Trotzdem stellt sich die Frage, als was ich mich denn selbst bezeichnen würde, könnte ich mit einem verständnisvollen Gegenüber rechnen. Die Antwort ist einfach und besteht aus einem einzigen Satz: *Ich bin Dissident.* Die Ursache für meine Abtrünnigkeit liegt nicht nur in unterschiedlichen Einschätzungen und Werten, sie besteht in einem grundsätzlichen Misstrauen gegen alle in sich geschlossenen Schemata des Denkens und einem besonderen Ekel gegen den Imperativ der Werte unserer Zeit. Gruppendenken hat eine autoritäre Tendenz. Sie steht der Vielfalt von Meinungen feindselig gegenüber und nicht selten wird diese Intoleranz durch eine oberflächliche Mannigfaltigkeit verdeckt. Wir erleben einen hohen Druck zur Konformität. Wer nicht ausdrücklich die geforderte Gesinnung zum Ausdruck bringt, gilt nicht als anders, sondern als falsch, ignorant oder gar bösartig. Es ist eine erstickende Atmosphäre, die jede Form von Kreativität unterdrückt. Neue Ideen gefährden die Geltung des etablierten Narrativs und sind deshalb unerwünscht oder verboten. Willkommen geheißen wird hingegen die Bestätigung der Gruppengedanken. An die Stelle einer gesunden Loyalität gegenüber der Gruppe tritt die Pflicht. Für den kritisch denkenden Menschen bedeutet dies eine erhebliche Dissonanz zwischen dem öffentlichen und dem privaten Selbst. Seine Neugier und seine Zweifel muss er verstecken. Der Austausch sachlicher Argumente ist sinnlos.

Die Instrumentalisierung historischer Schuld ist für den Aufbau einer besseren Welt wenig geeignet. Das lässt sich gerade beispielhaft in Nordamerika beobachten. Die Krawalle begannen mit einem schwarzen Opfer von Polizeigewalt. Der Mann war polizeibekannt gewesen und hatte wegen bewaffneten Raubes einige Jahre im Gefängnis verbracht. Die Obduktion ergab als Todesursache Herzversagen. Außerdem war er schwer von Drogen abhängig. Sein Tod war der Auslöser für die bis heute anhaltenden ethnischen Unruhen.
Aber die Ursachen liegen tiefer. Das Drama begann vor über 100 Jahren mit dem Sklavenhandel. In der öffentlichen Debatte ist viel vom weißen Sklavenhalter die Rede, dieser ist jedoch nur die letzte Instanz im Ablauf des brutalen Unrechts. Am Anfang stehen schwarze Täter, die die Mitglieder anderer Stämme gefangen nahmen. Die Besitzer der Schiffe waren weder schwarz noch wirklich weiß, sondern betrachteten sich als eine Ethnie besonderer Art. Wahrscheinlich hatten die Weißen schon immer

geahnt, dass die Verschleppung von Menschen und deren Unfreiheit nicht rechtens sind. Nach einem verlustreichen Bürgerkrieg wurde die Sklaverei von ihnen selbst abgeschafft. Zudem haben spätere Einwanderungswellen aus Europa die Weißen verändert. Viele Vorfahren der heute Lebenden haben nie Sklaven besessen. Man sollte nicht vergessen, dass auch andere Gruppen von Immigranten Ressentiments ausgesetzt waren. Deutsche, Italiener sowie Japaner mussten in Kriegszeiten ihre Loyalität bestätigen. Ersteren blieb nichts anderes übrig, als durch Änderung des Familiennamens ihre Herkunft zu verdunkeln, letztere wurden in Lagern interniert.

Aber neben diesen geschichtlichen Details lassen sich grundsätzliche Strukturen der laufenden Kampagne erkennen. Da ist einmal die Tatsache, dass die Protestler eine Lüge skandieren. Das Leben der Schwarzen hatte entgegen ihres Slogans schon immer eine Rolle gespielt. Das bestätigen auch die Statistiken. Typisch ist zudem die Behauptung, es gäbe einen *intrinsischen weißen Rassismus*. Tatsächlich ist dies nichts anderes als eine auf den Kopf gestellte Rassentheorie. Es ist für die Weißen gar nicht mehr möglich, sich in Bezug auf ihre individuelle Schuld zu rechtfertigen. Sie haftet ihnen an, ob sie wollen oder nicht. An dieser Stelle kommt bei der Bewältigung der Vergangenheit das Element des Hasses ins Spiel. Auch der *Hexenhammer* des Mittelalters gab den angeklagten Frauen keine Möglichkeit, sich zu exkulpieren.

Ein gesellschaftliches Gemisch war entstanden, wie man es sich explosiver kaum vorstellen kann. Anfangs hatten wirtschafts-politische Maßnahmen die pessimistischen Aussichten noch besänftigt. Der staatliche Finanztransfer, das in gigantischem Ausmaß bereitgestellte Kreditvolumen sowie das schamlose

Drucken von Geld durch die Notenbanken hatten zunächst Optimismus verbreitet. Doch die Wirkung verpuffte schnell und die Hyperinflation und die Insolvenz eines großen Teiles des Mittelstands führten zu einer historisch nie da gewesenen Rezession. Die bisher als robust geltenden Sozialsysteme waren nicht einmal mehr im Stande, die angestammte Bevölkerung mit dem Nötigsten zu versorgen. Jene unkontrolliert eingewanderten Populationen, die schon von Anfang an nur Ansprüche gestellt hatten und zu einem Beitrag zur ökonomischen Wertschöpfung weder willens noch befähigt waren, gingen nun am brutalsten vor. Es ging für sie wie für alle anderen ums Überleben und jetzt war sich jeder selbst der Nächste. Auf der einen Seite bildeten sich marodierende Banden, auf der anderen Seite bewaffnete Bürgerwehren. Eine wohlhabende und friedliche Ordnung war komplett in sich zusammengebrochen. Es macht keinen Spaß, solch ein Chaos zu beschreiben, dazu ist es zu sehr von unmenschlicher Gewalt, Gier und Hass geprägt. Der Gott der Fliegen hat in diesem Augenblick die Herrschaft übernommen.

Ich bin kein Chronist dieser Zeit und will auch keiner werden. Deshalb belasse ich es bei der Schilderung einer historischen Anekdote, die im weitesten Sinne jene Elemente enthält, die unsere heutige Katastrophe charakterisieren: Massenmigration und durch sie verursachte ethnische Verdrängung, gottesfürchtige Heuchelei – ein Vorhaben, das von Beginn an schlecht läuft –, die fatale Einmischung eines bis dahin unbekannten Naturphänomens sowie die Verwandlung des ganz normalen Menschen in ein elendes Wesen angesichts existenzieller Not im Kampf um das schiere Überleben.

Die Geschichte führt uns nach Nantucket, einem heutigen Badeort mit hohen Grundstückspreisen und einer Bevölkerungszahl von etwa 10.000 dauerhaft dort lebenden Menschen. Vor der Entdeckung dieses Teiles Neuenglands im Jahre 1602 durch den englischen Kapitän Bartholomew Gosnold hatten dort etwa 3000 Indianer des Stammes der *Wampanoag* gelebt. Sie waren halb sesshaft gewesen und hatten Feldbau, Fischfang und Jagd betrieben.

Die frühesten Kontakte dieses Stammes mit Kolonialisten verliefen freundschaftlich. Einzelne Seefahrer besserten jedoch schon damals ihr Einkommen durch die Verschleppung von Sklaven auf. Die ersten Siedler kamen mit der *Mayflower* und waren religiöse Dissidenten, die sich als *Pilgerväter* bezeichneten. Die erste Welle dieser Ankömmlinge überlebte zur Hälfte den ersten Winter nicht. Sie hausten in armseligen Hütten, hungrig, krank und den baldigen Tod erwartend. Es ist mündlich überliefert, dass die *Wampanoag* den Fremden zwar misstrauisch aus dem Weg gingen, ihnen jedoch auch oft dabei halfen, in dieser Gegend das Land zu bestellen und Fische zu fangen. Schließlich unterzeichneten sie sogar einen Freundschaftsvertrag und erhofften sich von den Briten Beistand in einem verlustreichen Stammeskrieg gegen die *Penobscot* im Westen.

Infolge dreier Epidemien verstarb in diesen Jahren der größte Teil ihrer Population und die Anzahl der Kolonialisten war viel zu klein, um eine Gefahr darzustellen. Die Indianer nahmen am christlichen Erntedankfest teil und trugen dazu sogar noch selbst erlegtes Rotwild bei.

Doch das freundschaftliche Verhältnis änderte sich, als die Pilgerväter mehr und mehr von den Puritanern verdrängt wurden. Als Reaktion auf deren herablassende Haltung gegenüber den Ureinwohnern, sandten diese den neuen Herrn ein in Schlangenhaut gehülltes Bündel von Pfeilen. Die Puritaner gaben die Schlangenhaut gefüllt mit Gewehrkugeln zurück und damit begann der

Todeskampf der *Wampanoag*.

Zu Beginn des 19. Jahrhunderts war Nantucket vornehmlich von Quäkern besiedelt. Diese ebenfalls aus England stammende religiöse Gruppe suchte die Erweckung vor allem durch innere Erfahrungen und weniger durch das Studium der Bibel. Der wirtschaftliche Wohlstand der Stadt beruhte jetzt auf dem Walfang sowie dem Schiffsbau. Der Tran der Meeressäuger war als Schmiermittel und Lampenbrennstoff begehrt und schon bald war die Spezies im unmittelbaren Küstengebiet dezimiert.

Im Jahre 1800 lief die Bark *Essex* vom Stapel. Sie war ein eher kleines, robustes Schiff mit drei Masten und im Bereich des Bugs den charakteristischen Rah-Segeln. Beim Auslaufen am 12. August 1819 stand es unter dem Befehl des achtundzwanzigjährigen Kapitäns George Pollard Junior. Neben diesem waren 20 weitere Mannschaftsmitglieder an Bord. Zunächst steuerte es die Westküste Afrikas an, um von dort mit günstigen Winden schnell an die Südspitze Südamerikas zu kommen. Doch schon am dritten Tag wird die *Essex* von einer seitlichen Böe erfasst und kentert. Kapitän Pollard erwog die Rückkehr nach Nantucket, um in der dortigen Werft die Schäden reparieren zu lassen, doch dann entschloss er sich, die Azoren anzulaufen. Dort versuchte er vergeblich, ein weiteres Walfangboot zu erwerben. Anfang Januar 1820 gelang die Umrundung Kap Hoorns und in Chile wurde das Schiff wiederholt verproviantiert. Vor der Küste Perus wurden elf Wale erlegt und 450 Fässer mit Tran gefüllt.

Walfang war ein blutrünstiges Geschäft. Wenn vom Ausguck der Ruf *Südwestlich bläst er!* erscholl, wurden drei Fangboote zu Wasser gelassen und auf den Säuger angesetzt. Jeweils vier Männer ruderten diese Boote. Ein weiterer stand bereit, das Tier zu harpunieren. Der Wal versuchte dann, durch Abtauchen zu entkommen und für das Fangboot begann eine wilde Fahrt. Wenn das Beutetier langsam ermüdete, kamen die beiden weiteren Boote herbei und stießen immer wieder ihre Harpunen in seinen Leib. Bis zu 15 Einstiche waren nötig, um die Lunge und andere lebenswichtige Organe tödlich zu verletzen. Meist gab der Wal am Ende noch eine blutige Fontäne von sich. Dann wurde die Beute leblos zum Mutterschiff geschleppt und zerlegt.

Bei einer Verproviantierung in Ecuador setzte sich im September der Matrose Henry Dewitt von der Mannschaft ab. Wahrscheinlich hat ihm dieser Entschluss sein Leben gerettet. Auf den Galapagosinseln wurde die *Essex* ein letztes Mal mit Nahrungsmitteln und Frischwasser versorgt. Dann nahm sie im Pazifik Kurs auf ein Gebiet nahe dem Äquator, in dem sich Pottwale paarten. Am Morgen des 20. November entdeckte die Besatzung eine Schule von Walen und ließ die Fangboote aussetzen. Allerdings gelang es einem der Tiere, eines der Boote zu beschädigen, und der Harpunist sah sich gezwungen, die Leine zu kappen. Als Kapitän Pollard seine Männer zurückrief, erkannte diese, dass die *Essex* bei Windstille und ruhiger See ohne erkennbaren Grund stark Schlagseite hatte. Die Boote gingen längsseits und die Besatzung versuchte, das Schiff durch Kappen der Masten und des Tauwerks zu stabilisieren. In diesem Augenblick tauchte ein riesiger Pottwal auf und rammte die *Essex*. Kurze Zeit lag er wie betäubt neben dem Schiff, dann entfernte er sich und attackierte erneut den Bug. – In der Geschichte der Seefahrt ist dies der erste Angriff eines Wals auf ein Schiff und Zoologen rätseln bis heute, was das Tier so aggressiv machte. Der wahrscheinlichste Grund sind die Geräusche, die von dem Schiffskörper ausgingen. – Dann tauchte der Wal unter der *Essex* hindurch und griff sie aus einigen 100 Meter Entfernung erneut an. Der Zusammenstoß war so heftig, dass mehrere Planken barsten und Wasser in großer Menge in die Laderäume eindrang.

Die folgenden zwei Tage nutzten die Mannschaft und Pollard, die drei Fangboote hochseetauglich zu machen und Proviant auf ihnen zu verstauen. Am 22. November gegen 12:30 Uhr sank die *Essex*. Die kleine Flotte hatte 195 Gallonen Süßwasser, 600 Pfund Schiffszwieback sowie drei Musketen geladen. Von günstigen Winden wollte man sich an die Küste Chiles treiben lassen.

Doch die Boote waren auf Schnelligkeit ausgelegt und nicht auf wochenlange Reisen. Nach einer entbehrungsreichen Fahrt erreichten die Schiffbrüchigen nach einem Monat die unbewohnte Insel Henderson. Deren spärlich rinnende Süßwasserquelle lag bei Flut unter dem Wasserspiegel. Um dem Tod durch Durst und Hunger zu entgehen, stachen 17 Mannschaftsmitglieder nach einer Woche wieder in See. Am 12. Januar verlor das Boot unter dem Befehl des Obermaates Owen Chase den Kontakt zu den beiden anderen. Chase, Benjamin Lawrence, der Steuermann eines der Fangboote, sowie der Kabinenjunge Thomans Nickerson überlebten. Sie wurden in der Nähe der Juan-Fernandes-Inseln von dem Schiff *Brigg Indian* an Bord genommen.

Am 28. Januar verlor Pollard den Kontakt zu dem dritten Boot der Flottille, es gilt seither als verschollen. Die ersten beiden Männer, die auf dem Boot des Kapitäns verstarben, wurden nach seemännischer Tradition bestattet. Dann entschied das Los, wer erschossen und verzehrt wurde. Paradoxerweise hatten bisher sämtliche Boote die Landung auf Inseln vermieden, deren Bevölkerungen des Kannibalismus verdächtigt wurden. Jetzt wurden die Verunglückten selbst zu Menschenfressern. Die Männer waren bereits so abgemagert, dass sie kaum noch über Körperfett verfügten, was für die Verdauung des grausigen Mahls wichtig gewesen wäre. Unter Medizinern ist es deshalb umstritten, ob es wirklich der Verzehr von Menschenfleisch war, der Pollard sowie dem Matrosen Charles Ramsdell das Überleben sicherte. Ende Februar wurden sie vor der Küste Chiles von dem Walfänger *Dauphin* aufgenommen. Ihre Haut war von Geschwüren übersät und es heißt, sie ließen nicht eher vom Nagen an den Knochen ihrer toten Kameraden ab, bis ihre Retter ihnen Tee einflößten. Die drei auf der Insel Henderson zurückgebliebenen Mannschaftsmitglieder – Seth Weeks, William Wright sowie Thomas Chapple – wurden Anfang April von der *Surrey* gerettet. Der entstandene Schaden beschränkte sich in diesem Fall auf die ökologische Ausrottung aller Bodenbrüter des Eilandes.

Ein Aspekt narzisstischer Beziehungen sei an dieser Stelle nur der Vollständigkeit halber erwähnt. Man nennt ihn *die Brotkrume* und meint damit eine Strategie, das Opfer mit minimalen Zugeständnissen bei der Stange zu halten. Man kann Enten aus dem Teich locken, indem man ein kleines Stück Brot ans nahe Ufer legt. Platziert man darauf hin weiter Brotstücke in ihrer Nähe, so beginnen sie, einem zu folgen. In der Beziehung zwischen Menschen könnte beispielsweise der gleichgültige Partner mit einer Traumreise Zuneigung suggerieren. Oder ein gemütskalter Vorgesetzter könnte durch eine spontane Pizza-Party auf eigene Kosten ein vorübergehendes Maß an Beliebtheit erkaufen. Das Ganze basiert natürlich auf einer Täuschung und der Bereitschaft der Opfer, sich mit Brotkrümeln zufrieden zu geben, anstatt stetig eine angemessene Portion an Empathie zu fordern.

Ich habe lange darüber nachgedacht, inwieweit dieser narzisstische Schachzug auch auf politischer Ebene zum Tragen kommt. Mir ist kein einziges Beispiel aus neuerer Zeit eingefallen. Das ist gut so. Bürger und politisches System machen sich nichts mehr vor. Man ist fertig miteinander. Die einen sind es leid, ihre Untertanen weiterhin zu bestechen, die anderen würden sich danach auch nicht mehr bücken. Wahrscheinlich sind in den modernen Zeughäusern und Waffendepots schon die Bajonette aufgepflanzt. Den letzten Informationen zufolge wird zur Zeit ein zehn Meter breiter Wassergraben um das Parlament gebaut. Es fehlt nur noch die Zugbrücke. Die Staatsvertreter rüsten sich. Ihre Wähler kommen.

Es gibt einen Affekt, der im Rahmen von historischen Jahrestagen sichtbar werden kann. Manche Menschen äußern unverhohlen ihre Freude anlässlich der Zerstörungen des Krieges und dem Leid der eigenen Opfer. Von einer *Bombenstimmung* ist beispielsweise die Rede. Damit meine ich nicht zwingend die Sieger oder deren Nachkommen. In diesem Fall wäre es eine Pose der Dominanz. Aber davon spreche ich nicht. Es geht vielmehr um Gruppen, die ihre eigene Befreiung mit einer Gewalt in Verbindung bringen, die sich vielfach erst nach dieser Bahn brach. Ein treffender Begriff wäre *Gehässigkeit* oder *Schadenfreude*. Letztere wird im Alltag häufig verharmlost. Wenn jemand im Winter ausrutscht und in den Schnee fällt, ohne sich zu verletzen, so ist diesbezügliches Gelächter oder eine flapsige Bemerkung etwas anderes. Das Entzücken am Unglück bestimmter Personen hängt von der Beziehung ab, in der man zu ihnen steht, und diese verändert sich oft nur zum Schein. Das erklärt die Spontaneität der Euphorie. Sie durchbricht die sorgsam gehütete Oberfläche sozialer Konvention und demaskiert die versteckte Feindseligkeit. Damit gereicht das Signal dem Jubelnden zum Nachteil. Er berauscht sich für kurze Zeit an einem Gefühl übergeordneter Gerechtigkeit, die es in der Realität gar nicht gibt. Der Nachteil des Geschädigten wird sich nicht in seinen Vorteil verwandeln. Aber der Narzisst offenbart seine wahre Gesinnung und lässt damit seine hasserfüllte Persönlichkeit erkennen.

Der Narzisst ähnelt einem Menschen, der von sich selbst in der dritten Person redet. Wenn er agiert, dann hat es den Anschein, als ob er sich selbst beobachtet und sich gleichzeitig selbst bewertet. Wahrscheinlich ist es dieser Mangel an Spontanität und Authentizität, der ihn anfällig für Bigotterie und utopische Ideologien macht. Er kann nicht sein, wie alle anderen. Die Gewöhnlichkeit seiner Umwelt ist ihm ein Graus, von dem er sich abheben muss. Wenn sich die Nachwelt eines Tages die Frage stellt, warum sich eine Zivilisation wie die unsere scheinbar grundlos aus der Geschichte verabschiedet hat, wird man um diesen Aspekt nicht herumkommen. In diesen Zusammenhang gehört die Frage, ob jene Augen, mit denen unsere Eliten sich selbst sehen, wirklich die unseren sind. Bei einer Tierart würde sich dieses Problem nicht stellen, da Tiere keine Kultur generieren können. Menschen haben jedoch diese Möglichkeit. Es ist einerseits ein Segen, andererseits macht es uns angreifbar. Wir stehen mitten in einem Kulturkampf, der bereits vor Jahrzehnten begonnen hat. In einem weitgehend zerstörten Land muss man keine Denkmäler stürzen. Es genügt, beim Wiederaufbau da und dort Nuancen zu setzen. Die Entfremdung vom Eigenen kennt keine *Stunde null*. Sie geschieht nicht von heute auf morgen. Das Fremde in seiner zersetzenden Art pirscht sich heimlich heran. Es erscheint in verschiedenen Gestalten und experimentiert mit unterschiedlichen Perspektiven. Wie ein Virus sucht es eine Wunde, um in den Körper einzudringen und ihn immer mehr zu schwächen.

Kapitel 13

Während unsere sozialwissenschaftlichen Lehrstühle unbeirrt neue Geschlechter erfinden, hat sich mittels einer Nukleinsäure mit der Information zur Steuerung einer Wirtszelle die wahre Natur zurückgemeldet. Sie ist unbarmherzig, repliziert sich und erscheint in vielfältigen Mutationen. Genaugenommen bestehen die Viren weder aus einer einzelnen noch aus einer Vielzahl von Zellen. Sie haben keinen eigenen Stoffwechsel, können keine Proteine herstellen und keine Energie umwandeln. Als *Virionen* werden sie aus den Wirtszellen ausgeschleust und verbreiten sich auf andere Wirte. Nicht einmal ihr evolutionärer Ursprung ist eindeutig geklärt. Aber sie existieren und leider verstehen sie keinen Spaß und keine Albernheiten.

»Stellst du dir den Tod als endgültigen Gleichmacher vor?«, fragt mich Iduna. Sie sieht mich eindringlich an.

»Als Redewendung ist diese Aussage geläufig. Ich meine, sie hat eine gewisse Berechtigung. Ehrlich gesagt, habe ich mir darüber noch nie Gedanken gemacht. Das Ableben ist für mich eher ein biologisches Faktum.«

»Du übersiehst, dass der Umgang mit dem Tod so vielfältig ist wie das Leben selbst. Noch heute, Jahrzehnte nach der Aufhebung der Rassendiskriminierung, lebt die Segregation in den Bestattungsinstituten Nordamerikas fort. Während die europäischstämmige Bevölkerung schwarz gekleidet am Grab des Verstorbenen ihre Tränen unterdrückt und das leidvolle Geschehen so schnell wie möglich hinter sich bringt, hat sich die afroamerikanische Kultur ihre eigenen Riten und Bräuche bewahrt. Die Gesänge und Tänze dauern Stunden. Die bunten Kleider der Trauergemeinde bejahen das Leben. Die Sitten haben ihre Wurzeln in Westafrika und haben Verschleppung und

Sklaverei überlebt. Ob wir es wollen oder nicht, wir unterscheiden uns von einander. Das gilt nicht nur im Leben, sondern über den Tod hinaus.«

***

Wie immer, wenn sich ein Ereignis mit zufälligen Hintergründen verknüpft, verbreiten sich bizarre Verschwörungstheorien. Dabei steht der Auslöser der Krawalle schon seit Wochen in keinem Verhältnis mehr zur entfesselten Gewalt auf der Straße. Nicht jeder Exzess ist ein spontaner Ausdruck aufgestauter Wut der sich unterdrückt fühlenden Bevölkerungsteile. Tagsüber bleiben die Proteste teilweise friedlich. Die tückisch agierenden Schlägerbanden bleiben dann von der Menge gedeckt. Nach Einbruch der Nacht operieren sie dann strategisch gut aufgestellt aus dem Hinterhalt. Die internationale Organisation, unter deren Logo sie sich formieren, ist zur terroristischen Vereinigung erklärt worden. Die ihr politisch nahe stehenden Parteien wollen dagegen juristisch vorgehen. Sie argumentieren, es gäbe gar keine formalen Strukturen. Das hat auch niemand behauptet. Es handelt sich vielmehr um informelle Verbindungen auf unterschiedlichen Ebenen. Meiner Einschätzung nach besteht der extremistische Teil durchaus aus Fraktionen, die sich programmatisch schwer vereinbar gegenüberstehen. Der Rest rekrutiert sich aus notorischen Gewalttätigen sowie nicht therapierbaren Soziopathen. Das Verbot der Organisation wird auf die gegenwärtige Spirale der Gewalt wohl wenig Einfluss haben, allerdings werden dadurch die Geldgeber transparent, die die hohe Mobilität der bezahlten Schläger ermöglichen und im Fall ihrer Verhaftung deren Kautionen hinterlegen. Es sind namhafte

Philanthropen darunter, die schon in anderen Zusammenhängen Einfluss auf die gesellschaftliche Entwicklung nehmen wollten. In diesem besonderen Kontext scheint mir eine Konspiration am wahrscheinlichsten.

In der Volkswirtschaftslehre gibt es etliche Entwicklungs- und Wachstumstheorien. Manche sind sehr formal und für ihr Verständnis braucht es mathematische Kenntnisse. Andere sind eher deskriptiver Natur und oft steht die Akkumulation des Realkapitals im Mittelpunkt des Modells. Eigentlich wäre eine Erweiterung dieser Theorien um das Humankapital naheliegend, doch dann kommt man um eine politische Inkorrektheit nicht herum. Psychologen sind sich in Fachkreisen einig, dass es zwischen Populationen Unterschiede in Hinsicht auf die durchschnittliche Höhe der kognitiven Fähigkeiten gibt. Am besten schneiden die Staaten Japan und Korea ab. Das arithmetische Mittel ihrer Intelligenzquotienten ist höher als jenes aller europäischen Völker. Allerdings liegt der kaukasische Durchschnitt eine Standardabweichung über jenem des Nahen Ostens und Nordafrikas. Subsahara Afrika schneidet sogar zwei Standardabweichungen schlechter ab. Angesichts des galoppierenden Bevölkerungsaustausches werden wir also unseren Vorsprung auf den hoch qualifizierten Feldern der Ökonomie verlieren. Bildlich gesprochen, werden es immer weniger sein, die den Wagen ziehen und gleichzeitig immer mehr, die in dem Wagen sitzen. Jene, die befähigt und willens sind, zum Wohlstand beizutragen, müssen mit einer steigenden Abgabenlast rechnen. Diese Entwicklung könnte sich durch Abwanderung von Leistungsträgern verschärfen. Paradoxerweise besteht dann für einen Staat mit unkontrollierter Einwanderung ein Anreiz, die Auswanderung zu reglementieren. Eine Art *Landesfluchtsteuer* würde Vermögen von Emigranten konfiszieren und damit den Aufbau einer neuen Existenz im Ausland erschweren.

Doch das sind dunkle Prophezeiungen und ich will nicht, dass sie zu weit in die Zukunft reichen. Wir können nicht wissen, was geschehen wird, da es eine solche Rückentwicklung in der jüngeren Geschichte nicht gegeben hat. Da das absehbare Phänomen an den Fakultäten ignoriert wird, hat es nicht einmal einen Namen. Ich nenne es die *ökonomische Degeneration*. Unsere Industrienation wird sich aus demografischen Gründen immer mehr zu einem Schwellenland entwickeln. Wahrscheinlich werden sich auch Kultur und Politik diesem Level schnell angleichen. Es bleibt die Frage offen, ob dieser Trend in kleinen stetigen Schritten erfolgt, durch große sukzessive Krisen oder durch einen einmaligen Kollaps. Ich vermute, es werden aufeinander folgende Rezessionen sein, so wie wir es gerade aufgrund der Pandemie erleben. Möglicherweise schaffen wir es nochmals, die Wirtschaft wieder aufzubauen, aber kommenden Generationen wird die Kraft dazu fehlen.

***

Wir leben in einer Zeit bisher ungekannter Ungewissheit. Das Virus und seine Ausbreitung werden immer rätselhafter. Zunächst hatte es geheißen, es habe seinen Ursprung in einem Markt, der Fledermäuse zum Verzehr anbiete. Nun wurde bekannt, dass der Handel mit diesen Tieren schon Monate vor dem ersten Erkrankungsfall aufgrund eines Verbotes zum Erliegen gekommen war. Die Annahme, der Krankheitserreger stamme aus einem Labor, hatte bisher als Verschwörungstheorie gegolten – nun wird sie auch offiziell in Erwägung gezogen. Allerdings soll es sich um einen Biss in einem Forschungslabor gehandelt haben, der sich als Tröpfcheninfektion schnell verbreitete.

Anders als bisher angenommen, führt das Virus bei Überlebenden nicht eindeutig zur Immunität. Umso widersprüchlicher die wissenschaftlichen Veröffentlichungen werden, desto bereitwilliger suchen die Menschen Halt im Glauben. Manchmal hat dies fatale Folgen. Ein nordamerikanischer Fernsehevangelist bot wortgewaltig seinen Anhängern zu horrenden Preisen ein Schlangenöl als Prophylaxe an und verursachte so den Tod von mehr als einem Dutzend Menschen. Ein Salafist, der sonst für seine Hasspredigten bekannt war, verwarf alle hygienischen Gesundheitsvorkehrungen und begrüßte das Ableben der Ungläubigen. Wenig später geriet er in den Fokus der Staatsanwaltschaft, da er unter Vortäuschung falscher Tatsachen – er hatte angegeben, einen Großhandel mit Honig zu betreiben – staatliche Finanzhilfen in fünfstelliger Höhe erschlichen hatte. Er ließ seine Gemeinde zurück und verschwand vermutlich im Ausland.

»Wenn die Regierung die Ausgangssperre aufhebt und die Maßnahmen nach und nach lockert, werden wir dann in ein Leben zurückkehren, so wie wir es kannten?«, fragt Iduna.

»Ich hielte das für möglich, wenn wir eine Regierung hätten, die auf unserer Seite steht. Das ist jedoch nicht der Fall. Im jetzigen Ausnahmezustand konnte das Regime einige technologische Überwachungstechniken testen. Aber das ist nicht einmal das Schlimmste: Die kommende Wirtschaftskrise wird viele Existenzen zerstören. Die Hilfspakete des Staates werden die Abhängigkeit der Bürger verstärken. Wer von Krediten abhängig ist, muss die Auflagen befolgen. Wir werden nach dieser Krise noch unmündiger sein als zuvor.«

»Lass uns zwei Jahrzehnte zurückgehen«, beginnt Iduna nach

einer Phase des Schweigens. »Vielleicht können wir dann verstehen, wie wir in das Dilemma geraten sind. Alles begann mit der Aufhebung der nationalen Grenzen in Europa. Wir vertrauten auf den Schutz der Außengrenzen des Kontinents und begrüßten diese Politik. Dann wurde eine gemeinsame Währung in Umlauf gebracht und auch wenn manche zu recht skeptisch waren, so nahmen wir das als Fortschritt hin. Dann kam die Flut der Migranten und es wurde klar, dass die Machthaber gar nicht die Absicht hatten, die Außengrenzen zu schützen. Zeitgleich entpuppte sich die neue Währung als gigantischer Finanztransfer von den leistungsbereiten Staaten hin zu, sagen wir, *bequemeren Wirtschaftskulturen.* Und schließlich kam das Virus auf und aus Gründen, die wir wahrscheinlich nie erfahren werden, weigerten sich unsere Machthaber, rechtzeitig die Landesgrenzen zu sichern. Angeblich sei dies unmöglich gewesen. Als die Pandemie sich als Katastrophe entpuppte, blieb am Ende dennoch gar nichts anderes übrig, als die nationalen Grenzen zu schließen. Das gilt jedoch nur für jene Bürger des Staatenbundes, denen man ursprünglich Freizügigkeit zugesichert hatte. Der Zustrom an illegalen Migranten, viele von ihnen infiziert, hält in das Zentrum der Epidemie weiter an.«

»Ich frage mich, wie das Ganze enden wird. Wer soll oder kann das alles bezahlen? Wie will man das Chaos unter Kontrolle halten?«

»Wenn die Sozialsysteme kollabieren, beginnt der nackte Kampf ums Überleben. Vermutlich werden sich die Menschen dann entlang ihrer verschiedenen ethnischen Linien solidarisieren. Das ist der Moment, in dem der Bürgerkrieg ausbricht.«

***

Wenn Gesellschaften zerfallen, entstehen neue Räume des Zusammenlebens. In unserem Fall ist das die Ausrufung einer Variante der *Pariser Kommune.* Dass die autonome Zone nach wüsten Plünderungen und anderen Formen der Gewalt ins Leben gerufen wurde, soll uns nicht beunruhigen. Die meisten Staaten verdanken ihre Existenz Wirren und Chaos. Der Ministerpräsident des neuen Staates ist ein ehemaliger Musiker. Die Lyrik seiner Sprechgesänge lässt einen betont gewaltbereiten Führungsstil erwarten. Da die Herrschaft in diesem jungen Land auf Charisma beruht, sind Wahlen völlig überflüssig. Was das Staatswesen von anderen Ländern unterscheidet, ist das Fehlen einer Polizei. Die innere Sicherheit wird von Anarchisten übernommen, die sich anfangs auf den zweiten Verfassungszusatz und dem Recht auf das offene Führen von Waffen berufen hatten. Außerdem schützen diese Aktivisten auch die Staatsgrenze und haben die Aufgabe, eine etwas rudimentäre Form der Steuergesetzgebung durchzusetzen. Sie erscheinen dann als Beamte des Finanzministeriums in den Ladengeschäften des sechs Häuserzeilen großen Gebietes und bitten deren Inhaber um eine spontan bemessene Abgabe. Das ökonomische Schwellenland erhält übrigens schon Entwicklungshilfe. Nach internationalen Verhandlungen wurde dem Ausland unter Auflagen die Erlaubnis erteilt, zur Seuchenprävention einige mobile sanitäre Anlagen aufzubauen. Wahrscheinlich wäre dieser Staatsentwurf nach Abschaltung der Elektrizität und der Einstellung der Leitungswasserzufuhr schon nach wenigen Tagen Geschichte gewesen, doch in der Welt der Clowns kann sich die Politik dazu nicht entschließen. Und so wird die Kommune noch auf absehbare Zeit ein Teil der Völkerfamilie bleiben.

In der chinesischen Mythologie bewacht der *Fenghuang* den südlichen Teil des Kaiserpalastes. Das Vogelwesen ist gleichzeitig ein Glückssymbol und steht für die Barmherzigkeit. Er hat einen recht großen Kopf mit länglichen Augen und einen spitzen, leicht gekrümmten Schnabel. Sein farbenprächtiges Gefieder verweist auf die fünf heiligen Farben. Der Kopf ist grün, der Hals weiß, der Rücken rot, die Brust schwarz und die Füße sind gelb. So vereinen sich Güte, Gerechtigkeit, Anstand, Weisheit und Treue. Ein ähnliches Tier ist auch in der Sagenwelt der Ägypter, Hellenen und Mayas enthalten. Hier verbrennt der mythische Vogel am Ende seines Lebens und entsteht mit Anbruch des nächsten Tages neu aus seiner eigenen Asche. Herodot berichtet von diesem heiligen Vogel und nennt ihn *Phoinix*. Er habe ihn nur als Abbildung gesehen, denn er erscheine nur alle 500 Jahre. Dann baue er sich im Tempel des Helios ein Nest aus Myrrhen und wohlriechenden Kräutern. Schließlich erzeuge er mit seinem Flügelschlag ein Feuer, in dem er alsbald verbrenne. Nach Erlöschen der Flammen bleibe ein Ei zurück, aus dem schon bald ein neuer Phönix schlüpfe. Die Christen verkürzten diesen Mythos auf die Wiederauferstehung Christi, doch spätestens seit der Spätantike symbolisiert der Wundervogel die Unsterblichkeit. Auch die tödliche Verwundung durch seine Feinde kann ihm nichts anhaben. Er garantiert die zyklische Erneuerung kultureller Gemeinschaften über Menschenalter hinweg.

***

Iduna und mir liegt eine Art politisches Manifest vor, das wir nicht sicher einordnen können. Es nennt sich *Entwurf einer Ethnografie des Menschenfeindes* und gliedert sich in acht Kategorien. Mit dem Begriff *Menschenfeind* sind wir selbst gemeint, also die angestammte Bevölkerung Europas.

»Ich verstehe nicht, was das sein soll«, erkläre ich Iduna. »Ist es ein Manifest? Oder ist es eine Zustandsfeststellung?«

»Ja, es könnte eine Bestandsaufnahme sein. Aber vielleicht enthält es unausgesprochen auch Merkmale eines auf die Zukunft ausgerichteten Programms. Lass uns die einzelnen Punkte gemeinsam durchgehen. Da ist zunächst der Ausgangstyp des sogenannten Menschenfeindes. Als Vertreter der Vorherrschaft spricht er sich für eine Beibehaltung der Werte und Institutionen seiner Regentschaft aus.«

»Dass sich Menschen mit ihrer Kultur identifizieren, ist eigentlich normal«, gebe ich zu verstehen. »Soweit ich das überblicken kann, geht dieses Pamphlet von einer unheilbaren Bösartigkeit unserer Spezies aus. Meiner Meinung nach ist dieses Machwerk rassistischer Art.«

»Der zweite Typus ist voyeuristischer Natur. Gemeint sind damit Personen, welche einzelne Vorzüge der angeblich unterdrückten Ethnien konsumieren, jedoch nicht unter deren Belastungen leiden müssen. Es geht also um Rasta-Locken, Jazz und Caipirinha.«

»Wir sind in diesem Sinne so etwas wie Trittbrettfahrer, die sich auf versteckte Art vergnügen und für die Teilnahme nicht bezahlen müssen. Der dritte Typus ist der Privilegierte. Er kritisiert die Vormachtstellung des Menschenfeindes und spricht sich für Vielfalt aus. Diese Vorbehalte sind allerdings nur strategischer Art. In Wirklichkeit will er seine Superiorität normalisieren.«

»Punkt vier spielt auf den Nutznießer an. Hier scheint mir die ordinale Aneinanderreihung durcheinanderzugeraten. Es geht um Personen, die privat ehrliche Kritik an den Zuständen üben, sich jedoch nicht öffentlich solidarisieren. Als Nächstes kommt der Bekennende, der offen Eingeständnisse ablegt, wenn er unter

Druck gesetzt wird. Dann ist da der Kritiker, der dem aus eigenem Antrieb nachkommt. Der Verräter lehnt seine eigene Gemeinschaft ab und untergräbt diese aktiv. Als Letztes kommt der Abschaffer. Er bringt die bestehenden Institutionen zu Fall und erlässt Maßnahmen, dass diese sich unmöglich erneuern können.«

»Es ist ein hasserfülltes Manifest.«

»Ja, es ist ein Entwurf zur ultimativen Gewaltherrschaft.«

* * *

Die von Zwangsgebühren finanzierten Leitmedien haben eine neue Existenzberechtigung bekannt gegeben: Sie seien so etwas wie *Sauerstoff für die Demokratie*. Das sehe ich nicht viel anders. Dabei stellt sich jedoch die Frage, wie es um ein politisches System bestellt sein muss, wenn es auf den Anschluss an ein Atemgerät angewiesen ist. Unsere Finanzminister hatten sich in der Vergangenheit so benommen wie die Teilnehmer eines üppigen Galadiners, wobei sich jeder Gast der Illusion hingab, ein anderer möge sich dazu bereit erklären, die Zeche zu zahlen, wenn der Ober am Ende die Rechnung präsentiert. Aber jetzt spielt Geld wieder eine Rolle – es ist nämlich keins mehr da. Das Virus wirkt wie ein Katalysator. Die politischen Luftschlösser und gesellschaftlichen Lebenslügen der jüngeren Vergangenheit lassen sich nicht länger vertuschen. Wie ein Kartenhaus bricht zusammen, was vor Kurzem noch als unumstößlich galt. Die viel beschworene Solidarität der Mitglieder unseres Staatenbundes sowie unserer transatlantischen Partner hat sich als trügerisch erwiesen. Zöllner beschlagnahmen lebenswichtiges medizinisches Material auf der Durchfahrt in ein anderes Land. Geheimdienste spüren auf internationalen Flughäfen Ladungen von knappen

Gesichtsmasken auf, die von anderen Staaten bestellt und bezahlt waren. Die Regierungen empfehlen den Bürgern, diesen Mund- und Nasenschutz selbst zu nähen. Das gehört zu den üblichen Beschönigungen, denn so hergestellt ist er praktisch nutzlos. Auch die gemeinsame Währung wird diese Krise nicht überstehen. In den ökonomisch besonders desolaten Staaten sind bereits jetzt Substitute zu den offiziellen Geldmitteln ausgegeben worden. Die Sozialisten haben innenpolitisch scheinbar scherzhaft mit der Erschießung des einen Prozents der Reichen gedroht. Später korrigierten sie sich und beschränkten sich auf die Einweisung in Arbeitslager.

Aber es sind nicht so sehr die politischen Extreme, vor denen ich mich fürchte. Auch die gemäßigten Parteien wissen nicht mehr weiter. Sie können gar nicht anders, als sich da zu bedienen, wo noch etwas zu holen ist. Dabei ist das Vermögen der Mittelschicht längst keine Frage des Status oder des Luxus mehr. Für die älteren und beruflich weniger qualifizierten Bürger, die das Land verlassen wollen, ist es von existenzieller Bedeutung. Nur so kann man sich in die wenigen Länder einkaufen, die noch Einwanderungskontingente stellen. Bekanntlich machen Brot und Spiele die Massen gefügig, doch aufgrund des Verbotes von Versammlungen von mehr als zehn Personen fallen auch letztere aus. Zunächst waren Sportveranstaltungen noch ohne einen einzigen Zuschauer auf der Tribüne übertragen worden. Am Ende wurden selbst diese sogenannten *Geisterspiele* abgesagt.

Zu den prominentesten Vertretern unseres parlamentarischen Systems gehört eine stellvertretende Vorsitzende, die vor gar nicht so langer Zeit als Teilnehmerin einer Demonstration mit einem Transparent vorausging, auf dem die Parole *Heimat, du mieses Stück Scheiße* stand. Sie hat sich dafür nie entschuldigt und wahrscheinlich hätte auch niemand eine derartige Erklärung im Nachhinein ernst genommen. Ohne eine besondere berufliche Qualifikation hat sie inzwischen viel Geld verdient, ohne dass jemand erklären, könnte, für welche Leistung sie entschädigt wird. In ihrer Position ist die Überparteilichkeit nur Schau. Als bornierter Apparatschik beugt sie bei jeder Gelegenheit das Recht. Das Besondere an dieser Person ist, dass sie die Eitelkeit des Narzissten zur Schau trägt wie wenige andere. Häufig ist sie gekleidet wie ein geschmückter Christbaum und einzelne Unikate lassen sich gar nicht eindeutig als Kleidungsstück einordnen. Von einem *mantelähnlichen Etwas* ist dann die Rede. Die Warze in ihrem Gesicht trägt sie mit Stolz. Heutzutage gehört die Exaltiertheit nicht mehr zu den Todsünden. Die Hochglanzmagazine sind voll davon. Dabei wird nur allzu leicht übersehen, dass diese Dünkelhaftigkeit nach außen gerichtet ist. Die überhebliche Selbstdarstellung eines Menschen sagt sehr viel über seine Empathiefähigkeit aus. Ihr Einsatz für eine lebenswerte Zukunft ist nur Lug und Trug.

Jeder weiß, was eine Lüge ist. Es erscheint müßig, darauf näher einzugehen. Doch bei genauerem Hinsehen entpuppt sich die Unwahrheit als vielfältiger, als es zunächst scheint. Ein Betrug kann der Erlangung eines persönlichen Vorteils dienen. Er ist in diesem Sinne nichts anderes als das skrupellose Werkzeug eines auf seinen eigenen Vorteil fixierten Menschen. Oft ist die Falschinformation in diesem Sinne unter Strafe gestellt oder der überführte Lügner wird wenigstens in Zukunft an Glaubwürdigkeit verlieren. Doch es gibt auch benevolente Lügen, also solche, die uns selbst oder andere in einer Notlage schützen. Diese werden in der Regel eher verziehen. Da sind zum Beispiel die allgegenwärtigen Schwindelleinen des Alltags, die unangemessenen Komplimente oder die höfliche Danksagung für ein Geschenk, mit dem der Beschenkte in Wirklichkeit gar nichts anfangen kann. Ich gehe davon aus, dass jeder heute lebende Mensch schon einmal gelogen hat, jedenfalls scheint mir das nicht allzu weit hergeholt. Keiner von uns ist berufen, den ersten Stein zu werfen.

Man könnte sogar noch einen Schritt weitergehen und die Lüge zum Teil unserer Kultur erklären. Ich denke dabei an einen ehemaligen Patienten, der gut situiert war und über eine Reihe vorteilhafter Eigenschaften verfügte. Leider war er leicht gehemmt und gehörte zu jener Art Männer, die man umgangssprachlich als *Anbahnungsanalphabeten* zu bezeichnen pflegt. Schließlich fand er im Ausland seine große Liebe und heiratete. Die Braut war sehr attraktiv, deutlich jünger als er und hatte zuvor als Fotomodel gearbeitet. Schnell wurde klar, dass die Erwartungen der Holden nach oben hin nicht gedeckelt waren. Obwohl er gut verdiente und ihnen beiden einen großzügigen Lebensstil ermöglichte, wurden dies schon nach kurzer Zeit den Ansprüchen der Gemahlin nicht mehr gerecht. »Würdest du mich auch lieben, wenn ich arm und erfolglos wäre?«, frage er seine Gattin schließlich direkt ins Gesicht. »Natürlich nicht«, antwortete diese, ohne zu zögern. »Oder würdest du mich lieben, wenn ich alt und unansehnlich wäre?«

Ungeschminkte Ehrlichkeit hat etwas Brutales an sich. Sie zerreißt den zarten Firnis der Illusion. Die Lüge erlaubt uns die Selbsttäuschung. Hier hatte sie versagt und ich war in meiner Rolle als Mediator in diesem Konflikt gezwungen, die Beziehung unter Hinweis auf evolutionspsychologische Unterschiede zwischen Männern und Frauen auf eine nüchterne, aber letztlich funktionsfähige Grundlage zu stellen.

Im Jahre 356 vor unserer Zeitrechnung setzte Herostratos den Tempel der Artemis in Ephesos in Brand, um seinen Namen in die Geschichte einzuschreiben. Das ist die untypischste Form des Bildersturms. Gewalt gegen eine Kultur ist meist religiös, ideologisch oder politisch motiviert. Manchmal, etwa im Fall der Beutekunst, hat sie auch ökonomische Hintergründe. Der zeitgenössische Kulturvandalismus in Nordamerika und Westeuropa soll das kulturelle Gedächtnis Europas auslöschen und die Erinnerung an die Schöpfer dieser Zivilisation tilgen. Die Bilder der mutwillig beschädigten und zerstörten Statuen fügen sich in einen größeren Rahmen von Brandstiftung, Plünderung und blindem Hass gegen Individuen und Gruppen. Es scheint, als hätte Karma seine Hand im Spiel. Vor wenigen Jahren hatten Streitkräfte einiger dieser Länder im Dienste fremder Interessen die Skulptur eines keineswegs unschuldigen Staatsmannes im Mittleren Osten vom Sockel gerissen und dadurch mit katastrophalen Folgen die gesamte Region destabilisiert. Die Krawalle halten seit Wochen an und es ist schwer abzusehen, wohin sie führen werden.

Um meinen Pessimismus zu besänftigen, habe ich mich mit der Anekdote einer Plastik beschäftigt, welche nach ihrer Demontage schließlich doch noch auf friedlichem Weg in die Stadt ihres Ursprungs zurückfand. Der *Idstedt-Löwe* wurde im Jahre 1862, zwölf Jahre nach der Niederschlagung der schleswig-holsteinischen Erhebung, als Zeichen des Triumphs errichtet. Die Dänen gingen dabei nicht allzu sensibel vor. Hunderte Särge und Grüfte der gefallenen Feinde wurden zerstört und abschätzig in eine Grube geworfen. Ihre Votivtafeln wurden zerschlagen und ein Gedenkstein in der Erde vergraben. Zu dieser Zeit wehte vor dem Monument der *Danebrog*. Doch schon zwei Jahre später wendete sich das Blatt. Preußische und österreichische Truppen stürmten die *Düppeler Schanzen*. Der Pionier Carl Klinke soll der Legende nach unmittelbar vor der Zündung seines Sackes Schwarzpulver gerufen haben »Ick bin Klinke, ick öffne dit Tor!« Die Bresche, die er damit schlug, wurde dem dänischen Heer zum Verhängnis und die neue Grenzziehung ließ den Löwen schutzlos zurück. Nachdem die Skulptur von Unbekannten beschädigt wurde, ließ Otto von Bismarck sie nach Berlin verbringen. Den Sockel zierten nun nicht mehr die Reliefs der dänischen Generäle Christopher von Krogh und Friderich Adolph Grell, sondern des Generals der Kavallerie Prinz Friedrich Karl Nikolaus von Preußen. Von den Kindern der Stadt als *Laubfrosch* verspottet, fristete das Siegesdenkmal einige Jahrzehnte im Hof eines Zeughauses sein Dasein. Dann befahl der amerikanische General Dwight Eisenhower den Transport nach Kopenhagen. Hier stand er 66 Jahre auf dem Gelände eines Museums, bis die Heimatstadt des Löwen ein großes Herz bewies und ihn auf eigenen Wunsch an seinem angestammten Platz wieder aufstellte. Leider hat diese erbauliche Geschichte mit dem Ikonoklasmus unserer Tage sehr wenig zu tun.

In Nordamerika ist der Bilderstürmer nun jedes Wochenende am Werk. Vor allem in den Südstaaten werden jahrhundertealte Skulpturen von einem entfesselten Mob vom Sockel gerissen und zerstört. Die Behörden sind machtlos und versuchen, dem Treiben zuvorzukommen, indem sie die Statuen selbst demontieren und auf Armeestützpunkten einlagern. Dabei handelt es sich keineswegs um Kriegsverbrecher, sondern meist um Generäle, die aus heutiger Sicht auf der falschen Seite gekämpft haben. Warum der Hass ausgerechnet in heutiger Zeit zuschlägt, hat mit der demografischen Entwicklung zu tun. Die weiße Bevölkerung wird in 30 bis 40 Jahren eine Minderheit unter anderen, zugewanderten

Minoritäten sein. Ihre Kultur ist schon jetzt nicht mehr verbindlich. In der Vergangenheit hatte das Einwanderungsland Immigranten angehalten sich zu integrieren und zu assimilieren. Das ist der Unterschied zu der gegenwärtigen Situation. Jene, die jetzt in das Land eindringen, wollen nicht Teil des Bestehenden sein. Sie verabscheuen es. In Westeuropa ist die Entwicklung noch nicht so weit. Die Invasoren beschränken sich auf den Aufbau einer städtebaulichen Parallelwelt. Der Kontinent war nach dem letzten großen Krieg in weiten Teilen so zerstört, dass es auch nicht allzu viel gäbe, das man noch in den Dreck ziehen könnte. Hier und da werden ein paar Straßennamen umbenannt, aber das macht keinen großen Unterschied mehr.

Meine Heimat hat man entfremdet. Zuerst mit den triumphalen Militärmonumenten des inzwischen untergegangenen Sowjetimperiums, dann mit jenem Koloss der unendlichen Schuld, der nicht unsere Kultur repräsentiert. Eine einflussreiche religiöse – oder eigentlich eher ethnische – Minderheit mag ihre Leidensgeschichte mit all ihren Übertreibungen, Unmöglichkeiten und ihrer Beschwörung einer immer fortwährenden Verbitterung kultivieren, das gehört zu ihrem Wesen. Wir selbst sind anders und deshalb wird das zerbröselnde Monstrum sicherlich nicht in alle Ewigkeit über uns thronen.

Mit Endzeitpropheten verbindet sich das Phänomen, dass sie im Falle des Nichteintretens ihrer Voraussagen nur sehr selten an Ansehen verlieren. In den Fünfzigerjahren des vergangenen Jahrhunderts sorgte eine ältere Dame für Aufsehen, die angeblich über eine übersinnliche Gabe verfügte. Man erzählte sich, sie sei in der Lage, sich in Trance zu versetzen und dann schriftlich von zukünftigen Ereignissen Kunde zu geben. Eine genaue Erklärung für dieses Mysterium wusste niemand. Manche behaupteten, in solchen Situationen würde eine kosmische Kraft den Menschen in Besitz nehmen. Andere neigten zu eher neurologischen Ansätzen, die eine telepathische Führung der Schrifthand nicht von vornherein ausschlossen. Für erheblichen Wirbel sorgte ihre Prophezeiung, dass schon an einem bestimmten, gar nicht mehr fernen Tag, Schlag Mitternacht, eine Armada von Ufos auf der Erde landen würden. Für jene Menschen, die darauf vorbereitet seien und sich den Außerirdischen anvertrauen würden, bestehe die Aussicht auf Errettung, denn schon kurze Zeit später würde unser Planet komplett zerstört werden. Zunächst trafen nur die nächsten Jünger dieses okkulten Kreises die notwendigen Vorkehrungen. Doch je länger die umstrittene These öffentlich kommuniziert wurde, desto mehr Personen schlossen sich diesem Kult an. Männer verließen ihre Ehefrauen und umgekehrt. Bürger verkauften ihr Hab und Gut, da sie davon ausgingen, dass sie es nicht mit auf die Reise nehmen könnten. Angestellte kündigten ihre Arbeitsverhältnisse und vor Gericht für unschuldig Erklärte gaben nachträglich ihre Untaten zu. Und tatsächlich versammelten sich am Stichtag Gruppen von Gläubigen, die ihrer extraterrestrischen Evakuierung harrten. Als aber auch eine halbe Stunde nach zwölf Uhr keine unbekannten Flugobjekte erschienen waren, tröstete man sich mit dem Gedanken, dass die Wahrsagerin ja keine bestimmte Zeitzone benannt hatte. Doch auch am nächsten Tag ließen die Retter sich nicht blicken und so forderte man von der älteren Dame eine Erklärung. Diese begab sich wieder in ihren spirituellen Schlaf und mit zierlicher Handschrift gab sie folgende Begründung ab: *Wir vom Stern* – hier folgte ein unleserliches Wort – *haben wahrgenommen, dass es auf der Erde wenigstens eine Handvoll Gerechte gibt. Deshalb wird der Planet von der Katastrophe verschont. Unser Kommen wäre unnötig gewesen.* Die Verkündung des Unheils rechtfertigt sich durch den von ihr erzeugten Alarmismus. Deshalb wurde die Welt noch nicht vom Ozonloch geschluckt und die Ressourcen gehen trotz aller gegenteiligen Prognosen nicht zur Neige. Die unbestätigten Experten verweilen auf ihren hoch dotierten Posten und all jene sogenannten *Menschenfeinde*, die ihnen die Gefolgschaft verweigert hatten, müssen ihnen zu Dank verpflichtet bleiben.

Es war mir in die Wiege gelegt, Einzelgänger und introvertiert zu sein. Ich habe mich nie darum bemüht und lange Zeit war es mir nicht einmal bewusst. Vielleicht liegt das daran, dass dieser Persönlichkeitsfaktor bei mir im normalen Bereich liegt. Ich bin also nicht ganz und gar vereinzelt und in mich gekehrt. Es geht vielmehr um eine Tendenz und diese verbindet sich mit Vor- und Nachteilen. Erst als ich mich um Konformität bemühen musste, wurde mir bewusst, wie schmerzhaft Ausgrenzung sein kann. Ich wurde also *rundgeschliffen*, wie man das nennt. Das ist nicht einmal der schlimmste Ausgang einer versuchten Integration. Andere wurden von Anfang an als unbrauchbar kategorisiert und auf mehr oder weniger arglistige Weise von der Herde weggebissen.

Akzeptierter Teil einer Gruppe zu werden, kann sehr viel Energie binden. Den zugewiesenen Platz in der Hierarchie zu behaupten und die alltäglichen Anfeindungen auszuhalten, ist anstrengend. Der Abwehrmodus schränkt die Individualität ein. Es gilt, so wenig Angriffsfläche wie möglich zu bieten. Das enge Zusammenleben macht Reibereien unvermeidlich. Ich hatte soziale Kompetenz immer als ein Talent betrachtet, das mir ein Stück weit fehlt. In der Praxis erlebte ich dann auch die dunklen Seiten dieser Gabe: Schmeichelei, Anbiederung, Intrige und Unterwerfung. Am Ende meiner Ausbildung erfreute ich mich meiner wiedergewonnenen Freiheit umso mehr.

Ich betrachte diese Phase übrigens nicht als verlorene Zeit. Man hat mir ein Muster von bewährten Verhaltensweisen, Orientierungen und Vorbildern mit auf den Weg gegeben, auf das ich in Notfällen dankbar zurückgreife. Das ist Teil meiner Unabhängigkeit. Ich verzichte von nun an weitgehend auf Teilhabe an einer Gruppe. Auf ihre Solidarität kann ich verzichten. So richtig passe ich in keine Kategorie. Manches Milieu ist mir sicher näher als andere Zusammenhänge. Aber da ich nicht eindeutig einzuordnen bin, gerate ich nie zwischen die Fronten. Ich muss mich keiner Mode unterwerfen und auch keinen Ritualen. Meine Grenzen bestimme ich selbst und sonst niemand. Und auch die Maßstäbe – Gut und Böse, Recht und Unrecht, Schönheit und Verfall – setze ich allein. Dies ist das Ergebnis einer nicht immer ganz einfachen Individualisierung.

Nicht selten bleiben Opfer narzisstischen Missbrauchs auch dann noch in der Beziehung zu ihrem Peiniger, wenn sie seine gestörte Persönlichkeit durchschaut haben. So kann etwa ein Ehepartner die Beziehung aufrecht erhalten, weil die gemeinsamen Kinder noch nicht aus dem Haus sind. Kinder sind von ihren Eltern oft so hochgradig abhängig, dass sie sich aus solch einer Bindung ohnehin noch nicht lösen können. Manchmal sind es auch berufliche oder geschäftliche Ursachen, die den Abbruch der ungesunden Beziehung hinauszögern oder verhindern. Es gibt verschiedene Strategien, wie das Opfer sich in einer solchen Lage am besten schützt. So ist es beispielsweise gut beraten, die Zugehörigkeit auf einen oberflächlichen Kontakt zu beschränken. Ist eine Bevölkerung einer narzisstischen Herrschaft ausgeliefert, so reagiert sie darauf gewöhnlich mit versteckter Verachtung. Ein Dichter aus *Lützows wilder Schar* hat den feinen Spott des Volkes auf eine mit der Fremdherrschaft kollaborierenden Obrigkeit beschrieben: Nach außen muss sich der Untertan beugen und weiterhin der Regierung seinen Respekt zollen. Im Inneren verabscheut er die Machthaber. Sie sind nicht länger Teil der Gemeinschaft und ihre Legitimität beruht nur noch auf Gewalt. Man spricht von den Regierenden als *Gänsediebe* und schwärzt symbolisch deren Stirn. Mit der Schadenfreude wird der Hohn zur Häme. Das Stillhalten der Bevölkerung ist dann keine Unterwerfung mehr. Sie lauert nur noch auf die Gelegenheit zum Aufstand und sinnt auf Rache. Das Band ist in dieser Beziehung ein für alle Mal zerschnitten und jeder Gehorsam allenfalls Schau. Der Dichter fiel übrigens im August des Jahres 1813 als nur Zweiundzwanzigjähriger im Gefecht nahe des Forsts von Rosenow bei Gadebusch.

Wenn man in unbedingter Opposition zu einer herrschen Politik steht, die von einer Mehrheit oder wenigstens weiten Teilen der Bevölkerung unterstützt wird, stellt sich die Frage nach dem eigenen Bewusstsein. Im Extremfall kann sich eine Person im Wahn für allwissend halten. Aus dieser Perspektive heraus irren alle anderen. In meinem Fall ist das nicht so. Es gibt Gleichgesinnte und mit einiger Berechtigung kann man sogar davon ausgehen, dass ein größerer Teil der Mitbürger schweigend gegen die derzeitige Obrigkeit eingestellt ist. Das löst jedoch das Problem nicht. So gesehen wären wir zwar keine Einzelfälle aber eine überschaubare Gruppe von Querdenkern. Es geht jedoch nicht darum, Mitglied einer Mehrheit zu sein, die sich auf das Wünschenswerte verständigt hat. Auch die Überzahl kann auf dem Holzweg sein. Was mir die Sicherheit gibt, auf der richtigen Seite zu stehen, ist unser Denken. Wir reflektieren unser Tun und unsere Argumente. Unsere Feinde hingegen leben in einer künstlichen Gewissheit. Ihr Gefühl der Überlegenheit beruht auf einer heuchlerischen Haltung, die sie absolut gesetzt haben. In ihren Echokammern gibt es nur die Kategorien Schwarz und Weiß. Jede Differenzierung ist ihnen fremd. Da sie zu einem Dialog nicht befähigt sind, können sie gar nicht anders, als die Redefreiheit aufheben. Ihr Verständnis der Realität ist aberwitzig verzerrt. Jenseits ihrer subjektiven Moral gibt es keine objektiven Maßstäbe. Jeder Verweis auf wissenschaftliche Erkenntnisse, die ihrer Gesinnung entgegenstehen, wird als Leugnung abgetan. Es sind pseudo-religiöse Dimensionen, in denen sie denken, und jeder, der ihnen widerspricht, ist ein moderner Ketzer, den sie am liebsten auf einem Scheiterhaufen ersticken würden. Ihre vermeintliche Unfehlbarkeit ist auch ihre Schwäche. Sie können uns nicht einschätzen. Wir bleiben ihnen unverständlich. Das werden wir ausnutzen.

Ein Clown ist grundsätzlich undurchschaubar. Niemand kann sagen, ob die Person hinter der grellen Schminke in Wirklichkeit vergnügt, verärgert oder gar bösartig ist. Das ist auch so gewollt. Die Heiterkeit, die er versucht auszulösen, ist künstlich. In den Medien und gelegentlich in der Politik begegnet uns diese aufgesetzte Mimik als artifizielles Lächeln. Da der Mensch die Partie um den Mund willentlich besser kontrollieren kann als den Bereich um die Augen, entlarvt sich der Heuchler dadurch, dass die verschiedenen Teile des Gesichts nicht schlüssig zueinander passen. Ein authentisches Lachen ist ein Ausdruck der Freude oder des Vergnügens. Es bahnt sich über einen bestimmten Zeitraum an und verflüchtigt sich nicht unmittelbar. Außerdem ist es in vergleichsweise hohem Maße variabel. Das gespielte Lächeln ist standardisiert. Bei Fluggesellschaften und Außendienstmitarbeitern ist es vom Arbeitgeber in Auftrag gegeben. Es ist zwar nicht ganz ehrlich gemeint, aber Klappern gehört zum Handwerk. Wird es hingegen aus eigenem Antrieb als Instrument der Manipulation eingesetzt, so verbirgt sich dahinter selten eine schmeichelhafte Einstellung. Arroganz, Betrug, Sarkasmus, Abwertung und Verachtung lassen sich auf diese Weise trefflich unkenntlich machen. Der Bauer erkennt seine Schweine am Gang, sagt man. Der Bürger durchschaut seine Machthaber an ihrer Scheinheiligkeit.

Manche Beobachtungen sind so flüchtig und scheinen zunächst derartig unbedeutend, dass man erst nach etlichen Wiederholungen auf ein Phänomen aufmerksam wird. In der Diplomatie sind Protokolle an der Tagesordnung. Bei internationalen Begegnungen ist die wechselseitige Anrede genauso festgelegt wie der passende Augenblick des Handschlags. Ein prominenter Politiker tat sich damit denkbar schwer. Seine Umarmungen und Wangenküsse waren gefürchtet. Mal roch er im Haar einer Besucherin, das nächste Mal rückte er den Anzug seines Gegenübers zurecht. Auf Gruppenfotos sah man ihn aufgrund seiner Körpergröße meist in der hinteren Reihe stehend und mit beiden Händen auf den Schultern der Person vor ihm. Nachdem ihm von Frauenverbänden Belästigung vorgeworfen wurde, gelobte er öffentlich Besserung und erklärte sein Fehlverhalten mit seinem unvoreingenommenen Charakter. Das habe ich ihm – und vielen anderen ging es sicherlich gleich – nicht abgenommen. Gerüchte von einer schweren Alkoholerkrankung machten die Runde, aber selbst dann wäre solches Verhalten befremdlich gewesen. Beschwichtigende Stimmen wurden laut, die gemahnten, nach all den Kriegen und Konflikten der Vergangenheit seien derlei Gesten Grund für Zuversicht. Mir waren die sozialistischen Bruderküsse noch allzu gut in Erinnerung, als dass mich diese Beurteilungen hätten erreichen können. Vielleicht enthält meine Einstellung auch ein subjektives Element, da ich im Umgang mit anderen Menschen Nähe nur ungern zulasse. Aber das erklärt nicht alles. Jede Grenzüberschreitung ohne Konsens ist ein Übergriff. Es geht um Macht, auch wenn diese jovial kaschiert ist. Und ja, die Welt wird kein besserer Ort werden, wenn alle unfreiwillig näher zusammenrücken.

Manche halten die Theorien des kulturellen Marxismus für die Ursache, dass unsere Identität in einem Maße auf den Kopf gestellt wurde, wie wir es uns vor kurzer Zeit noch nicht hätten vorstellen können. Diese These kann man zu Recht vertreten, sie ist zumindest nicht völlig falsch. Andererseits neigen die Vertreter dieser Ansicht dazu, die Bedeutung einzelner Bücher oder Lehrmeinungen über zu bewerten. Ich glaube nicht, dass es in den vergangenen 100 Jahren einen bestimmten Plan oder eine Art von Absprache gab, die uns nun ins Elend stürzt. Die Entwicklung wird eher von Subjekten vorangetrieben, die unserer Kultur selbst nicht angehören, jedoch kritische Schaltzentralen besetzen und somit unabhängig voneinander verderblichen Einfluss auf unsere Ordnung nehmen. Ich nenne diese Strategie *das lange Spiel*. Es werden Veränderungen angestoßen, die mit einer Absicht verbunden sind, die wir in den Phasen der Vergangenheit nicht erkannten. Erst jetzt, im Rückblick, sind auch wir in der Lage, das Spiel zu durchschauen.
Vielleicht ist es sinnvoll, das Spiel an einem Beispiel zu erklären. Dazu wähle ich die amerikanische Filmindustrie seit ihrer Entstehung Anfang des 20. Jahrhunderts: Hollywood war schon immer eine korrupte Subkultur und eine Vielzahl der mächtigen Studiobosse waren durch ein unsichtbares ethnisches Band miteinander verbunden. Mit der Mehrheitsbevölkerung in den

wertschöpfenden Zweigen der Wirtschaft verband sie sehr wenig. Ihnen war bewusst, dass sie dort nicht allzu beliebt waren. Vielleicht war das Bewusstsein um ihre Schlüsselstellung hinsichtlich der gesellschaftlichen Veränderungen daher immer mit einer versteckten Sehnsucht nach Rache vermischt. Um *das lange Spiel* zu spielen braucht es Geduld und ein ausgeprägtes Gespür für das im Augenblick Machbare. Es gilt, nichts zu überstürzen. Der zweite Schritt darf nicht vor dem ersten gemacht werden. Wenn wir nun in ein Archiv gehen und uns mit nüchternem Blick die Filme ansehen, die teilweise vor unsere Geburt zurückreichen, dann wird das dunkle Genie der Akteure sichtbar: Die zentralen Aspekte der Degeneration wurden schon vor langer Zeit auf subtile Weise ins Spiel gebracht. Sie waren solcher Art gestrickt, dass wir sie leicht akzeptieren konnten. Als beispielsweise Anfang der Sechzigerjahre die verkrusteten Konventionen zwischen Mann und Frau infrage gestellt wurden, schien uns dies zunächst legitim. Wir konnten nicht ahnen, in welchem Ausmaß das Geschlechterverhältnis in den folgenden Jahrzehnten vergiftet sein und am Ende eine fluide Gender-Theorie stehen würde. Vermutlich wussten die Akteure dies zum damaligen Zeitpunkt ebenfalls nicht, aber sie ahnten, dass es für ihre Agenda notwendig war, unsere kulturellen Wurzeln zu durchtrennen und sie durch zweifelhafte Ideen zu ersetzen. Nicht selten revidierten sie selbst diese Vorstellungen und besetzten die Leerstellen mit neuen falschen Werten. Sukzessive führte diese langfristig angelegte Spielführung zu unserer heutigen Situation mit ihrem Chaos, der Zerrüttung und der scheinbaren Aussichtslosigkeit.

In unserem Staatsapparat macht sich eine Unterart des Nepotismus breit. Die Günstlingswirtschaft begründet sich nicht auf verwandtschaftliche Bande, sondern auf der Quotierung bestimmter gesellschaftlicher Fragmente. Bei der Besetzung der Posten spielt die Qualifikation der Bewerber keinerlei Rolle mehr, es geht vielmehr darum, dass auf politischer Ebene sämtliche relevanten Gruppen repräsentiert sind. Dazu gehören Vertreter aus der Vielzahl der nicht binären Geschlechter, allerlei sexueller Orientierungen, den verschiedenen Himmelsrichtungen der Republik, diversen Migrationshintergründen sowie konfessioneller Bindungen und Ähnliches. Im narzisstischen Staat steht die Repräsentanz im Vordergrund. Die Leistungsfähigkeit des jeweiligen Politikers fällt nicht ins Gewicht. Wird seine Inkompetenz allzu auffällig, stolpert er auf der Leiter nach oben. Meist wird er dann an supranationale Institutionen weitergereicht. Weil die Seilschaften nicht nur die Führungspersonen umfassen, sondern weit in die Ministerien hineinreichen, werden Verträge mit externen Beratern abgeschlossen, die für viel Geld ein Minimum an Sachverstand garantieren. Eine Verteidigungs-ministerin schaffte es beispielsweise, ihre Truppe über Jahre hinweg in einem Ausmaß zu entwaffnen, wie es sonst nur nach militärischen Niederlagen geschieht. Ihre urbane Kollegin im Landwirtschaftsministerium wollte ihre Bürgernähe demonstrie-ren und suchte das Gespräch mit Bauern vor Ort. Die staunten nicht schlecht, als sie erkannten, dass ihre Zuständige den Hahn nicht von der Henne unterscheiden konnte. Den Spitzenplatz in dieser Hinsicht belegt ein ehemaliger Bundespräsident. Schon früh war seine Fixierung auf das höchste Staatsamt spürbar, als er die Tochter seines Vorgängers heiratete. Er trat mehrfach zur Wahl um das Amt an, wurde jedoch wiederholt übergangen. Als er dann doch noch auf seinen Posten gewählt wurde, ging er schon auf die achtzig zu. Medien deuteten seine körperlichen Gebrechen an und er verstarb auch nur wenige Wochen nach der regulären

Amtsperiode. Doch nur seine engsten Mitarbeiter wussten um seine fortschreitende Demenz. Als er beispielsweise einen Staatsgast aus *Albanien* begrüßte, steckte ihm ein Assistent diskret einen Zettel zu, auf dem stand: *Peru, Herr Präsident!* Mehr und mehr wurde er von der Öffentlichkeit abgeschirmt. Anlässlich eines seiner letzten Auftritte wurde er von einem Journalisten zu den Gesprächen mit einem südamerikanischen Staatsmann namens Kirchner befragt. Seine Antwort bestand aus einigen zusammenhanglosen Sätzen. Der Pressevertreter versuchte, die peinliche Situation zu überspielen, und änderte seine Frage. Er wollte nun wissen, wo die Gespräche stattgefunden hätten. Der Präsident legte den Kopf in den Nacken und ließ den Blick in die Weite schweifen. »Wo die Gespräche stattgefunden haben?«, murmelte er. Und dann kam die Antwort plötzlich wie aus dem Gewehr geschossen: »In den Kirchen natürlich! Dort haben die Gespräche stattgefunden. Wo denn sonst?«

Alternative Medien haben das etablierte Oligopol zerschlagen und die Herrschenden sind alarmiert. Die freie Rede gilt nun als *Hassrede* und bisher schwer oder gar nicht zugängliche Informationen sind angeblich konspirativer Natur. Die panische Reaktion der Etablierten ist nur allzu verständlich: Seit Jahrzehnten waren die Medien nichts anderes als verlässliche Garanten für die Verbreitung von Unwahrheiten und das Kolportieren eines narzisstischen Narrativs. Dieses Geschäft ist nun schwieriger geworden. Immer häufiger scheitert die systematische Vertuschung der Ereignisse und der Zustände im Land. Diese neue Transparenz macht den politischen Oligarchen schwer zu schaffen. Man hatte die Invasion unzähliger illegaler Einwanderer zunächst als Naturgesetz, dann als Bereicherung und schließlich als humanitäres Gebot begründet. Auf ein und dieselbe

Frage hatte der Bürger eine Reihe inkompatibler Lügen bekommen und mit dem Betrug ist wohl noch lange nicht Schluss. Aber die Medien sind nur unverzichtbare Helfer in diesem schäbigen Spiel. Das Parlament, der zentrale Ort der Demokratie, in dem durch sachliche Debatte Entscheidungen zum Wohle des Wahlvolkes beschlossen werden sollten, entlarvt sich immer mehr als Manege der Clowns. Es stellt sich heraus, dass schon lange zwingende parlamentarische Regeln nicht mehr eingehalten wurden. Die Präsenz der Abgeordneten ist sporadisch, die Diäten exorbitant und die Wochenenden werden nach Belieben verlängert. Grundsätzliches wird hier nicht debattiert, sondern raffiniert an versteckte Ausschüsse delegiert. Stattdessen befasst man sich mit Bagatellen und egal, wer von den Etablierten gerade *in der Bütt* steht, der kann sich eines warmen Applauses seiner gleichgeschalteten Klientel sicher sein. Als vor Kurzem aufgrund eines unerwarteten Schachzuges einer verfemten Partei ein Etablierter mithilfe der Oppositionellen ins Amt des Ministerpräsidenten gewählt wurde, musste ein wahrhaft etabliert Geltender per Dekret von oben wieder mit den Stimmen der ausschließlich Etablierten auf seinen Posten gehoben werden. Der zivile Widerstand hat seine Ziele nicht erreicht. Ich gehe davon aus, dass sich das in diesem Regime auch nicht ändern wird. Trotzdem ist er gerade deshalb nicht sinnlos. Er hat gezeigt, dass dies ohnehin unmöglich ist. In der Welt der Clowns ist der sachliche Einwand genauso bedeutungslos wie die demokratische Wahl. Und das macht den Weg frei für revolutionäre Lösungen.

Der Staatsanwalt: »Es tut mir leid, aber Ihrem Wunsch nach einer kritischen Erörterung offener Fragen der Zeitgeschichte kann leider nicht stattgegeben werden.«
Ich: »Warum darf ich Jahrtausende von Geschichtsschreibung

infrage stellen, aber nicht diese bestimmten Behauptungen?«

Der Staatsanwalt: »So will es das Gesetz.«

Ich: »Warum gibt es überhaupt dieses Gesetz?«

Der Staatsanwalt: »Ich bin ein Teil der Exekutive. Die Gesetze werden von der Legislative erlassen.«

Ich: »Das ist mir bekannt. Trotzdem könnten Sie mir den Grund für diese Einschränkung der Freiheitsrechte der Bürger nennen.«

Der Staatsanwalt: »Ich kann es deshalb nicht, weil es geheim ist.«

Ich: »Und warum ist es geheim?«

Der Staatsanwalt: »Der Grund dafür, dass es geheim ist, bleibt ebenfalls geheim.«

Ich: »Der Grund für das Verbot ist also so geheim, dass selbst die Verwahrung als geheime Verschlusssache geheim ist?«

Der Staatsanwalt: »Genau so ist es. Es handelt sich um eine unendliche Regression. Jetzt haben Sie es verstanden.«

Das Böse ist real. – So soll eine Erklärung des Vatikans gelautet haben, die noch gar nicht so lange zurückliegt. In seiner reinsten Form lässt sich dieses missliebige Etwas jedoch genauso wenig erfassen wie die Seele oder die Schönheit. Es braucht eine Personifikation und die ist in der Literatur *Mephistopheles.* Doch da beginnt es schon schwierig zu werden: Der verführerische Begleiter ist gleichzeitig Retter und seine finsteren Absichten verbinden sich mit der Schöpfung des Guten. Ich bin der Vorstellung der *Teufelei* auf vielen Reisen in ganz unterschiedlichen Kulturen begegnet. Auffallend häufig fügen die Dämonen dem Menschen nicht nur Schaden zu, sondern ergreifen Besitz von ihm. Das ruft den *Exorzisten* auf den Plan. In der Person des geschulten Geistlichen stellt er den Beelzebub und zwingt ihn, seine dunkle Natur zu offenbaren. In zeitgenössischen Filmproduktionen speit dieser grünliche Schlunz, seine Stimme verändert sich, er beginnt sich in verschiedenen Fremdsprachen zu artikulieren, die der Besessene gar nicht beherrscht, seine Ausdrucksweise ist vulgär und seine Fratzen abstoßend. Seine Gewalt ist von übermenschlicher Art und kurz vor seinem Auszug aus dem Körper des Opfers lässt er diesen noch ein bisschen im Raum schweben. Interessant an diesem dramatischen Ritual ist die Tatsache, dass die Gattung des Bösen festgestellt werden muss.

Selbstverständlich sind aus heutiger Sicht diese Prozeduren mittelalterliche Relikte. Wir befassen uns lieber mit malignen Persönlichkeitsformen, deren Diagnose und Heilungsmöglichkeiten. Was früher die *schwarze Seele* war, ist heute die *dunkle Triade*.

Manchmal ist es schwierig, eine bestimmte Problematik direkt anzusprechen. Deshalb versuche ich es an dieser Stelle mit einer Metapher: Es ist die Geschichte von Samuel und Pamela. Machen wir uns mit ihnen vertraut und reden wir von nun an von *Sam* und *Pam*. Ersteren kenne ich seit etlichen Jahren. Wir waren Klassenkameraden und sind zusammen durch Dick und Dünn gegangen, eigentlich ist er daher für mich eher eine Art Bruder. Jeder von uns beiden kann sich auf den anderen unbedingt verlassen. Pam ist eine etwa gleichaltrige Frau mit einer bewegten Vergangenheit. Sie ist in Bezug auf ihre Partnerwahl auf eigenartige Weise anspruchslos. Sam hat sich vor Kurzem mit ihr eingelassen und lobt ihr amouröses Talent. Damit hat er recht. Ich hatte nämlich selbst vor einiger Zeit eine Affäre mit ihr. Daher gibt es für mich auch keinen Grund, Sam in irgendeiner Art zurechtzuweisen. Mir fällt jedoch auf, dass ich ihn nun seltener treffe, weil er seine Zeit zunehmend mit Pam verbringt. Verschiedene Personen hatten sich mir gegenüber dahingehend geäußert, dass Pam es verstehe, Männer um den Finger zu wickeln. Bei mir selbst hatte das nicht verfangen. Vielleicht hatte Pam es nicht entschlossen genug versucht oder sie war nicht in ihrem Element gewesen. Als mir Sam das letzte Mal begegnete, bemerkte ich jedoch, dass er nicht mehr mit dem Kopf dachte. Ein Ladendiebstahl Pams war zur Anzeige gekommen, aber Sam wollte darin nur ein Bagatelldelikt sehen. Außerdem machen zwei Gerüchte die Runde, die sich aber nicht eindeutig beweisen lassen: Pam soll einen ihrer ehemaligen Liebhaber mit Informationen über dessen Gesundheitszustand erpresst haben. Zudem soll sie ihrem früheren Arbeitgeber böswillig Schaden zugefügt haben, nachdem sie erfahren hatte, dass dieser vorhatte, das Beschäftigungsverhältnis aufzulösen. Sam besteht mir gegenüber darauf, dass man einen Menschen von innen heraus verstehen müsse. Ich zögere, ihm zu erklären, dass das Verhalten einer Person in der Vergangenheit ein brauchbarer Indikator für die Zukunft sei. Schließlich wird mir klar, dass Sam definitiv in den Orbit Pams geraten ist. Gemeinsam gehen sie esoterischen Praktiken nach. Eigentlich sind das harmlose Spiele für Erwachsene. Gedanklich kann ich mir nur allzu gut vorstellen, wie Pam diese Elemente in ihr intimes Repertoire einbaut. Zu dieser Zeit hatte ich den Tag schon vorausgesehen, an dem mir Sam unter vier Augen erklären würde, dass Pam die Richtige für ihn sei. Ich war vor die Wahl gestellt, gute Mine zum verhängnisvollen Spiel zu machen oder zu riskieren, dass mir Sam nach einer offenen Aussprache seine Freundschaft aufkündigen würde. Letzteres ist jetzt gesellschaftlich an der Tagesordnung. Es ist offensichtlich, dass die meisten Menschen nicht willens oder befähigt sind, die Zeichen an der Wand zu lesen. Interessanterweise gilt dies gleichermaßen für die liberalen Kritiker, die unerschütterlich Konservativen sowie sogar für die Radikalen. Es gibt keine Gewähr dafür, dass ein bisher unbekannter Charismatiker uns aus dem Elend ins gelobte Land führt. Die sogenannte *schweigende Mehrheit* wird ihre Stimme nicht erheben und eine oppositionelle Partei wird keine 51 Prozent erreichen. Jener resolute Innenpolitiker, der überzeugend verspricht, Recht und Ordnung wieder herzustellen, wird kein Spitzenkandidat werden. Die Menschen verstehen einfach nicht, dass es diesen *Schwarzen Sheriff* nur deshalb gibt, weil das politische System es zulässt. Die Clowns lassen die Tür des Käfigs einen Spalt weit offen, weil die vergebliche Hoffnung den Untertan gefügig macht. Deshalb will dieser mit mir nichts mehr zu tun haben.

Alles spricht dafür, dass die Herrschaft der Clowns ihrem Ende entgegengeht. Es ist sicherlich noch zu früh, genaue Vorhersagen zu wagen, aber mein Gefühl sagt mir, dass sie erst langsam wegschleichen und dann auf einen Schlag ganz und gar verschwunden sein werden. Vielleicht wird man da und dort noch auf einen dieser grotesk großen Schuhe stoßen und ein paar bunte Perücken werden herumliegen. Auf den Straßen werden die Kinder an den Armen ihrer Eltern zerren und rufen: »Schnell, Papa, schau! Diese Person kennen wir doch. Vor Kurzem war sie noch ein Clown!« Zeitzeugen werden sich amüsiert erzählen, wie ihr politisch dienstbarer Nachbar überstürzt sein Kostüm verbrannte. Aber *aus den Augen* bedeutet nicht *aus dem Sinn*.
Die Aufarbeitung des kollektiven Wahns wird schmerzhaft sein. Man wird der jüngeren Generation gegenüber das eine oder andere verschweigen oder wenig plausibel begründen. Gemäß ihres nomadischen Auftrags werden die Clowns weiterziehen und sich einen neuen Wirt suchen. Das ist seit Jahrtausenden ihre Art und der evolutionäre Erfolg dieser Strategie gibt ihnen auf eine zweifelhafte Weise recht.

Und natürlich gebe ich mich keinen Illusionen hin, dass es nicht unter uns auch dann noch einfach gestrickte Gemüter geben wird, die nur langsam der neuen Zeit gewahr werden. Ich erinnere mich an eine Situation vor einem Lichtspielhaus. Eine Frau stand vor dem Plakat eines jener Propagandastreifen, in denen ein verwegener Möchtegernheld Jagd auf die vermeintlichen Schufte der Vergangenheit macht. »Können wir überhaupt abschätzen, wie viel wir den Clowns in kultureller Hinsicht verdanken?«, fragte sie den neben ihr stehenden Mann. Iduna mischte sich spontan in die Konversation ein: »Meine Dame, gestatten Sie mir, dass ich diese durchaus berechtigte Frage etwas präziser formuliere. Sollte es nicht heißen: *Gibt es überhaupt etwas, das wir nicht ausschließlich den Clowns verdanken?*« In naher Zukunft werden die Umstehenden den Sarkasmus erkennen, der in dieser Bemerkung enthalten war, und sie werden in befreiendes Gelächter ausbrechen.

Es gibt tatsächlich Menschen mit einem ungewöhnlich hohen Maß an Empathie. Damit meine ich ausdrücklich nicht die Heuchler, Gutmenschen und andere, die sich damit brüsten, die Welt zu retten. Ich denke vielmehr an Personen, die ihrer Umwelt gegenüber sehr aufgeschlossen sind und in erster Linie das Gute im Nächsten sehen. Man kann ihnen vertrauen und sie sind in Notfällen eine wichtige Hilfe. Wenn solche Menschen eine Beziehung zu einem gleichartigen Partner eingehen, ist das wie ein Geschenk: Der eine gibt dem anderen und dieser wiederum versucht, aus seiner Natur heraus bei nächster Gelegenheit seine Dankbarkeit zu erweisen. Dieses Schema hat eine kulturelle Dimension. Ich bereiste Länder, in denen Fremden eher mit Misstrauen begegnet wird, und solche, in denen man ihnen von Beginn an einen wohlwollenden Kredit zuerkennt. Beides hat seine Berechtigung. Wichtig ist, dass der Argwohn abgebaut und der Vorschuss an Sympathie verspielt werden können. Wir leben in einer Welt voller Feindseligkeit und Ausbeutung. Eine Zivilisation, die ihre guten Dienste nicht an Bedingungen knüpft und jene nicht ausschließt, die sie nur ausnutzen wollen, wird nicht überleben. Bedingungslose Hingabe ist langfristig fatal. Das Hilfreiche bedarf einer bestimmten Selbstkontrolle und der Fähigkeit, sich notfalls zu verweigern, sonst wird es nicht lange existieren. Es endet sonst auf jenem Friedhof weltfremder Utopien, die letztlich an der Realität scheitern.

Die Erwartungen, mit denen Personen aufeinander zugehen, spielen eine große Rolle. Das gilt auch für Gruppen. Wenn sie auf wechselseitiger Wertschätzung beruhen und geeignet sind, positive Ergebnisse für beide Parteien zu zeitigen, dann wird die Begegnung unter einem guten Stern stehen. Falls nicht, so wird man sich besser früher als später voneinander trennen. Ich glaube, wir leben gegenwärtig in einer Phase solch einer Separierung und sie ist dramatischer, als wir sie uns je vorstellen konnten. Das hängt sehr eng mit unseren Manieren und den guten Sitten unseres Gemeinwesens zusammen. Wir legen den Kündigungen von Mitarbeitern wohlwollende Arbeitszeugnisse bei und lassen uns im Fall von Ehescheidungen von qualifizierten Anwälten vertreten. In der Angelegenheit, die ich hier anspreche, ist es definitiv anders: Unser Partner hatte sich völlig vertan. Seine Rollenverteilung ging davon aus, dass wir es sind, die mit seinen Auslegungen konform gehen. Sein vermeintlicher Kompetenzvorsprung und seine Vorgaben, die uns – so wie allen anderen – allenfalls einen zweiten Rang hinter ihm selbst in Aussicht stellten, kurz: seine Arroganz machen eine weitere Zusammenarbeit überflüssig. Unsere Präferenzen, Interpretationen und offenen Fragen werden ab jetzt relevant sein. Und ich übertreibe nicht, wenn ich sage: Er tut sich sehr schwer damit, dies zu akzeptieren.

Kapitel 14

»Nach Beendigung unseres gemeinsamen Auftrags werde ich meinen Beruf wieder aufnehmen«, sagt Iduna. »Du wirst dann wieder eine Zeit lang abtauchen und hoffentlich sehr gut auf dich selbst aufpassen.«

»Wie geht es deinem für meine Begriffe etwas morbiden Geschäft eigentlich gerade? Hat die Pandemie den Umsatz steigen lassen?«

»Nein, wir gehören entgegen dieser weitverbreiteten Ansicht nicht zu den Profiteuren der Krise. Vielfach wurde auf dem Höhepunkt der weltweiten Seuche die Bestattung und der Transport der Verstorbenen vom Militär organisiert. Allenfalls die Sargschreinereien, Hersteller von Urnen sowie die bereits voll ausgelasteten Krematorien hatten höhere Erträge. In dieser Hinsicht ist der Wettbewerb streng und die Margen bescheiden. An den Trauerfeiern *Standard* und *Basis* verdienen wir nicht viel. Es ist das *Modell Premium* mit seinen zusätzlichen Leistungen wie aufwendigem Blumenschmuck, den besonderen Kerzen, Gestellung eines Organisten oder Sängers et cetera, das uns Einnahmen beschert. Außerdem wünschen sich manche Trauergemeinden individuelle Gestaltungen, wenn der Verstorbene beispielsweise Fan eines Sportklubs war. Und dann sind da auch noch spezielle Dienstleistungen, wie die Balsamierung für die Bestattung im Ausland. Häufig verbinden sich damit ungewöhnliche kulturelle oder religiöse Anfragen und die haben ihren Preis. Aufgrund der strengen Auflagen in dieser Krise für uns Bestatter haben wir eigentlich nur mehr Probleme, was die Abläufe der Aussegnung betrifft. Ich denke vor allem an die Beschränkung der Anzahl der anwesenden Personen und Ähnliches. Dazu kommt noch die Angst meiner Mitarbeiter, sich bei der Arbeit zu infizieren und die damit verbundenen Kosten für

Schutzvorkehrungen.«

»Ist die Bestattung heutzutage noch ein Statussymbol?«

»Ja, vor allem für jene, die sich noch zu Lebzeiten selbst ihren letzten Gang gestalten. Man erkennt dies bei der Wahl des Erdmöbels. Es ist wie die Vorwegnahme einer narzisstischen Speisung. In Gedanken sind sie dann bei ihrer Trauergemeinde. Ihre Gäste werden sich zu diesem Zeitpunkt wechselseitig zuflüstern *Das ist Eiche!*, aber der Kunde selbst wird das dann natürlich nicht mehr hören können.«

* * *

Der wahrscheinlich exaltierteste Guru des vergangenen Jahrhunderts war Marshall Applewhite. Als Sohn eines presbyterianischen Predigers arbeitete er zunächst als Kirchenmusiker, wurde jedoch aufgrund von *Gesundheitsproblemen emotionaler Natur* entlassen. Seine Ehe scheiterte nach einer gleichgeschlechtlichen Affäre mit einem anderen Mann. Er versuchte sich als Schauspieler, hatte jedoch auch damit keinen Erfolg. Als er beabsichtigte, sich in einem Hospital von seiner Homosexualität *heilen* zu lassen, lernte er die Krankenschwester Lu Nettles kennen. Mit ihr lebte er bis zu deren Tod (aufgrund eines Hirntumors) zusammen. Beide interessierten sich für Astrologie und glaubten, sich bereits in einem früheren Leben gekannt zu haben. Sie wähnten sich auserwählt und von Geistern und Schutzengeln umgeben. Zudem war Nettles besessen von Gedanken an Außerirdische und unbekannte Flugobjekte. Schließlich gründeten sie unter wechselnden Bezeichnungen eine Sekte, die zuletzt den Namen *Himmelstor* trug. Die Struktur dieser Gruppe entsprach etwa einem mittelalterlichen Mönchsorden. Ihre

Mitglieder gaben ihren gesamten Besitz sowie ihre Privatsphäre auf und lebten asketisch und gemeinschaftlich zunächst in einem Zeltlager, später in einem größeren Anwesen. Dieses war komplett videoüberwacht. Jeder Lichtschalter, jedes Regal und jeder Behälter war penibel beschriftet. *Himmelstor* hatte im Lauf der Zeit nicht mehr als 200 Anhänger. Applewhite war depressiv und möglicherweise schizophren. Um mit seiner schwulen Orientierung zurechtzukommen, ließen er sowie sechs seiner Jünger sich in Mexiko freiwillig kastrieren. Sein Führungsstil war manipulierend aber gewaltlos. Am 22. März 1997 kam der Komet *Hale-Bopp* der Erde am nächsten. Applewhite meinte auf einem Foto neben dem Himmelskörper einen Lichtpunkt zu erkennen und verkündete seinen Anhängern, dies sei das Raumschiff, das sie abholen und einer höheren evolutionären Stufe zuführen würde. In den folgenden Tagen begingen er sowie 38 seiner Jünger mittels einer Mischung verschiedener Drogen in drei Phasen Selbstmord. Die Polizei fand die Leichen in schwarzen Kostümen unter purpurnen Decken ordentlich in Etagenbetten liegend vor. Jeder der Verstorbenen hatte eine Banknote und drei Münzen in seiner Tasche.

Tatsächlich ist *Himmelstor* nur ein Beispiel für einen Kult. Jeder Ritus, ob spirituell oder politisch, folgt demselben Muster der Unterwerfung. Es beginnt mit einer Geste der Ergebenheit – das muss kein Kniefall sein. Dann werden die Anhänger Stück für Stück von ihrer Vergangenheit und der Realität getrennt. Sie müssen sich anders kleiden und neue Regeln befolgen. Ihre Sprache wird anders klingen und am Ende wird ihre Identität einem fremden Gehorsam weichen.

Es ist eine freudlose Zeit, in der wir leben. Es scheint, als regierten der Wahn und die Entartung. Vielleicht ist das eine zu subjektive Einschätzung, aber immer, wenn ich die Vernunft als Maßstab anlegen will, erscheint mir schon der bloße Versuch als albern. So ist die Zuordnung des Geschlechts zu einer Beliebigkeit geworden und dieser Verlust jeder Bestimmung wird als neue Form der Freiheit verkauft. Die Paraden sind schrill, bunt und provokant. Das stört mich nicht. In der Vergangenheit hatte ich mir manchmal die Frage gestellt, ob diese Veranstaltungen als eine gelungene Selbstdarstellung gelten könnten. Ich kam zu dem Ergebnis, dass dies jeder selbst entscheiden sollte.

Inzwischen bin ich in diesen Angelegenheiten misstrauischer geworden. Nichts ist selbstverständlich. Auch wenn es keinen Plan gibt, so fügen sich die Dinge doch nicht ohne Grund ineinander. Vielleicht sind diese Paraden deshalb so plastisch in Szene gesetzt, weil Entscheidenderes unter dem Radar gehalten werden soll. Klammheimlich wurden wir auf diese Art von einem bedeutenden Teil unserer Kultur verabschiedet. Wir hatten die Phase der Kindheit unter einen besonderen Schutz gestellt. Der progressive Zeitgeist lässt diese Obhut erodieren. Das Kind ist aus dieser Perspektive heraus nichts anderes als eine Miniatur des Erwachsenen. Alles ist vorbereitet auf den einen Schubs, der den letzten Dominostein umfallen lässt. Das visuelle Material für die sogenannte *Frühaufklärung* ist schamlos. Wahrscheinlich ist es nur deshalb legal, weil es als Lernstoff getarnt wird. Der Text ist in einer obszönen Sprache gehalten. Beides deutet auf ein psychopathisches Element hin. Es ist legitim, eine bestimmte Wortwahl auf Hinweise auf eine mentale Störung zu untersuchen. Die derben Ausdrücke legen ein sehr geringes Maß an Empathie nahe. Das Kindeswohl spielt so gut wie keine Rolle.

In der Welt der Clowns ist der Anspruch auf die Realität streng geregelt. So hat der einzelne Bürger das Recht, heute als Frau, morgen als Mann, übermorgen weder als Mann noch als Frau und am darauf folgenden Tag gleichzeitig sowohl als Mann als auch Frau oder irgendetwas dazwischen zu gelten. Andererseits hat der Mitbürger nicht das Recht, diese Selbsteinschätzung infrage zu stellen. Spricht er einen sogenannten Transgender mit dessen in der Geburtsurkunde eingetragenen Geschlecht an, gilt dies als Beleidigung und der Täter wird mit einer Geldbuße bestraft.

Ähnlich verhält es sich in den Bereichen Medien und Politik. Wir wissen von den Tausenden von Invasoren, die täglich in unser Land eindringen weder den Namen noch ihr Herkunftsland oder gar ihr Alter. Das Einzige, das feststeht und das man im eigenen Interesse besser nicht infrage stellen sollte, ist die Tatsache, dass es sich um Flüchtlinge handelt. Um diesen Begriff passend zu machen, hat man ihn erheblich erweitert. Es gibt jetzt *Klimaflüchtlinge*, *Wirtschaftsflüchtlinge* und allerlei Schutzsuchende mehr. Zu Beginn der Flut behandelten die Politiker die Thematik wie ein Naturschauspiel, gegen das es angeblich kein Mittel gebe. Als Nachbarstaaten zeigten, dass es durchaus Möglichkeiten gibt, illegale Einwanderung zu verhindern, änderte sich das Narrativ. Jetzt sprach man von *dringend benötigten Fachkräften*, die ein neues Wirtschaftswunder mit sich brächten. Es ließ sich nicht lange verheimlichen, dass der größte Teil der Migranten weder lesen noch schreiben konnte, geschweige denn die vier Grundrechenarten beherrschte. Nun brachten Vertreter einer einflussreichen Minderheit eine Art Wunderwaffe in Stellung: Unsere historische Schuld gebiete uns die langfristige Übergabe unseres Landes aus humanitären Gründen. Wenn man sich diesen argumentativen Bandwurm betrachtet, dann fallen die Redundanz, die Haltlosigkeit als auch der Mangel an Kompatibilität dieser Begründungen auf. Die Herrschenden hatten nie die Absicht, ihr

Sozialexperiment inhaltlich zu debattieren. Es war alles nur Theater gewesen. Diese Clowns sind nicht lustig und unter der Schminke auch nicht traurig. Ihre Absurdität ist kaltherzig und brutal.

Ein besonders loyales Mitglied des Kabinetts hält eine Rede zur Mobilitätswende. Er kommt mit dieser Thematik daher, wie Moses vom Berg. Auf die chaotischen Zustände im Land geht er natürlich nicht ein. Die zahllosen Verbrechen an Frauen, Kindern und anderen Mitbürgern interessieren ihn nicht. Aus seiner Sicht ist das Beifang. Die Messehalle ist voll besetzt. Als seine Ansprache zu Ende ist, setzt der obligatorische Beifall ein. In dem Augenblick, als die Claqueure beginnen, ihr Zeichen zu setzen, klappt der schwer adipöse Referent sein Manuskript zusammen und verlässt mit selbstzufriedenem Elan die Bühne. Vielleicht liegt es daran, dass er vor Völlerei seine Füße nicht mehr sehen kann, aber er legt einen Rampensalto hin, den man sonst nur selten geboten bekommt. Wie ein gestrandeter Wal bleibt er auf dem Boden liegen. Sofort eilt seine Leibgarde herbei und spannt dunkle Tücher, um dem Publikum die Sicht zu nehmen. Eigentlich ist dies nur für Verkehrsunfälle vorgesehen, um Staus durch Gaffer zu verhindern. Aber die politische Kaste ist verletzlich geworden und kann sich keine Schwäche mehr eingestehen. Der allgemeinen Schadenfreude tut dies keinen Abbruch. Ich habe mir das Video mindestens ein Dutzend mal angeschaut. Immer wieder rettete es meinen Tag in freudloser Zeit. Der Schleppenträger der Macht ist kein unbeschriebenes Blatt. Mit Frauen hatte er nach eigenen Aussagen noch nie Kontakt. Mitleid ist in diesem Zusammenhang unangebracht. In informierten Kreisen weiß man, dass er etwa zweimal pro Woche einen jungen Kadetten in sein Schlafgemach kommandiert.

Einer der Gründe, warum es so schwierig oder fast unmöglich ist, sich mit einem Narzissten zu verständigen, ist sein irrationaler Hass. Wut und Verbitterung können angemessene Gefühle sein. Sie sollten jedoch in Verbindung mit einer Ursache stehen und die Konsequenzen müssen sich in Grenzen halten. Narzisstischer Hass tendiert zur Absurdität. Er beruht auf genereller Abwertung der Umwelt, einem überhöhten Selbstwertgefühl, unangebrachter Verletzlichkeit und nicht zuletzt einer *Realität*, die so nicht existiert. Es ist schlicht und einfach unmöglich, sich mit einer derartig gestörten Persönlichkeit verstandesmäßig auseinanderzusetzen. Ich hatte einmal das zweifelhafte Vergnügen, eine Patientin zu analysieren, die mir eine langatmige Lektion nach der anderen erteilte. Ich hatte gehofft, dass sich die Gesprächssituation langfristig normalisieren würde. Am Ende erkannte ich, dass unsere erste Sitzung nichts anderes war, als ihre *Antrittsvorlesung*. Die sachliche Auseinandersetzung mit einem Narzissten bleibt also nichts anderes als ein Gedankenspiel. Trotzdem kann man sich darauf einlassen. Ein ehrlicher Narzisst ist so etwas wie ein fleischfressender Veganer. Wäre er tatsächlich aufrichtig, müsst er sich jene seelische Verwundung eingestehen, vor der er sich panisch fürchtet.

Ich möchte gern einen fiktiven Dialog mit solch einem Menschen führen. Jene Person in meiner Vorstellung muss sich einerseits ihrer selbst völlig bewusst sein und andererseits auf beabsichtigte sowie auf nicht intendierte Täuschung verzichten. In Bezug auf eine Gruppe wäre dies also ein schonungslos ehrlicher Insider, der unbefangen aus dem Nähkästchen plaudert. Der Mann meiner Imagination ist kahlköpfig und andeutungsweise geckenhaft gekleidet. Er wirkt sehr selbstbewusst und scheint auf den Dialog ausgezeichnet vorbereitet zu sein. Mit seinen unruhigen Augen erinnert er mich an einen prominenten Sprecher einer gewissen Liga, die sich mit aggressiven Methoden gegen vermeintliche Diffamierung engagiert.

»Sie haben ein Glaubwürdigkeitsproblem«, beginne ich das Gespräch. »Einerseits wollen sie als loyale Staatsbürger gelten, andererseits ordnen sie die Interessen ihrer Gruppe jenen ihre Mitbürger unter.«

»Offiziell streiten wir das ab. Aber politisch ist dies seit Urzeiten unsere eigentliche Bestimmung. Man mag das als Gerissenheit oder sogar als Verrat bezeichnen, aber wir haben bis heute überlebt. Andere Kulturen sind hingegen untergegangen.«

»Sie sind auf eine versteckte Art Bellizisten. Während ihr eigener Staat nur kurze Kriege – angeblich zur Selbstverteidigung – führt, schlagen ihre vielfältigen Organisationen in verschiedenen Staaten die Kriegstrommel. Ihre Verbündeten tragen also die Kosten für eine geopolitische Strategie, die in Wirklichkeit nicht deren eigene ist.«

»Nennen Sie es Chuzpe!«

»Wie schaffen sie es eigentlich, fremde Staaten für ihre Zwecke zu vereinnahmen?«

»Wir betreiben eine moderne Form der Kolonialisierung. Das Wesen der Fremdherrschaft besteht in der Korruption der fremden Eliten. Machen sie sich gemein mit jenen, die eigentlich nicht wirklich zum Land gehören, dann beginnen sie gegen ihr Volk zu regieren. Als Gegenleistung werden sie an der Ausbeutung ihrer Heimat beteiligt. Sie sitzen gern mit uns am Tisch. Ab und an muss man ein bisschen ins Lenkrad greifen, aber wenn die gesellschaftlich relevanten Positionen in unserem Sinne besetzt sind, dann geht es wie von selbst.«

»Die Spitzen in Politik, Medien und Jurisdiktion sind also nichts anderes als Marionetten?«

»So würde ich es nicht sagen. Marionetten haben keinen eigenen Willen. Wir geben die großen Linien vor, ziehen rote Grenzen, die nicht überschritten werden dürfen. Es bleibt also ein gewisser Spielraum. Das macht das Theater für die Masse auch glaubwürdiger.«

»Haben sie ein Gewissen?«

»Nein, ich bin ausschließlich meiner Ethnie verpflichtet.«

»Arbeiten sie auch mit illegalen Mitteln?«

»Selbstverständlich!« Der Glatzkopf lacht. »Manch Prominenter hat in seinem Leben einen Fehler gemacht, von dem wir wissen. Das macht ihn für uns fügsam. Andere lassen sich kaufen. Aber eigentlich kommt es eher selten zum Äußersten.«

»Haben sie Respekt vor ihren Mitbürgern?«

»Eher wenig. Der Geringste von uns ist mehr wert als der Edelste der anderen. Ich glaube, so kann man es ausdrücken.«

»Im vergangenen Jahrhundert hatten sie in einer der blutigsten Diktaturen in unverhältnismäßigem Maße die Exekutivgremien besetzt und damit den Terror gegen Millionen Menschen von einem Höhepunkt zum nächsten getrieben. Dazu kommt ihre gegenwärtige Rolle als Besatzungsmacht, die das Völkerrecht ungewöhnlich einseitig auslegt. Trotzdem wollen sie als Opfervolk angesehen werden und jeder, der es wagt, auf ihre Täterrolle zu verweisen, muss um seine Existenz fürchten.«

»Das ist eine alte militärische Strategie. Man lokalisiert die schwächste Stelle im Frontabschnitt des Feindes. Dem Gegner wird dann das gesamte Arsenal entgegengeworfen, sodass er in Starre und Einschüchterung verfällt. Unsere Kultur kennt keine eigene Schuld. Schuldig sind immer die anderen. Und was den Rest der Kritik an uns betrifft, da sind wir sehr dünnhäutig. Die Gesetze gelten ausschließlich für die anderen.«

»Während ihr eigener Staat weitgehend ethnisch homogen bleibt, wird sich die westliche Welt in wenigen Dekaden demografisch grundlegend ändern. Sie begrüßen das ausdrücklich. Machen Sie sich keine Sorgen darüber, dass die ihren in dieser kommenden Kultur auch Verfolgungen ausgesetzt sein könnten?«

Wieder lacht der kahle Mann. Meine Fragen scheinen ihn zu belustigen. Möglicherweise liegt dies an meiner Naivität. Ich habe möglicherweise immer noch nicht vollständig begriffen, dass er einem völlig anderen Menschenschlag angehört.

»Das sind Bauernopfer. Die Leitlinien werden auf den oberen Ebenen festgelegt. Wir haben historisch ein gewisses Geschick darin, zwischen unterschiedlichen Kulturen zu vermitteln und so zu paktieren, dass es uns zum Vorteil gereichen wird.«

»Haben Sie einen Plan B?«

»Es gibt keinen Plan B. Unser Projekt ist in vollem Gange. Ich halte es für unumkehrbar. Sollte es wider Erwarten scheitern, dann wird dies die europäischen Völker in eine Katastrophe stürzen. Wir werden keinen Ungehorsam dulden, denn wir haben die Waffen dazu.«

»Sie spielen auf die Samson-Option an. Diese Figur der Mythologie ging jedoch gemeinsam mit seinen Feinden unter.« Mit funkelnden Augen sieht mich mein Gegenüber an. Uns bleibt also nur die Wahl zwischen der Apokalypse oder der Unterwerfung. »Ich frage mich, was Wahrheit und Moral für Sie bedeuten?«

»Wir vertreten jenseits unserer eigenen Vorteile keine Werte. Es geht uns nie um Gut oder Böse. Die Moral ist inhaltlich beliebig. Es geht vielmehr um ihre Funktion. Sie dient dazu, Kritiker auszugrenzen und die Grundlagen der Gesellschaft zu untergraben. Was wahr ist, bestimmen wir. Die Selbsttäuschung nehmen wir billigend in Kauf. Sie kann bestimmte Vorteile haben, was die Kohäsion unserer Gruppe betrifft und sie macht uns aggressiver.«

»Ein Narzisst bringt eine bestimmte Person in seinen Bannkreis. Sein Einfluss ist langfristig desaströs. Ähnlich verhält es sich mit einem Kollektiv, das stark narzisstische Züge trägt. Was macht Ihr Talent aus, eine internationale Macht zu unterwandern? Ist es Ihr überdurchschnittliches Maß an kognitiven Fähigkeiten oder eher die Fähigkeit, gut organisierte Netzwerke zu bilden?«

»Wahrscheinlich ist beides relevant. Wir sind sehr auf uns selbst bezogen. Unsere Opfer neigen eher zu universalen Grundsätzen. Das lässt sie am Ende wehrlos zurück. Sie beginnen mehr und mehr in einer Welt zu leben, die wir gestalten und auch verzerren. Ihre gesunden Instinkte gehen verloren oder richten sich gegen sich selbst. Sie werden zunehmend gefügig und stellen sich in unseren Dienst. Es gibt bestimmte Symptome, welche das Ende dieser Kulturen andeuten. Wenn erst das Verhältnis der Geschlechter zueinander vergiftet ist und die Sitten verfallen, dann beginnt deren letzte Epoche.«

»Westeuropa und Nordamerika befinden sich in einem fortgeschrittenen Stadium des Verfalls. Werden Sie Osteuropa schonen?«

Wieder lächelt der ehrliche Narzisst, während die Finger seiner groben Hände auf merkwürdige Weise miteinander spielen. Man könnte meinen, dies sei seine Art, sich die Hände zu reiben.

»Es gibt Projekte, die werden in Etappen unternommen. Nichts wird vergessen und nichts wird verziehen. Niemals.«

Ein wesentliches Merkmal eines Clowns ist die Oberflächlichkeit seiner Komik. Sein Auftritt ist albern und seine Kleidung grotesk. Manchmal versucht er, kleine akrobatische Unterhaltungselemente in sein Programm einzubauen. Dennoch bleibt sein Repertoire sehr beschränkt. Sein Witz ist schal und kann eigentlich nur der

Entwicklungsstufe von Kindern gerecht werden. Darin ähnelt er einer milden Form des Narzissmus, die die bösartigen Attribute dieser Persönlichkeitsstörung in den Hintergrund rückt. Diese Personen wirken unreif und hinterlassen den Eindruck, sie hätten sich dem Erwachsenwerden verweigert. Immerfort sind sie auf der Suche nach neuen Vergnügungen. Sie erwerben als Erste die modernsten Technologien und kennen alle angesagten Restaurants und Klubs. Die Beziehung zu ihnen wird nie langweilig und verspricht spektakuläre Erlebnisse. Sie nehmen das Leben leicht und lassen andere daran teilhaben. Das lässt sie arglos erscheinen und Misstrauen ihnen gegenüber gleicht Undank oder sogar Missgunst. Häufig kommen sie aus sozial privilegierten Familien und mussten sich bisher nie ernsthaft beweisen. Eigentlich ist gegen diesen Menschentyp nichts wirklich einzuwenden. Es sind Lebenskünstler und es scheint, als hegen sie keinen Grimm gegen andere. Problematisch wird die Beziehung zu ihnen in einer Phase der Krise. Dann wird erkennbar, dass man sich auf sie nicht verlassen kann. Es ist nicht nur die Reife, die ihnen fehlt, sondern auch Tiefe und Treue. Das ist der Grund, warum der Clown in den Zirkus gehört und nicht auf die Regierungsbank oder an die Spitze anderer gesellschaftlich relevanter Institutionen.

***

Kunst kann eine Waffe sein. Das gilt umso mehr in dem kulturellen Kampf, in den wir gezwungen wurden. An mir verdient die Filmindustrie schon lange nichts mehr. Ich nehme deren Machwerke nur noch auf indirektem Wege wahr. Der derzeitige Blockbuster – eine Neuverfilmung des *Joker* – wird meiner Ansicht nach in einem unnötigen Maße kontrovers diskutiert, weil er an der einen oder anderen Stelle von der politisch korrekten Norm des Zeitgeistes abweicht. Es ist die deprimierende Geschichte eines psychisch kranken weißen Mannes, der tagsüber auf der Straße für eine Schnellimbisskette als Clown wirbt und nachts in einer Revue auftritt. Er wird von einer Gruppe multikultureller Jugendlicher angerempelt und schließlich schwer misshandelt. Das löst eine Kettenreaktion und am Ende einen Amoklauf aus.

»Wie war der Streifen?«, frage ich Iduna. Die Frage ist rein rhetorisch. Ich kann an der Art, wie sie in ihrem Sessel sitzt und missmutig in ihr Glas Whiskey schaut, genau erkennen, wie sie sich fühlt. – Der Film war scheiße.

»Es ist die vierte Verfilmung.«

»Ist der Joker diesmal wirklich so anders?«

»Handwerklich ist der Film gut gemacht«, meint Iduna. »Die Hauptperson ist erstklassig gespielt. Die Kostüme, die Kameraführung … Es ist fast perfekt.«

»Ist es überhaupt ein politischer Film, wie viele behaupten?«, frage ich.

»Er ist sperrig«, antwortet Iduna. »Nicht nur, dass er hier und da gegen ein oberflächliches Tabu verstößt. Er scheint das Klischee vom Privileg des weißen alten Mannes zu widerlegen.«

»Wie passt die Sequenz in die Handlung, in welcher der Protagonist seine Mutter ermordet?«

»Es ist eher ein Akt der Verzweiflung. Sie hatte ihn in seiner Kindheit missbraucht und lag aufgrund eines Schlaganfalls hilflos im Krankenbett. Er hat es herausgefunden, als er sich in den Besitz ihrer Krankenakten brachte.«

»Und dann wird viel über jene Szene gesprochen, in der Börsenhändler in der U-Bahn einer Obdachlosen Essensreste zuwerfen.«

»Das Drehbuch ist der schwächste Teil dieser Produktion«, erklärt Iduna. »Natürlich fährt die Wall Street in Wirklichkeit Limousine und legt sich nicht mit der brachialen Unterwelt an. Es waren keine Börsenhändler, sondern irgendwelche reichen Leute. Sie haben den Joker angegriffen und er hat sie alle drei erschossen. Ich glaube, für viele Menschen ist der Film nichts anderes als eine Aneinanderreihung von Reizen. Sie lassen sich fast zwei Stunden in eine bizarre Welt der Hoffnungslosigkeit entführen und kommen am Ende wohlbehalten in ihrer eigenen Gegenwart an.« Iduna schenkt sich einen weiteren Whiskey ein. »Der Film greift zu kurz«, sagt sie, nachdem sie sich wieder gesetzt hat. »Sein Sinn ist, die Unzufriedenen in die Irre zu führen. Die Börsianer im Waggon waren nichts anderes als ein Abklatsch des untersten Teils der herrschenden Klasse. Und der zum Soziopathen mutierte ewige Verlierer bleibt mit seiner eruptiven Gewalt im Netz des Systems gefangen. Schlimmstenfalls bringt er den einen oder anderen Nachahmer hervor.«

»Der Joker leidet unter Schizophrenie?«

»Ich bin mir nicht sicher, ob es tatsächlich eine mentale Erkrankung ist. Im Film ist auch von einer Kopfverletzung in seiner Kindheit die Rede. Aber das spielt eigentlich keine Rolle. Er ist eine rein fiktive Figur. Es macht keinen Sinn, ihn zu analysieren. Interessant ist allenfalls, was die Traumfabrik mit ihm für ein Signal setzen wollte.«

»Ich habe den Vorfilm gesehen und was mich so verwunderte, war die Rolle der Therapeutin mit afrikanischen Wurzeln. Normalerweise wird nur ein positiver Part mit einer Vertreterin einer Minderheit besetzt. Hier ist der Auftritt auffällig desolat arrangiert. Zwischen der Beraterin und ihrem Patienten steht ein unaufgeräumter Schreibtisch. Das ist keine optimale Gesprächssituation. Die Art, wie sie dem Hilfesuchenden mitteilt,

279

dass dies ihre letzte Sitzung sei, da die öffentlichen Gelder sowohl für ihn als auch für sie selbst gekürzt wurden, entspricht nicht dem professionellen Umgang mit negativen Mitteilungen.«

»Ja, der Film ist ungeschminkt, stellenweise brutal. Die Tabubrüche sind eindeutig kalkuliert.«

»Der Nebel hat sich etwas gelichtet. Man könnte sagen, dem Publikum wird nichts mehr vorgemacht. Die eine oder andere Thematik wird zum ersten Mal offen angesprochen. Aber ein amoklaufender Clown ist keine Lösung. In Wirklichkeit ist der Joker auch nicht das, was wir unter einem Clown verstehen. Tatsächlich ist er ein Opfer deren Missbrauchs.«

»Das ist auch der Grund, warum ich mir die nächste Neuverfilmung nicht mehr ansehen werde. Die Botschaft des Films lautet: Es gibt kein Entkommen. Jeder, der nicht bereit ist, die bestehenden Umstände und ihre weitere Entwicklung zu akzeptieren, wird der Umnachtung anheimfallen.«

***

Für einen Menschen, der in einer narzisstischen Beziehung gefangen ist, stellt sich nur allzu konkret die Frage nach einem Ausweg. Die Situation kann ausweglos sein und während meiner Zeit als Therapeut musste ich bei sehr jungen Menschen Zugeständnisse an das Machbare machen. Nicht jeder Vierzehnjährige ist gut beraten, von zu Hause wegzulaufen und in besetzten Häusern der alternativen Szene unterzukommen. Bestenfalls könnte es ein unüberhörbarer Warnschuss sein und die Lage etwas entschärfen. Aber darum geht es hier nicht. Sowohl Iduna als auch ich selbst sind Erwachsene und unseres eigenen Glückes Schmied. Wir haben den narzisstischen Kreislauf durchbrochen und jeden Kontakt mit den Tätern aufgekündigt. Ich sprach einmal mit ihr über die Gefühle, die sich einstellten. Es waren vielfältige und teilweise widersprüchliche Emotionen. Sie reichten von Gewissensbissen, Unsicherheit, eingestandener Enttäuschung bis hin zu Erleichterung und Aufbruch in eine nicht länger manipulierte Zukunft. Die Reaktionen der Zurückgewiesenen waren wie erwartet: durchgeläutete Telefone, Lawinen von elektronischen Botschaften, Wut und Schmähungen, Einschüchterungen und falsche Anschwärzungen im Bekanntenkreis. Für uns beide war es unabhängig voneinander eine anstrengende Phase. Die Nerven hatten blank gelegen und die Stimmungen waren volatil gewesen. Aber am Ende hatten wir es jeder auf seine Art geschafft. Unsere Standhaftigkeit hatte sich ausgezahlt, auch wenn es Jahre gebraucht hatte. Das brüchige Ich hatte schließlich kapituliert. Keiner von uns gilt heute als erleuchtet, aber die Gleichgültigkeit gegenüber den Tätern ist im Guten wie im Schlechten absolut. In einem politischen Sinn sind wir bewusster geworden. Wir zeigen kein Interesse an den Befindlichkeiten der ewigen Opfer. Keiner von uns antwortet ihnen oder schert sich um ihr Schicksal. Wir verweigern uns den raffinierten Machwerken in Film und Medien. Ihre Bücher liegen längst offen. Der Clown hat sein Publikum verloren. Sein Charme ist schal geworden. Selbst die Kinder lachen immer weniger über seine Tollpatschigkeit. Noch sind wir wenige, die schlecht vernetzt sind, aber wir werden immer mehr und in absehbarer Zeit werden wir wieder der Hüter im Hause sein.

Der Bürger sitzt gemütlich zu Hause und ist mit Videospielen beschäftigt. Mit hoher Konzentration führt er den virtuellen Häuserkampf. Unvermittelt schweift sein Blick zum Fenster und er sieht Rauch aus einem der Nachbarhäuser aufsteigen.

Bürger: »Liebling, ich glaube, bei unseren Nachbarn brennt es. Sollten wir nicht die Feuerwehr alarmieren?«

Clown: »Das ist nicht nötig. Als ich gerade vom Einkaufen zurückkam, hatte ich den Brand schon bemerkt und einen Passanten angesprochen. Dieser erklärte mir, er hätte bereits die Feuerwehr verständigt.«

Etwa 20 Minuten lang passiert nichts. Der Bürger ist wieder mit seinen Spielen beschäftigt.

Bürger: »Schatz, ich höre keine Sirenen. Eigentlich sollten die Einsatzkräfte langsam anrücken. Wer war eigentlich dieser Passant, mit dem du gesprochen hast?«

Clown: »Ich kenne ihn nicht. Es war ein Unbekannter, aber er hat einen seriösen Eindruck auf mich gemacht.«

Bürger: »Sollen wir darauf vertrauen oder wäre es nicht besser, wenn wir selbst mit der Feuerwehr Kontakt aufnähmen? Wie ich gerade beobachte, haben die Flammen auf ein weiteres Haus übergegriffen.«

Clown: »Aber wie würden wir uns dann fühlen? Wir hätten einem Fremden Misstrauen entgegengebracht. Das ist auch eine moralische Frage!«

Bürger: »Ja, ich stimme dir zu. Um ein Feuer zu löschen, bedarf es besonderer Kompetenz und Organisation. Wenn wir selbst helfen wollten, dann stünden wir den Männern nur im Weg. Wahrscheinlich würde der Einsatzleiter uns noch verärgert zurechtweisen. Es ist jetzt wichtig, dass wir ruhig und besonnen bleiben.«

Das Feuer hat einen großen Teil der Nachbarschaft erfasst. Es liegt Brandgeruch in der Luft. Die Hitzeentwicklung lässt ein Fenster bersten.

Bürger: »Hast du diesen Knall gehört? Und riechst du das auch? Warm ist es heute! Ich schwitze wie in einer Sauna! Also wenn ich nicht wüsste, dass du mit diesem Unbekannten gesprochen hast, wäre ich jetzt in Sorge!

Clown: »Beruhige dich! Es ist doch bisher immer alles gut ausgegangen.«

Im Umgang mit einem Narzissten gibt es keinen Anspruch auf Normalität. Eine ganzheitliche Persönlichkeit geht von der irrigen Vorstellung aus, der Clown agiere auf einer allgemein verbindlichen Grundlage. Das Gegenteil ist der Fall. Stellen wir uns folgenden fiktiven Dialog vor:

Ich: »Wäre es nicht toll, wenn wir von nun an als Team zusammenarbeiten würden?«

Clown: »Solange ich in dieser Mannschaft der Boss bin vielleicht schon.«

Ich: »Ich halte Vertrauen und wechselseitigen Respekt für wichtige Voraussetzungen in einer Beziehung.«

Clown: »Respekt mir gegenüber ist in der Tat sehr angebracht. Erwarte aber nicht dasselbe von mir!«

Ich: »Höflichkeit und gutes Benehmen sind einfach unerlässlich.«

Clown: »Auf dich mag dies zutreffen. Ich selbst genieße es hingegen sehr, aus der Rolle zu fallen.«

Für den Clown sind die Naivität und die daraus resultierende Frustration seines Gegenübers narzisstische Zufuhr. Er füttert sein Ego mit den enttäuschten Anstrengungen seiner Bezugsperson. Deshalb wird eine derartige Kommunikation nie zielführend sein. Der integere Mensch kann nicht von der Selbstverständlichkeit ausgehen, dass der andere gestrickt ist wie er selbst. Solange er dies nicht erkennt, ist der Clown Chef im Ring. Dasselbe gilt für die Politik. Eine echte Opposition kann in einem narzisstischen Regime mit legitimen Mitteln keinen Erfolg erringen. Ein konstruktiver Dialog wird ihr nicht gewährt werden. Sie wird allenfalls dann als Partner gehandelt, wenn sie sich anbiedert und ihre Ziele verrät.

Verärgerung ist ein negativer Zustand aufgrund eines bestimmten Ereignisses. Das gilt ganz allgemein. Wut ist die extreme emotionale Aufladung dieses Ärgers und im Fall des Narzissten ganz besonders gefürchtet. Das hat damit zu tun, dass er seine Gefühle schlechter regulieren kann als seine Mitmenschen. Sie sind unberechenbarer und fluktuieren weit stärker. In Rage geraten, ist ihm fast alles zuzutrauen. Es gibt jedoch noch einen dritten Aggregatzustand, der typisch für Personen mit dieser Störung ist: Nach kurzen Phasen der Normalität verfallen sie in eine Gleichgültigkeit, Passivität und emotionale Kälte, die ihr eigentlicher Dauerzustand ist. Auf der politischen Ebene interessiert sich der Narzisst nicht für die Obdachlosen, die Pfandflaschensammler oder die sonstigen Nöte des kleinen Mannes. Sie sind ihm völlig egal. Seine Fabelhaftigkeit sucht die große Bühne. Hier hat er seine großartigen Auftritte und dort sprudeln die Gefühle umso mehr. Alles andere ist Kleinkram und wird, so weit es geht, delegiert. Es geht allein um ihn selbst. Für die Anliegen der anderen hat er in Wirklichkeit nur Verachtung übrig. Solch ein Zeichen unserer Zeit ist die Zügellosigkeit der Eliten. Völlig enthemmt treiben sie ihre Agenda voran. Es gibt keine Obergrenzen und kein kritisches Maß. Eine langfristige Verantwortung kennen sie nicht. Nur der Augenblick zählt und damit das maximal Machbare. Es ist eine ruhelose Zeit und sie spitzt sich zu. Aber das kümmert die Obrigkeit nicht. Sie ist von einer Art Gier getrieben, die sich nicht exakt benennen lässt. Manche behaupten, es sei eine innere Leere. Ich glaube eher, es ist eine tief gestörte Selbstwertregulierung in Verbindung mit dem fehlenden Wissen um den Wert der Eigenen. Die Konsequenzen ihrer Maßlosigkeit interessieren sie nicht. Die Not der Menschen, die sie verursachen, nehmen sie nicht wahr oder sie fällt nicht ins Gewicht. Etwas hat von ihnen Besitz ergriffen und obwohl sie behaupten, sie hätten alles unter Kontrolle, glaubt ihnen längst keiner mehr. Groß zu denken, sei nun das Gebot der Stunde, verkünden sie. Besonnenheit ist zu einem Fremdwort geworden. Es scheint etwas entfesselt worden zu sein, das sich nicht mehr aufhalten lässt. Ein Clown kann irrewerden. Das Groteske vermischt sich dann mit dem Wahnsinn und etwas Gespenstisches entsteht.

Ein zufälliges Erlebnis hat mich auf die Beziehung zwischen Macht und Realität aufmerksam gemacht: Ich war auf eine Gesellschaftsjagd eingeladen gewesen und hatte selbst einen Hasen erlegt. Er war Teil jener Wildstrecke, die nach dem Weidwerk verlesen wurde.

»Es wurden zwölf Schüsse abgegeben«, verkündete der Jagdleiter. »Wir zählen vier Füchse, drei Hasen sowie einen Keiler.« Mit einem »Weidmannsheil!« steckte er mir einen kleinen Tannenzweig an meinen grünen Filzhut.

»Weidmannsdank«, antwortete ich höflich.

Neben mir standen die anderen Schützen, die ebenfalls ausgezeichnet wurden. Seitlich versetzt konnte man die Gruppe der Treiber erkennen. Ihre Kleidung war zerrissen und sie wirkten erschöpft. Vor allem die Füchse aus dem Unterholz zu schlagen, war harte Arbeit gewesen. Und dann war da noch die Gruppe der Ehefrauen und -männer, die am Parkplatz gewartet hatte. Sie alle standen vor einer Bache, die man ganz bewusst zum männlichen Tier erklärt hatte. Es gab keinen Zweifel: Das sogenannte *Gebrech* der Sau war sowohl im Ober- als auch Unterkiefer für ein männliches Tier viel zu kurz und nur leicht nach oben gekrümmt.

Die Schnauze des bereits aufgebrochenen Schwarzwildes war lang und verlief gerade. Nur der Besitzer des Reviers hatte die Erlaubnis gehabt, mit der Kugel zu schießen. Alle anderen Teilnehmer verfügten hingegen über Flinten und Schrot. Also war er selbst es gewesen, der das Wild während der Schonzeit zur Strecke gebracht hatte. Wahrscheinlich hätte dieser Einzelfall ihn nicht seinen Jagdschein gekostet, aber es hätte ihm Ärger, eine überschaubare Geldbuße und peinliche Erklärungsversuche eingebracht. Jeder der Gäste wusste, dass dies seine letzte Einladung gewesen wäre, wenn man auf der Wahrheit bestanden hätte, also gab man sich mit der Verkündung des Jagdleiters einig. Die Macht hatte die Wirklichkeit gesetzt.

Eine futuristisch gekleidete Frau mit einer eigenwillig gestylten Frisur betritt entschlossen das Büro eines alten bärtigen Mannes. Seine Kleidung lässt sich keiner bestimmten Mode zuordnen, doch sie erinnert entfernt an die Garderobe des 19. Jahrhunderts. Er sitzt vor einem Schreibtisch. Hinter ihm zeigt ein riesiger Bildschirm den Sternenhimmel. Die beiden grüßen sich nicht.

»Wir haben uns längere Zeit nicht gesehen«, sagt der Alte stattdessen.

Die Frau baut sich schweigend vor dem Schreibtisch auf, als wolle sie einen Anspruch geltend machen.

»Ich habe über Jahrtausende unser Überleben garantiert«, rechtfertigt sich der Alte. Er fühlt sich angegriffen oder zumindest infrage gestellt.

»Das spielt keine Rolle«, antwortet sie.

Dann ändert sich die Einstellung der Filmsequenz. Die Frau sitzt nun am Schreibtisch, während der Alte neben ihr steht und nachdenklich den Kosmos betrachtet.

»Können wir uns auf halber Strecke treffen?«, fragt er leise.

»Ich denke, du weißt meine Antwort«, sagt sie und verlässt ohne Gruß den Raum.

Man ist gut beraten, diesen Filmausschnitt mehrfach anzusehen. Er enthält weit mehr Andeutungen und Details, als ich hier aufzähle. Der Patriarch symbolisiert die Evolution und damit all jene menschlichen Eigenschaften, die ausschließlich oder zumindest teilweise genetisch bedingt sind. Dass die Natur hier von einem Mann repräsentiert wird, mag ein Zugeständnis an den Zeitgeist sein. Die Instinkte, das männliche Geschlecht und seine traditionellen Funktionen erscheinen an dieser Stelle als überwunden oder minderwertig. Die Frau weist den Weg in die Zukunft und sie geht dabei keine Kompromisse ein. Alles ist möglich und der Mensch wählt seine Identität aus einem Fluidum an Optionen. Als der erste Mensch seinen Fuß auf den Mond setzte, war ein alter Menschheitstraum realisiert worden, dabei war das Machbare mit seinen Risiken einkalkuliert. Hier ist es anders. Die Naturgesetze haben keine Geltung mehr. Sie sind der Willkür von sozialen Pseudowissenschaftlern ausgesetzt, die ein Experiment mit ungewissem Ausgang wagen. Aber vielleicht verhält es sich auch anders und es geht gar nicht um einen Test oder eine Studie. Möglicherweise erscheint der Clown nur in der Rolle des irren Forschers, um sein Werk der Zerstörung zu tarnen.

Ist Narzissmus verwerflich? Sehr viele Opfer dieser mentalen Störung würden das einstimmig bejahen. Eine Persönlichkeit, die darauf angelegt ist, Mitmenschen zu benutzen, sie zu belügen, sie abzuwerten, um am Ende gar ihre Identität zu zerstören, kann kaum als sittlicher Mensch gelten. Doch da beginnt das Problem: Wir vermengen hier Wissenschaft mit Philosophie oder sogar Theologie. Der Narzisst hat keine freie Wahl. Niemand wirft einem Hai vor, dass er Robben frisst. Jener Mensch, der dem narzisstischen Konstrukt entspricht und mittels der Methodik der klinischen Psychologie als solcher diagnostiziert wird, hat sich sein Schicksal nicht selbst gewählt. Ihm ist gewissermaßen ein Konzept mit auf den Weg gegeben, anhand dessen er sein Leben meistern muss. Ethik verfängt hier nicht. Aufgrund seiner nicht vorhandenen Empathiefähigkeit nimmt der Narzisst seinen verderblichen Einfluss auf andere emotional nicht war. Er selbst leidet unter seiner gestörten Psyche am wenigsten. Und wenn er sich ändern wollte, wären die Chancen auf einen Therapieerfolg äußerst gering. Man könnte die Fragestellung ändern und hoffen, damit einem moralischen Urteil näherzukommen: *Ist die Ursache des Narzissmus von Übel?* Ein monokausaler Auslöser ist unwahrscheinlich. Genetik in Verbindung mit frühen Kindheitseinflüssen scheinen der Grund zu sein. Inwieweit sie in wechselseitiger Wirkung zu einander stehen, ist unbekannt. Mit solchen Überlegungen kann man dem Phänomen weder auf individueller noch auf gesellschaftlicher Ebene gerecht werden.

Die Ideologien unserer Zeit haben dasselbe Ziel sowie dasselbe Problem. Außerdem enthalten sie dieselben Versprechungen. Die Erziehung zum willkürlichen Geschlecht, der Schuldkult und die Migrationslüge gehen an die Wurzeln unserer Identität. Wir sind schuldig geboren und bedürfen daher einer dauernden Überwachung, um einem Rückfall in unsere Bösartigkeit vorzubeugen. Die Masseninvasion ist ein Segen und der Genus ein Kontinuum. Die Schwierigkeit dieser Weltanschauungen besteht in deren Vereinbarkeit mit der Realität. Alles spricht dafür, dass verschiedene Ethnien auch unterschiedliche Eigenschaften vererben. Bis jetzt ist es noch keinem Wissenschaftler gelungen, ein Individuum mit dem Chromosomenpaar XX in ein Wesen mit dem Chromosomenpaar XY zu verwandeln. Das gilt natürlich auch umgekehrt. Und was unsere Schuld betrifft, so ist sie auf einen juristischen Paragrafen angewiesen, um zu gelten. Es sind Heilsversprechungen, die eine Welt ohne Rassenunterschiede, Geschlechterdifferenzen und Diskriminierung ausrufen. Das eine Dogma macht uns gefügig, das zweite wird uns in Zukunft demografisch marginalisieren und das dritte entwertet uns kulturell. Mancher sagt sich: *Damit kann ich leben* oder *Nach mir die Sintflut*. Aber so einfach wird es nicht sein. Die *schöne neue Welt* ist alles andere als ungefährlich. Ideologien sind ihrem Wesen nach unehrlich. Drohen sie an der Wirklichkeit zu scheitern, so geben sie dies nicht offen zu, sondern suchen einen Sündenbock. Wenn etwa in einer Planwirtschaft die ökonomischen Ziele nicht eingehalten werden, so wird dies nicht der systemischen Misswirtschaft zur Last gelegt. Vielmehr beklagt die herrschende Klasse dann die Sabotage durch Gegenrevolutionäre, die deshalb noch viel entschlossener bekämpft werden müssen. Wahrscheinlich gilt dieses Prinzip schon seit Zehntausenden von Jahren. Wenn der Regen für die Bauern ausbleibt, weiß die Priesterkaste Rat: Die steigende Anzahl von Sündern hat die höhere Gewalt verbittert; es gilt also, eine gewisse Zahl von ihnen zu tilgen. Fällt dann der Regen, so wurde die Buße erhört. Fällt der Regen nicht, dann muss man nachträglich eben noch mehr Sünder töten. Alles deutet darauf hin, dass die zeitgenössischen Hüter der Dogmen in Zukunft nicht humaner mit den Menschen umgehen werden als ihre Vorgänger. Um das Weltbild intakt zu halten, werden ihre Kritiker als *hasserfüllte Hetzer* herhalten müssen.

Manchmal gerate ich ins Grübeln und dann neige ich dazu, die Dinge zu vereinfachen und sie mir schematisch vorzustellen: Zwei elementare Mächte ringen miteinander. Nennen wir den einen Part *das Sein.* Er ist unbequem, sperrig, unbarmherzig und verändert sich nur langsam. Auf der anderen Seite streitet *der Schein.* Er ist korrupt, beliebig, täuschend und den Herrschenden zu Diensten. Geht man von zwei verschiedenen Ebenen aus, lässt sich erahnen, dass sich die beiden Gewalten nur selten decken. Manipulation ist die Instrumentalisierung des Scheins. Je mehr Einfluss die Machthaber auf den Schein haben, desto weiter klaffen die beiden Kräfte auseinander. Regiert die Willkür, dann sind die zwei zeitweilig völlig von einander losgelöst. Jene Menschen, die in der Welt des Scheins leben, lassen sich nur allzu gern verführen. Der Schein hat etwas Vereinnahmendes an sich. Seine Jünger fühlen sich superior. Sie sind dem Guten auf eine Weise verpflichtet, die sich nicht mit dem gesunden Menschenverstand vereinbaren lässt. Solange sie am längeren Hebel der Macht sitzen, haben sie für das Sein nur Verachtung übrig. Die griesgrämige Kleingeisterei ist ihnen ein Gräuel. Ihre Risikobereitschaft auf dem Weg zu neuen Dimensionen scheint überwältigend und steckt die Massen an. Doch damit ist das Sein mit all seinen Zwängen und Nöten nicht aus der Welt geschafft. Man hatte es einfach ausgeblendet und ärgerlicherweise macht es sich hier und da hartnäckig bemerkbar. Es kommt mir so vor, als ob die wachsende Distanz zwischen den Kräften des Seins und des Scheins zu einer Aufladung führen. Es sind ernüchternde Gewitter der Gewalt und des Umsturzes, die die beiden Dimensionen wieder aneinander annähern. So war es wahrscheinlich auf eine andere Art schon seit Urzeiten, aber unsere Zeit der Digitalisierung und der virtuellen Information werden die Herrschaft des Scheins schwierig machen. Die Obrigkeit ist viel zu weit gegangen. Selbst wenn sie es wollte, würde sie den entfesselten Geist nicht wieder in die Flasche zurückbekommen.

Vor langer Zeit durften wir sagen, was wir dachten. Es ging dann eher darum, die richtigen Worte für die Aussage zu finden. *Der Ton macht die Musik.* Dann wurde die Redefreiheit eingeschränkt, aber die Menschen wussten recht genau, was sie aussprechen durften und was nicht. Darauf folgte eine Phase, in der die Verbote ausgeweitet wurden und die Bürger sich selbst zensieren mussten, weil sie unsicher waren, was man überhaupt noch sagen durfte. Der Stand der Dinge ist nun, dass der Dissident für das bestraft wird, was er noch nicht gesagt hat. Es geht um jene Lippenbekenntnisse, die zur gebotenen Gesinnung gehören. Sie werden als kleine Geste der Unterwerfung jedem abverlangt, der unter dem herrschenden Regime auch nur geduldet werden will.

Das Ganze erinnert ein bisschen an die missglückte Christianisierung Japans. Als im 17. Jahrhundert Missionare dort das Evangelium verkündeten, entschloss sich die Oberschicht Nippons, den fremden Glauben zu verbieten. Um zu prüfen, ob eine Person die Religion verinnerlicht hatte, wurde ihr befohlen, sich auf ein Bildnis des vermeintlichen Erlösers und seiner Mutter zu stellen. Handelte die beschuldigte Person spontan und ohne sichtbaren Widerstand, so wurde sie freigesprochen. Jedes Zögern hingegen wurde mit Folter oder Hinrichtung bestraft. Diese Prozedur war der Preis dafür, dass Japan eine eigenständige Hochkultur entwickeln konnte.

In heutiger Zeit steht der Kniefall für den Gehorsam gegenüber Identitäten, die sich auf ein Verfolgungsschicksal berufen. In der jüngeren Version ist die Geste konkret und geht hin bis zu öffentlichen Fußwaschungen. Die ältere Variante ist etwas verdeckter, wirkt jedoch um so manipulierender. Wir Opponenten des Regimes sind eine Minderheit, die im Feindesland operiert, ohne sich dessen bewusst zu sein. Viele von uns glauben, wir könnten das Schicksal an den Wahlurnen wenden. Diese Illusion verbindet sich mit einem Appell an die sogenannte *schweigende Mehrheit*. In Wirklichkeit existiert diese nicht. Es gibt eine Menge Feiglinge im Land und manche sind auf eine diffuse Art unzufrieden. Das ist richtig. Aber sie schweigen nicht wirklich. – Sie knien.

***

Wir haben uns in einem Restaurant am Rande des gefrorenen Bergsees verabredet. Die Organisatoren eines glamourösen Poloturniers haben bereits die Werbetafeln des Sponsors aufgestellt. Dann kommt Iduna an die Bar. Sie ist betont klassisch gekleidet. Das Kostüm steht ihr gut. Ich leere das Glas Sherry und wir werden an unseren reservierten Tisch begleitet. Unser Menü ist auf den 14. April 1912 datiert und wird elf Gänge umfassen. Das Hors d' Oeuvre nennt sich *Kanapee la Amiral*. Es ist ein Appetithäppchen getoppt mit einer Garnele. Der servierte Weißwein ist etwas zu süßlich, aber das entspricht dem Geschmack der damaligen Zeit. Als zweiter Gang wird die *Consommé Olga* serviert. Ich hatte mir darunter nichts vorstellen können, tatsächlich ist es eine Rinderbrühe mit Lauch, klein geschnittenen Möhren und Jakobsmuscheln. Darauf folgt pochierter Lachs mit Schaumsoße.

»Es gibt ein Gerücht, dass das Ganze ein Versicherungsbetrug gewesen sei«, sagt Iduna. »Eigentlich sei das Schwesterschiff gesunken. Es war zuvor bei einer Havarie beschädigt worden.«

»Das ist längst widerlegt und gehört zu den sterblichen Verschwörungstheorien. Die Schiffe waren nicht exakt baugleich und die geborgenen Wrackteile bestätigen dies. Außerdem wäre der Reeder dann nicht als Passagier auf dieser Fahrt dabei gewesen.«

»Er gehörte zu den Überlebenden und hatte Zeugenberichten zufolge während der Überfahrt Kontakt zum Kapitän.«

»Ausschließlich der Kapitän ist für das Schiff verantwortlich und er ist mit ihm untergegangen. Außerdem hätte die Versicherungssumme den Prestigeverlust der Reederei nie und nimmer ausgeglichen.«

Als vierter Gang folgt das *Hühnchen Lyonnaise* mit Kürbis-Eierbrötchen und darauf ein gebratenes Lendensteak mit *Soße Forestiere*. Jetzt wäre ich eigentlich schon satt. Vielleicht wurden die Gänge in zu schneller Folge aufgetragen. Vermutlich hatten die historischen Gäste der Henkersmahlzeit sich längere Intervalle gegönnt.

»Hörst du die kleine Kapelle im Foyer?«, frage ich Iduna.

Sie nickt.

»Um elf Uhr vierzig wird sie eine einminütige Pause einlegen. Ein Überlebender schilderte das Geräusch der Kollision *nicht lauter als das Zerreißen eines Stoffes aus Kattun*. Danach wird sie weiterspielen.«

»Hat sie in Wirklichkeit weitergespielt?«

»Ja, das hat sie. Da sind sich alle Zeugen einig. Sie war dazu angewiesen worden, um Panik zu vermeiden.«

»Bis wann hat sie gespielt?«

»Dazu gibt es keine exakten Erkenntnisse. Wahrscheinlich spielten die acht Musiker unter Leitung des Kapellmeisters Wallace Hartley noch weit über eine Stunde Ragtime, bis der Steilwinkel des Wracks dies nicht mehr zuließ.«

Wir bekommen einen *Punch Romaine* gereicht. Es ist ein Cocktail aus Champagner, Zitronen- und Orangensaft mit weißem Rum.

»Ich möchte mit dir noch etwas besprechen, das mit David Reuben zu tun hat«, sagt Iduna. »Er war zur damaligen Zeit wirklich tot. Stolperstajn kann nicht Reuben gewesen sein.«

»Wie sicher ist diese Erkenntnis?«

»Er wurde nicht kremiert. In solch einem Prozess wäre seine gesamte DNA zerstört worden. Stattdessen haben wir sein Grab untersucht und eine Genprobe entnommen. Der Verstorbene ist tatsächlich David Reuben. Es besteht kein Zweifel.«

Der Kellner serviert ein gebratenes Täubchen auf Kresse und wünscht uns höflich guten Appetit.

»Ich will jetzt ehrlich sein: Im Grunde genommen habe ich dies die ganze Zeit geahnt. Als ich Stolperstajn im Hotelzimmer mit dem Namen *Reuben* konfrontierte, sah er mich so ungläubig an, dass ich sofort wusste, dass er es nicht war«, sage ich.

»Warum hast du ihn dann erschossen?«

»Das ist eine nur allzu berechtigte Frage. Die Zeit der Willkür, die politische Verlogenheit, die Heuchelei der politischen Klasse … all dies hat in mir etwas hervorgebracht, das nicht zum Erhabensten eines Menschen gehört.«

»Glaube mir, es geht vielen so!«, meint Iduna.

»Es ist etwas Finsteres, etwas sehr Düsteres.«

Iduna schweigt. Sie sieht mich verständnisvoll an.

»Zunächst war ich im Umgang mit diesem Gefühl unsicher. Ich verweigerte mich ihm. Dann begann es, mein Interesse zu wecken. Ich wurde unbefangener. Und inzwischen ist es ein willkommener Gast. Ich begegne ihm mit Demut und heiße ihn willkommen. Er hat seinen festen Platz an meinem Tisch und ist immer gern gesehen. Ich betrachte ihn mehr als nur einen Freund. Er gehört zur Familie.«

»Du sprichst aus, was viele von uns denken«, bemerkt Iduna.

»Er ist keine zufällige Bekanntschaft. Im Augenblick vermisse ich ihn. Er trägt einen unserer Namen. Es ist, wie wenn man den verlorenen Sohn in die Arme schließt.«

Der achte Gang besteht aus Spargelsalat mit Champagner-Safran-Vinaigrette.

»Was genau ist im Hotelzimmer passiert?«, fragt Iduna.

»Ich presste Stolperstajn ein Kopfkissen ins Gesicht und schoss. Dann legte ich ihn in den Rollkoffer und verließ den Raum.«

»Die Polizei fahndet nach einer Person, vermutlich nach einem Mann, mit Panamahut.«

»Ja, während der Pandemie war eine Gesichtsmaske nicht ungewöhnlich. Dazu kam die Sonnenbrille.«

»Hat nicht der sowjetische Außenminister solch einen Hut getragen?«

»Du hast recht, aber auch der ehemalige US-Präsident Theodore Roosevelt bei der Besichtigung des Baus des Panamakanals.«

»Aber man musste dir beim Gang aus dem Hotel nicht etwa hinterher wischen?«

»Nein, ich hatte den Rollkoffer zuvor präpariert, damit im Aufzug nichts tropft.«

Trüffel-Leberpastete an *Salat Waldorf* ist der vorletzte Gang.

»Nichts gegen dieses Hotel, aber ich mag die Stadt nicht.«

»Der Salat ist köstlich und genauso die Pastete«, weist mich Iduna zurecht. »Manchmal bist du schon etwas stur.«

»Laut dem britischen Untersuchungsbericht überlebten nur siebenhundertelf Passagiere die Katastrophe. Keiner der Musiker und keiner der Köche gehörte dazu.«

»Mein Interesse gilt eher den Opfern«, meint Iduna nachdenklich.

»Manche erfroren noch in den Rettungsbooten. Die irischen und norwegischen Auswanderer in der dritten Klasse hatten kaum eine Chance. Nur auf verwinkelten Wegen kamen sie überhaupt an Deck.«

»Zur ersten Klasse gehört immer auch der Dünkel. Entgegen der Verfilmungen wollte man sich nicht über den Weg laufen.«

»Das kanadische Kabelschiff Minia sowie das Leuchtturm-Versorgungsschiff Montmagny bargen die meisten Toten. Sie sind zum Teil in Halifax begraben. Aber die meisten Opfer wurden noch auf See bestattet. Es fehlte an Särgen und Eis. Auf einem der Fotos kann man auch einen Geistlichen auf Deck erkennen.«

Eclairs mit Schokolade und französischer Vanille-Creme werden serviert, ein blättriges Gebäck mit Füllung.

»Ist dir aufgefallen, dass die Passagierliste der ersten Klasse nicht nur anglikanische Namen umfasst?«, frage ich Iduna.

»Ja, es sind auch andere Namen darunter.«

»Dann galt der Segen des Pfarrers also nicht nur den eigenen Gemeindemitgliedern?«

»Nein, wahrscheinlich nicht. Manche Namen klingen – wie soll ich sagen? – doch recht katholisch.«

»Ich bin beeindruckt, wie viel du aus Familiennamen herauslesen kannst!«

Wir können zuletzt noch zwischen frischem Obst und Käse wählen.

»Was tranken die Passagiere eigentlich außer Wein?«, fragt Iduna.

»Cocktails waren damals in Großbritannien in Mode und das wurde von der amerikanischen Oberschicht dankbar aufgegriffen. Aber bitte, Iduna, lass dich von diesen Oberflächlichkeiten nicht blenden. Die Gefahr von Opioiden wurde damals unterschätzt. Es ist nicht auszuschließen, dass auf dem einen oder anderen Diwan der Luxusklasse auch eine Pfeife Opium geraucht wurde.«

Idunas Augen funkeln. »Müssen wir vermuten, dass es in diesem Zusammenhang auch zu Ausschweifungen erotischer Natur kam?«, will sie wissen.

»Ich will nichts dramatisieren, aber es gab zu dieser Zeit einen nicht verschreibungspflichtigen Hustensaft halb synthetischer Art. Es ist nicht auszuschließen, dass sich die bessere Gesellschaft statt

Prost zu sagen, mit verstellt heiserer Stimme *gute Besserung* wünschte.«

Ich kam heute an einem Antiquariat vorbei. Da Bücher in früherer Zeit meine Leidenschaft waren, blieb ich eine Weile vor der Auslage stehen. Eine portugiesische Übersetzung von Oswald Spenglers *Untergang des Abendlandes* war im Angebot. Ich vermute, dass diese brillante Schrift des Kulturphilosophen bis an das Ende aller Zeiten diskutiert wird. Die These, dass Kulturen eine natürliche Lebensdauer hätten und daher de facto der Agonie geweiht seien, teile ich jedoch nicht. Das Alte Testament nennt die Amalekiter und Kanaaniter als die ersten getilgten Völker. Dieses Schicksal erlitten sie jedoch nicht freiwillig. Das Ende der Hochkultur der Inkas wurde gewaltsam besiegelt und auch die Marginalisierung der indigenen Stämme Amerikas in Reservaten geht auf eine Invasion zurück. Wahrscheinlich unterliegen Nationen im Lauf ihrer Geschichte einer Selektion. Solange sie sich behaupten, existieren sie. Geben sie sich auf oder müssen sie sich einer Übermacht geschlagen geben, steht ihre Zukunft auf dem Spiel. Es ist dieser Defätismus, der Spenglers Werk zur gefährlichsten Publikation unserer Zeit macht. Eine friedliche Lösung wird es nicht geben. Diese Erkenntnis hat mich lange mit Bangen erfüllt. Angesichts der Schrecken des Krieges ist die Sehnsucht nach dem ewigen Frieden berechtigt. Die Geschichte hat viel unnötiges Gezänk hervorgebracht, aber auch einen heroischen Geist. Als vor rund 2000 Jahren ein römischer Heerführer den Cheruskern das Angebot einer ehrenhaften Kapitulation zukommen ließ, meldete sich der Bote überraschend schnell zurück. Er saß verkehrt herum auf dem Pferd und seinen abgeschlagenen Kopf hatte man ihm zwischen die Schenkel geklemmt.

Die dunkelste Stunde der Nacht ist jene vor dem Morgengrauen. Schwere Zeiten kommen auf uns zu. Heißen wir sie willkommen

Zeitfracht Medien GmbH
Ferdinand-Jühlke-Straße 7
99095 Erfurt, Deutschland
produktsicherheit@kolibri360.de